여시아독(如是我讀)

— 21세기 한국 소설 작품론

푸른사상
평론선

19

The way I read

여시아독(如是我讀)

― 21세기 한국 소설 작품론

이경재

푸른사상
PRUNSASANG

문학평론을 하는 이유는 여러 가지가 있을 것이다. 나에게 오랫동안 평론의 가장 큰 기쁨은 텍스트의 내밀한 진실을 포착하는 것이었다. 그것은 때로 나에게 육체적 쾌감과도 같은 짜릿함을 주기도 하였다. 그러나 어느 순간부터 이런 기쁨은 철저히 나만의 오만 내지는 착각에서 비롯되는 헛것일 수도 있다는 깨달음을 얻게 되었다. 텍스트의 진실이란 내가 생각한 진실일 뿐, 그것이 결코 텍스트의 진실이라고 단언할 수는 없기 때문이다. 텍스트의 진실이란 어쩌면 존재할 수 없는 것일 수도 있으며, 그렇기에 텍스트는 짝사랑하는 상대방의 마음처럼 도저히 가늠조차 안 되는 매혹의 대상으로 남을 수밖에 없는 것인지도 모른다. 이러한 텍스트의 복잡 미묘한 성격이야말로 문학의 힘이자 본질임에 분명하다.

이 책의 제목 '여시아독'은 바로 이와 같은 생각에서 나온 것이다. 내가 작품을 대하는 태도는 한동안 '작품은 이렇게 말했다'에 해당하는 것이었는지도 모른다. 그러나 내가 아무리 텍스트에 깊이 동화된다고 해도 텍스트와 나 사이의 간극은 극복 가능한 것이 아니다. 그렇기에 언제까지나 텍스트는 텍스트이고 나는 나일 수밖에 없다. 무엇보다 텍스트조차 자신이 무엇을 말하고 있는지 확신할 수 없는 입장이 아닌가? 그렇기에 어느 순간 나는 수많은 가능성 중의 하나일 수밖에 없는 '나는 이렇게 읽었다'만이 텍스트 앞에서 내가 취할 수 있는 유일한 자세라고 생각하게 되었다. 이런 이유로 이 평론집은 차라리 독자에게 보내는 편지에 가깝다. 그것은 수많은 답장을 요구하는 것이고, 어쩌면 여기에서 논의의 대상으로 삼은 작품들은 그 수많은 답장들 속에서 희미하게나마 자신의 진짜 말을 찾을 수 있을지도 모른다. '나는 이렇게 읽었다'는 끝없는 의심과 토론을 진심으로 환영하는 하나의 진언이라고 할 수 있다.

여기에 실린 글들은 한국 소설을 이해하기 위해 반드시 논의되어야 하는 몇몇 작품들을 제외하고는, 대부분 2000년대 이후 쓰인 작품들에 대하여 쓴 평론들이다. 매 계절 쏟아져 나오는 작품들 중에서 의미가 있다고 여겨지는 것을 추려서 나름대로 의미 부여를 해본 것들이다. 1부는 2000년대 이전에 등단한 작가들의 작품에 대한 평론들을 2부는 2000년대 이후에 등단한 작가들의 작품에 대한 평론들을 수록하였다. 각 부의 글들은 대상 작품의 발표 순서를 따랐는데, 이를 통해 각 세대별 특징과 시간이 흐름에 따라 변모해온 최근 한국 소설의 양상을 동시에 확인할 수 있을 것이다.

글을 쓰던 당시에는 분명히 의식하지 못했지만, 이렇게 모아놓고 보니 내가 작품을 바라보는 나름의 기준이나 안목 같은 것이 손에 잡히는 것 같아 뿌듯함과 함께 그 뿌듯함을 몇 곱절 뛰어넘는 부끄러움을 느낀다. 앞으로 쓰여질 글들은 이러한 부끄러움을 지난날의 추억으로 돌릴 수 있을 만큼 보다 깊어지고 넓어지기를 바라본다. 그리고 다짐해본다. 마지막으로 이 어려운 시기에 더군다나 다른 종류의 책도 아닌 평론집을 만들어 주신 맹문재 선생님과 푸른사상사 여러분들께 진심으로 감사드린다.

뼈에 사무치는 부모님의 은혜를 생각하며
이경재

제1부

분지(糞地)에서 바라본 하늘

― 남정현의 「분지」(『현대문학』, 1965년 3월호)

―――――――――

남정현은 1933년 12월 13일 충청남도 당진에서 부친 남세원과 모친 이낙연 사이에서 2남 3녀의 장남으로 출생하였다. 그는 어려서부터 잦은 병치레를 하였으며, 문학과 인연을 맺게 된 것도 결핵 치료를 받던 병상에서 접한 『몬테크리스토 백작』을 통해서이다. 1958년에는 신순남과 결혼하였고, 그해 단편 「경고구역」이 『자유문학』(1958.9.)에 추천되었다. 다음해에는 「굴뚝 밑의 유산」이 『자유문학』(1959.2.)에 2회 추천되어 공식 등단하였다. 1961년에는 「너는 뭐냐」로 제6회 동인문학상을 수상하였는데, 이 작품을 통하여 남정현은 독설과 풍자를 바탕으로 외세와 그들의 편에 선 자들을 날카롭게 비판하는 작가로서의 입지를 확고히 다졌다. 1965년에 발표된 「분지」는 『현대문학』 (1965.3.)에 발표된 뒤 2개월 후인 5월 8일 북한 조선노동당 기관지 『조국통일』에 전재됨으로써, 반공법에 의거 구속되는 시련을 겪기도 한다. 출감 이후 억압적인 시대 상황으로 고통 받던 남정현은 「허허선생」 연작을 발표하면서 재기를 도모한다. 동시에 1971년에는 민주수호국민협의회(나중에 자유실천문인협의회, 민족문학작가회의로 발전한다)의 결성에 참여한다. 이러한 활동으로 1974년 4월 대통령 긴급조치 1호 위반 혐의로 또다시 구속되었으며 이후에도 분단된 민족 현실에 대한 날카로운 비판을 담은 작품을 지속적으로 발표하였다. 1994년에는 민족문학작가회의 부위원장이 되었고, 2002년에는 한국민족예술인총연합이 주관하는 '제12회 민족예술상'을 수상하였다. 같은 해 『남정현 문학전집』 3권이 국학자료원에서 출간되었고, 2004년에는 실천문학사에서 『남정현 대표소설선집』이 출간되었다.

남정현의 「분지」(『현대문학』, 1965.3)는 해방 이후 최초로 작가를 법정에 세운 역사적인 작품이다. '「분지」 필화 사건'으로 불리우는 이 사건은 1965년 3월호 『현대문학』에 발표된 이 작품이 저자도 모르는 사이에 2개월이 지난 5월 8일 북한 조선노동당 기관지 『조국통일』에 전재됨으로써 시작되었다. 결국 작가는 반공법에 의해 구속되는 불행을 겪었는데, 이러한 사태는 당대 사회의 이데올로기적 억압과 「분지」가 지니고 있는 정치적 성격을 잘 보여준다. 「분지」는 당시로서는 상상하기도 힘든 선명한 반미의식을 담고 있었던 것이다.

남정현은 한국 문학의 풍자적 알레고리 기법을 대표하는 작가로서, 「분지」에는 작가의 고유한 기법적 특성이 잘 드러나 있다. 이 작품은 미군의 아내를 강간하고 향미산에 포위되어 이제 곧 미사일의 포격을 받게 될 주인공 홍만수가 죽은 어머니를 향해 말하는 독백 형식으로 되어 있다. 해방을 맞이하자 홍만수의 가족은 독립투사였던 아버지가 돌아올 것을 기대한다. 그러나 아버지는 돌아오지 않고 미군 환영대회에 나갔던 어머니는 미군에게 강간당한 채 미쳐 죽는다. 홍만수가 군복무를 마치고 돌아오자 여동생 분이는 미군 스피드 상사의 첩이 되어 밤마다 갖은 학대를 당한다. 스피드 상사의 본처가 한국에 오자 홍만수는 그녀를 향미산으로 유인하여 그녀에게 국부를 보여줄 것을 요구한다. 이 일로 홍만수는 미국으로부터 생명의 위협을 받게 된 것이다. 홍만수의 광기 어린 범죄 행위 이면에는 해방 이후의 한국 사회가 미국의 강력한 영향력 아래에서 신음하는 곳이라는 작가의 정치적 의식이 깔려 있다.

이 작품은 알레고리적 기호로 촘촘히 구성되어 있다. 주인공 홍만수가 홍길동의 제10대손이라는 것부터가 그러하다. 허균의 한글소설 『홍길동전』에 등장하는 홍길동은 당연히 가상의 인물이다. 따라서 홍길동의 10대손이라는 것은 작가의 저항의식을 표현하기 위한 인위적 기호라고 할 수 있다. 만수(萬壽)라는 이름 역시 영원히 지속될 민족의 저항과 생명력을 드러내는 기호이다. 홍만수가 숨어 있는 산의 이름은 '미국을 향해 있다'는 의미의 향미산(向美山)이다. 이러한 향미산은 미국을 맹목적으로 숭배하는 당대의 한국 사회에 대한 알레고리라고 볼 수 있다. 이러한 알레고리는 궁극적으로 해방 이후 지속된 한국 사회의 식민지성에 대한 풍자와 직결된다.

남정현의 문학은 남한문학이 가닿은 가장 열렬한 비판정신의 결과라고 할 수 있다. 남정현이 즐겨 사용하는 풍자란 본래 확고한 세계관을 바탕으로 했을 때만 성립 가능한 문학적 기법이다. 작가는 「분지」의 풍자적 효과를 위해 과장과 요설을 적당하게 활용하고 있다. 광기 어린 극단적 행위는 일종의 그로테스크한 상황으로까지 이어진다. 미군에게 강간을 당한 어머니는 자신의 '밑구멍'을 똑똑히 보라며 아들인 홍만수의 얼굴을 자신의 성기에 갖다 댄다. 미국은 홍만수가 미군의 부인을 욕보였다는 이유로 홍만수는 물론 그가 며칠간 머물렀던 향미산 전체를 완전히 폭파시키겠다고 위협한다. 홍만수의 요설 역시 풍자적 효과와 밀접하게 연결되어 있다. 이 작품은 진지한 상황을 우습게 표현하거나 우스운 상황을 진지하게 표현하는 아이러니한 장면을 곳곳에서 보여준다. 진지한 용어를 써가며 스피드 부인에게 성기를 보여달라고 매달리는 부분이 대표적이다. 또한 비속어와 전문어처럼 이질적이고 모순적인 것을 결합하여 남정현은 비판의 대상을 향한 웃음의 칼날을 더욱 예리하게 만든다.

말할 것도 없이 이 작품의 날카로운 칼날은 미국을 향하고 있다. 그러나 좀 더 깊이 있게 작품을 관찰하면 그 칼날은 현대(성) 그 자체를 향하고 있음을 알 수 있다. 어머니가 묻힌 곳에는 현대를 상징하는 은행, 호텔, 외인상사의 빌딩이 높이 솟아 있는 것이다. 이러한 빌딩은 미국과 그에 빌붙은 소수 세력을 위한 공간일 뿐 일반 백성과는 완전히 무관하다. 홍만수의 동생 분이를 날마다 능욕하는 미군 상사의 이름이 '스피드'라는 것 역시 이 작품에서 홍만수가 풍자하고자 하는 대상이 미국으로 상징되는 현대문명 일반임을 암시한다.

「분지」에서는 젠더적 비유가 효과적으로 활용되고 있다. 이 작품은 기본적으로 한국의 상황을 아버지(남성)의 부재와 어머니(여성)의 능욕이라는 비유로 드러낸다. 이러한 젠더적 비유는 미군과 동거하는 여동생 분이의 모욕당하는 현재 모습을 통해 더욱 강력한 정치성을 획득한다. 제국은 힘센 남성성을 지닌 존재이며, 제국에 의해 유린당하는 한국은 고통 받는 여성으로 형상화되고 있는 것이다. 「분지」의 마지막은 홍만수가 태극 무늬로 아롱진 러닝셔츠를 찢어 한 폭의 깃발을 만든 후에, 그 깃발을 미국 여인들의 배꼽 위에 꼽겠다는 결의로 끝난다. 이 결의는 해방 이후 한국 사회가 받은 고통을 미국에 되돌려주겠다는 각오에 다름 아니다. 이러한 직접성을 낳은 시대의 분노와 고통에는 마땅히 관심을 기울여야 할 일이지만, 동시에 이러한 날 선 직접성 속에 번뜩이는 적대적 이분법과 폭력성에 대해서도 진지하게 성찰해보아야 할 시점이다.

삿포로가 이회성에게 가르쳐 준 것

— 이회성의 『죽은 자가 남긴 것』(1970년)

재일(在日) 한국인 문학의 흐름은 크게 세 가지 세대로 나누어 살펴볼 수 있다. 1920년대 전후에 태어난 작가들로서 일본어와 한국어가 모두 가능한 김달수나 김석범과 같은 1세대, 의식적으로 일본어를 사용한 세대로서 재일 한국인이 민족 정체성의 위기 속에서 느끼는 고뇌와 저항을 일본어로 표현한 이회성이나 김석범과 같은 2세대, 일본어를 모국어로 하는 세대로서 한국인으로서의 고뇌와 저항이라는 정치적 테마에 집착하지 않고 인간 본연의 모습을 그린 양석일, 이양지, 유미리, 현월, 가네시로 가즈키 등의 3세대가 그것이다.[1] 1세대가 유년 시절을 조선에서 보낸 사람들이라면, 2세대는 일본에서 나고 자란 사람들이다. 재일 2세대는 1세대의 디아스포라와 그에 따른 고통스런

----

1) 유숙자, 『在日 한국인 문학연구』, 월인, 2000, 13쪽.

삶을 유산으로 물려받은 세대라 할 수 있다. 자연스럽게 재일 2세대의 문학에는 재일 1세대를 고통스럽게 만든 일본 사회에 대한 비판과 일본 사회에서 받은 차별과 냉대를 가족에게 고스란히 돌려주는 재일 1세대 아버지에 대한 부정적 인식이 함께 나타난다.[2]

이회성은 1935년 남과 북에 각각 고향을 둔 아버지 이봉섭과 어머니 장술이의 3남으로 사할린에서 태어났다. 아홉 살에 어머니와 사별하고, 2차 대전이 끝난 1947년 일본으로 이주하여 오무라 수용소에 수감되었다가 이후 홋카이도의 삿포로 시에 정착하였다. 삿포로고교를 거쳐 와세다대학 러시아문학과를 졸업하였고 공무원과 신문기자 생활을 하였다. 大子本이라는 일본 명이 있었으며 대학교 시절에 드디어 본명을 되찾게 된다. 1969년 「다시 두 번째 길」이 제12회 『군상』 신인문학상을 수상하며 등단했고, 1972년 「다듬이질하는 여자」로 외국인으로는 처음 아쿠타가와 문학상을 수상하였다. 아쿠타가와상 수상을 기점으로 이회성의 문학세계는 크게 두 가지로 나뉘어진다. 이전의 작품들이 주로 자전적인 성격을 지니며 재일 한국인의 삶을 문제 삼았다면, 이후의 작품들은 분단과 민족 문제에 천착하는 특징을 보여준다.[3]

등단한 1969년부터 아쿠타가와상을 수상한 1972년까지 이회성은 「다시 두 번째 길」, 「우리 청춘의 길목에서」, 『죽은 자가 남긴 것』, 「다듬이질하는 여자」, 「청구의 하숙집」, 「큰바위 얼굴」 등의 작품을 남긴다. 이들 작품은 모두 자전적인 성격이 강하다. 특히 등단작인 「다시

• • • • •

2) 장사선 · 지명현, 「재일 한민족 문학과 죽음 의식」, 『한국현대문학연구』 27집, 2009, 461쪽.
3) 이미숙, 「재일 한국인 문학과 '집' : 이회성과 유미리 문학을 중심으로」, 『이민자 문화를 통해 본 한국 문화』, 이화여대 출판부, 2007, 179쪽.

두 번째 길」은 이회성 가족이 일본의 패전으로 사할린을 떠나 삿포로에 정착하는 과정이 사실적으로 그려진 작품이다. 또한 초기작에는 '폭력적인 아버지와 따뜻한 어머니' 라는 이분법적인 구도가 보이며, 아버지를 부정하고 거부하던 아들이 "자기 집의 불화와 아버지의 폭력성이 한 개인의 문제가 아닌 일본이라는 사회 속에서 살아가는 재일 한국인 전체의 문제라는 점을 인식함으로써 한국 사람으로서의 아버지를 이해"[4]하게 되는 공통점을 보인다. 『죽은 자가 남긴 것』(1970년) 역시 이러한 특징에서 예외가 아니다.

『죽은 자가 남긴 것』은 이회성이 성장기를 보낸 홋카이도를 주요 배경으로 삼고 있으며,[5] 실제로 이회성의 아버지가 돌아가신 일을 바탕으로 하고 있다.[6] 이 작품에서는 일본식 장례가 아닌 우리 고유의 장례, 나아가 민단이나 총련 모두가 참여하는 '공동장례식'이 치러진다. 이 작품은 아버지의 장례를 계기로 민단에 속했던 큰형 태식과 총련에 속했던 아우 명식이 화해하는 모습을 보여준다. 이것은 양분된 재일 교포 사회의 화합과 나아가서는 민족의 통일에 대한 의지까지 보여주는 것이라고 할 수 있다. 『죽은 자가 남긴 것』에서 죽은 자인 아버지가 남긴 것은 둘째인 동식의 "아버지는 가난하셨고, 고생한 보람도 없었고 유산도 남기지 못했지만, 한 가지 우리 형제들이 사이좋게

● ● ● ● ●

4) 위의 논문, 188쪽.

5) 아버지의 영결식을 앞두고 동식은 아내가 오기를 기다린다. 그러면서 아내가 요이치나 오타루, 아니면 제니바코에 와 있을지 모른다고 말한다. 이 소설의 공간적 배경은 바로 홋카이도인 것이다.

6) 『죽은 자가 남긴 것』에서 일찍 어머니가 죽고 아버지가 재혼하는 모습 등은 이회성의 실제 삶과 일치하는 부분이다.

해 나갈 수 있는 기회를 만들어주셨다."[7]는 말 속에 잘 나타나 있다. 아버지는 형제가 화해할 수 있는 새로운 기회를 부여한 것이다.

『죽은 자가 남긴 것』은 형과 아우의 갈등과 화해를 기본 서사로 삼고 있다. 동식에게는 "형이 마치 난폭함이 감추어져 있는 한 자루의 큰 막대기와 같이 보"(295쪽)이며, "태식이 지긋지긋하고 만약 남이었다면 일생 동안 절대로 사귀지도 않을 그런 사람"(290쪽)이라고 생각한다. 그러나 이것은 표피적인 관찰에 불과하다. 화자인 동식이 형인 태식과 벌이는 갈등의 이면에는 아버지와의 갈등이 놓여 있기 때문이다. 동식은 아버지에 대한 감정의 연장선상에서 태식을 미워한다.

사실 동식의 형에 대한 마음은 애증에 가까우며, 이러한 복합 심리의 근원에는 아버지가 놓여 있다. 동식은 스스로 "처음에는, 내가 형을 얼마나 사모했던가"(300쪽)라고 말할 정도로 형을 좋아했다. 이러한 호감은 형이 아버지의 난폭함과 봉건적 사고방식에 대해 형제들 중 가장 강력하게 대항했기 때문이다. 동생들에게는 그렇게 대드는 형이 "터널 속에서의 유일한 불빛"(301쪽)과도 같았다. 문제는 형이 성인이 되면서 아버지와 똑같은 길을 걸어간다는 점이다. 형은 "가정의 폭군"(301쪽)이 되어서 형수를 때리고 못되게 군다. "우리 세대가 아버지 세대보다 낫다는 것을 보여주"(301쪽)어야 하는 대표선수인 형은 어느새 그토록 부정하던 아버지가 되어갔던 것이다. 동식은 이러한 형의 모습을 배신으로 받아들이고, 그 배신은 동식에게 "3·1 독립운동이 일어났을 때, 마지막 순간에 민중을 배신한 자들의 그것보다

7) 이회성, 『죽은 자가 남긴 것』, 김숙자 옮김, 소화, 1996, 303쪽. 이하 인용은 인용문 뒤에 쪽수만 표시한다.

결코 뒤지지 않는"(301쪽) 절망감을 준다. 즉 동식에게 태식은 아버지와는 다른 새로운 가능성의 존재였는데, 태식은 결국 아버지와 같은 존재가 되었기에 동식은 태식과 대립하게 된 것이다.

그렇다면 동식이 그토록 부정하던 아버지는 어떠한 모습을 보여주었을까? 동식은 오래전부터 "우리 집은 재일교포의 어느 가정보다도 어둡고 우울한 가정이 아닐까?"(271쪽)라고 생각한다. 어린 시절 동식은 아버지가 술에라도 취하면 전속력으로 달려가 아버지가 쥐기 전에 먼저 부엌칼을 낚아채 밖으로 달려가야만 했다. 동식은 아버지와 이야기하는 것조차 꺼림칙하고 거북하게 생각하며, "벙어리"(277쪽)가 될 결심까지 한 적도 있다. 이토록 '어둡고 우울한 가정'을 만든 것은 부엌칼을 잡으려고 달려가는 모습으로 표현되는 아버지의 폭력이다. 동식은 아버지를 보며 "일제 강점기 때에 조선인이 몸에 익혔던 난폭함을 가장 뿌리 깊고 오래도록 계속해서 지닌 최후의 인간"(275쪽)이라고 여긴다.

아이를 키우는 과정에서 남몰래 아버지를 "반면교사"(281쪽)로 삼아왔던 동식은 아버지와의 반(反)동일시를 일관되게 추구해왔다고 볼 수 있다. 비록 아버지가 할아버지가 되면서 이전의 폭력적인 모습은 사라졌지만, 동식은 아버지가 언제 거칠고 난폭한 인간으로 돌변할지 몰라 두려워한다. 여전히 아버지와 마주하면 집요하게 머리를 치켜드는 "원망스러움"(283쪽)을 느끼며, 돌아가실 때까지 아버지와 제대로 된 "대화를 나눌 수가 없었"(283쪽)던 것이다.[8] 동식이 '아버지'와

•••••

8) 이러한 특징은 2세대 작가들의 일반적인 특징과도 맞닿아 있다. 2세대 작가들의 작품에 나타나는 아버지는 가부장제 이데올로기로 무장한 채 가족들에게 폭군으

'그 아버지와 같은 사람이 되어가는 형'에게 느끼는 감정은 다음의 인용문에 잘 나타나 있다.

> 아버지나 형의 괴팍함. 낡은 것을 이어간다고 생각만 해도 전율을 느꼈다. 형과 같이 아버지의 길을 되밟아 올라가는 것인가. 아니면 아버지의 길을 거부하고 형과도 싸우는 것인가. 나는 그러한 생각으로 고뇌하지 않으면 안 되는 우리들의 시대에 살고 있었던 것이다. (중략) 우리들이 부모로부터 물려받은 유산은 어떤 것들일까. 나는 아버지가 남겨 주신 것을 함부로 받아들이지 않겠다고 반항해온 것이었다.(330쪽)

『죽은 자가 남긴 것』은 아버지의 장례식을 계기로 동식이, 형 혹은 아버지와 화해하는 과정을 설득력 있게 그려내고 있다. 총련의 T지부 부위원장과 분회장은 일찌감치 상가에 나타나 민단과 총련이 함께 치르는 공동장례식을 치르자고 제안한다. 아버지의 공동장은 재일 한국인의 단합과 동식과 태식의 화해라는 의미를 지니고 있다. 동식은 "이 공동장이 어떻게 되느냐에 두 사람의 장래가 달려 있을 듯한 느낌"(292쪽)을 받고, 차차 "이 공동장을 통해서 태식과의 유대를 확인해 가는 것이 어떨까?"(293쪽)라는 생각을 한다.

동식과 태식은 공동장을 놓고 의견대립을 보인다. 태식은 총련 사람들이 통일전선을 노리고 왔다며 비난하고, 동식은 "공동장을 치르게 되면 민단 내에서 입장이 난처해"(298쪽)지기에 태식이 반대한다고 대

•••••
로 군림하며 폭력과 횡포를 일삼는다. 자식들은 유교문화에 바탕을 둔 아버지 특유의 가부장적 권위의식의 부정적 자행에 대하여 강력하게 저항하는 모습을 보여준다(장사선·지명현, 「재일 한민족 소설에 나타난 가족의 의미 연구」, 『한국현대문학연구』 23집, 2007, 592쪽).

든다. 처음 태식은 "부모의 장례식에 정치를 개입시키는 일"(290쪽)은 피하고 싶다며 공동장에 반대를 하지만, 끝내는 공동장을 위해 민단의 한 간부를 데리고 나타난다.

상가에 모인 민단과 총련에 속한 동포들 역시 동식과 태식이 그러하듯이, 처음에는 어색하게 앉아 서로 상대편의 존재를 애써 무시한다. 동식은 그 모습에 "마음속이 에이는 듯 고통"을 느끼며, "실상이 이러하니 공동장이 필요한 것이 아닐까."(310쪽)라는 깨달음을 얻는다. 동포들의 침묵은 "나와 태식과의 사이에 흐르고 있는 침묵과 동질의 것이고, 아니, 그보다 더 부풀어 크게 된 것"(312쪽)이라고 느끼는 것이다. 공동장을 치르는 과정에서 동포들은 마음의 벽을 허물어간다. 점차 상가의 분위기는 무르익어 한일조약, 매국노, 독재, 스탈린, 고속도로와 같은 말을 하며 언쟁을 벌이며, "어젯밤의 그 어색함은 거짓말처럼 없어지고 서로 하나로 뭉쳐진 것 같"(322쪽)은 모습을 보인다. 『죽은 자가 남긴 것』에서 민단과 총련으로 나뉘어 있던 교포들이 교류를 나누는 과정은 동식과 태식이 화해하는 과정과 병행하고 있음을 알 수 있다.

이러한 공동장이 지닌 민족적 성격은 여러 가지 대목에서 확인된다. 처음 상가에 찾아온 일본인들은 마을조합에서 장례를 치르고 싶다 말한다. 그러나 동식 형제는 일본인들의 제안을 거절한다. 총련의 부위원장과 민단이 사무국장이 장례식장에 걸린 "천황이 백마를 타고 있는 모습"(329쪽)이 담긴 사진을 떼어달라고 요청하는 대목 역시 선명하게 민족적 의미를 드러낸다. 이 순간만은 그때까지 대립하고 있었던 동식과 태식도 처음으로 서로 얼굴을 마주보고 고개를 끄덕인다.

이 장례식을 통해 동식은 아버지는 물론이고 형과도 화해를 한다.

동식은 꿈속에서 아버지의 "……나는 천천히 달렸다. 동식아, 나는 언제나 천천히 달렸다. 네가 이겨주도록 나는 언제나 천천히 달렸다……"(333쪽)와 "애들은 응석받이로 키우는 게 아니라"(336쪽)는 아버지의 말을 듣는다. 꿈속에 나타난 아버지는 그 옛날 부엌칼을 잡기 위한 '단거리 경주'에서 언제나 동식이 먼저 부엌칼을 감추도록 천천히 달렸으며, 그것은 다만 자식들을 단련시키려는 의도였다고 말한다. 심지어는 "자기 자식을 죽일 부모가 어디 있겠느냐고 분한 듯이 호소"(337쪽)까지 한다.

이러한 동식과 아버지의 화해는, 동식이 아버지의 폭력과 야만 뒤에는 아버지가 감내해온 고단한 현실이 있음을 감지했기 때문에 가능해진 것이다. 징용이나 징병으로 낯선 땅에 끌려와 겪은 간난신고와 민족 차별, 해방 이후에도 분단으로 돌아갈 고향을 잃어버린 상황[9], 일본에서 재현되는 남북 갈등 등으로 아버지의 인간성은 파괴되었던 것이다. 동식이 아버지의 고통스런 삶을 이해하는 모습은 돌아가신 아버지의 복사뼈를 만져보는 모습을 통해 상징적으로 드러난다. 복사뼈에는 아버지가 젊었을 때에 히타치시에서 가까운 Y탄광에서 얻은 상처가 있다. 같은 장소에서 채탄하던 다른 조선인은 죽었을 정도로 그 사고는 심각했던 것이다. 작품의 마지막에 동식은 자신이 "아버지의 복사뼈를 꼭 쥐었던 것처럼", 아들에게 "할아버지의 얼굴에 작은 손을 대보게"(339쪽) 한다. 자식에게까지 아버지의 삶을 이해시키고자 하는 노력의 몸짓이라고 볼 수 있다.

9) 죽던 해의 설날에도 아버지는 "나라가 통일이 되어 고향의 흙을 밟는 그것만이……"(278쪽) 유일한 즐거움이라고 말한다.

동식은 형인 태식도 받아들인다. 태식과 말도 건네지 않던 동식은 새벽녘에 자신에게 담요를 덮어준 것은 큰형이 아닐까 하고 생각한다. 그러면서 동식은 "앞으로는 내 본연의 모습으로 저 분회장과 같이 엄하고 부드러운 태도로 형을 대하자고"(338쪽) 결심하며, "그 길이 형을 이해하는 길임에 틀림없"(338쪽)다고 확신한다. 장례식 이전까지 동식은 아버지(형)와의 반(反)동일시를 통해서 자신을 형성해왔다고 할 수 있다. 그러나 이러한 반동일시의 태도는 아버지(형)라는 대타자에 종속되어 있다는 점에서 진정한 주체의 형성과는 거리가 먼 것이다. 동식은 공동장을 통해서 아버지를 이해하게 되고, 이를 계기로 반동일시에서 벗어나 오롯한 하나의 주체로서 새롭게 탄생한다. 이것은 '내 본연의 모습'으로 살아가겠다는 동식의 다짐 속에 잘 나타나 있다. 『죽은 자가 남긴 것』은 홋카이도에 살던 아버지가 돌아가신 것을 계기로 형과 아우의, 나아가 한민족의 화해에 대하여 말하고 있는 재일 한국인 소설의 명작이다.

아들이 진정으로 아버지에게 배운 것

— 김주영의 「도둑견습」(「한국문학」, 1975년 4월호)

김주영은 1939년 1월 26일 경북 청송군 진보면 월전리에서 김해윤의 아들로 태어났다. 고향에서 진보초등학교와 진보중학교를 마친 후 고등학교 진학을 위해 대구로 올라갔다. 대구에서 아버지의 뜻에 따라 대구농림고등학교 축산과에 진학하였고, 이후 문학에 대한 열망으로 1959년 서라벌예술대학에 진학한다. 대학 졸업 후 한문을 가르쳐 준 서당 훈장의 딸이자 어린 시절부터의 친구인 김진득과 결혼한다. 오랫동안 안동에 있는 엽연초생산조합에서 일하다가, 비교적 늦은 나이에 「여름사냥」(『월간문학』, 1970년)과 「휴면기」(『월간문학』, 1971년)를 발표하며 등단하였다. 1976년 상경할 때까지 안동에서 활동하며, 안동 지역의 문인들과 『안동문학』이라는 동인지를 창간하여 활동하기도 하였다. 상경 이후에는 이문구, 김원일, 정규웅, 이근배 등과 교유하면서 서민들에 대한 관심이 가득한 문학작품을 맹렬하게 창작하였다. 1979년에는 작가에게 기념비적인 작품이라 할 수 있는 대하역사소설 『객주』를 『서울신문』에 연재하기 시작한다. 보부상들을 중심으로 하여 구한말을 다룬 이 작품은 1981년 창작과비평사에서 전9권으로 출간되었다. 김주영의 작품세계는 크게 세 가지로 나뉘어진다. 『객주』류의 대하역사소설인 『활빈도』, 『야정』, 『화척』 등이 한 부류를 이루고, 다음으로 『고기잡이는 갈대를 꺾지 않는다』나 『홍어』와 같은 어린 시절의 체험을 다룬 소설들이 한 부류를 이루며, 마지막으로 「외촌장 기행」이나 「도둑견습」처럼 현대 사회의 주요한 문제들을 다룬 작품들이 있다. 그의 작품세계는 방랑을 주요한 모티프로 다루며, 힘 있는 자들의 불의에 맞서는 주변부 인간들의 의리 넘치는 모습을 주로 다루고는 한다. 1982년 소설문학상을, 1984년 제1회 유주현문학상을, 1993년 제25회 대한민국문화예술상을, 1996년 제8회 이산문학상을, 1998년 제6회 대산문학상을, 2002년 제5회 김동리문학상을, 2007년 제1회 가천문학상을 수상하였다. 2013년에는 10권을 보태 자신의 대표작 『객주』를 완간하였다.

  김주영의 「도둑견습」은 '아이의 성장'과 '도시빈민에 대한 관심'이라는 김주영 문학의 핵심적인 특징이 적절하게 결합된 작품이다. 첫 번째 문장인 "그 돼먹잖은 의붓아버지란 작자는, 초저녁부터 어머니와 흘레붙기를 잘하였습니다."에서 알 수 있듯이, 「도둑견습」은 부자(父子)관계를 기본적인 서사의 골격으로 삼고 있다.

  의붓아버지는 도둑질로 살아가고 아들이 보는 앞에서 태연하게 어머니와 성관계를 갖는다. 이러한 아버지의 형상은, 아버지가 좋은 의미에서든 나쁜 의미에서든 권위의 화신으로 주로 등장하는 한국 현대문학사의 전통에 비추어 볼 때 무척이나 낯선 모습이다. 「도둑견습」의 아버지는 법으로서의 아버지(상징계의 아버지)나 이상적 상으로서의 아버지(상상계의 아버지)와는 거리가 먼 실재계의 아버지인 것이다. 이 아버지는 상징적 의미 작용의 망으로는 포섭되지 않는 아버지이며, 기존 사회의 지배질서나 문화로부터는 완전히 동떨어진 존재라고 할 수 있다. 19문짜리 왕자표 흑 고무신만 한 성기가 유일한 자랑거리인 아버지는 대야나 양은 그릇 등을 도둑질해서는 반드시 고물로 만들어 판다. 이러한 모습 역시 아버지가 사회의 기본적인 교환원리와는 거리가 먼 곳에 위치함을 분명하게 보여준다.

이 작품의 어머니 역시 상징적 아버지를 만들어내거나 아들의 거울상으로 존재하는 보통의 어머니와는 다르다. 마치 섹스가 삶의 이유라도 되는 것처럼 아들 옆에서 스스럼없이 성관계를 맺거나, 아들에게 말을 할 때면 원수라는 아들의 "이름 석 자는 안 잊고 이원수라고 꼭꼭 불러주는 인정"을 보이기도 하는 것이다. 이처럼 「도둑견습」의 가족은 우리가 생각하는 정상적인 가족의 모습과는 거리가 한참 멀다. 이들은 폐품집적소의 마이크로버스라는 폐쇄된 곳에서 사는데, 이 공간 역시 사회와 완전히 단절된 이 가족의 성격을 잘 보여준다. 동시에 이 마이크로버스는 사회의 지배질서와는 거리가 먼 상상 속의 방주(方舟)라고 말할 수도 있다. 아들은 이곳이 옛날 대방동 꼭대기에서 살던 판잣집보다는 훨씬 낫다고 생각하는데, 이유는 마이크로버스가 집적소 안에 있어 퇴거령이다, 도시계획이다 해서 완장을 찬 구청 직원들이 괴롭히는 일이 없기 때문이다.

처음 흑고무신만 한 성기(性器)로만 존재하는 아버지를 향해 아들은 "새캬"와 같은 말을 스스럼없이 내뱉는다. 아들은 그 사람을 두고 어찌 "아버지라 이름할 수 있겠느냐"고 자신 있게 말하는 것이다. 그러나 시간이 지날수록 아버지는 아들을, 아들은 아버지를 점차 인정하는 관계로 둘의 사이는 발전한다. 아들이 시내버스에서 거짓말을 능숙하게 하며 구걸하는 모습을 보이자, 아버지는 아들을 크게 칭찬한다. 이에 감동받은 아들은 그날부터 왕자표 아저씨를 "아버지"라고 부르기로 결심하는 것이다. 자신을 대신해서 도둑질까지 성공하자, 아버지는 "넌 이제 내 아들이야. 이 강두표의 아들이라구, 딴 놈의 아들이 됐다간 죽엇?"이라는 말까지 한다.

아버지가 도둑질을 하다가 사내들에게 심하게 얻어 터져 일을 못하게 되자, 평소 망만 보던 아들은 아버지를 대신해 도둑질에 나선다. 도둑질을 할 때마다 아들은 부적처럼 날카로운 "쇠꼬챙이"를 챙겨서 다니는데, 이 쇠꼬챙이는 뜻하지 않게 가장이 된 아들이 비로소 성인이 되었음을 상징하는 남근에 해당한다. "19문짜리 왕자표 혹 고무신만 한 아버지의 그것이 어머니에게 절대적으로 작용되듯이 내 19문짜리 길이만 한 이 쇠끝이 많은 사람에게 공포를 준다는 흡족감"을 느끼는 것에서도 이를 확인할 수 있다. 그러나 버스 차장이나 식모를 위협하는 데 사용하는 이 쇠꼬챙이가 진정한 어른의 표상이 될 수는 없는 일이다.

마지막 순간 아버지는 혹 고무신만 한 성기만의 존재가 아니라 나름의 가치를 지향하는 존재라는 사실이 드러난다. 아버지가 현실 권력의 상징인 최가놈과 맞서 싸운 결과로 이 가족의 유일한 보금자리인 마이크로버스는 결국 해체되어 버리는 것이다. 다 죽어가는 아버지는 세 식구가 기거할 집이 헐리는 것을 감수하면서까지 어머니를 최가놈에게 넘겨주지 않았던 것이다.

평소 고물집적소의 최씨는 어머니를 성적으로 착취하는 댓가로 이 가족이 마이크로버스에서 사는 것을 허락해왔다. 아들은 기거할 집이 헐리는 것을 감수하면서까지 어머니를 최가놈에게 넘겨주지 않은 아버지를 "거인"으로 생각한다. 이 순간 아버지는 실재계의 아버지를 넘어서서 법과 질서의 구현자인 상징계적 아버지로서 전혀 손색 없는 존재가 된 것이다. 아버지를 재발견한 아들은 쇠꼬챙이를 꺼내서 하늘 멀리 던져버린다. 아들은 적어도 대국 도둑놈을 낳게 할 거인의 아들이 이따위 거추장스럽고 비겁한 것쯤은 가지지 않아도 최가 하나쯤은 거뜬하게 때려누일 수 있다는 자신감이 생겼기 때문이다. 이 쇠꼬챙이는 아버지라는 기호의 형상만을 닮아 있을 뿐, 그 기호가 담고 있는 의미까지는 담아내지 못한 하나의 사이비 남근이었던 것이다.

김주영의 「도둑견습」은 악동과 그 가족을 등장시켜 그들이 구현한 병리성을 집요하게 천착한다. 그러나 그 집요한 천착이 가닿는 곳은 그보다 더한 사회의 진정한 병리성이다. 그 병리성을 분명하게 의식할 때, 이 악동과 그가 살고 있는 가족의 병리성은 진정한 병리성을 비판적으로 바라볼 수 있는 거점으로서의 새로운 의미를 획득하게 된다. 이것은 아버지가 실재계의 아버지에서 상징계의 아버지로 그 위치를 변모해가는 과정과 병행하며 「도둑견습」의 독특한 미적 감동을 창출한다.

눈감은 채 마주 선 연인들

— 윤영수의 「사랑하라, 희망 없이」(『현대문학』, 1994년 7월호)

　윤영수는 1952년 서울 종로구 동숭동에서 아버지 윤지중과 어머니 이기남의 2남 2녀 중 막내로 출생하였다. 본명은 윤영순이며 경기여중과 경기여고를 졸업하였다. 고등학교 시절 영세를 받았고 천주교명은 로사리아이다. 1975년 서울대학교 역사교육과를 졸업한 후 여의도 중학교에 부임하였고, 같은 해 이대용과 결혼하였다. 1979년에는 대방여자중학교로 전근을 갔고 1980년 교직을 그만두었다. 1987년 우연히 문예진흥원 소설 강좌를 듣게 된 것을 계기로 소설 습작을 시작하였다. 서른아홉 살이던 1990년 『현대소설』에 단편 「생태관찰」이 신인상을 받으며 등단했다. 병자, 불구자, 건달, 장애인, 여성 등 한국사회에서 소외된 사람들의 이야기와 붕괴 직전에 놓인 가족관계 등을 주로 다루어왔다. 1990년대에 큰 주목을 받아 "우리 소설계에 있어 하나의 희망의 지렛대"(우찬제)라거나 "최근 우리 문학이 거둔 최대의

수확의 하나"(최원식)라는 극찬을 받았다. 이후에도 활발한 활동으로 여러 권의 소설집을 출판하였고 각종 문학상을 받았다. 1997년 「착한 사람 문성현」으로 한국일보문학상을, 2008년 소설집 『내 안의 황무지』로 제3회 남촌문학상을, 같은 해 소설집 『소설 쓰는 밤』으로 제23회 만해문학상을 수상하였다.

윤영수의 「사랑하라, 희망 없이」는 도시 변두리에 있는 친척 언니의 다방에서 차 심부름을 하는 18세의 윤희가 사랑의 열병을 앓으며 성장하는 과정을 담고 있는 소설이다. 도시 변두리의 다방을 배경으로 한 이 소설에는 하층민의 고단한 삶이 적지 않은 분량으로 등장한다. 폐가처럼 허름한 집, 새로 생긴 슈퍼에 손님을 잃는 동네가게의 할머니, 현수의 고물 오토바이, 사창가에 팔려간 젊은 여인, 찻잔 하나 깨뜨렸다는 이유로 쏟아지는 욕지거리, 과자를 훔쳐 먹은 아들을 때려 장애를 만든 어머니 등이 윤영수 특유의 꼼꼼한 솜씨를 통해 정밀하게 재현되고 있다.

그러나 아무래도 이 작품의 초점은 여성이 여러 가지 연애를 직·간접적으로 체험하며 한 명의 성인 여성으로 성장하는 과정에 놓여져 있다. 이때의 성장은 세상에 영향을 줄 수 있는 현실적 힘을 갖게 되거나 세상을 꿰뚫어보는 지적 능력을 갖게 되는 것을 의미하지 않는다. 오히려 본래의 자신은 대단한 능력이 없는 결핍된 존재임을, 즉 자신이 거세된 존재라는 것을 인정하게 되는 정신분석학적인 개념의 성장에 가깝다.

처음 윤희는 세상이 온통 자신을 바라보며 또 자신을 좋아한다는 착각 속에 살아간다. 윤희의 옆에는 두 명의 남자가 있는데, 한 명은 언니의 연인인 박일도라는 학원 선생이고 다른 한 명은 같은 또래로 신문 배달을 하는 현수이다. 윤희는 "무식"한 현수가 자신을 열렬히 사랑한다고 생각하며, 현수와 데이트를 하기도 하는 디피점의 미스 양은 자기와는 비교도 안 되는 사람이라고 평가 절하한다. 나아가 윤희는 "유식"한 박 선생이 얼마 가지 않아 자신의 애인이 될 것이라 확신한다. 윤희는 열네 살이 많은 박 선생이야말로 술집 여자인 언니가 아니라 자신의 애인이 되어야 한다고 생각하는 것이다. 윤희는 한동안 박 선생이 가지고 다니던 미색의 플라스틱 손잡이가 달린 박쥐우산을 가지고 다니며 행복해하는데, 이 우산의 손잡이는 박 선생의 남근을 의미하는 동시에 윤희가 자신이 가지고 있다고 생각하는 상상 속의 남근을 의미하는 기호라고 할 수 있다. 그러나 자신에 대한 이러한 과도한 가치 부여는 곧 깨어질 운명이다. 윤희는 언니와 박 선생의 사랑을 지켜보며 세상은 자신이 쉽게 의미를 파악할 만큼 간단하지 않으며, 그 복잡하고 불투명한 세상의 중심은 자신이 아니라는 사실을 깨닫는다. 자신은 "유식"한 존재가 아니라 "무식"한 존재임을 알게 된 것이다.

공통 감각에 비추어볼 때 가장 불가해한 사랑을 나누는 것은 언니와 박 선생이다. 언니는 고등학교 2학년 때 상경하여 사창가에 팔려간다. 휴가 나온 군인이었던 박 선생은 그곳에서 언니를 처음 만났으며, 그 이후로 계속해서 언니와 인연을 이어오고 있다. 박 선생은 하루도 빠짐없이 다방에 오지만 언니에게 특별한 행동을 하지도 않으며, 언니 역시 박 선생이 있거나 없거나 그대로 손님을 맞는다. 언니는 평소에 박 선생에게 쌀쌀한 편이며, 윤희는 언니가 박 선생을 "발가락의 때만큼도 여기지 않"는다고 생각한다. 그러나 하루도 빠짐없이 다방에 오던 박 선생이 형수 혼자서 수발해온 어머님이 편찮으셔서 며칠 동안 시골에 다녀오겠다고 하자 언니는 그때부터 병적인 반응을 보이기 시작한다. "잘됐어요. 축하해요. 이제 다시는 여기 안 와도 돼요."라고 말하기도 하고, "빌어먹을 인간. 지겨워, 지겨워."라는 악담을 하기도 한다. 그러한 모습을 보며 윤희는 처음으로 박 선생만 언니를 짝사랑하는 것이 아니라 언니도 박 선생을 좋아하는 것일지 모른다고 생각한다.

그토록 당당하던 언니는 박 선생이 보이지 않자 손님과 싸우기도 하며 "신세타령에 지친 술 취한 작부"로 변모한다. 다방 문을 잠그지도 못하게 하던 언니의 뜻이 전달된 듯, 박 선생은 온몸에서 술내를 풍기며 "유령" 같은 모습으로 나타난다. 결국 박 선생은 언니 때문에 시골에는 내려가 보지도 못하고 다방에 돌아온 것이다. 그러나 박 선생은 불효자로서의 자책감도 언니에게 무언가를 요구하는 갈망도 없이 "편안하고 만족스런 행복감"을 얼굴에 드러낸다. 이러한 모습을 지켜보며, 윤희는 "언니와 박 선생님은 한 운명이다! 옆사람들이 아무리 이해하지 못한다 해도, 당사자들조차 이해하지 못한다 하더라도. 사랑은 조건이나 형식을 뛰어넘어 그냥 운명처럼 거기 있는 것이다!"라는 깨달음에 도달한다.

윤희가 '사랑은 조건이나 형식을 뛰어넘어 그냥 운명처럼 거기 있는 것'이라는 진실을 깨닫는 데에는 주방 아줌마도 큰 영향을 미쳤다. 왼쪽 눈이 찔그러진 주방 아줌마는 한마디로 "진국"이다. 그런 아줌마는 새 여자와 살림을 차린 남편에게 월말이 되면 꼬박꼬박 생활비를 건넨다. 사실 주방 아줌마는 사주단자만 받았을 뿐 남편이라는 자와 혼인 신고도 한 바 없는 사이이다. 상식적으로는 말이 되지 않는 일을 주방 아줌마는 사랑이라는 이름으로 담담히 받아들인다. 그러한 아줌마를 보며 윤희는 "자기 남자를 자기 방식대로 사랑"라고 있는 것이라는 결론에 이른다.

결코 세상은 자기를 중심으로 움직이지 않는다는 것을, 이 세상은 자신이 모르는 것들로 가득하다는 것을 알게 된 윤희는 평소 그토록 경멸하고 무시하던 현수를 찾아간다. 윤희는 처음으로 현수의 팔짱을 끼고 싶다는 생각이 들었던 것인데, 이러한 욕망은 자신이 "무식"한 존재이며 사랑이란 "희망이라곤 전혀 없는 상처투성이 연인들의 이마에 슬며시 그어주는 하늘의 축복 같은 것"이라는 것을 깨달은 데서 비롯된다. 이 작품의 마지막은 강력한 메시지를 전달하는 잠언 풍의 "사랑하라, 희망 없이. 눈감은 채 마주 선 연인들이여. 가장 깊은 진실은 눈을 감아야 보이나니. 사랑하라, 희망 없이, 사랑하라."라는 문장으로 끝난다.

가장 깊은 진실을 보기 위해서 눈을 감으라는 말이다. 눈이란 아주 오래전부터 인간의 이성을 상징하는 대표적 신체부위가 아니었던가? 그렇다면 사랑이란 더 넓게 보자면 인간들 사이의 관계란 결코 합리성에 바탕한 이성 따위로 이루어지는 것이 아니라는 것, 오히려 그러한 이성적 판단을 넘어선 운명적 받아들임 속에서만 가능하다는 것을 '눈감은 채 마주 선 연인들'의 형상은 우리에게 알려주고 있는 것이다.

보통명사로 표현된 시대의 반어

— 서정인의 「무자년의 가을 사흘」(『소설과 사상』, 1994년 가을호)

서정인은 1936년 12월 20일 전남 순천군 순천읍 장천리 253번지에서 아버지 서병량과 어머니 김영자의 차남으로 태어났다. 본명은 정택이다. 순천남소학교, 순천중학교, 순천고등학교를 졸업하고 1955년 서울대학교 문리대학 영문학과에 입학하였다. 1962년 서울대학교 대학원 영문학과에 진학하였으며, 12월에 단편 「후송」이 『사상계』 신인상에 뽑혀 등단하였다. 1964년 대학원을 졸업한 후, 1968년 10월 전북대학교 문리과대학 영문학과에 전임강사로 부임하였다. 이후 1989년에 인문과학대학 학장에 취임하였고, 2002년 봄에 정년퇴임 하였다. 서정인은 여러 차례의 외국 체험을 통해 문학적인 폭과 넓이를 지속적으로 확장시킨 작가이다. 1971년부터 1973년까지 미국 하버드 연경학원 연구원으로 유학하였으며, 이때 철학자인 박이문과 교류하였다. 1977년 여름에는 풀브라이트 재단 후원으로 미국 털사대학에 가서 3

년간 유학하였고, 1996년 회갑을 맞이하였을 때는 방문 연구원으로 옥스퍼드를 방문하였다. 서정인은 이청준, 김승옥 등과 더불어 1960년대를 대표하는 작가로서 인정받고 있다. 그의 작품들은 문학적 간접화의 방법을 통해 사건의 진상에 다가가는 양상을 보여준다. 특히 현대인이 노정하게 마련인 자의식의 분열을 추적하는 지식인 소설의 면모를 보이기도 한다. 등단 이래 40여 년 동안 꾸준한 작품 활동을 통해 새로운 소설기법을 추구해온 작가의 작품세계는 경박한 이 시대에 사유의 깊이를 느끼게 해주는 뛰어난 문학적 성과를 거둔 것으로 평가된다. 이러한 그의 문학적 성취에 걸맞게 서정인은 수많은 문학상을 수상하였다. 1976년에 한국문학사 제정 한국문학작가상을, 1983년에 월탄문학상을, 1986년에 한국일보사 제정 한국문학창작상을, 1995년 동서문학상을, 1999년 제1회 김동리문학상과 제7회 대산문학상을, 2002년에 이산문학상을 수상하였다.

「무자년의 가을 사흘」은 '무자년의 가을 사흘', '팔공산', '화포 대포'로 장이 나뉘어져 있으며, 한국 현대사의 비극인 여순 순천 사건으로부터 한국전쟁까지를 다루고 있다. '무자년의 가을 사흘'이 1948년에 발생한 여수 순천 사건을 시간적 배경으로 삼고 있다면, '팔공산'과 '화포 대포'는 6·25를 배경으로 삼고 있다. "전쟁이 임박했다는 말은 그들에게 새삼스러워서 아무 감흥을 주지 못했다. 그들은 그동안 내내 전쟁 속에서 살았다."라는 부분이 잘 보여주듯이, 「무자년의 가을 사흘」은 1948년 여수 순천 사건에서 6·25로 이어지는 이데올로기적 대립과 그에 따른 일상화된 폭력의 풍경이 주요한 서사적 내용이다. 이 작품은 자전적인 요소를 적지 않게 지니고 있다. 서정인은 전남 순천에서 나고 자랐으며, 열세 살이었던 1948년 무자년 가을에

반란군들이 사흘 동안 순천을 점령하는 일을 겪었다고 한다. 이때 서정인은 진압군에 의해 군용 짐차에 실려 북초등학교로 잡혀갔다가 어리다고 밤에 풀려난 경험이 있다. 또한 한국전쟁이 발발한 1950년에는 인민군이 석 달 동안 순천을 점령하였으며, 이때 서정인 일가는 소설에서처럼 순천에서 몇십 리 떨어진 시골로 피난을 가기도 했다고 한다.

분단과 전쟁의 비극은 한국 현대소설사에서 적지 않게 다루어진 주제이다. 서정인의 「무자년의 가을 사흘」이 여타의 작품과 구별되는 특징은 두 가지이다. 첫 번째는 핵심적인 초점화자로 어린아이를 등장시킨 것이고, 두 번째는 제목에서 드러나는 것처럼 역사적 사건의 고유명사를 모두 제거했다는 점이다.

어린이를 중심인물로 내세운 것은 무엇보다 전쟁의 폭력성과 비극을 드러내는 데 효과적으로 기능한다. "노장년이 잇속으로, 청년이 몸으로, 치르는 전쟁을 소년은 가슴으로 겪는다. 노장청년이 백 년 뒤 사람들이 잘 알 것을 안다면, 소년은 그들이 도저히 알 수 없는 것을 안다."는 말처럼, 어린이야말로 전쟁의 쓰라림을 가장 절실하게, 그리고 정직하게 느낄 수 있는 존재이기 때문이다. 그렇기에 어리다는 사실은 전쟁을 이해하고 느끼는 데 장애가 아니라 장점이다. 또한 어린이의 순수한 시각을 통해서 "어른들은 때로는 어린이들보다 더 철이 없었다. 아마 전쟁도 철없는 어른들의 불장난이었다."와 같은 표현에서처럼, 전쟁을 일으킨 성인들에 대한 직접적인 비판이 가능해진다.

이 작품에서는 일반적으로 사용하는 '1948년 가을 사흘' 이라는 말 대신 '무자년의 가을 사흘' 이라는 말을 사용하고 있다. '무자년' 이란 육십 갑자에 바탕한 동양식 연도 표기방법에 따른 명칭으로서, 60년에 한 번씩 돌아온다. 이러한 표기법은 자연스럽게 순환성과 영원성을 강조할 수밖에 없다. 이러한 용어를 제목으로 사용한 것에서 단적으로 드러나듯이, 「무자년의 가을 사흘」에서는 여수 순천 사건과 한국전쟁이라는 역사적 대사건이 지닌 고유한 단독성보다는 여타의 전쟁과 공유하는 본질적인 비극성에 초점을 맞추고 있다. "총 든 군인들은 같았다. 모든 전쟁들은 같은 전쟁들이었다."라는 명제 속에는 작가가 여수 순천 사건과 한국전쟁을 바라보는 기본적인 시각이 압축되어 있다. "북괴군 하고 국군이 됐건, 인민군 하고 국방군이 됐건, 같으니까 싸운다."는 표현 역시도 한국전쟁을 고유성보다는 일반성 속에서 사유하는 작가적 시각으로 인해 가능한 표현이다.

「무자년의 가을 사흘」은 중편 분량을 지니고 있는데, 서사적 육체의 대부분은 중편에 걸맞는 서사적 사건이 아니라 작가의 깊이 있는 사색에서 비롯된 여러 가지 에세이적 진술들이 차지하고 있다. 그러한 사색은 전쟁이나 인간 일반의 이치를 향하는 경우가 많다. 전쟁을 몸으로 아는 것과 머리로 아는 것의 차이에 대하여 이야기한다든가, 문화적 공백기가 발생하는 시대적 상황을 진단한다든가 하는 대목이 그러하다. 특히 "세상에 주인이 어디 있고, 종이 어디 있는가. 주인 행세하는 사람치고 종 아닌 사람 없고, 종 처신하는 사람 치고 주인 아닌 사람이 없었다."나 "소수 양반들이 잘 먹고 잘살았던 왕조 때도 나라를 짊어진 것은 많은 상놈들이었지만, 나라가 망한 다음에도 명줄을 이은 것은 역시 그들이었다."라는 문장 역시 오래 기억할 만한 가치가 있는 사유의 기록이다.

「무자년의 가을 사흘」에는 서정인 특유의 상대주의적 인식에 바탕한 언어 구사의 장기가 유감없이 발휘되고 있다. 상식을 뒤엎는 대화적 상상력을 바탕으로 유동적이고 부조리한 전쟁을 소설화한 것이다. 그것은 이 작품에서 인물 간의 대화에 나타나는 말꼬리 잇기와 뒤집기를 통해 성립하는 독특한 '반어체'에 잘 나타나 있다. "어린이 세계에 머물러 있는 어른도 볼품없지만, 어른 세계에 뛰어든 어린이도 볼썽 사나웠다."나 "어린이들은 어른 행세를 해서 어린이를 없앴고, 어른들은 어린이 짓을 해서 어른을 없앴다."와 같은 대목에서 서정인의 문장 구사가 지닌 독특한 특징을 확인할 수 있다. '화포 대포'에서 이상주의자인 아버지는 이상주의인 공산주의를 회피하고, 현실주의자인 어머니는 현실적 폭력인 전쟁을 무서워하지 않는 것 역시, 이 작품에 드러난 "시대의 반어"의 대표적 사례이다.

기억을 통한 현실 재현

— 김소진의 「눈사람 속의 검은 항아리」(『21세기문학』, 1997년 봄호)

김소진은 1963년 강원도 철원에서 아버지 김응수, 어머니 김영혜의 2남 2녀 중 막내로 태어났다. 함경남도 성진이 고향인 아버지는 원산 대철수 때 처자식을 포화 속에 남기고 혼자 월남하였다. 1967년 군수품 장사가 어려워지자 서울로 이사와 미아리 산동네에 자리잡고, 1968년 아버지가 중풍으로 쓰러진 이후에는 어머니가 삯바느질 등으로 생계를 떠맡는다. 1982년 서울대학교 인문대에 입학하고 2학년 때 영문과를 선택한다. 대학 시절 집회와 시위에 열심히 참여했지만, 어느 순간부터 거리에서 싸우는 데 자신감을 잃으면서 차선책으로 황석영, 이문구, 박완서의 작품들을 대상으로 소설 습작에 몰두했다. 1984년 서울대학교 영문과 학회지 『생성』에 소설 「아버지의 슈퍼마켓」, 「소외」와 시 「조명」을 발표한다. 1986년부터 1년 반 동안 방위생활을 하며 우리말 어휘, 어구, 속담 등을 대학노트에 정리한다. 이때 습득한 어휘와 자라면서 어머니 곁에서 들어야 했던 입심이 합쳐져 소설 문체의 중요한 바탕이 형성된다. 1991년 「쥐잡기」가 『경향신문』 신춘문예에 당선되어 등단한다. 1996년 문화의 날에 문체부가 수여하는 제4회 '오늘의 젊은 예술가상'을 수상하고, 계간 『한국문학』 편집위원으로 참여한다. 1997년 4월 22일 새벽에 별세한다.

서른다섯의 나이로 요절한 김소진은 7년 여의 기간 동안 네 권의 소설집과 두 권의 장편소설을 펴냈다. 김소진의 작품은 그야말로 서민들의 삶을 관념이 아닌 날것 그대로 드러내었다. 이러한 삶의 구체성 이면에 자리잡은 지식인으로서의 복잡한 자의식은 그의 문학을 한층 풍요롭게 만들어준다. 서민들의 삶에 대한 실감나는 리얼리티는 가난한 미아리 산동네에서 유년기와 청년기를 보낸 김소진의 이력과 밀접한 관련이 있다. 김소진의 문학은 개발기 서울 산동네에 자리를 틀고 간신히 버텨나갔던 수많은 서민들에 대한 정밀한 기록화라고 보아 무리가 없다. 김소진 소설에서 핍진하게 재현된 서민들의 삶은 전통적인 리얼리즘 소설과는 달리 기억을 통과한 것이라는 점에 그 독특함이 있다. 이처럼 기억을 통한 재현이라는 고유한 양상은 자연스럽게 김소진의 작품이 메타소설로서의 성격을 지니게 만든다. 김소진의 마지막 발표작이 된 「눈사람 속의 검은 항아리」는 기억으로서의 현실재현이 지닌 의미와 한계, 그리고 김소진이 맞닥뜨렸던 작가로서의 자의식을 예리하게 보여준 명작이다.

「눈사람 속의 검은 항아리」는 선명한 이분법으로 이루어진 세계이다. 이분법은 '눈사람이 된 항아리/똥통이 된 항아리', '피로/가뿐함', '상상의 세계/실재의 세계', '산동네/재개발' 등으로 다양하게 나타난다. 작가 김소진이라고 보아 무리가 없는 소설 속 민홍은 들뜬

기대감을 가지고 미아리 셋집에 다녀오려 한다. 재개발을 앞둔 동네 사정도 파악하고 아버지 영정 사진도 가져오겠다는 것이 어머니에게 말하는 표면적인 이유이다. 그러나 미아리 셋집을 다시 찾는 진정한 이유는 "그 종이처럼 얇은 기억이 나를 이렇게 사라져 가려는 동네로 밀고 가는 것이 아닐까?"라는 말에서 알 수 있듯이, 지난날의 '기억' 때문이다. 김소진의 작품세계를 지탱하는 기반이 미아리 산동네였다는 것을 고려할 때, 이곳을 둘러보는 작업은 자신의 지난 작가세계를 되돌아보는 일로 연결된다.

그 '기억'은 한 지붕 아홉 가구의 장석조네 집에서 있었던 20년 전 어느 겨울날의 일이다. 갑자기 오줌이 마려워 한밤중에 화장실을 다녀오던 민홍은 빠루를 잘못 밟아 짠지가 담긴 함경도 욕쟁이 할머니네 항아리를 깨뜨린다. 평소에 어머니는 정초에 물건이 깨지거나 금이 가는 것에 대하여 심각한 금기를 지니고 있었기에 민홍의 걱정은 더욱 커진다. 그 순간 민홍은 밤새 내린 눈으로 항아리를 덮어 씌운 눈사람을 만들어 감추고는 하루 동안의 가출을 감행한다. 이 일을 거치며 어린 민홍은 박탄-D 병을 쥐어짜서 나온 액체로는 도저히 풀 수 없는 엄청난 피로감을 느낀다. 이 대목에서는 반복적으로 피로라는 단어가 연이어 등장한다.

가출한 날 저녁 어린 민홍은 엄마에게 야단을 맞게 될 거라고 걱정하며 집으로 돌아오지만, 눈사람이 있던 자리는 이미 깨끗하게 치워져 있다. 더욱 놀라운 사실은 민홍을 야단치는 사람은 고사하고 신경 쓰는 사람조차 없다는 사실이다. 이 순간 민홍은 "내가 짐작하고 또 생각하는 세계하고 실제 세계 사이에는 이렇듯 머나먼 거리가 놓여 있었던 것"임을 절감한다. 20년이 지난 민홍이 이 기억에 그토록 집착하는 것은, 현재의 그 역시 실재와 상상 사이의 간극으로 고민하기 때문이다. 실제로 민홍은 미아리를 다시 찾아가지만, 그곳은 민홍이 기억하던(달리 말하자면 김소진이 목숨을 걸고 소설 속에서 형상화하던) 미아리와는 매우 다르다. "보니깐 너무 바뀌었어요."라는 민홍의 말처럼, 사람도 건물도 모든 것이 변해버린 것이다. 재개발 경기의 훈풍으로 이미 미아리 사람들의 얼굴에 궁기는 사라지고 없다. 그들은 물질적으로는 가난할지언정 인간으로서의 품격은 잃지 않던 과거의 서민들이 더 이상 아니다. 소설에서 반복적으로 강조되는 그들의 육식성은 변모된 이들의 모습을 드러내기에 모자람이 없다. 민홍이 좋아하던 창이 형은 부도덕한 행실로 마을 사람 모두로부터 손가락질 받던 국희와 살림을 차리고 있다. 이러한 상황에서 셋집에 들르지 않고 집으로 돌아오던 민홍은 세로로 절반쯤 깨진 큼직한 항아리에 대변을 본다. 똥을 다 눈 후에 민홍은 "모래주머니를 발목에서 풀어낸 달리기 선수처럼 가뿐하게" 걷기 시작한다.

20년 전 민홍이 깨진 항아리에 눈을 씌워 예쁜 눈사람을 만들었다면, 20년이 지난 민홍은 깨진 항아리 안에 똥을 싼다. 민홍이 어린 시절 항아리를 깨뜨림으로써 실재와 상상의 격차를 느꼈다면, 20년이 지난 민홍은 미아리를 방문하여 다시 한 번 실재와 상상의 격차를 확인하고 있다. 김소진에게 미아리란 '깨진' 항아리처럼, 그를 작가로서 살게 한 가장 근원적인 외상의 지점이라고 할 수 있다. 그것을 애써 눈으로 감춰 그럴듯한 눈사람을 만드는 것이야말로 김소진 문학에 대한 가장 명징한 표상이다. 이 눈사람을 만드는 작업이 필사적인 만큼 그 피로감 역시도 치명적이었던 것이다. 그것은 어린 민홍이 항아리를 깨뜨렸던 그날 밤에 느꼈던 그 엄청난 피로감을 통해 유추할 수 있다. 20년 전 어린 민홍이 느끼던 피로 역시도 현재의 민홍이 떠올린 것이기 때문이다. 민홍은 미아리 산동네를 떠나며 더 이상 그 피로를 감당하지 않으려 한다. 민홍이 작품의 마지막에 울면서 하는 "여태껏 나를 지탱해왔던 기억, 그 기억을 지탱해온 육체인 이 산동네가 사라진다는 것이 아니겠는가"라는 생각에서 알 수 있듯이, 이제는 깨진 항아리마저 존재하지 않기 때문이다. 이러한 절체절명의 상황에서 민홍은 깨진 항아리에 똥을 누는 나름의 결별의식을 행한다. 이 상처와의 결별이 바로 민홍이 느끼는 '가뿐함'의 근원이었던 것이다. 자신의 소설에 대한 자의식으로 가득찬 「눈사람 속의 검은 항아리」는 김소진이 이전의 자기 세계와는 다른 새로운 문학적 지평을 향해 나아가고 있었음을 선명하게 보여주는 하나의 이정표이다.

경계의 무화

― 정영문의 「브라운 부인」(『현대문학』, 2006년 2월호)

정영문은 1965년 경상남도 함양에서 태어나 서울대학교 심리학과를 졸업하였으며 1996년 『작가세계』 겨울호에 장편소설 『겨우 존재하는 인간』을 발표하면서 등단했다. 2010년에는 대산문화재단과 미국 버클리 캘리포니아주립대가 함께 시행하는 '대산―버클리 한국 작가 레지던스 프로그램'의 다섯 번째 참가자로 선정되어, 미국에 머물며 버클리 학생들을 상대로 한 강의와 워크숍, 작품 발표회, 언론 기고, 미국 저명 작가들과의 교류 등을 하였다. 10권이 넘는 소설집과 중·장편소설의 간행 이외에도 『사랑을 말할 때 우리가 이야기하는 것』, 『쇼샤』, 『발견:하늘에서 본 지구 366』, 『인간들이 모르는 개들의 삶』, 『카잔차키스의 천상의 두 나라』 등 50여 권의 외서를 번역하였다. 1999년 첫 번째 소설집인 『검은 이야기 사슬』(문학과지성사, 1998)로 제12회 동서문학상을, 2012년에는 『어떤 작위의 세계』(문학과지성사, 2012)로 제17회 한무숙문학상을 수상하였다. 이후에도 제43회 동인문학상, 제20회 대산문학상을 동시에 수상했다.

정영문은 등단 이후부터 지금까지 끊임없이 사회와 문명이 만들어 낸 여러 가지 경계를 의문시한다. 인간/동물, 삶/죽음, 정상/비정상 등 인간이 그동안 만들어온 갖가지 이분법을 심문하고 결국에는 그 허구성을 통렬하게 드러내는 데 그 문학적 특징이 있다. 이러한 글쓰기는 기존의 코드로 받아들이거나 해석할 수 없는 갑작스러운 기호에 우연히 맞닥뜨렸을 때 시작되고는 한다. 한밤중 늙은 난쟁이나 장의사가 나타난다든가(「임종 기도」, 「장의사」), 여름날 밤 산책 중에 곱사등이가 바짝 다가선다든가(「곱사등이」), 낙타 한 마리가 불쑥 열어놓은 방문으로 들어온다든가(「낙타가 등장하는 꿈」), 유령 선장이 출몰한다든가(「끝없는 항해」), 한밤중에 갑자기 정전이 된다든가(「자신을 저격하다」), 갑자기 거대한 코끼리 한 마리가 자신에게 달려온다든가(「미친 코끼리」), 한밤중 어디선가 울음소리가 들려온다든가(「무서운 생각」) 할 때가 그것이다. 그러한 자극이 있은 후에야 비로소 사유는 활동을 시작하고, 그러한 사유는 주체의 능동성과는 무관한 강제성에 이끌려 작동한다. 불명확함과 혼돈으로 가득한 기호들은 자기 안에 들어 있는 것들이 해석되기를 끊임없이 요구한다.

「브라운 부인」(『현대문학』, 2006년 2월호)에서는 평화로운 브라운 부인의 가정에 총을 들고 침입한 강도가 바로 정영문 소설의 '기호' 역할을 한다. 이 강도는 기존에 우리가 생각하는 강도와는 너무나 다르다. 십대 후반의 무척이나 어수룩한 강도는 한없이 말을 더듬으며 자신의 총을 통해서만 간신히 스스로가 강도임을 증명한다. 그러나 소년 같은 얼굴에 가는 사지(四肢)를 지닌 그의 행태는 강도와는 너무나 거리가 먼 모습이다. 브라운 부인은 심지어 사내아이와 그의 동행인 여자아이를 좀 더 붙들고 싶은 마음이 들 정도이며, "그들로 인해 자칫, 아니 거의 틀림없이 무료할 수도 있는 그날 저녁을 나름대로 유쾌하게 보내고 있었던 것"이라고까지 생각한다. 몇 시간 동안 사내아이가 브라운 부인에게 요구한 것은 마실 것과 치질약과 네 곡의 피아노 연주뿐이다. 사내아이가 돈을 요구하기는 했지만 그것 역시도 그녀의 "남편이 그에게 뭔가를 요구할 것을 요구한 후에야 요구한 것"이다. 어쩌면 총을 들고 브라운 부인의 집에 침입한 사내아이는 단지 "늘······이렇게······호수나······바다가······보이는······집에서······살고······싶었어요."라는 꿈을 이루기 위해 들어온 것인지도 모른다.

오히려 사내아이와 여자아이로 이루어진 강도단을 통해 브라운 부인의 남편이야말로 폭력적이며, 그가 군림하던 가정이야말로 비정상일 수도 있음이 강하게 드러난다. 브라운 부인은 사내아이를 대하는 남편의 태도를 보며, 남편이 무척 기만적이며 옹졸한 사람이라고 생각한다. 브라운 부인은 백인인 남편이 유색인종이 아니라 자신과 같은 백인이 총을 들고 자신을 위협한다는 사실에 분개하는 것인지 모른다고 추측한다. 이것은 브라운 부인의 남편이 평소 인종주의자였다는 것을 암시하는데, 평소 순수한 한국인이었던 브라운 부인은 백인들의 세상인 미국 중서부에 살면서 백인인 남편을 부러워하기도 했던 것이다. 그녀는 남편에게 폭행을 당해 의식을 잃었던 일을 떠올리기도 한다. 또한 결혼하면서 그녀는 자신의 성(姓)을 계속해서 사용하기를 원했지만, 남편은 반드시 자신의 성인 브라운을 따를 것을 강요했다. 문득 그녀는 "자신이 브라운이라는 성을 가진 남자와 살고 있는 것이 이상하게 여겨졌고, 어쩌면 자신이 남편을 떠나게 될지도 모른다는 생각"을 한다. 나중에 브라운 부인은 실제로 남편과 이혼하고, 캐나다로 이주하여 평소의 꿈이었던 경비행기 조종을 하기 위해서 조종학교를 다니게 된다.

인질 체험이 브라운 부인에게 가져다준 것은 "그 상황은 너무도 일상적인 것으로 여겨졌다. 그에 비하면 자신의 자연스런 일상의 어떤 부분들이 더욱 부조리하게 여겨졌다."는 문장으로 압축해 볼 수 있다. 사내아이가 총을 들고 집에 침입했던 그 사건은 브라운 부인이 정상이라고 생각했던 것들의 실상을 되돌아보게 하고, 그 정상의 이면에 감추어진 폭력과 문제점을 근본에서부터 성찰하도록 이끌었던 것이다. 정영문의 「브라운 부인」은 기존의 인식적 틀로는 도저히 해석할 수 없는 갑작스러운 사건이 출현하고, 그러한 사건을 통해 기존의 통념과 인식에서 벗어나도록 하는 작가의 고유한 특징이 고스란히 담겨져 있는 작품이다.

정영문은 집요하게 기존의 질서와 독사(doxa)에 맞서 싸우고 있다. 그것은 때로 소설에 대한 고정된 인식 전체를 뒤엎는 숨 가쁜 장면이기도 하다. 그는 안정된 기존의 구조를 파괴하고 절단하여 코스모스의 세계를 카오스의 세계로, 인간의 세계를 인간 이전의 세계로 돌려놓고자 시도한다. 이러한 시도는 안전장치 없는 번지점프대에서 떨어질 때와 같은 공포감과 불안감을 심어주기도 하지만, 때로는 상상할 수 없었던 인식의 전환을 가져다주기도 한다. 정영문의 소설은 고정관념에 대한 해체를 지향하고 새로운 사유의 가능성을 제시한다는 점만으로도 새로움과 그 존재 의의를 인정받을 수 있다. 정영문은 최근의 작품들에서는 한 단계 심화된 실험을 행하고 있는데, 그것은 '존재와 의미의 심연을 응시하는 글쓰기'에서 '존재와 의미의 심연으로서의 글쓰기'로 나아가는 과정이라고 정리해볼 수 있다.

지금 우리는 행복한가?

― 김도연의 『이별전후사의 재인식』(문학동네, 2011)

『이별전후사의 재인식』(문학동네, 2011)이 김도연의 이전 소설과 크게 차이 나는 지점은 과거에 대한 동경이 강렬하게 드러난다는 점이다. 「메밀꽃 필 무렵」에 등장했던 허동이의 말년을 다루고 있는 「메밀꽃 질 무렵」의 허동이는 과거에 고착된 인물이다. 허동이는 아버지가 전을 펼치고 돌아가신 자리까지 고스란히 물려받아 장돌뱅이 생활을 하고 있다. 허동이의 모든 정신은 허생원, 조선달과 함께 장터를 누비던 과거에만 머물러 있으며, 사라진 허생원과 조선달의 세계에 대한 그리움으로 밥을 먹고 잠을 잔다. 그러나 그 세계는 이미 사라져버렸고, 지금의 세상은 술에 취해 잠이 든 동이가 전대를 다 털리는 것처럼 삭막하고 무서울 뿐이다.

「사람 살려!」는 자연과 우주의 교감이 이루어지던 시대를 직접적으로 형상화하고 있다. 이 작품에는 두 개의 지도가 기둥처럼 작품의 처음과 마지막에 놓여 있다. 처음 성기가 개똥이에게 보여준 지도에는 강릉에서 한양으로 가는 길만 그려져 있는 것이 아니라, "저 산에는 호랑이가 자주 출몰한다. 이 고을을 지날 땐 무엇을 조심해야 된다는 등의 주의사항이 간단한 그림과 함께 자세하게 적혀 있"(163쪽)다. 생명의 구체적인 실감이 그대로 살아 있는 것이다. 그러나 작품의 마지막에 그 지도는 "헐벗은 산과 산의 이름, 갈라지고 만나는 길, 그리고 사람의 마을을 알리는 지명뿐인, 헐벗은 풍경이 전부"(193쪽)인 모습으로 변한다.

생명의 아우성과 교감으로 가득했던 장소가 메마른 이름만으로 존재하게 된 것이다. 김성기는 술김에 사고를 치고는 하인 한 명을 데리고 서울로 도망을 친다. 이 도망길에서 그는 설화의 단골손님인 구미호, 산적, 호랑이, 도깨비, 물귀신 등을 차례로 만난다. 구미호는 여성으로 변신해 유혹하고, 호랑이는 말을 하고, 도깨비는 밤새 씨름을 한다. 성기는 이와 같은 존재들에 대하여 극히 부정적이어서, "내 언젠가 꼭 이 야만의 시대를 하나도 빠뜨리지 않고 기록할 것이다. 구미호의 꼬리를 자르고 산적들을 퇴치할 정책을 창안해서 조정에 상소할 테니 두고 봐라. 호랑이 입에서 인간의 말을 영영 빼앗아버리겠어"(181쪽)라고 다짐한다. 그에게 서울로 도망가는 길은 "암흑의 땅을 지나 빛이 있는 한양"(181쪽)으로의 이동이라는 의미를 얻는다.

물에 빠진 성기 앞에 강릉을 떠난 뒤에 만난 온갖 환상적인 존재들이 나타났을 때, 성기는 "사람 살려······!"(192쪽)라고 소리친다. 이 말에 그것들은 "이제 우리랑 놀 생각이 없는 거야?"라고 물으며, "대단히 슬픈 표정을 지우지 못하고 서서히 물러"(192쪽)난다. "사람 살려!"라는 말이 자연과의 결별을 선언한 것으로 받아들여진 것이다. 자연

혹은 비이성적인 것과의 결별을 통해 고속도로를 뚫고, 스키장을 건설한 위대한 인간은 탄생한다. 그러나 성기는 그들이 떠나가는 모습을 보며 "왠지 알 수 없는 고독을 발목에 매달고서 물 위로 떠"(192쪽) 오른다. 온몸을 부르르 떠는 성기의 초라한 마지막 모습은 현대인의 초상인지도 모른다.

「바람자루 속에서」에서 시간강사인 '그'는 「사람 살려!」에서 성기가 서울로 오던 길에 가득했던 생명의 소용돌이를 깨끗하게 마름질한 영동고속도로를 심야에 혼자 달리고 있다. 그가 대관령 동쪽의 집으로 돌아가는 차 안은 네비게이션에서 나오는 안내 목소리만이 정기적으로 고요를 깨뜨린다. 다음 학기 강의를 들먹이며 룸싸롱 접대받기를 즐기는 K교수 등으로 가득한 세상은 "피곤하고 지루하고 가끔 화가 날 뿐"(109쪽)이며, "그 너머를 향한 꿈은 사라진 지 오래"(109쪽)이다.

얼핏 고라니, 멧돼지와 함께 차를 타고 달리는 이 작품에서는 자연과의 교감이 회복된 것으로 보이기도 한다. 그러나 오히려 고라니, 멧돼지의 존재는 그러한 교감의 불가능성을 강렬하게 환기시킬 뿐이다. 이때의 동물은 「사람 살려!」에 등장하던 동물과는 완전히 다르다. 「바람자루 속에서」에 등장하는 동물들은 인간화된, 그의 내면이 투영되어 있는 존재들이다. 멧돼지는 "우리도 먹고살려면 어디든지 다녀야 돼. K교수같이 비열한 놈을 만나면 어쩔 수 없이 정기적으로 굽신거릴 때도 있고"(115쪽)라고 말한다. 김도연 소설에 등장하는 동물들은 대자연의 영역에서 비롯되는 근원적 향수를 표상한다기보다는 인간의 영역에서 비롯된 파편화된 분열의 상징물인 경우가 더욱 많다. 인간과 동물(자연)의 교감은 더 이상 상상할 수 없는 끔찍한 현실이 환상적인 수법으로 드러나고 있는 것이다. 마지막 그가 공중으로 떠오르는 것은 파탄난 고속도로와 파탄난 그의 인생의 필연적 귀결이다.

그는 고속도로 공사가 한창이던 70년대에 태어나 그 역사를 함께했다. 그의 삶과 고속도로는 어느새 같은 의미를 지니게 된다. 이 작품에서는 그의 삶이 꿈을 잃어버리고 파탄나 버린 것과 마찬가지로 고속도로로 상징되는 개발의 역사 역시 부정적으로 그려진다. 그것은 고속도로 건설 무렵 그의 집에 세들어 살던 토목기사 방에서 발견된 "노스트라다무스의 지구 종말을 알리는 예언서"(103쪽)에서도 어느 정도 감지할 수 있다.

자연과의 결별, 총체적인 우주적 질서와의 결별이 가져온 현실의 끔찍함은 「떡」에서 실감나게 그려지고 있다. 이 작품의 주인공은 베트남에서 시집온 여성으로, 알콜 중독이던 남편은 병으로 죽었고, 남겨진 자식들을 키우며 고향에 돈을 보내기 위해 공사장에서 떡과 몸을 판다. 알콜 중독자인 남편의 습관적인 구타. 술주정하던 남편이 어느 날 구토하듯 내뱉은 "넌 내가 자그마치 이천만 원이나 주고 사온 물건이야!"(54쪽)라는 말은 둘의 사이가 이토록 폭력적으로 왜곡될 수밖에 없는 근본적인 이유를 보여준다. '나' 역시 이러한 물신에서 자유롭지 못하다. 그는 성매매 현장에서 거짓 교성을 내지르며, "한 사람의 희생으로 지긋지긋한 가난에서 벗어날 수만 있다면"(59쪽)이라고 생각한다. 그러나 박카스 사내에게 가방에 담긴 돈을 강탈당하는 결말처럼, 그녀 앞에 놓여 있는 삶은 떡의 달콤함과는 거리가 멀다.

가치 있는 것은 과거에 있다는 인식은 표제작이기도 한 「이별전후사의 재인식」에도 잘 나타나 있다. 두 남녀는 1997년과 2007년이라는 10여 년의 차이를 두고 재회한다. 두 개의 시공은 확연하게 구별된다.

1997년, 그녀는 침대에서 "누가 다음 대통령이 될까?"(198쪽)를 진지하게 물으며, 야당 후보에게 투표할 것을 강권한다. 그녀는 나라를 위해 커플반지를 내놓기도 한다. 그러나 과외 자리조차 구하기 어려운 현실 속에서 그녀는 "불안해"(201쪽)를 작지만 간절하게 두 번이나 외친다. "가난하게 사는 게 정말 싫어"(205쪽)라며 눈물을 흘리던 그녀는, 끝내 가난하기만 한 그를 떠나간다.

다시 만난 2007년. 그들은 각자의 가정을 가졌고, 나름 사회적으로 자리를 잡았다. 지긋지긋한 가난에서 벗어난 것이다. "그때는 바닥에 먹을 패가 없어 헉헉거렸지만 십여 년 뒤의 풍경은 먹을 게 너무 많아서 탈"(216쪽)이다. 동시에 그들은 "'불안해'에서 이상한 '행복해'"(218쪽)를 외치는 사람들이 되어 있다. 그러나 그들은 이전과는 다른 결핍을 뼈저리게 느낀다. 이 결핍으로 인하여 이별전후사는 충만의 시간으로 재인식된다. 이제 그들이 할 수 있는 일이란 모텔과 유원지의 방갈로에서 "닭 먹고 술 마시고 섹스하고 화투치는 거"(215쪽) 뿐이다. 그녀는 이제 대통령은 "누가 되든 상관없잖아!"(217쪽)라고 외치는 인물이 되어 있다. 그녀의 "우린…… 어디로 가는 걸까"(213쪽)는 어떠한 지향점도 상실해버린 둘의 지금을 잘 압축해 보여준다. 이제 그들은 "마침내 그녀와 그의 기억이 거의 다 타고 있다는 사실을"(219쪽) 깨닫는다. 지금의 삶은 단지 지난 시절의 기억만으로 유지되는 것일 뿐, 새로운 무언가를 전혀 창조하지 못하는 삶이었던 것이다. 이들의 또 한 번의 결별. 그것은 새로운 만남조차 기약할 수 없는 완전한 소진임에 분명하다.

김도연의 『이별전후사의 재인식』은 기본적으로 자아와 세계 사이의 근원적인 일체성의 상실과 그에 대한 대응으로 정리할 수 있는 낭만주의의 토포스에 충실하다. 꿈과 초월, 파멸과 그에 대한 대응으로서의 정념이 김도연의 소설을 가로지르고 있다. 낭만주의는 현실로부터의 이탈을 기본적 특징으로 하지만, 바로 이 현실로부터의 초월이라는 특징이 맥락과 상황에 따라서는 강력한 정치적 효과를 발휘할 수도 있다. 전면화 된 개발의 논리야말로 지금 이 시대의 초월적 기의임을 생각할 때, 김도연의 이번 소설집은 충분히 문제적이다.

유순봉의 고통 앞에 당신도 예외일 수 없다

— 윤영수의 『귀가도』(문학동네, 2011)

「문단속을 제대로 하지 않으면」은 윤영수의 문제의식이 가장 선명하게 드러난 작품이다. 서른 중반의 유순봉은 남들보다 지능이 떨어져 보일 정도로 선량하기 이를 데 없다. 유순봉의 집에 징역 십오 년을 살고 나온 조폭 출신 기천웅이 무단으로 들어와 삼 년 이 개월간 동거하고 있다. 기천웅은 주인 행세를 하며, 유순봉의 가족들을 괴롭힌다. 어느 날 방송국 피디가 취재를 나온다.

이 작품의 제목인 '문단속을 제대로 하지 않으면'은 피디의 "어떻게 같이 살게 되었나요"(126쪽)라는 말에 유순봉이 "……문단속을 제대로 하지 않아서요"(126쪽)라고 대답한 것에서 비롯되었다. 그러나 과연 문단속만 제대로 했다면, 그래서 기천웅만 들어오지 않았다면 유순봉은 행복했을까? 대답은 부정적인데, 이유는 기천웅 씨가 무단으로 점령하고 있는 문안은 물론이고, 문밖 역시 유순봉에게는 악으로 가득한 세상이기 때문이다.

이 소설에서 유순봉을 둘러싼 모든 인물은 악인이다. 오직 예외는 이제 죽고 없는, 그리하여 유순봉이 모든 일을 보고 드리는 어머니뿐이다. 유순봉의 유일한 친척인 동서는 '나'의 말을 들어주는 일도 없으며, 어머니가 유순봉에게 물려준 재산도 중간에서 가로챈다. 유순봉은 가구공장 잡부로 일하기 위해 파트너인 김과장에게 월급에서 20만 원을 떼어준다. 집주인 아줌마는 머슴 부리듯 유순봉에게 온갖 집안일을 시키고, 동네 아이들은 유순봉의 아들인 종훈이의 신체장애를 놀린다.

이 작품은 실천이 전제되지 않은 '본다는 행위'의 폭력성을 끈질기게 문제 삼는다. 방송국 사람들은 유순봉의 집에 카메라를 설치하지만, 기천웅의 무지막지한 폭력이 발생할 때는 물론이고 미림이가 성추행 당할 때도 결코 개입하지 않는다. 그들이 관심을 갖는 것은 오직 좋은 화면이다. 피디는 유순봉의 말을 들어주거나 그를 도와주려는 것이 아니라 유순봉에게서 자신이 원하는 말과 행동을 얻어내고자 할 뿐이다. 이것이 여의치 않을 때면, 기천웅에 모자라지 않은 폭력적인 모습을 보이기도 한다. 딸 미림이가 기천웅에게 성추행 당하는 장면을 반복해서 보여주며, 유순봉에게 심각한 표정을 지으라고 강요하는 장면에서는, "피디도…… 기천웅 씨와 똑같았습니다"(151쪽)라는 유순봉의 말에 동의하지 않을 도리가 없다. 그들은 "얼굴이나 하는 일은 다르지만 자신이 얻고자 하는 것은 무슨 일이 있어도 손에 쥐고 마는, 강한 인간"(151쪽)인 것이다. 결국 피디는 자신이 원하는 프로그램을 얻고, 무책임하게 떠나간다. 물론 기천웅은 감옥에 갔다. 그러나 어차피 문밖과 문안의 구별은 유순봉 씨와는 무관한 것이었다. 방송국의 등장 이후 달라진 것은 오히려 그 잘난 직장에 붙어 있기 위해 김과장에게 건네는 돈의 액수가 오만 원 더 늘어난 것뿐이다.

이 작품을 읽는 내내 불편했다. 그러나 진정으로 이 작품이 문제 삼고 있는 것은 바로 이러한 불편함이다. 우리는 어떤 식으로든 유순봉의 불행에 연루되어 있다. 그러나 우리는 유순봉의 고통을 보고 들으며, 우리는 그의 불행이나 그를 괴롭히는 악과는 무관한 존재라는 자기 정당화에 빠진다. 시청자들이 피디가 그토록 애써서 만든 프로그램을 보는 이유도 바로 그 불편함 속에 감춰진 자기 정당화의 달콤한 위안을 얻기 위함이 아니겠는가. 「귀가도2 ─ 도시철도 999」는 유순봉이 겪는 이 사회의 고통으로부터 우리 사회의 그 누구도 자유로울 수 없음을 알레고리적으로 보여주고 있다. 지하철 2호선이 신림역부터 구의역까지 달리는 동안 그곳에서 벌어지는 사건은 지하철 안의 모든 이들에게 어떤 식으로든 영향을 미친다. 한 젊은이가 노인의 권유로 노약자석에 앉은 행위는 결국 그 지하철에 오른 젖먹이에게까지 끊임없는 연쇄반응을 일으키는 것이다.

「떠나지 말아요, 오동나무」는 일상을 지배하는 사소한 악의 끈질김에 대한 인식이 유머러스하게 드러난 작품이다. 몇 번이나 반복되는 "개도 안 물어갈 김명구"라는 말처럼, 김명구는 젊어서부터 외도를 밥 먹듯이 저지르고, 혜순에게 각종 만행을 저지른다. 명구의 아내 혜순은 남편과 시집 식구들의 모진 학대를 견뎌내며 살아왔다. 김명구는 어느 날 혜순의 노트 한 권을 발견한다. 거기에는 50년을 간직해온 성호 오빠에 대한 사랑으로 가득찬 연애편지가 빼곡하다. 한국전쟁으로 부모를 모두 잃고 버려진 혜순을 구해준 것이 바로 친구 성희의 가족이고, 성희의 오빠인 성호는 혜순이에게 "왜 혜순이도 예뻐. 귀엽잖아"(194쪽)라는 말까지 해준다. 혜순은 이후 50년 동안 그 말을 보석처럼 마음에 간직해온 것이다. 심지어 혜순은 모든 집안 살림을 정리하고, 미국으로 떠날 계획까지 세워놓았다.

처음 김명구는 혜순을 보내주기로 결심한다. 혜순이 "열다섯 살 때의 첫정을 50년 동안 지켜온, 누구도 감히 흉내낼 수 없는 지순한 사랑의 주인공"(198쪽), 즉 "사람"(198쪽)임을 깨달은 것이다. 김명구는 처음 혜순을 수신인으로 했다가 두 줄도 쓰기 전에 구겨버리고, 자식들을 수신인으로 바꾼다. 그러나 이것 역시 그만두고 아내가 사랑하는 정성호를 수신인으로 편지를 쓰기 시작한다. 이러한 과정을 거치면서 점점 자신에 대한 과대망상에 빠져든다. "자신이 그런대로 쓸 만한 사내"(199쪽)라는 생각은, "자신은 시인이나 소설가가 되었어도 좋았으리라"(200쪽)는 후회로, 나아가 "불세출의 예술가"(201쪽)와 "타고난 시인, 깨끗하고 고고한 영혼의 소유자"(202쪽)라는 평가로까지 이어지는 것이다.

그러나 아내를 보내겠다는 생각은 행동으로 연결되지 않는다. 아내가 없어질 경우 대소변도 못 가리는 노모를 챙기는 일이 여간 큰 문제가 아니기 때문이다. 결국 김명구가 쓰는 편지의 수신인은, 자신과 함께 아내 혜순을 괴롭히는 데 앞장선 또 한 명의 가해자 노모로 귀착된다. 그 편지에서 아내는 오래전부터 외간 남자에게 정을 준 여인으로, 자신은 "언제 돌아가실지 모를 소중한 어머니를 위해 묵묵히 이 수모를 견디며 살아"(205쪽)가는 효자이자 "아내의 부정을 뻔히 알면서도 가정의 안녕을 위해 모든 허물을 덮고 살아야 했던 인간"(206쪽)으로 둔갑한다. 사실 "개도 안 물어갈 김명구"는 노모가 누워 있는 방에 들어가지 않은 지가 오 년이 넘었다. 작품은 김명구가 편지를 모두 쓴 후에, 새롭게 바람피울 여자를 생각하는 것으로 끝난다.

윤영수의 『귀가도』가 깊이를 확보하는 것은 현실의 속악함이나 진정한 윤리의 지난함을 예리하게 보여주는 동시에 새로운 삶의 가능성도 제시하기 때문이다. 시장통이 배경인 「바닷속의 거대한 산맥」의 초점화자 현희는 세상물정에 어두우며 옷장사에도 유능하지 못하다. 아버지는 수전노이고, 남동생 현준은 마음의 병을 앓아 세상으로 열린 창을 닫고 자신의 방에만 머문다. 커피가게를 하는 은주는 현희와는 대조적으로 적극적이고 장사수완도 밝다. 그러나 실제 은주는 사고로 죽은 아버지의 모든 재산을 언니에게 빼앗긴 채, 찾아오는 친구 하나 없이 "뼛속 깊이 외로움을 타"(245쪽)고 있다. 현준은 언젠가부터 "바닷속에도 산맥이 있어"(215쪽)라는 말을 한다. '바닷속의 산맥'이란 "서로에게 해줄 수 있는 것은 다만 곁에 있어주기. 그 덕에 산은 산맥이 되어 세월을 버틴다"(243쪽)라는 말처럼, 보통 사람들이 서로에게 의지함으로써 험난한 세상을 견뎌내는 모습을 나타낸 이미지이다. 이러한 이미지는 작품의 마지막에 현준과 은주가 연인으로 맺어질 가능성을 통해 구체화된다.

「귀가도3 – 아직은 밤」의 '나'는 남편이 운전하던 차를 타고 가던 중 딸이 사고로 눈을 잃고, 그 장애를 극복하려 애쓰던 딸이 끝내 자살하는 아픔을 겪는다. 이후 남편과 아들을 향한 마음의 문을 꽁꽁 닫고, 지금은 아예 남편과 멀리 떨어져 지내고 있다. 남편을 만나고 돌아오는 심야버스 안에서 죽은 딸 나이의 아가씨와 대화를 나누며 자신의 지난날을 반성하고, 새로운 삶에 대한 희망찬 의지를 다진다. 윤영수의 삶에 대한 희망은 이토록 강렬한 것이다. 소설집 『귀가도』는 선과 악에 대한 균형된 인식과 겹의 시선으로 삶의 안팎을 고루 응시하는 성숙함을 통해, 윤영수가 우리 시대를 증언하는 대표 작가 중의 하나임을 증명하고 있다.

애도와 성장

— 이신조의 『29세 라운지』(뿔, 2011)

이신조의 『29세 라운지』(뿔, 2011)는 애도와 상실이라는 문제를 정면에서 다룬 작품이다. 문나형의 가장 큰 상처는 쌍둥이 동생 중 한 명인 수형의 죽음이다. 어린 시절부터 문나형은 "쌍둥이에게 제 젖을 먹여야 한다고 생각하는 어린 누이"로서 "어느새 아우의 병을 제가 고쳐야 한다고"(48쪽)까지 생각한다. 이처럼 과도한 애정을 동생에게 쏟았기에 그녀가 수형의 죽음을 극복하는 것은 결코 간단한 과제가 아니다. 문나형은 현재 기업체의 사보나 이런저런 잡지에 글을 쓰는 자유기고가인데, 죽은 쌍둥이 남동생인 '문수형'의 이름을 필명으로 사용한다. 이것은 프로이트적인 의미에서 애도가 적절히 이루어지지 않은 우울증의 전형적인 모습이라 부를 만하다. 애도가 대상을 떠나보내고 자신에게 되돌아오는 것이라면, 우울증은 상실된 대상과 자아를 동일시하기 때문이다.

이러한 상실을 극복하는 것이야말로 문나형에게는 절실한 성장의 과제이다. 이 작품에서 가장 큰 비중을 차지하는 것은 유부남인 안세완과 문나형의 아슬아슬한 연애이다. 그런데 이 사랑의 성격이 조금 문제적이다. 문나형은 출판편집 프리랜서로 활약할 때, 한 석좌교수의 책을 가필해주며, 그 교수의 제자인 세완을 만난다. 세완은 나형이 다니던 G여고에서 임시기간제 교사를 한 적이 있다. 둘의 사랑은 나형이 교통사고로 가족을 잃고 오래 결석했던 사실을 세완이 기억하고 있는 것에서부터 시작된다. 문나형에게 안세완은 고통스러운 상실의 순간을 의미한다고 볼 수도 있다. 그렇다면, 둘의 사랑은 나형에게 있어서는 여전한 우울증적 증상의 연장이라고 이해할 수도 있다.

이 작품에서 문나형의 유일한 친구로 등장하는 권민오 역시 가족의 상실이라는 비슷한 문제를 안고 있다. 같은 학과의 친구인 권민오는 서로에게 결핍된 시스터후드에 대한 환상과 동경을 채워주는 존재이다. 권민오는 졸부인 아버지가 늘그막에 얻은 명문여대 졸업 여성과의 사이에서 태어났다. 어머니는 권민오를 낳자마자 유학을 위해 미국으로 떠났고, 할머니와 함께 자란다. 둘은 모두 가족으로부터 상처를 받은 존재들이다. 둘은 모두 어머니가 떠났으며, 아버지에게 큰 불만을 느낀다. 이 작품에서 아버지는 지극히 폭력적이고 미성숙하며 인격적으로 결함 있는 존재이다. 이러한 아버지의 모습은 전쟁 통에 가난하게 자란 세대의 일반적인 특징으로 그려지고 있다. 이러한 아버지의 존재는 상실의 극복을 더욱 어렵게 만든다. 상실에 대한 반응이 문나형은 주로 "울증의 형태로" 나타난다면 권민오에게는 주로 "조증의 형태"(132쪽)로 나타난다.

권민오는 자신을 키워준 할머니가 돌아가시자 더 큰 상실의 고통에 직면한다. 권민오는 할머니가 돌아가신 후 고된 노동과 날선 긴장 속에서 일종의 마비 상태, 즉 "돌멩이들"(133쪽)의 상태에 머문다. '돌멩이'는 권민오의 할머니가 말한 것으로 "일종의 마비 상태"(130쪽)를 의미한다. 문나형에게 엄마와 수형의 죽음을 극복하는 것이 가장 절실한 과제인 것처럼, 권민오 역시 자신에게 부모와 마찬가지였던 할머니의 죽음을 극복하는 것이 가장 큰 과제가 된다. 그는 미용사 일에 자신을 던지기도 하고, 아무하고나 잠을 자기도 한다.

문나형이 여러 가지 일들을 겪으며, 상실에 대응하는 방법으로 선택한 것은 타인의 요구 없이 글을 쓰는 것이다. 타인의 요구가 없는 글이란 자신의 내면에서 울리는 진정성에 바탕한 글일 것이다. 이 글 속의 주인공은 "어린 시절 쌍둥이 자매와 헤어져 자란 쌍둥이, 잃어버린 쌍둥이를 오래도록 찾고 있는 열일곱 소녀"(242쪽)이다. 글 속의 열일곱 소녀 역시 자신의 가장 가까운 존재를 상실한 존재라는 점에서, '나'의 분신이라 보아도 크게 어긋나지 않을 것이다. 결국 '나'는 글쓰기를 통해 애도의 방법을 찾았다고 볼 수 있다.

나형의 또다른 쌍둥이 동생인 지형에게도 수형의 죽음은 극복해야 할 가장 큰 과제이다. 지형의 이메일 아이디는 "mysuhyoung"(179쪽)인데, 이것은 나형이 가지고 다니는 "'자유기고가 문수형'이란 명함"(196쪽)에 대응하는 것이다. 어린 시절 천식을 앓은 이래 아버지와 항상 불화해온 지형은 공익근무를 마친 지 사흘 만에 집을 나간다. 지형 역시 자신만의 애도방법을 찾아내야 하는 것이다. 그는 가출한 후, 시골에서 자리를 잡고 그곳에서 시각장애인과 결혼해 아기까지 낳는다. "엄마 없이, 쌍둥이 형제 없이, 천식이 사라진 비만의 몸"(272쪽)을 지닌 지형은, 괴팍하게 성질을 부리던 통제불능의 예전 모습이 아니다.

그는 어엿한 가장의 모습을 하고 있다. 그는 자신만의 가정을 마련함으로써, 애도에 성공한 것이다.

　문나형은 지형이 일하는 대형온실에서 민오, 엄마, 세완, 수형을 차례대로 만나고, 마지막에는 한 소녀를 만난다. 그 소녀는 "내가 쓰고 있는 글에 등장하는 물에 빠졌던 쌍둥이 소녀"(281쪽)일지도 "그 쌍둥이 소녀의 죽은 자매"일지도, 그것도 아니면 "어느 겨울 어린 동생들에게 눈송이를 보여주던 예전의 나"일지도 모른다. 지금 문나형이 만나고 있는 존재들은 사랑한 사람을 잃고 고통 받는다는 점에서, 모두 문나형의 분신들이자, 거울상에 해당한다. 이 소설의 결말은 "소녀는 더이상 쌍둥이가 아니다"라는 문장으로 정리해볼 수 있다. 이 쌍둥이를 떠나간 자로부터 자신을 되돌리지 못한 자의 표상이라고 할 수 있다면, 마지막 문장은 비로소 애도에 성공한 주인공을 의미한다고 볼 수 있다.

　『29세 라운지』에서 인상적인 것은 여러 가지 지적 담론이 소설의 곁가지로 끼어들어 소설이 풍부해지고 있다는 점이다. 옹알이를 벗어나던 시절의 놀이가 지닌 섭리와 조화, 럭비 이야기, 뉴트리노를 둘러싼 과학사, 눈송이의 비밀 등등. 남자로도 여자로도 살아보았던 신화 속의 인물 테이레시아스에 대한 해석을 통해 사랑을 대하는 남녀의 각기 다른 특징을 분석하고 있는 부분에서는 작가의 높은 지식과 인문학적 품격이 느껴진다. 특히 '나'가 자신의 아버지에 대하여 냉정한 분석을 하고 있는 대목 역시 매우 인상적이다.

21세기 생명파의 탄생

— 김숨의 『간과 쓸개』(문학과지성사, 2011)

전형성은 세상과 인간의 가장 본질적이고 대표적인 요소를 형상화함으로써 가능한 많은 것들을 작품 속에 담아내고자 하는 의지의 산물이다. 그렇다면, 가장 본질적인 인간의 모습이란 결국 언젠가는 죽는다는 것, 그것도 한없이 쓸쓸하고 고통스럽게 죽을 수밖에 없다는 사실이 아닐까? 이러한 시각에서 본다면, 그가 무슨 일을 한다든가 혹은 그녀의 월수입이 얼마라든가 하는 문제는 그야말로 사소한 것일 수도 있다. 김숨은 이번 소설집에서 집요하게 인간의 죽음과 그 과정에 이르는 쓸쓸함에 대하여 말하고 있다. 이때의 죽음은 그동안 소설이 주목해온 특별한 죽음이 아니라 자연사와 같이 너무나 평범하여 거의 주목하지 않았던 것이다. 김숨은 오랜 시간 되새김질한 자만이 낼 수 있는 목소리로 가장 본질적이고 대표적인 삶의 모습을 조용히 그러나 섬뜩하게 그려내고 있다. 인간의 삶을 구성하는 온갖 잡스러운 것을 모두 제거한 후에 남는 것. 즉 변질되지 않은 인간 존재의 본질과 생명의 원시적 충동을 형상화한다는 점에서, 김숨을 21세기 생명파라 부를 수도 있을 것이다.

「간과 쓸개」의 '나'는 예순일곱의 간암 환자로 "불에 다 타버려 재만 남은 듯 깜깜"(13쪽)한 단층 양옥에 산다. 이 단편에서는 검은 빛이 지배적인데, 그것은 어린 시절 누님의 손을 잡고 가서 바라본 "저수지의 물빛"(20쪽)인 동시에 쓸개즙의 빛깔이기도 하다. 결과적으로 그것은 수백 수천 마리의 귀뚜라미들이 악다구니를 하며 살아가는 이 사바세계의 빛깔이다.

이 작품에는 "뿌리가 잘리고, 가지마저 다 잘린 죽은 나무"(43쪽)인 골목(榾木)이 등장한다. 더구나 이 골목에는 표고버섯들이 악착같이 매달려 "죽은 나무에 매달려 남은 영양분을 끝까지 쪽쪽 빨아먹고 있는 벌레들처럼"(43쪽) 보인다. 하루하루 생존해나가는 것만도 버겁지만 여전히 자식들로부터 돌봄을 받기는커녕 그들을 도와줘야 하는 '나'의 처지와 골목의 모습은 너무나도 흡사하다. '나'는 큰아들에게는 "많은 희생과 양보를 했는데도, 돌아오는 것은 언제나 원망뿐"이고, 나머지 자식들도 아버지의 개복수술을 돌봐줄 여유조차 없다. 실제로 '나'는 "벌레 같기만 한 표고버섯들이 내 등과 가슴에 주렁주렁 매달려 있는 것만 같은……"(45쪽), "죽은 것도, 그렇다고 살아 있는 것도 아닌 골목"(48쪽)이 된 기분을 느낀다.

「북쪽 방」은 「간과 쓸개」와 여러 가지 면에서 흡사하다. 주인공 곽노는 32년 동안 중학교에서 지구과학을 가르치다 정년퇴직을 맞이했다. 폐의 기능이 망가진 곽노는 북쪽 방에 유폐되어 조용히 죽음을 기다리고 있다. 북쪽 방의 창문에는 쇠창살이 쳐져 있고, 아내는 그곳에

밥, 속옷, 화장실까지 갖춰놓았다. 곽노는 스스로 북쪽 방문을 열지도, 닫지도 않으며, 그 문은 아내에 의해서만 겨우 열릴 뿐이다. 북쪽 방을 채우는 것은 지하실 가방 공장에서 들려오는 미싱 소리와 누군가 벽에 던지는 쇠공 소리뿐이다.

"세계를 이분(二分)하듯, 북쪽 방문으로 그녀의 세계와 곽노의 세계를 철저히 나누려 들었다"(123쪽)는 말처럼, 이 작품은 북쪽 방/외부, 나/아내, 삶/죽음, '찰나와 승화의 원리로 탄생한 암석들'/'시간의 축적이 만들어낸 암석들' 등의 이분법으로 이루어져 있다. 세상만사에 무심한 그가 오직 관심을 가진 대상은 광석과 광물이다. 나중에 곽노는 북쪽 방과 자신이 광물과 닮았다고 생각한다. 이 작품의 광물은 「간과 쓸개」에 등장했던 골목(榾木)의 변형태로 볼 수 있다. 광물이 외계를 내계로 끌어들이듯이, 곽노는 모든 에너지를 자신에게만 투사하고 있다. 그에게는 신이나 이상 따위의 거창한 것들은 모두 물거품 같이 의미없는 것이다. 그러하기에 "금에로의 변형을 꿈꾸는 납"(131쪽)에 비유할 수 있는 아내와는 대립할 수밖에 없다. 작품의 마지막에 둘은 죽음과 유사한 상태에 이르는데, 무상(無常)이라는 절대 진리는 곽노와 아내 모두에게 평등하다.

「모일, 저녁」은 우리 삶이 지닌 공허함을 전어 다섯 마리로 그리는 데 성공하고 있다. '모월 모일'이라는 표현은 이 작품에서 그려진 상황이 특수한 상황이 아닌 우리 삶의 일반적인 성질과 연관되어 있음을 암시한다. 서울 생활을 하는 딸이 부모님이 사는 신탄진의 작은 빌라에 내려온다. '나'가 도착했을 때도 전어를 굽던 아버지는 시종일관 등을 돌린 채 베란다에서 전어를 굽는다. 전어가 다 구워지면, 식구들은 저녁을 먹을 작정이다. 아버지는 전어가 다 구워졌다며 소주와 담배를 사러 밖으로 나간다. 드디어 전어를 상에 올리기 위해 베란다로 나갔을 때, 허망하게도 석쇠 위에는 전어 대가리들만이 까맣게 타들어가고 있다. 그 대가리마저 노망난 101호 할머니가 아작아작 씹어먹는다. 그러나 이것이 뭐 그리 허망한 일이겠는가? 부모님이 자신들의 인생을 다 바쳐가며 뒷바라지했지만 판검사는 고사하고, 낙향하여 소설이 끝나가는 순간까지 자기 방에서 얼굴 한 번 내밀지도 않는 삼촌에 비한다면 말이다.

이 소설집은 인간 실존의 문제와 더불어 현대문명에 스며든 불안을 특유의 환상적 이미지로 환기시키는 작품들이 중요한 계열을 형성하고 있다. 「흑문조」 「룸미러」 「내 비밀스런 이웃들」이 대표적이다. 「흑문조」에서 간암에 걸린 옆집 남자는 몇 번이나 찾아와 계단을 허물자고 매달린다. 어느 날 계단은 감쪽같이 사라지고, 우리 집도 옆집도 어둠 속으로 조용히 가라앉는다.

「룸미러」에서 극심한 정체로 멈춰 선 도로 위에는 종말의 이미지가 가득하다. 닭만 한 새들이 수십 마리씩 무리지어 하늘을 날고, 관광버스에 탄 노인들의 입 속에는 혀가 없다. 심지어 새들은 돼지를 잡아먹기도 하고, 차의 앞유리에 부딪힌 새들은 와이퍼에 엉킨 채 피를 흘리며 앞유리에 찰싹 붙어 있다. 극심한 정체를 견디다 못해 사람들은 차를 버리고 정체의 원인을 찾아 앞을 향해 무작정 걸어간다. 남편 역시 차를 버리고 행렬에 휩쓸려 앞을 향해 나아간다. '나' 역시 남편을 기다리다 차에서 내려 무작정 앞으로 걸어간다. "마침내 내 눈앞에 펼쳐진 그 광경"(217쪽)을 본다. 그러나 끝내 그 광경이 무엇인지는 독자에게 전달되지 않는다. 설령 그것은 형상화하고자 해도 형상화가 불가능한 삶과 세상의 검은 구멍이었음에 분명하다.

「내 비밀스런 이웃들」은 현대 도시생활을 하는 서민들이 겪는 모든 위험과 불안들로 빼곡하다. '나'는 이십 년도 더 된 다세대주택에 살고 있다. 팔 년 전 직장을 그만둔 그녀가 구할 수 있는 일이란 대형 마트의 시간제 계산원 일밖에 없지만, 그마저도 여의치 않다. 주인 할머니는 교통사고로 장애를 가진 오십대 중반의 아들과 수시로 찾아와 집값을 천만 원 더 올려달라고 말한다. 주인 할머니는 "조심해, 조심하라고!"라는 말만 몇 번이나 반복한다. 다세대주택 바로 앞에 있는 양옥집에는 중풍 들린 늙은 여자가 마당을 기어다니고, 부모님은 이혼한 큰오빠의 두 아들을 키우고 있다. 302호 여자는 잘못 배달된 닭을 가로챌 만큼 파렴치하고, 202호 남자는 암환자이다. 유가와 곡물 값은 급등하고, 101호에는 구청이나 전화국에서 발부한 경고장이 나붙어 있다. 남편은 칠 년 동안 모은 이천만 원을 넉 달 만에 주식과 펀드로 날려버렸고, 유일하게 돈을 부탁해볼 친정 아버지는 매일 잠만 잔다. 뉴스에서는 부당하게 해고된 노동자들이 거대한 빌딩 앞에서 촛불 시위를 하는 것이 연일 보도되고, 남편 역시 어느 날 느닷없이 해고될지도 모른다는 불안감에 그녀는 어깨를 편다. 남편은 매일 저녁 "그들은 오늘 밤에도 그곳으로 갈 거라더군."이라는 말만 반복한다.

김숨의 소설집 『간과 쓸개』(문학과지성사, 2011)는 울증(鬱症)의 문학이라 부를 만하다. 그것은 너무도 당연하지만 누구도 인식하려고 하지 않는 인간 실존의 가장 본질적인 단면을 차분하게 응시한 데서 비롯된 결과이다. 이 소설집은 검은 쓸개즙으로 그려진 일종의 수묵화와 같다. 이번 소설집을 채우고 있는 노인과 병자들은 죽음에 한층 가까이 다가간 존재들로서, "인간이건 짐승이건 식물이건 광물이건, 종국에는 수축을 거듭해 필멸에 이르게 되어 있다. 따지고 보면 크고 사나운 짐승일수록, 그들의 종말은 얼마나 처절하고 비참한가. 진리라는 것이 엄연히 존재한다면 아마도 그런 것이리라."(「북쪽 방」, 132쪽)라는 진실을 온몸으로 실연하고 있다. 『철』(문학과지성사, 2008) 등의 작품에서 환상적 이미지를 통해 현실의 실감을 환기시켰던 작가는 이제 일상의 구체를 통해 환상의 분위기를 자아내고 있다. 김숨이 그려낼 이후의 마술 같은 풍경들이 여전히 궁금하다.

지옥에서 울려 퍼지는 신의 목소리

— 김훈의 『흑산』(학고재, 2011)

1. 신성(神性)이 된 수성(獸性)

　김훈의 『흑산』은 『칼의 노래』(생각의나무, 2003), 『현의 노래』(생각의나무, 2004), 『남한산성』(학고재, 2007)에 이어지는 김훈의 네 번째 역사소설이다. 이 작품은 사회적 혼란기였던 신유박해를 전후한 19세기 초의 조선을 주요한 시공간적 배경으로 삼고 있다. 이 시기는 지독한 과도기로 그려진다. 조선의 성리학적 지배질서는 아무런 힘도 발휘하지 못하며, 새로운 시대는 아직 저 멀리에서 꿈틀거릴 뿐이다. 이러한 흐름 속에서 천주교는 새로운 대안적 사상으로 사람들을 파고든다.

　김훈의 소설에 대한 가장 대표적인 평가는 독백적이라는 것이다. 이것은 작가와 동일시되는 주인공의 목소리가 일방적으로 작품을 지배하여, 다른 시각이나 목소리는 상상하기 힘들다는 의미이다. 김훈의 소설은 작가의 관념이 모든 현실을 미리 규정지은 선험적인 세계라고 할 수 있다. 그에게 현실이나 세상이란 사회적 구성물이라기보다는 하나의 자연적 실재이다.

김훈의 제국에 거주하는 서민들은 동물로 표상된다. 동물화는 생명과 생존에 매인 노예적인 삶의 영역, 즉 오이코스(oicos)에 해당하는 삶의 방식이다.[1] 『남한산성』에서 관료의 입이 먹는 것과 더불어 말하기 위해서 존재한다면, 병정의 입은 오직 먹기 위해서만 존재한다. 김훈이 일반인을 비유할 때 가장 많이 동원하는 것은 동물이나 식물의 이미지이다. 『현의 노래』에서 아라는 반복적으로 오줌을 누고, 비화에게는 자두 냄새나 버들치의 비린내가 난다. 『남한산성』에서 아무런 말도 없는 "계집들은 이동하는 새 떼들과 흡사"(126쪽)하다. "들짐승"(42쪽)처럼 보이던 사공은 "풀이 시들듯 천천히"(46쪽) 쓰러지고, 아이나 군병 들은 "새떼"(213쪽)나 "야생동물"(217쪽)에 비유된다. 『공무도하』(문학동네, 2009)에서 장철수는 "엎드린 후에의 몸이 물고기와 같다고 느꼈다. 물고기 같기도 했고 새 같기도 했다. 포유류와 조류와 어류를 합쳐놓은, 혹은 종족이 분화되기 이전 지층시대의 생명체처럼 느껴졌다"(284쪽)고 말한다. 후에는 잠수 일을 마치고 물 위로 올라오면 가랑이 사이로 오줌을 지리고, 때로 "반도의 서쪽 연안에 중간기착한 새처럼 보"(290쪽)이기도 한다. 김훈에 의해 이들은 하나의 자연이자 생명에 머문다. 생존을 위한 그 절박한 몸짓들이 이제 사회적 규범

· · · · ·

1) 한나 아렌트는 삶의 영역을 생명과 생존에 매인 오이코스(oicos)의 영역과 생존이나 노동과는 분리된 폴리스(polis)의 영역으로 나눈다(한나 아렌트 『인간의 조건』, 이진우 외 옮김, 한길사 1996, 88~89쪽).

과 분리되어 자연화되고 있는 것이다.

『흑산』에는 마부 마노리, 노비 육손이, 관노의 딸 아리와 같은 성(姓) 조차 제대로 갖지 못한 민초들이 등장한다. 그들 역시 김훈의 다른 소설에서 그러하듯이 동물로 표상된다. "물고기는 혈육이 없었다. 마노리는 누군지 알 수 없는 부모를 그리워하거나 궁금해하지도 않았다." (39쪽)라는 문장을 통해, '마노리=물고기'라는 인식을 읽어낼 수 있다. 황사영의 눈에 마노리는 "말의 골격을 갖춘 인간"에서, "인간과 말의 구별을 넘어서는 강렬한 생명"을 지나 "콧구멍을 벌름거려서 십여 리 밖의 물과 먹이풀의 냄새를 맡는 말의 힘"(165쪽)을 품은 존재로까지 인식된다. 북경의 구베아 주교 역시 마노리를 보고 "마노리는 말과 같았다."(263쪽)고 말한다. "노비들은 가랑이를 벌리고 몸으로 몸을 파서 씨를 주고받았지만, 씨가 퍼져나가는 모양은 자취가 없고 의례가 없어서 풍매(風媒)처럼 보"(142쪽)이며, 정약전이 흑산도에서 부부의 연을 맺는 순매는 "비바람에 쓸리는 일에 길들여진 들짐승"(182쪽)처럼 보이며, 가짜 황사영으로 몰려 죽임을 당한 황사경은 "소 울음"(147쪽) 소리를 낸다.

김훈에게 이러한 속물과 동물은 결코 부정적인 대상이 아니다. 그들은 사실의 세계에 속한 존재로서, 그 반대편에는 김훈이 그토록 부정하는 언어의 세계에 속한 존재들이 있기 때문이다. 『흑산』에서는 이러한 동물성이 더욱 숭고한 차원으로 고양된다.

> 소 울음소리 흘러가는 들의 환영도 어둠 속에서 떠올랐다. 소와 소가 서로 울음으로 부르고 응답해서 소 울음소리가 인간의 마을을 쓰다듬고 우성의 순함과 우성의 너그러움이 곧 인성이며 천성인 나라가 열리는 환영을 황사영은 어둠 속에서 보았다.(324쪽)

소의 울음을 우는 우성(牛性)과 먼 길을 가는 마성(馬性)을 함께 지닌
것이 마노리와 육손이의 닮은 점이었다. 그래서 세례를 받지 않더라도
마노리와 육손이는 땅 위에 태어난 하늘의 사람일 것(167~168쪽)

위의 인용에서 마노리나 육손이가 지닌 동물성은 하나의 신성으로
까지 인지됨을 확인할 수 있다. "우성의 너그러움이 곧 인성이며 천
성"이며, 동물성을 지닌 마노리와 육손이는 세례를 받지 않더라도 이
미 "땅 위에 태어난 하늘의 사람"인 것이다.

2. 사물 속에서 스스로 빚어지는 말

이러한 동물성의 반대편에 놓인 것이 바로 언어의 세계에 속한 사람
들이다. 김훈 소설에서 언어의 세계와 사실의 세계라는 이분법은 너
무나 뚜렷하며, 김훈은 전자를 철저히 부정하고 후자를 긍정한다. 진
실은 결코 언어화될 수 없다.

『칼의 노래』는 언어의 세계와 사실의 세계라는 선명한 이분법으로
이루어져 있다. 전자의 세계에는 임금, 조정의 중신들, 길삼봉, 도요
토미 히데요시가 속하며, 후자의 세계에는 이순신과 그가 맞서야 하
는 바다의 적들이 속한다. 임금이 "언어로써 전쟁을 수행"(195쪽)한다
면, 이순신은 "내가 입각해야 할 유일한 현실"(209쪽)인 바다의 논리
로만 전쟁을 수행한다. 임금이 상징화된 의미로 전쟁을 수행한다면,
이순신은 상징화될 수 없는 사실에만 바탕해서 전쟁을 수행하는 것이
다. 언어에 대한 불신이 『칼의 노래』에서는 이순신이 받은 문초와 소
문 속의 인물 길삼봉을 통해 선명하게 드러났으며, 같은 맥락에서 『현

의 노래』의 이차돈 역시 입만 번드르르한 거렁뱅이로 규정될 수밖에 없었다. 이순신이나 이사부나 우륵에게 중요한 것은 오직 '사실'일 뿐이었던 것이다.

김훈의 언어관은 『개』(푸른숲, 2005)에서 '이야기하는 개'로 나타날 정도이다. 개가 서술자가 된 이상 몸을 떠난 언어나 세상을 맘대로 재단하는 실체 없는 개념의 언어는 불가능하다. 작품의 시작과 함께 보리가 자신 있게 외치듯이, "이름은 사람들에게나 대단하고, 나는 내 몸뚱이로 뒹구는 흙과 햇볕의 냄새가 중요"(10쪽)한 존재이기 때문이다. 몸을 떠난 언어에 대한 작가의 깊은 혐오를 생각한다면, 세상을 언어가 아닌 발바닥으로 기록할 수밖에 없는 개(이 작품의 부제는 '내 가난한 발바닥의 기록'이다.)를 서술자로 선택한 것은 하나의 필연이라고 부를 수 있다. 『공무도하』(문학동네, 2009)에서 문정수가 취재하는 사건은 모두 해망과 관련되어 있지만, "넌 해망에만 가면 허탕을 치더라."(197쪽)는 차장의 말처럼 문정수는 그 어떤 것도 기사화하지 못한다. "쓴 기사보다 안 쓴 기사가 더 좋다"(314쪽)는 박옥출의 말도 진실의 발화 가능성에 대한 회의를 나타낸다. 발화되는 것들은 오염된 헛것에 불과하다.

『흑산』에서 민초들이 겪는 모든 고통의 최종적 책임자인 대비는 철저히 말에만 의지하는 인물이다. 대비는 "세상에 말을 내리면 세상은 말을 따라오는 것"(120쪽)이라고 굳게 믿는다. 대비는 "자신의 말에 파묻혀 있는"(328쪽) 인물로서, "자신의 말의 간절함으로 세상을 바로잡을 수 있고 백성을 먹일 수 있다고 믿는"(207쪽)다. 그러나 실제 『흑산』에서 언어는 말 그대로 무용(無用)하다. 글이나 책이란 병사들의 저고리에 솜 대신 들어가는 하나의 물질로서 그 가치를 지닐 뿐이다. 묵

은 종이는 종이옷을 만들거나 잘게 썰어져 무명천 안쪽에 넣고 누벼
지는 용도에 사용된다. 구례 강마을 백성들의 소장 역시 과거에 낙방
한 답안지들에 섞여 서북면 병졸들의 겨울나기 보온재로 보내진다.
정씨 형제의 맏형이자 집안의 기둥인 정약현은 "붓을 들어서 글을 쓰
는 일을 되도록 삼갔"고, "말을 많이 해서 남을 가르치지 않았고, 스스
로 알게 되는 자득의 길을 인도했고, 인도에 따라오지 못하는 후학들
은 거두지 않"(68쪽)는 것으로 설명된다.

　김훈은 민초들과는 다른 지도층으로서 긍정적으로 생각하는 인물은
이데올로기적 독단이나 허위로부터 벗어나 사실과 '당면한 일'에 충
실한 인물들이다. 『흑산』에서는 흑산도에 유배되어 『자산어보』를 남
긴 정약전이 바로 그러하다. 정약전은 본래 고향 마을에서 물의 만남
과 흐름을 보며, 그것이 삶의 근본과 지속을 보여주는 "산천의 경서(經
書)"(64쪽)라고 생각하는 인물이다. 다음의 인용문은 정약전이 의지하
는 언어가 얼마나 자연을 담고자 하는지를 잘 보여준다.

　　그 물소리 너머의 바다에서는 말이 생겨나지 않았고 문자가 자리 잡
　을 수 없을 것이었다. 언어가 지배하는 세상과 언어가 생겨나지 않은 세
　상 중에 어느 쪽이 더 무서운 것인가. 물소리 저 너머에서 인간이 의미
　를 부여해서 만든 말이 아니라 목숨과 사물 속에서 스스로 빚어지는 말
　들이 새로 돋아날 수 있을 것인가. 그 말들을 찾아서 인간의 삶 속으로
　주워 담을 수 있을 것인지, 어둠 속에서 정약전의 생각은 자리 잡지 못
　했다.(184쪽)

　　물고기의 사는 꼴을 적은 글은, 사장(詞章)이 아니라 다만 물고기이
　기를, 그리고 물고기들의 언어에 조금씩 다가가는 인간의 언어이기를
　정약전은 바랐다.(337쪽)

그렇기에 정약전이 쓴 글은 "글이라기보다는 사물에 가"(131쪽)깝다. 이러한 정약전의 글에 대한 태도는, 김훈의 창작방법론으로 읽을 수도 있다.

『흑산』에서 또 한 명의 중심인물인 황사영 역시 "글이나 말을 통하지 않고 사물을 자신의 마음으로 직접 이해했고, 몸으로 받았다."(70쪽)고 설명된다. 황사영은 "말과 글로 엮인 생각의 구조를 버렸고, 말의 형식으로 존재하는 인의예지를 떠났"(92쪽)다. 이 작품에서 정약전을 돕는 흑산도 청년 창대 역시 여러 차례에 걸쳐서 황사영과 닮은 것으로 표현된다. 정약전은 창대의 "표정이 조카사위 황사영과 닮아 있어서"(112쪽) 놀라기도 하고, 창대의 얼굴에 어른거리는 "조카사위 황사영의 모습"(116쪽)을 보기도 한다. 정약전은 "황사영이구나. 황사영처럼 소년등고는 못했어도 근본이 같은 인간이로구나……."(117쪽)라며 탄식하기도 한다. 실제로 창대는 『소학』을 "글이 아니라 몸과 같았습니다. 스스로 능히 알 수 있는 것들이었습니다."(116쪽)라고 말하는 인물이다. 이 작품에 등장하는 대표적인 민초인 마노리 역시 "사람이 사람에게로 간다는 것이 사람살이의 근본이라는 것"을 "길"(41쪽)에서 깨닫는다. 마노리는 길[道]에서 도(道)를 깨닫는 인물인 것이다.

3. 새로운 음역(音域)

『흑산』은 김훈이 그동안 써왔던 역사소설과 비슷한 세계인식을 보여주고 있다. 그것은 동물화된 민중들에 대한 긍정, 언어(이념)에 대한 불신과 사실(자연)에 대한 찬미 등을 핵심으로 한다. 또 하나 김훈 소설의 중요한 인물 유형은 '당면한 일'에 충실한 사람들이다. 『칼의 노래』의 이순신, 『현의 노래』의 우륵과 야로와 이사부, 『남한산성』의 이시백과 서날쇠가 여기에 해당하는 인물들로서, 김훈이 이들을 바라보는 시선은 무척이나 따뜻했다.

『흑산』에서도 이러한 인물형은 중요한 한 축을 형성하고 있다. 똑같이 천주 교리를 배웠지만 순교한 정약종과 달리 세상으로 돌아온 정약전과 정약용이 여기에 해당한다. 『흑산』에서 정약전은 "……여기서 살자. 여기서 사는 수밖에 없다. 고등어와 더불어, 오칠구와 더불어 창대와 장팔수와 더불어, 여기서 살자."(200쪽)고 반복해서 다짐한다. 장팔수가 흑산을 빠져나간 순간에도 "살 수 없는 자리에서 정약전은 눌러 앉아 살아야겠다고 스스로 다짐"(299쪽)한다. 정약전은 "당면한 곳만이 삶의 자리"(302쪽)라고 생각하는 것이다.

> 정약전의 생각은 바다를 건너가지 못했다. 장팔수의 가묘마저 뭉개졌으므로 그가 흑산에서 태어나서 흑산에서 늙도록 살았던 생애는 바닷바람에 쓸려갔다. 장팔수는 바다를 건너서 어디로 간 것인가. 바다 너머의 흑산이 아닌 곳이 있었을까.(298쪽)

'바다 너머의 흑산이 아닌 곳이 있었을까'라는 체념은 그동안의 김훈 소설에서는 거의 선험적으로 규정된 정언명령에 해당하는 것이었다. 『흑산』은 이와 관련해 좀 더 산문적인 자세로 "백성의 피를 빨고 기름을 짜고 뼈를 바수고 살점을 바르고 껍질을 벗기는 풍습은 육지나 대처와 다르지 않"(336쪽)은 당대의 모습을 세밀하게 재현해내고 있다.

온 천지는 걸식하는 유민들과 죽은 시체로 가득하며, 관리들의 붓끝에서 "창고에 쌓인 곡식이 없는 곡식이 되어 사라졌고, 없는 곡식이 있는 곡식이 되어 창고에 쌓"(74쪽)이기도 한다. 흑산 수군진 별장 오칠구는 흑산도에서 절대 권력을 휘두르며 사람들을 괴롭힌다. "논이 없어서 물고기를 잡아 곡식과 바꾸는 섬에 세금과 신역이 쌓여서 땅에 코를 박은 백성들은 주려"(88쪽) 있었다. 아리 어미는 파주 관청의 관노였는데, 자신이 낳은 자식에게는 젖도 먹이지 못하고 상전들의 처첩이 낳은 자식들에게 젖을 빨리다가 죽었다. 아리 역시 현감과 현감 아들에게 동시에 능욕당하고 서울로 흘러들어온다. 섬사람들은 관리들의 수탈이 두려워 소나무의 뿌리를 뽑아버리고, 사행길에 나선 마부와 짐꾼은 동상이 걸려 발가락이 빠져도 빈 말 등에 올라탈 수 없다.

그러나 누구보다 비참한 삶을 사는 것은 다름 아닌 박차돌이다. 하급 무관으로서 살기 위해 배교한 박차돌은, 이판수가 천주교도 무리를 넝쿨째 뽑아 올릴 작정으로 천주교인들 사이에 박아놓은 염탐꾼이 된다. 그가 "아전질이나 염탐질이나 비장질이 모두 같아서 박차돌은 거기서 헤어날 수 없으리라는 것을 느꼈다."(222쪽)고 말할 때, 그 벗어날 수 없는 고통은 '바다 너머의 흑산이 아닌 곳이 있었을까' 라는 정약전의 한탄과는 또 다른 묵직한 통증을 유발한다. 박차돌은 어린 시절 헤어졌다 천주교도가 되어 잡혀온 동생 박한녀의 고통을 덜어주기 위해 자기 손으로 죽인다. 나중에 동생 박한녀를 그대로 닮은 아리를 또 한 번 죽게 함으로써 박차돌은 두 번이나 동생을 죽이게 된다. 그토록 생존 하나에만 매달렸으나 이 지상에 박차돌이 살 수 있는 한 조각의 땅은 존재하지 않는다. 그는 끝내 사라져버린다. 이것은 죽음보다도 더 못한 시체조차도 남길 수 없는 그의 완벽한 상징적 죽음을 의미한다고 할 수 있다.

이처럼 『흑산』 역시 동물화된 서민들의 삶, 언어에 대한 불신, 당면한 일에 충실한 삶에 대해 이야기한다. 그런데 이전 소설에서 찾아볼 수 없는 새로운 면모가 드러난다. 그것은 바로 순교한 정약종이 내지르는 "나의 형 정약전과 나의 아우 정약용은 심지가 얕고 허약해서 신앙이 자리 잡을 만한 그릇이 못 된다."(16쪽)라는 목소리이다. 이것은 초월적인 세계를 향한 갈구인 동시에, 김훈 소설에서는 좀처럼 들리지 않던 새로운 세계를 향한 목소리이다. 『흑산』의 진정한 새로움은 바로 '당면한 일'을 뛰어넘어 자신의 믿음을 지키기 위해 목숨을 버린 인물들, 즉 정약종이나 황사용, 나아가 마포의 새우젓 장수 강사녀, 궁녀였다가 쫓겨난 길갈녀, 남대문 밖 옹기장수 노인 최가람 등등에게서 찾아야 할 것이다. 이 작품에서 천주교는 김훈 소설에서는 보기 드물게 하나의 진리로서 자리매김 된다.

그러나 이때의 천주교는 그야말로 지옥이 되어버린 삶과 밀착된 하나의 대안적 울림이라고 보아야 한다. 『흑산』에서 천주교가 지닌 의미는 서망땅에서 소작농의 아내인 오동희가 지은 기도문의 "주여, 우리를 매 맞아 죽지 않게 하옵소서. 주여, 우리를 굶어 죽지 않게 하소서."(58쪽)라는 문구에서 짐작할 수 있다. "주여, 주여 하고 부를 때 노비들은 부를 수 있는 제 편이 있다는 것만으로도 눈물겨웠"(104쪽)던 것이다. 나중 황사영은 그 기도문을 보고 "그 기도문이 언어가 아니라 살아 있는 육체라고 생각"(310쪽)한다. 그러면서 "모든 간절한 것들은 몸의 방식으로 존재한다는 것"(310쪽)을 깨닫는다.

김훈의 『흑산』에서 신앙은 신성한 성당과 고매한 성경에 존재하는 것이 아니라 우리 삶의 주름마다에 고여 있었던 것이다. 정약종은 죽기 직전의 심문에서 천주(天主)가 존재와 역능을 증명할 수 있냐는 심문에 "어린아이가 웃으면서 걸어올 때, 나는 천주가 실재함을 안다.

그대들이 국법의 이름으로 백성들을 가두고 때릴 때 저들의 비명과 신음이 천주를 증명한다. 그대들의 악행을 미워하고 또 가엾이 여기는 내 마음을 통해서 천주는 당신을 스스로 증명하신다.”(15쪽)라고 결연하게 대답한다. 이 나직하지만 결연한 목소리는 김훈 문학이 일찍이 가닿은 바 없는 새로운 음역임에 분명하다.

돈의 꼭두각시들

— 황석영의 『강남몽』(창비, 2010)

지금까지 한국 소설에서 강남은 소비문화의 상징으로서 묘사되었다. 이때 강남은 이 시대 부르주아들의 집합적 거주지이며, 그들은 보통의 사람들이 넘볼 수 없는 견고한 성안의 사람들로서 인식되고는 했다. 더욱 문제적인 것은, 최근 소설에서 강남인과 비강남인의 차이는 자본을 소유했느냐의 여부보다 더욱 심원하고 본질적인 차이로서 인식된다는 점이다. 강남인들은 "뼛속 깊은 데서 나오는 다름"을 지닌 존재들로서, "'때깔' 혹은 '분위기'로 명명되는 이러한 종류의 구별짓기는 무형의 취향이자 거의 본능"[1]에 가까운 것으로 설명되었던 것이다.

. . . . .

1) 신수정, 「뉴 밀레니엄 시대 부르주아 사생활의 재구성」, 『문학동네』, 2009년 가을호, 414쪽.

최근 강남을 다룬 소설들의 문제점은 강남/비강남의 경계가 지닌 문제점을 드러내기보다는 그 경계 자체를 자연화한다는 것이다. 강남과 비강남 사이의 빗금은 결코 넘을 수 없는 절대적인 선이며, 태초부터 존재했던 것으로 인식된다. 그리하여 그 경계를 해체할 수 있는 새로운 가능성을 사유하는 것은 지극히 힘든 일이 된다. 황석영의 『강남몽』은 강남의 기원을 파헤침으로서 자연화되고 절대적인 것으로 인식되는 강남 역시 하나의 구성물임을 보여주고 있다. 나아가 이곳의 사람살이가 어쩌면 꿈과 같이 덧없는 가상의 현실일 수도 있다는 인식에까지 도달하고 있다. 강남과 비강남의 구분을 탈자연화시키고 사회적 경제적 차원의 기원을 바라보게 한다는 점에서 황석영의 『강남몽』이 지닌 존재의의를 충분히 인정할 수 있다.

　이 작품의 서술적 특징과 관련해 가장 인상적인 것은 작가의 가치중립적인 태도이다. 그동안 부자와 빈자를 바라보는 가장 일반적인 태도는 윤리적 이분법에 바탕한 것이었다. 「객지」나 『난장이가 쏘아올린 작은 공』이 증거하듯이, 그것은 강렬한 적개심과 투쟁심을 동반한다. 그러나 『강남몽』에서 다종다양한 사람들을 그려내는 작가의 기본적인 태도는 가치중립적이다. 그것은 이 작품에 등장하는 인물 중에서도 악질적이라 할 수 있는 김창수나 홍양태, 강은촌을 그리는 데에서 단적으로 드러난다. 김창수가 숙군 작업을 진행하며 겪는 인간적 고민을 첨가한다든가 홍양태, 강은촌이 마지막 부분에서 겪는 인간적 한계와 쓸쓸함에 대하여 말하는 것 등이 대표적이다.

　그러나 이 작품 역시 강남/비강남의 경계 긋기로부터 완전히 자유롭지는 않다. 그러한 경계는 경제적이거나 습속적인 차원이 아니라 윤리적이며 도덕적인 차원에서 그어진다. 『강남몽』에서 '강남'이라는 공간의 주인공이 있다면, 그것은 자본주의적 욕망을 표상하는 '돈'일 뿐이다. 「작가의 말」에서 황석영은 우리네 인형극인 꼭두각시놀음을 떠올리며 이 작품을 구상했다고 밝히고 있다. 이 작품이 간혹 평면적인 르포의 느낌을 주는 것은 모든 인물이 결국은 '돈'이라는 동일한 손과 목소리에 따라 움직이는 인물들이기 때문이다. 가난한 집 딸로 태어났지만 잘난 몸뚱아리 하나로 회장의 세컨드가 되는 박선녀, 일본군 밀정을 하다 해방 이후에는 미국과 권력의 뒤를 핥으며 거대한 부를 형성하는 김진, 평범한 백수에서 부동산 업자가 되어 적지 않은 재산을 가진 교수가 된 심남수, 잔인함과 깡다구 하나로 어둠의 세계를 주름잡는 홍양태와 강은촌 등이 추구하는 것은 결국 '돈'일 뿐이다. 결국 이들은 돈의 조종에 따라 팔다리를 움직이고, 돈의 목소리에 맞춰 입을 벌리는 꼭두각시들에 불과했던 것이다.

또한 대부분의 인물들은 권력과 돈에 의지해서 자신의 욕망을 달성하려고 한다. 이러한 인물들과 다른 유일한 예외는 대성백화점의 점원으로 근무하는 임정아이다. 그녀는 도시 빈민 김점순과 임판수의 딸이다. 임정아는 대성백화점 붕괴 당시 근처에 매몰된 박선녀가 원하는 것을 모두 이루어 주겠다고 하자, 단호하게 "사모님이 다 해줄 수 있단 말씀 다신 하지 마세요."(338쪽)라고 말한다. 무엇에도 의지하지 않는 당당함과 자신감을 지닌 임정아야말로 이 작품에 등장하는 유일한 주체라고 볼 수 있다. 그녀는 구조의 순간에도 "저쪽에도 사람이 있는데⋯⋯"(375쪽)라는 말을 중얼거릴 정도로 윤리적 감각을 지닌 존재이다. 이러한 임정아의 모습에서 작가는 희망의 가능성을 보고 있다. 그것은 강남을 형성한 대부분의 사람들이 비극적인 마지막을 보여주는 것과 달리, 수백 명의 사상자가 난 지옥의 현장에서 임정아만이 마지막 생존자로 설정된 것에서도 드러난다. 이로 볼 때, 『강남몽』에 나타난 문제의식은 이전의 작품들과 비교해볼 때, 정치에서 윤리의 차원으로 옮겨왔음을 확인할 수 있다.

이 작품은 재현이라는 리얼리즘적 규율로부터 그렇게 멀리 있는 작품이 아니다. 오히려 역사적 현실을 가능한 효율적인 방식으로 담아내겠다는 강박적 의지가 느껴진다. 이를 위해 작가가 도입한 것이 각 장마다 중심인물을 내세워 서사를 이끌어나가는 인생 극장식 작품 구성이다. 사회적 총체성의 재현이라는 문제와 관련지을 때, 『강남몽』의 핵심은 각기 분리된 채 존재하는 각 장의 인물들이 연결되는 방식이라고 볼 수 있다. 그런데 대부분의 경우 그 만남은 사회적 관계의 차원보다는 우연적이며 개인적인 차원에서 이루어진다. 박선녀와 홍양태가 강남의 나이트클럽을 매개로 만나는 것을 제외하고는 모두 사적이거나 우연적인 차원에 머물고 있다. 박선녀와 김진, 그리고 박선녀와 심남수는 룸살롱의 마담과 고객으로 만나 부부가 되고 애인이 된다. 또한 임정아와 박선녀는 매몰 현장이라는 극히 우연적인 계기로 만날 뿐이다.

꼭두각시놀음이 그러하듯이, 『강남몽』에서 인물의 운명을 결정짓고 말을 하는 존재는 결코 등장인물이 아니다. 등장하는 인물들 하나하나가 한국 현대사의 한 획을 그은 인물들일지라도, 그들은 단지 강남을 중심으로 한 한국 현대사를 드러내는 하나의 장치에 불과하다. 김진의 과거, 홍양태의 사시미, 박선녀의 일상 등을 통해 강남의 현실은 우리 문학으로 들어온다. 핵심적인 인물과 중요 사건을 놓치지 않겠다는 정신은 한국 현대사의 앙상한 골조만을 드러내는 경우도 있다. 특히 김진의 출세기를 다루고 있는 2장과 한국 암흑가의 계보와 역사를 소개하는 4장이 그러하다. 이 부분은 일종의 다큐라고도 할 수 있으며, 사적(史的) 서술에 대한 일종의 보완이라고 할 수 있다. 그것은 박정희, 여운형 등의 역사적 실명을 그대로 가져오고, 중요 인물의 이름을 누구나 알아볼 수 있게 약간만 변형시킨 것(이희철—이철희, 장영숙—장영자, 홍양태—조양은, 강은촌—김태촌 등)에서도 확인할 수 있다.

　그러나 이쯤에서 짚고 넘어가야 할 것은 현단계 소설이 과연 역사기술의 보완물로서도 여전히 그 존재의의를 인정받을 수 있느냐는 문제이다. 과거 우리에게는 분명 공적인 서술에서 배제되어 있는 역사적 사실을 작품화하는 것만으로도 문학의 존재의의가 환히 빛나던 엄혹했던 시절이 있었다. 억압되고 왜곡된 역사적 사실의 전달이야말로 작가적 양심이자 문학의 사명으로 인식되기도 했던 것이다. 그러나 2010년 지금의 시점에서도 우리 문학은 역사의 보충물로 그 존재사명을 다한다고 말할 수 있을지는 의문이다. 더군다나 그 밝혀내고 있는 사실들이 여러 매체를 통해 일반인들에게도 널리 알려진 사실들이라면, 그 의문은 더욱 커질 수밖에 없다.

흐르고 또 흐르는 여울물 소리

— 황석영의 『여울물 소리』(자음과모음, 2012)

1. 동도동기(東道東器)의 세계

황석영의 『여울물 소리』(자음과모음, 2012)는 2012년 4월부터 10월까지 『한국일보』에 연재된 장편소설이다. 이 작품은 조선 말기를 배경으로 한 역사소설로서, 이야기꾼 이신통과 그를 쫓는 박연옥의 삶이 서사의 핵심을 차지하고 있다. 서얼로 태어난 이신통은 처음부터 출세가 제약된 인물로서, 전기수, 강담사, 광대물주, 연희대본가의 삶을 거쳐 천지도(동학)에 입도한다. 본명은 이신이며 충청도 보은 사람이었으나, 사람들이 그의 재담과 익살하는 재간을 보고 신통이라는 이름을 붙여준다.

이 작품은 황석영의 전체 작품세계를 놓고 볼 때 매우 의미 있는 작품이다. 지금까지 황석영의 소설세계는 1989년 방북을 기점으로 하여 두 시기로 나누어진다. 첫 번째는 「객지」, 「삼포 가는 길」, 「한씨연대기」와 같이 당대의 사회 현실을 객관적으로 재현했던 리얼리즘 계열의 작품을 창작한 시기이고, 두 번째는 방북 이후로 『손님』, 『심청』, 『바리데기』 등을 창작한 시기이다. 두 번째 시기의 작품들은 서도동기(西道東器)에 해당하는 작품들이라고 할 수 있다. 서도동기란 고유의 제도와 사상인 도(道)를 지키면서 근대 서구의 기술인 기(器)를 받아들이는 개화기의 동도서기(東道西器)론을 변형시킨 용어라고 할 수 있다. 실제로 『손님』, 『심청』, 『바리데기』 등은 굿이나 설화와 같은 전통 장르 기법을 통해 근대의 보편적인 문제들을 다룬 작품들이었다.

이러한 맥락에서 볼 때, 『여울물 소리』는 동도동기(東道東器)에 해당하는 작품이라고 할 수 있다. 전통적 이야기꾼의 원형과 동학으로 대표되는 조선말의 시대상을 담고 있는 이 작품의 서사에는 떠돌이패, 연희패, 풍물패, 장꾼들은 물론이고 각종 방각본 소설과 타령, 소리, 잡가, 민요, 시조창 등이 빈번하게 등장하기 때문이다. 동양의 정신을 동양의 양식으로 담은 작품이라고 해도 과언이 아닌 것이다.

이신통은 중인의 서얼로 태어난 인물로 사회적 제약으로 인해 주변부 지식인의 삶을 살아간다. 그가 선택한 것은 이야기꾼의 삶으로서, 황석영은 이신통의 모습에서 외방 이야기꾼과는 다른 토박이 이야기꾼의 원형을 찾고자 한다. 이신통은 천지도(동학)에 입교하여 동학 창시자의 생애와 행적을 기록하는 일을 하다가 관군의 공격으로 숨진다. 이러한 이신통의 모습을 통해 『여울물 소리』는 전통적인 이야기꾼의 모습과 조선 말기의 시대상이 주밀하게 소설 속에 담겨진다.

2. 이야기를 만들어내는 힘, 사랑

『여울물 소리』는 겉이야기와 속이야기로 되어 있다. 겉이야기의 주인공이 이신통의 행적을 추적하는 연옥이라면, 속이야기의 주인공은 이야기꾼인 이신통이다. 대부분의 서사는 연옥이 만난 사람들이 들려주는 이신통의 이야기로 채워져 있다. 연옥 어머니, 박돌 아저씨, 배서방, 백화, 박인희, 박도희, 송의원 등이 이신통과 관련한 이야기를 들려주는 인물들이다. 각기 분리된 채 존재하는 여러 가지 이야기들은 연옥을 통해 연결된다.

연옥은 본래 관기였던 어머니와 별볼일 없는 시골 양반 사이에서 태어났다. 연옥의 어머니 월선은 일찌감치 남편과 이별하고 전주로 나와 색주가를 차려 생활하였다. 이신통 무리가 우연히 월선의 색주가에 들렀을 때, 고작 열여섯 살인 연옥은 이신통과 깊은 정을 나누게 된다. 연옥은 이신통의 아내이자 평생의 연인으로서, 그를 뒷바라지하는 것은 물론이고 서사구조상으로는 이신통의 이야기를 엮어내는 핵심적인 기능을 담당한다. 물론 "그 웬수가 덕유산 자락 어딘가에 자리를 틀고 앉아 도를 닦고 있다는 얘기"(9쪽)나 "'천지도'란 요물"(9쪽)이라는 표현도 사용되지만, 이 작품에서 '웬수' 이신통과 '요물' 천지도 즉 동학은 거의 숭배의 대상으로서 존재한다.

이 작품의 서사를 이끌어 나가는 것은 연옥의 이신통을 향한 맹목적인 사랑이다. 어머니가 하는 색주가에서 단 두 번의 만남만에 둘은 몸을 섞으며, 그 이후 연옥의 이신통을 향한 마음은 맹목이라 할 만큼 절대적이다. 연옥은 스스로도 "이신통 같은 뜨내기를 못 잊게 되었으니 나는 엄마보다 더하면 더했지 부황한 근본이 어디로 가겠냐고."(35

쪽) 의문을 제기한다. 이신통을 향한 절대적인 사랑 앞에서 오동지와의 결혼생활은 결혼지참금과 이별전(離別錢)을 받기 위한 일종의 비즈니스에 불과하다.

연옥이 이신통과 부부다운 생활을 한 것은, 이신통이 동학혁명에 참가했다가 부상당해 연옥의 치료를 받은 반년뿐이다. 이신통은 동학혁명의 상처에서 회복되자마자 "내 마음 정한 곳은 당신뿐이니, 세상 끝에 가더라도 돌아올 거요."(87쪽)라고 말하며 먼 길을 떠난다. 이후 연옥은 "가뭄의 고로쇠나무가 제 몸에 담았던 물기를 한 방울씩 내어 저 먼 가지 끝의 작은 잎새까지 적시는 것처럼, 기억을 아끼면서 오래도록 돌이키"(88쪽)는 삶을 살아간다. 이신통에게는 조강지처와 자선이라는 딸도 있고, 십 년 전에 연인관계였던 심백화도 있다. 결코 유쾌할 수 없는 이러한 상황 앞에서도 연옥은 "그들 모두 자신이 그를 만나기 이전의 인연이었으니 그것도 자신의 일부분이 될 수 있으리라. 내게 그들 모두의 기억이 머리카락과 손톱처럼 내 육신과 마음의 한 부분이 되어지이다."(299쪽)라고 대범하게 넘어간다. 연옥이 엄마인 월선이 죽었을 때 "하늘 아래 오직 나 혼자뿐인 홀몸"(367쪽)임을 느끼지만, 곧 이신통이 "나의 전생 아들인 것 같은 마음이 생겨나자, 애틋하고 속상하던 것은 겨울 굴뚝의 저녁 짓는 연기가 북풍 속으로 가뭇없이 사라지듯 어디로나 가버렸다."(367쪽)며 안정을 되찾는다. 나아가 "그를 보듬어 쉬게 해주고 싶었다."(367쪽)고까지 생각한다. 이러한 연옥의 모습에서 현대인들의 (무)의식을 점령한 근대의 사랑 판타지를 찾아내는 것은 그리 어려운 일이 아니다.

3. 반제의 드높은 깃발, 동학

『여울물 소리』의 핵심에는 동학이 있고, 동학의 핵심정신은 민족주의이다.[1] 작품에서 최고의 권위를 지닌 인물인 최성묵 대신사(실제로는 동학의 창시자인 최제우)는 동학의 의의를 서학과 대비시켜 다음처럼 설명하고 있다.

> 서양 사람들이 다른 나라를 침략하는 데는 다른 이유가 없겠도다. 서양 사람들은 자기네 학문을 서도라 부르고 천주를 섬긴다 말하며 성인의 가르침을 가르치는 것이라 말하지만 이는 하늘의 때를 알고 하늘의 명을 받은 것이 아니다. 다른 나라를 무력으로 침략하면서 말로는 천주를 섬긴다고 하니 행동과 말이 이렇듯 상반되는 경우가 하나둘이 아니다.(370쪽)

동학이란 결국 '다른 나라를 무력으로 침략'하는 천주교에 대한 대타의식을 근본으로 삼고 있는 것이다. 천주교에 대한 대타의식은 이신통이 서일수를 감옥에서 빼내기 위해 허민과 대화하는 과정에도 선명하게 드러난다. 이신통은 "저희는 서교와는 달리 조선 백성을 위하여 척양척왜하고 만백성이 상생하는 나라를 이루는 것이 오직 소망이올시다."(425쪽)라고 당당하게 밝힌다.

이러한 천주교에 대한 의식은 비슷한 시기 김훈이 쓴 『흑산』(학고

⸱⸱⸱⸱⸱
1) 동학의 핵심인 인내천(人乃天) 사상도 분명하게 드러난다. 최성묵(실제로는 최제우)은 "하늘님이 제 마음에 내려와 계시나니 먼 데서 찾지 마라."(376쪽)라거나 "네 속의 하늘님을 모시어라."(376쪽)라고 말한다.

재, 2011)을 떠올리게 한다. 『흑산』은 사회적 혼란기였던 신유박해를 전후한 19세기 초의 조선을 주요한 시공간적 배경으로 삼고 있다. 이 시기는 지독한 과도기로 그려진다. 조선의 성리학적 지배질서는 아무런 힘도 발휘하지 못하며, 새로운 시대는 아직 저 멀리에서 꿈틀거릴 뿐이다. 이러한 흐름 속에서 천주교는 새로운 대안적 사상으로 사람들을 파고든다. 우리 시대를 대표하는 두 명의 소설가가 19세기 전반(『흑산』)과 19세기 후반(『여울물 소리』)이라는 거의 비슷한 시기를 천주교(『흑산』)와 동학(『여울물 소리』)이라는 두 개의 종교로 바라보았다는 것은 좀 더 깊은 관심을 요구하는 흥미로운 과제임에 분명하다.

『여울물 소리』에서 동학은 서도에 대한 대타의식 이외에도 항일이라는 강력한 의식을 담고 있다. 월선의 도움으로 가족의 목숨을 구한 후, 헌신적으로 연옥을 돕는 안 서방은 동학혁명이 일어난 이유로 "이번에 거병한 것은 왜적을 몰아내려는 것이 첫째요, 일본군과 관군이 함부로 도인들을 학살하는 것에 맞서 싸우려는 것이 그 둘째"(74쪽)라고 말한다. 안 서방은 동학혁명의 가장 중요한 정신으로 항일의식을 내세우고 있는 것이다.

이신통은 나중에 활빈당이 된 젊은 도인 칠팔 명을 모아서 자신의 이복형인 이준의 집으로 찾아간다. 이준은 청주목에서 비장직을 얻어 일하면서 서일수와 손천문 등의 천지도 핵심인물들을 죽게 만들었던 것이다. 이준이 "너희 천지도는 이미 오래전에 나라에서 사문난적으로 판명나지 않았는가?"(477쪽)라고 대들자, 이신통은 "그것이 어떤 나라인가? 일본의 조종을 받는 허깨비 같은 권력자들이 차지한 정부를 백성들은 인정하지 않는다. 너도 조선의 백성으로서 척왜양하려는 우리의 충정을 모르고 있지는 않을 것이다."(478쪽)라고 일갈한다. 이신통의 말 역시 동학이 당시에 조선을 강박하던 일제에 대한 강렬한 저항의식에 바탕한 것임을 드러내고 있다.

『여울물 소리』에서는 임오군란 역시도 중요하게 다루어지는데, 임오군란이 일어난 가장 근본적인 원인 역시 일본이다. 임오군란 당시 주도적인 역할을 한 무위영 군병들은 일본인에 대한 적개심이 특히 강했는데, "원래 자기네 집이나 한가지이던 하도감을 갑자기 나타난 왜인이 접수하고 별기군을 조련한다며 툭하면 귀빈이 참관하러 오니 외곽 경비나 하라든가 부대의 대청소나 시키던 탓"(267쪽)이었다.

4. 재현이라는 강박

주지하다시피 19세기 말은 세도정치와 삼정문란 등으로 조선왕조가 붕괴하던 시기이다. 이때는 오랫동안 조선사회를 유지해왔던 모든 질서들이 그야말로 파열음을 내며 곳곳에서 무너져 갔던 것이다. 『여울물 소리』 역시 당대의 사회상을 중요하게 다루고 있다. 이신통은 옥에서 민변을 주도하다가 죽음을 앞둔 한 사내를 만나는데, 그가 해주는 이야기는 조선 후기의 극심한 혼란상을 잘 드러내준다.

> 지금 세상 어디서나 향청이 썩어서 민고(民庫)는 수령의 판공비를 대는 돈줄이지요. 감사의 순시에 따른 지출에다, 신구 수령이 갈릴 때의 노자며 수행비 잔치 비용에다, 아전들의 출장비, 심지어 수령 가족의 생신연이나 손님의 접대비도 모두 민고에서 댑니다. 민고는 향청에서 맡고 있지만 그 돈은 모두 백성들에게서 뜯어낼 수밖에 없지요. 거기에다 좌수니 별감이니 하는 향임(鄕任)을 사고파는데 그 자릿값이 육칠백 냥씩 한답니다. (중략) 내가 동네마다 통문을 돌린즉 하루 만에 이백여 명

이 동참하여 향청을 때려 부수고 현감을 잡아 징치하려던 것입니다. 우리는 주모자를 미리 정하는데 두셋이 민란을 일으키고 죽어나가면 감영에서도 조정의 고과가 두려워 몇 년간은 가렴주구를 못 하지요. 저 옆칸에 내 식구들이 함께 잡혀와 있지만 내가 참형을 당하면 저들은 나갈 것이외다.(113쪽)

봉건적 모순에 절망한 신이는 한양에 도착해서 서일수와 함께 과거장의 타락을 경험한다. 이신통과 서일수도 직접 환갑을 바라보는 나이에 재산깨나 있는 시골 선비의 대리 시험을 봐주기도 한다. 시골 선비는 진사에 합격하여 가문의 한을 풀었고, 이신통과 서일수는 큰 돈을 손에 넣는다. 이미 관리 선발의 공정성 등은 완전히 무너진 것이다. "신통은 어젯밤부터 겪은 일을 돌이켜볼수록 엄청난 일인데도, 분노라든가 슬픈 감정은 느끼지 않았고 오히려 무엇인가 마음을 지탱하고 있던 것들이 일시에 빠져나간 것 같았다."(196쪽)고 느끼는 것처럼, 이 일은 조선이 완전히 썩어 문드러져 가고 있음을 보여준 사건이다. 이것을 계기로 이신통은 과거라든가 벼슬에 대해 "포한과 언망의 뿌리가 남아 있었건만, 그 하루 동안에 한낱 웃음거리로 시원하게 날려보"(200쪽)내게 된다.

이 작품은 "이야기꾼 이야기를 쓰겠다고 작정하고, 처음에는 19세기쯤에 갖다놓고 그냥 허황한 민담조의 서사를 쓰려고 했는데, 막상 시작해보니 우리네 그맘때의 현실의 무게가 만만치 않았다."(491쪽)는 「작가의 말」에서도 알 수 있듯이, 19세기 말의 '현실'을 재현하는데도 적지 않은 열정을 기울이고 있다. 어떤 대목에서는 역사적 현실을 가능한 효율적인 방식으로 담아내겠다는 강렬한 의지가 느껴진다. 실존 인물들을 바탕으로 작중인물을 설정한 것도 그러한 의지의 결과로 보인다. 심백화는 조선의 여성 명창 진채선을, 김봉집은 녹두장군 전봉준을, 천지교의 교주인 최성묵과 최경오는 최제우와 최시형을 거의 그대로 가져온 인물들이다. 또한 『여울물 소리』에서 이신통의 서울생활 당시 펼쳐지는 도성 안 풍경은 매우 정밀하고 생동감이 넘친다.

때로 핵심적인 인물과 중요 사건을 놓치지 않겠다는 정신은 한국 현대사의 앙상한 골조만을 드러내는 경우도 있다. 이신통이 언문으로 필사한 천지도경풀이가 무려 약 15페이지에 걸쳐 그대로 소개되거나 다음의 인용처럼 임오군란의 역사적 전개과정이 설명되는 부분을 들 수 있다.

> 유월 말에 청의 마건충(馬建忠)이 이끄는 병력 사천오백 명이 인천에 상륙하고 연이어 칠월 초에 김윤식, 정여창 등의 조선 사신을 대동한 청의 해군제독 오장경(嗚長慶)이 남양만에 상륙했다. 일본군도 거의 동시에 군함 네 척과 일개 대대 병력을 조선에 파견했다. 청은 종주국으로서 속방을 보호해야 한다는 명분이었으나 이 기회에 일본에 선수를 빼앗겼던 조선에 대한 기득권을 회복하려는 것이었다. 청군이 먼저 궁궐을 수비하며 도성 요소마다 군대를 배치하였으나, 일본 측으로서는 조선과 보다 이로운 협정을 맺는 것이 현실적이라고 보았으며 청과는 상륙 병력의 차이가 있어 감히 분쟁을 일으키려 하지는 않았다. 이제 조선 조정은 청과 일본 양국에 모두 빚을 지게 되었으며 나라의 자주권은 더욱 축소되고 말았다.(274쪽)

이러한 부분은 일종의 다큐라고도 할 수 있으며, 사적(史的) 서술에 대한 일종의 보완이라고 할 수 있다. 그러나 지금의 시점에서도 우리 문학은 역사의 보충물로 그 존재사명을 다한다고 말할 수 있을지는 의문이다.

5. 120년 전 이야기꾼 or 오늘의 이야기꾼

「작가의 말」에서 황석영은 『여울물 소리』가 "이야기란 무엇인가, 무엇 때문에 생겨나나, 무엇을 위해 존재하나, 어떤 것이 남고 어떤 것이 사라지나, 다른 무엇보다도 이야기를 만든 이들은 어떻게 살았고 무슨 생각을 했을까."(495쪽)를 탐구하는 소설임을 분명하게 밝히고 있다. 이 작품을 통해 진정한 이야기꾼의 몇 가지 조건을 발견해낼 수 있다.

첫 번째는 이야기꾼이 시대적 고통을 온몸으로 앓는 존재라는 명제이다. 이신통이 살았던 시대의 가장 큰 문제는 조선이라는 사회의 봉건적 모순, 그중에서도 신분제였다고 할 수 있다. 이신통의 삶은 신분제가 가져다준 고통의 한복판에 놓여 있다고 해도 과언이 아니다.

이신통과 누이는 아버지 이지언이 유씨와 결혼할 때 따라온 교전비 동이(同伊) 사이에서 태어난 것이다.[2] 유씨에게서 태어난 이준은 동이에게 언제나 반말을 썼다. 이신통보다 세 살이 많은 준이는 "게다가 신이나 덕이는 천첩의 자식이니 저와는 주종의 관계이지 동기간이 아닙니다. 제가 모를 줄 아십니까? 동이란 년도 원래 우리 어머니 재산입니다."(129쪽)라고 덧붙인다.[3] 외가에서는 유씨가 죽었으니 동이와 종모법에 따라 그녀의 소생인 이신통 남매를 외가의 재산으로 되돌려달라는 소송을 걸고, 이 일로 "어머니는 반말지거리와 욕설에 온갖 수

• • • • •

2) 이신통의 아버지 이지언 역시 서얼로서 의원이 되어 보은에 정착한 중인이다.

3) 기억해야 할 것은 이준 역시도 열세 살 때 벌써 선생에게 "어차피 초시에 들지도 못할 텐데 이런 공부는 해서 무엇에 쑵니까?"(138쪽)라고 하여 서얼인 자기 출신에 대한 불만을 지녔다는 점이다. 이준은 이신통에게는 가해자이지만, 그 역시 봉건적 신분제의 피해자였던 것이다.

모"(131쪽)를 당하기까지 하다. 노비 쟁송이 일어난 뒤에 이신은 마음이 집으로부터 떠나 속리산 법주사의 사장에 틀어박힌다. 산에서 내려온 이신은 금산댁과 결혼한 몸이지만, 불쑥 한양에 올라갈 생각을 한다. 떠나기 전날 어머니 동이 어멈과 대화하는 장면은 이 작품에서 가장 서글픈 장면이다. 이것은 신분적 질서가 엄존한 조선 사회에 대한 통렬한 비판의 장면이기도 하다.

> 도련님 내일 길 떠난다는데 일찍 쉬시지요.
> 어머니, 이젠 그 도련님 소리 하지 않으셔도 됩니다. 큰어머니도 안 계신데 누가 뭐랄 사람도 없습니다.
> 아닙니다. 그래도 세상 법도가…….
> (중략)
> 예, 과거를 보겠다고 말씀드렸지만 제가 소과도 치르지 않은 터에 어찌 대과를 치르겠으며, 소과에 붙는다 할지라도 곧 관향이며 집안에 대한 조회가 따를 터인데 다 부질없는 것이지요.(151쪽)

마지막 순간 "제 이름을 한번 불러주십시오."라는 신의 간절한 부탁에, 동이 어멈은 흐느끼며 "신아, 내 새끼야!"(153쪽)라며 흐느낀다.

이 작품에서 이신통과 더불어 당대를 주름잡았던 또 한 명의 예술가인 심백화 역시도 조선 말기의 봉건적 모순을 온몸으로 앓는다. 이신통이 술집에서 구해줘 인연을 맺게 된 백화는 강화에서 태어났고 부모님은 무당이다. 아버지는 강화 유수가 당나무를 베어버리는 것에 저항했다가 장형을 받아 장독으로 죽고, 어머니도 무업을 잃고 고을에서 쫓겨난다. 어머니는 주막에 백화를 맡겨두고 떠나서는 돌아오지 않는다. 신병이 들어 홍제원 삼패 색주가로 열 냥에 팔린 백화는, 그곳에서 풍악 소리만 들으면 절로 온몸에 힘이 난다. 주모는 백화가 온몸에 음률을 지니고 태어난 아이라며, 그믐[琴音]이라는 가명을 지어준 것이다. 그믐이는 한동안 이신통과 부부 광대로 활동하며, 나중에는 백화로 이름을 바꾼다.

두 번째로 이야기꾼은 골방에서 자기 관념에 매몰된 존재가 아니라 현실에 적극적으로 개입하며 역사를 만들어나가는 당당한 실천적 주체로서 자리매김된다. 천지교도가 되어 목숨까지 바치는 이신통의 삶은 이러한 이야기꾼의 상에 조금도 모자라지 않는다. 이신통이 백화와 일 년여 호남을 떠돌아 다닐 때 만난 부안 손동리 귀명창인 손 선생은 창법의 네 가지를 설명한다. 그중에서도 최고의 경지는 여향(餘響)인데, 여향은 "소리꾼이 인생을 살아가면서 득음과 더불어 터득해야 할 것이요 누가 누구를 가르쳐서 되는 일이 아"(357쪽)닌 것으로 설명된다. 이신통은 "선생님께서 알려주신 여향(餘響)을 찾아볼까 합니다."(360쪽)라는 말을 남기고 역사의 격랑 속에 몸을 맡긴다.

마지막으로 이야기꾼은 민중을 가르치려는 오만한 존재가 아닌 민중과 동거동락하는 겸손한 존재라는 인식을 읽을 수 있다. 박돌이 패와 떠돈 지 두 해 만에 이신통과 백화는 부안에 있는 손 선생 집에 찾아간다. 그곳에서 손 선생은 이신통이 정리한 소리 대본에 "중국 사서와 고문에 나오는 글들"(359쪽)을 써서 끼워준다. 이신통이 머쓱해하자 "소리꾼들은 가르치고, 백성들이야 모르고 넘어가도 이야기 맥락에 큰 지장은 없을 걸세."(359쪽)라고 말한다. 그리고 "풍류란 물처럼 위에서 아래로 흐르는 것이라네. 양반 사대부들의 인정을 받지 못하면 천대를 받게 될 게야."(360쪽)라고 덧붙인다. 이러한 손 선생의 태도에 이신통은 거부감을 느낀다. 손 선생은 일반 민중들과 이야기꾼의 관계를 수직적으로 설정하는 데 반해, 이신통은 일반 민중들과 이야기꾼의 관계를 수평적으로 설정한다고 볼 수 있다.

6. 역사와 이야기라는 여울물

역사를 바라보는 작가 황석영의 시각은 인내와 낙관이라는 말로 이해할 수 있다. 역사에 대한 희망은 결코 포기할 수 없지만, 결코 서둘러서도 안 된다는 입장인 것이다. 이러한 입장은 구한말 민중들의 주체적 근대역량이 총결집되었던 동학혁명을 바라보는 인물들의 시각을 통해 잘 나타난다.

연옥이가 자신의 어머니에게 천지도에 대하여 묻자, 어머니는 "봄꽃두 먼저 피면 반갑고 이쁘기는 하더라만 그것이 천기를 보는 거여. 꽃샘바람 불고 눈보라 치면 속절없이 지는 법이니라. 세상이 만화방창할 제 더불어 피어나야 절기를 누리는 거란다."(66쪽)라고 말한다. 아무리 좋은 일도 서둘러서는 안 된다는 메시지를 읽을 수 있다. 이신통이 믿고 따르는 서일수는 처음에 조급한 천지도인 임효를 만나고 천지도에 대하여 부정적인 생각을 갖는다.[4] 임효는 신중함이 없이 급하게 서두르려고만 한다.[5] 또한 서일수는 "세태에 대하여 비분강개하

●●●●●

4) 서일수는 본래 선대가 양반이었으나 조부 때에 괘서 사건에 연루되어 집안이 적몰되고 간신히 살아남아 동승이 되어 덕산과 진천 일대의 산사에서 스님으로 성장하였다. 이후 동학에 입도하여 삼례집회와 우금치전투를 주도했고 여러 차례 죽을 고비를 넘긴 후 끝내 체포되어 처형된다.
5) 임효는 진주에서 민란이 일어나자 관아의 무기를 탈취하고 관군 여럿을 상해하고는 난이 진압된 뒤에 충청도로 흘러들어온다.

거나 정면으로 맞서려 하지 않고, 오히려 시정 왈짜와 다름없이 아랫것들과 한통속이 되어 풍도 치고 능청스럽게 덜미도 잡으면서 휘돌아 나아갔다."고 설명되는데, 이러한 태도 역시 역사의 발전을 낙관하며 그것을 차분하게 기다리는 인내의 태도에서 비롯된다고 할 수 있다.

천지교도는 현실적으로 패배하고 만다. 이후 이신통은 호서 활빈당의 유사 노릇을 하다가 단양 근처에서 관군이 습격을 당하여 뿔뿔이 흩어진다. 영월 덕포까지 쫓겨간 이신통은 그곳에서 죽음을 맞고 가매장된다. 1904년 봄에 연옥은 남편의 이장을 결심하고 덕포를 찾고, 그곳에서 잠결에 다음과 같은 여울물 소리를 듣는다.

> 까무룩하게 잠이 들었다가 얼마나 잤는지 문득 깨었다. 고요한 가운데 어디선가 속삭이는 듯한 소리가 끊임없이 들려오고 있었다. 눈 감고 있을 때에는 바로 귓가에서 들려오다가 눈을 뜨면 멀찍이 물러가서 아주 작아졌다. 가만히 숨죽이고 그 소리를 들었다. 여울물 소리는 속삭이고 이야기하며 울고 흐느끼다 또는 외치고 깔깔대고 자지러졌다가 다시 어디선가는 나직하게 노래하면서 흐르고 또 흘러갔다. (488쪽)

속삭이듯 작은 소리지만 끊이지 않고 계속 이어지는 여울물 소리는 영원히 지속될 역사와 이야기의 흐름을 나타내기에 모자람이 없다. 순간적인 패배는 있을지언정 더 나은 세상을 향한 인간의 꿈과 희망은 계속되리라는 역사적 낙관을 읽어내기에 모자람이 없는 결말이다. 각종 묵시록과 종언의 담론이 난무하는 이 혼탁한 시대에 황석영의 『여울물 소리』는 가슴 아프지만 경쾌하게 희망이라는 단어를 떠올리게 해주는 작품이다.

지상(至上)의 노래 – 카타콤(catacomb)을 체메테리움(coemeterium)으로

— 이승우의 『지상의 노래』(민음사, 2012)

1. 수많은 질문들

이승우의 『지상의 노래』(민음사, 2012)는 추리소설적인 구성방식을 취하고 있다. 천산 수도원에서 발견된 벽서(壁書)의 정체를 추적하는 것이 기본적인 서사이다. 수도원 지하에는 72개의 작은 방이 있고 벽마다 성경구절이 새겨져 있다. 이 벽서를 누가 어떤 목적으로 새겼는지가 이 작품을 이끌어가는 핵심적인 질문이다. 벽서를 세상에 처음 알린 사람은 『당신이 아직 가 보지 않은, 가 볼 만한』의 저자 강영호이다. 강영호는 천산 수도원에 대한 사진 몇 장과 "헤브론 성 혹은 하늘 집 (중략) 일체의 문명의 이기를 이용하지 않은 것으로도 유명하다. (중략) 1970년대 초까지는 건재한 것이 확실하다. 언제 어떻게 사라졌을까?"(17쪽)라는 내용의 메모만을 남기고 죽었다. 강영호의 동생인 강상호는 "형이 그에게 그 일을 맡긴 것 같은 생각"(20쪽)이 들어 천산 수도원을 직접 찾아가는 수고를 아끼지 않으며 형의 유고집을 완성해 세상에 소개한다.

강상호의 글에 대한 유일한 반응은 교회사를 강의하는 젊은 강사 차동연에게서 온다. 신학대학에서 교회사를 강의하는 차동연은 천산에서 발견된 벽서를 더블린의 트리니티대학 도서관에 보관되어 있는 『켈스의 책』[1]과 비교해서 소개한다. 두 가지 모두 사치스러울 만큼 장식적인 서체와 그림으로 성경을 필사한 것이다. 천산 수도원에 대한 차동연의 계속된 탐구는 장이라는 죽음을 앞둔 노인의 제보로 이어지고, 이를 통해 한정효라는 존재와 천산수도원의 마지막 모습 등이 차차 실체를 드러내게 된다.

『지상의 노래』는 천산 수도원 벽서의 비밀을 쫓는 신학자 차동연의 이야기와, 사촌누나 연희를 사랑한 후의 이야기, 마지막으로 군사정권 아래서 권력을 휘두르다 수도사가 된 한정효의 이야기가 커다란 줄기를 이루고 있다. 여기에 보조적인 서사로 형이 남긴 기록을 토대로 천산 수도원을 답사하고 벽서의 존재를 세상에 알린 강상호의 이야기와 차동연에게 한정효의 사연을 전해주는 퇴역군인 장의 이야기가 덧붙여져 있다. 각 장에서 다루고 있는 중심인물은 '차동연(1장)−후(2, 3장)−한정효(4, 5장)−후(6, 7장)−차동연과 후의 혼합(8장)'으로 정리할 수 있다. 7장에서는 후와 한정효가 만나기도 한다.

••••••
1) 『켈스의 책』은 이오나의 수도원 수도사들에 의해 필사되기 시작하여 켈스 수도원에서 완성되었다. 1661년부터는 더블린의 트리니티대학 도서관에 영구 소장되었다.

나중 천산 수도원 지하에 있는 일흔두 개의 방에 적힌 글들의 필적을 분석한 발굴팀은 "두 사람 이상이 필사에 참여했을 거라고 추정"(332쪽)한다. 그 두 명은 한정효와 후이고, 그들의 행적을 쫓는 것이 바로 차동연이라고 할 수 있다. 『지상의 노래』를 이해하기 위해서는 다른 어떤 작품을 읽을 때보다 「작가의 말」에 주목할 필요가 있다.

> '이곳'의 부당함이 어쩔 수 없이 불러내는 '저곳'의 이미지에 대해 언급했던 게 떠오릅니다. 그때의 구상과 똑같지는 않지만 아주 많이 다르지도 않습니다. 개인의 삶에 끼어들어 작동하는 욕망과 정치와 초월이라는 기제들은 그때나 지금이나 엄존하고, 그것들을 한 두름으로 엮어보려는 시도는 그때나 지금이나 벅찬 것이 사실입니다.(347쪽)

이 작품은 기본적으로 '이곳'의 근원적인 부당함 혹은 불완전함과 그것을 넘어서는 초월에 대하여 이야기한다. 이때 '이곳'의 불완전함과 부당함은 욕망과 정치(권력)라는 두 측면을 통해 드러나고 있다. 후의 이야기와 한정효의 이야기는 각각 욕망과 정치에 밀접하게 연결되어 있으며, 차동연은 두 인물이 각기 어떤 방식으로 초월에 이르는가를 증거하는 서사적 기능을 떠맡고 있다.

2. 압살롬은 어디에?

『지상의 노래』의 절반 이상을 차지하는 것은 후의 이야기이다. 후의 이야기, 즉 후와 연희 누나 혹은 박 중위와 연희의 이야기는 욕망이 내포한 근원적 죄에 대한 탐색이라고 할 수 있다. 이 이야기는 세 번이나 반복되는 '왜 그랬어요?'라는 질문을 중심으로 짜여져 있다.

그 질문은 십대 중반인 후가 사촌누나인 연희를 능욕하고 배신한 박 중위에게 처음으로 던진다. 사정은 이렇다. 박 중위는 읍내 미장원에서 허드렛일을 하며 미용 기술을 배우는 연희를 짝사랑하게 된다. 한갓진 해안 근무지에서 유학 준비를 하는 박 중위의 아버지는 대도시에 섬유 공장을 두 개나 가지고 있는 기업가이고, 어머니는 지방신문사 사장의 딸이다. 이와 대조적으로 연희는 오래전부터 삼촌 집에서 살아온 고아이다. 여자가 가난에서 벗어날 수 있는 유일한 길이 부자를 만나 외지로 시집가는 것밖에 없는 마을에서, 박 중위의 구애를 받아들이지 않는 연희를 마을 사람들은 이해하지 못한다. 흔들림 없는 연희의 태도에 절망한 박 중위는 어느 순간부터 연희의 삼촌을 공략하기 시작한다.[2] 그 결과로 박 중위는 삼촌의 묵인 아래 들국화라는 술집에서 연희를 강간한다.

그런데 박 중위는 연희와 관계를 맺고, 연희가 자신의 사랑을 받아준 이후부터 마음을 완전히 돌려 먹는다. 연희는 집을 가출하고, 후는 박 중위에게 복수를 하기 위해 찾아간다. 그리고는 박 중위를 보자마자 "왜 그랬어요?"(73쪽)라는 질문을 던진다. 그 질문에 대해 박 중위

• • • • •

2) 삼촌이 보기에 연희는 "외지에서 온 그 젊은 남자의 열정이 어떤 성격의 것인지 잘 이해하고 있다는 생각"(62쪽)이 든다. 또한 삼촌은 박중위의 심리를 정확하게 꿰뚫어본다. "이 젊은 친구는 연희에 대한 자신의 감정을 분명히 모를 수 있었다. 자기도 이러는 자기를 정말 모르겠다는 그의 말이 그 증거였다."(64쪽)나 "자기 자신조차 감쪽같이 속여서 진심으로 간절하게 그녀를 사랑하고 있다고 믿게 만드는 그 복잡한 암시와 조작이야말로 토끼를 잡기 위해서라도 최선을 다하는 호랑이의 진면목인지 모를 일"(65쪽)이라고 판단하는 부분이 대표적이다. 이 대목에서 삼촌은 너무나 논리적이고 이성적이다. 한촌의 어부에 불과한 삼촌의 의식으로 보기에는 어울리지 않는다.

는 "이건 어른들 일이다. 내가 이야기해줘도 너는 이해하지 못할 거다. 너는 아직 어리니까."(76쪽)라고 말한다. 그러자 후는 "어린애 취급하지 마. 어린애 취급하지 말라고."(76쪽)라며 박 중위를 칼로 찌른다. 후의 아버지는 후를 천산 수도원으로 데려다 주며, 헤어지는 순간 후에게 "왜 그랬니?"(81쪽)라고 묻는다. 곧 후는 아버지가 자신에게 했던 질문 "왜 그랬을까?"(85쪽)를 자신에게 되묻는다.

그 질문에 대한 답은 성경에 나오는 암논과 다말, 그리고 압살롬의 이야기를 통해 해명된다. 다윗의 큰아들인 암논은 이복 여동생인 다말에게 반하여 그녀를 강간한 후 차갑게 버린다. "사랑하기 때문에 무엇이든 할 수 있었으므로('사랑한다. 그러니까 나와 자자.') 이제 사랑하지 않기 때문에 아무것도 하지 않아도 된다.('사랑하지 않는다. 그러니까 내 앞에서 사라져라.')"(107쪽)라는 논리로 다말을 대한 것이다. 이에 압살롬은 2년이나 침착하게 기다린 후에 기어이 암논을 죽여 버린다. 그리고는 나중에 자신의 딸 이름을 다말이라고 짓는다. 이 대목에서 후는 "압살롬은, 암논이 사랑한 것처럼 다말을 사랑했던 것이 아닐까."(110쪽)라는, 나아가 "암논이 사랑한 것처럼 사랑했음에도 암논이 행한 것처럼 행할 수 없었기 때문에 암논을 용서할 수 없었던 것이 아닐까."(110쪽)라는 추측을 한다. 곧이어 후는 거울을 보는 것 같았다고 느끼며, "압살롬과 자신을 동일시"(111쪽)한다.

이 부분에서 암논은 박 중위에, 다말은 연희 누나에, 압살롬은 후에 대입시켜 볼 수 있다. 암논이 다말을 범하고 버린 논리에 따라 박 중위는 연희 누나를 범한 후에 버린 것이고, 압살롬이 다말을 이성(異性)적인 차원에서 연모한 것처럼, 후 역시 연희 누나를 이성으로서 연모했던 것이다. 이로써 후가 자신을 어린애 취급하는 박 중위의 태도에 그토록 분개하여 칼까지 휘두른 동기도 어느 정도 해명된다. 그러나 진실이 온전히 밝혀지기 위해서는 보다 많은 시간이 필요하다.

압살롬의 최후는 모두가 아는 사실이다. 아버지의 후계자인 암논을 죽여 아버지의 노여움을 산 압살롬은 결국 전쟁터에서 비참한 최후를 맞는다. 압살롬은 다말에 대한 사랑의 대가로 자신의 삶 전부를 바친 것이다. 후 역시 "무슨 일인가를 해서 너의 누이를 캄캄한 부재의 암흑에서 구해내라, 그렇게 해서 누이에 대한 너의 사랑을 증명해라, 라고 윽박지르는 압살롬의 목소리"(114쪽)를 듣는다. 후는 "연희 누나를 찾아야 한다는, 일종의 정언명령과도 같은 압살롬의 무거운 목소리"(114쪽)를 듣고 목숨을 건 고행을 시작한다.

자신의 내면에서 들려오는 압살롬의 목소리에 따른 결과 후는 결국 연희 누나를 만나게 된다. 연희 누나를 통해 드러나는 진실은 후가 성경을 통해 깨달은 것보다 좀 더 심각하다. 연희는 후가 나타나자 자신이 다시 꿈을 꾸게 되었다고 말한다.[3] 연희는 박 중위가 자기 몸을 열고 들어오는 꿈을 지속적으로 꾸었던 것이다. 이 꿈에서는 박 중위가 "삼촌의 가면을 쓰고"(270쪽) 들어올 때도 있었고, 삼촌이 "박 중위의 가면을 쓰고"(271쪽) 들어올 때도 있었다. "박 중위의 가면 속에 삼촌의 가면이, 삼촌의 가면 속에 박 중위의 가면이 들어 있기도 했"(271쪽)던 것이다. 그들은 "두 사람이면서 한 사람"(271쪽)이다.

실제로 후가 3년 만에 읍내 미장원 주인을 만났을 때, 주인은 연희

••••••
3) 연희는 고통스런 기억의 수인(囚人)이다. 밤이면 "하지 마. 하지 마. 안 돼. 하지 마. 제발……"(273쪽)이라며 악을 쓰고 통곡한다. 연희는 후를 거부하고 후와 같이 있는 시간을 견디지 못한다. 후는 연희가 그 기억을 또렷하게 떠오르도록 하는 인물이기 때문이다.

가 집을 떠난 진짜 이유는 박 중위의 변심 때문이 아니라 "아버지와 같은 삼촌, 아버지나 마찬가지인 삼촌"(227쪽)이 박 중위의 강간을 암묵적으로 동조했다는 사실에 충격을 받았기 때문이라고 증언한다. 박 중위는 들국화와 그 일대 술집에 거미줄처럼 널려 있던 연희 삼촌의 술빚을 모두 갚아주고, 삼촌에게 두툼한 봉투까지 건네주었던 것이다. 박 중위는 그녀를 욕보이고 나서 화대를 주고 샀다고 말함으로써 그녀를 창녀 취급했고, 아버지나 다름없는 삼촌은 박 중위가 주는 화대를 받음으로써 그녀를 창녀 취급한 것이다.

이 대목에서 압살롬의 이야기에 대한 해석은 '암논=박 중위, 다말=연희 누나, 압살롬=후'에서 '암논=아버지·박 중위, 다말=연희 누나, 압살롬=후'로 변한다. 그러나 이것으로도 진실의 전모가 모두 밝혀진 것은 아니다. 후는 한때 자신을 성적 노리개로 삼았던 사모님이 보낸 남자들에게 갖은 모욕과 린치를 당하며 새로운 깨달음에 이른다. 후는 자신이 받는 고통과 수모가 부당하지 않다고 생각하는데, 이유는 자신이 사모님의 몸에서 "연희 누나"(300쪽)를 떠올렸음을 깨달았기 때문이다. 연희 누나가 꿈 이야기를 하며 괴로움을 털어놓았을 때, 후가 충격을 받은 것은 "연희의 고통에 대한 새삼스러운 깨달음이나 공감 때문이 아니라(그것이 아주 없었다는 뜻은 아니지만) 자기의 은밀한 쾌락이 발각되고 통박되었다는 깨달음 때문"(301쪽)이었다. 여기에 이르면 압살롬의 이야기에 대한 해석은 '암논=후·아버지·박 중위, 다말=연희 누나, 압살롬=(   )'가 되어 버리고 만다. 후 역시 암논이 되어 연희 누나를 범한 것이고, 자신이 스스로를 압살롬이라고 여겼던 것은 그러한 자신의 죄를 감추기 위한 정신의 왜곡에 지나지 않았던 것이다. 그렇다면 후의 아버지가 던지고 나중에는 스스로가 던진

"왜 그랬을까?"에 대한 답변은, 후가 연희 누나를 범한 스스로에 대한 응징이라고 볼 수도 있다.

3. 인간의 불완전함

인간의 근원적 부당함과 불완전함은 한정효를 통해 드러난다. 차동연은 천산 수도원에 대한 두 번째 글을 발표한 이후 장으로부터 연락을 받는다. 장은 재생 요양원에 머무는 중증 환자이지만 젊은 시절 군인으로서 상부의 명령에 절대 복종하였다. 군인이었던 장은 "누군가의 손에 들린 연장이었고, 연장은 자기가 무엇에 기여하고 있는지, 무엇을 위해 사용되고 있는지 물을 권리가 없"(150쪽)었던 것이다. 장은 부장의 명령을 받고 천산 수도원에 도착하여 그곳의 형제들⁴⁾을 기도실에 모은다. 장에게 내려진 명령은 부적격자를 적발하여 절반 이상을 내쫓은 후에, 수도원을 봉쇄하여 출입을 통제하는 것이다. 수도원으로 들어가려는 사람을 막는 것이 아니라 수도원 안에서 밖으로 나오지 못하도록 막는 것이 장의 진짜 임무이다. 수도원 밖으로 나와서는 절대로 안 되는 인물이 바로 한정효이다.

한정효는 대의를 따라 군복을 입은 장교 신분으로 한강을 건넌 이후

• • • • •

4) 천산 수도원에 거주하는 이들은 그곳을 헤브론 성이라고 부른다. 이곳에서 모든 이들은 형제로 불린다. "신 앞에서 모든 사람들은 차별 없이 평등하고 차별 없이 하찮은 존재"(93쪽)이기 때문이다. 그렇게 함으로써 "차이를 부감함으로써 생기는 불필요하고 무의미한 이 세상의 욕망을 초월하게 되는 것"(93쪽)이다. 헤브론 성의 형제들은 "주의 날이 멀지 않았고, 그날이 오면 하늘 집의 형제자매들 모두 천사들의 환영을 받으며 하늘로 올라갈 것이고, 그날을 위해 거룩함과 의로움으로 준비해야 한다"(100쪽)는 믿음을 지니고 있다.

공식적인 자리에서 선글라스를 벗은 적이 없다. 선글라스는 장군의 상징으로도 등장하는데, "눈빛을 감추는 것이 가능할 뿐 아니라 눈빛을 감추면 거리낄 것이 없어진다는 사실을 그의 몸이 가르쳐 주었"(162쪽)던 것이다. 군복을 입고 있을 때 그랬던 것처럼 군복을 벗은 후에도 한정효는 "장군의 충실한 그림자"(165쪽)로 지낸다.

그런 한정효가 선글라스를 벗는 것은 "절대 권력에 대한 종교적 헌신의 상징성을 감안하면 그것은 일종의 개종"(166쪽)이라고 할 수 있다. 이러한 변화는 아내의 죽음이 결정적인 역할을 하여 이루어진 것이다. 한정효가 '안정적이고 영구적인 정권 유지를 위한 정치 개혁'을 구상하느라 외박을 하는 사이 아내는 쓸쓸하게 홀로 임종을 맞는다. 한정효는 아내가 마지막으로 남긴 선물인 성경책을 읽으며 조금씩 변해간다. 한정효는 성경책에서 "그만 가야 한다. 그만 멈춰라."(189쪽)라는 아내의 목소리를 듣고서는 장군에게 3선을 위해 헌법을 바꾸고, 공권력과 금력을 동원해서 권력을 잡은 것으로 충분하다며, "여기서 멈춰야 한다……."(168쪽)고 말한다. 이에 한정효는 장군에 의해 "못쓰겠다."(169쪽)라고 선언된다. 곧이어 장군은 결국 헤브론 성에서 절반의 사람들을 솎아내고 한정효를 그곳에 가두어버린 것이다.

아내는 한정효에게 처음으로 "'이곳'의 부당함이 어쩔 수 없이 불러내는 '저곳'"(347쪽)을 강렬하게 환기시킨 존재이다. 한정효는 자기에게 전적으로 헌신하고 온전히 의지하는 추종자의 안전조차 보호해주지 않는 전능자의 능력을 의심하지만, 아내는 암세포가 몸에 퍼진 후에도 하나님을 원망하지 않는다. 아내는 두 번이나 "이 세상이 전부가 아니에요."(181쪽)라고 말한다. 흥미로운 것은 곧이어 서술자는 단호한 목소리로 "신의 대답은 그러나 언제나 흡족하지 않다. 그 대답을 듣는 인간이 이성 너머를 사유할 수 없기 때문이고, 그 대답이 이성 너머를 사유할 수 없는 인간을 통해 전달되기 때문이다."(182쪽)라며 아내의 생각을 지지한다는 점이다.

한정효는 천산 수도원에서 진정한 수도사로서 생활한다. 형식은 강제였지만 실제는 지원에 가까운 생활이었던 것이다. 장은 1년 9개월간 그곳에 머물다가 곧 다른 곳으로 떠나간다. 천산에 초소가 세워진 8년 후에 전방에서 연대 지휘관으로 일하던 장은 새로운 장군의 호출을 받는다. 새로운 장군은 사회 정화운동을 추진 중이었고, 장은 천산 수도원의 정화 책임자가 된다. 다시 만난 한정효의 얼굴에서 장은 세상의 조건과 질서로부터 완전히 벗어난 것 같은 "저 너머"(211쪽)를 보았다. 그때 한정효는 지하의 방 벽에 성경을 옮겨 적고 있었다. 천산 수도원을 지키기 위해 한정효는 하산했지만, 끝내 천산 수도원은 철저히 파괴된다. 장은 새롭게 등장한 군인들에 의해 사회 정화라는 명목으로 수도사들을 3평 남짓한 방에 매장했으며, 그것도 모자라 지하로 들어가는 입구를 시멘트로 막아버렸다고 증언한다. 그리고 헤브론 성이라는 명패가 붙은 나무 기둥을 찍어 넘기고 철수한 것이다.

4. 죄인의 숙명

그렇다면 박 중위나 후, 혹은 한정효와 같은 특수한 개인만 인간적 한계에 맞닥뜨리는 것일까? 『지상의 노래』에서는 결코 그렇지 않다. 이 작품에 등장하는 거의 모든 인물들은 자신들의 인간적 한계로 인하여 죄를 지을 수밖에 없는 존재이다.

이 작품에서 일찌감치 선인으로 그려진 한정효의 아내라고 해서 예외일 수는 없다. 이 작품에서는 그것이 상징적으로 드러나 있는데, 한정효에게 권력의 어떠한 사악함도 뒷받침할 수 있는 힘을 선사한 선글라스를 선물한 이가 바로 한정효의 아내였던 것이다. 한강을 건너던 날 한정효의 아내는 사흘 후에 있을 남편의 생일선물이라며 선글라스를 건네주었던 것이다. 헤브론 성의 가장 나이 많은 흰수염 형제 역시 한정효를 감금하기 위해 수도사의 절반을 산 아래로 내보내는 일에 협력한 것에 대하여 "자책감"(216쪽)을 느낀다. 장이 차동연에게 오래전 일을 털어놓는 것 역시 "자부심의 확인이 아니라 죄책감에 대한 부담이 동기로 작용"(201쪽)한 결과이다.

이 작품에서 모든 인간은 지상에 존재하는 그 어떠한 죄로부터도 자유로울 수 없는 죄인들이다. 후가 어린 시절을 연희 누나와 살았던 마을의 사람들은 "땅이 사람을 삼"(31쪽)키는 바람에 모두 죽는다. 정오 무렵 공동 우물가 주변의 땅이 갑자기 크게 벌어졌고, 그 벌어진 틈으로 지상에 있던 모든 것이 삽시간에 빨려 들어간 것이다. 이때 후의 아버지와 어머니도 죽었다. 땅이 꺼지는 불가사의한 재난으로 인한 마을 사람들 모두의 죽음은, 연희의 불행에 마을 사람 모두가 연루되어 있다는 암시로 받아들여진다. 후는 천산 수도원에 들어가기 직전이면 항상 닦아도 닦아도 피가 흘러나오는 꿈을 꾼다. 이 피는 결코 사라질 수 없는 인간의 근원적인 죄에 대한 상징으로 읽을 수 있다.

그러나 인간은 자신의 죄와 당당하게 마주할 만큼 용감한 존재가 아니다. 그리하여 이 작품의 많은 사람들은 '사이비 죄책감' 혹은 '죄책감 없는 죄책감'을 느끼게 된다. 『지상의 노래』에서는 죄에 대한 자신의 책임을 피하기 위해서 다른 무언가를 끌어들이는 것, 즉 무언가의 탓으로 돌리는 의식이 곳곳에 나타나 있다. 이러한 왜곡은 "인간 심리의 무규칙성과 돌발성이 세상에서 일어나는 거의 모든 일을 세상에서 일어나는 거의 모든 일과 인과적으로 관련지을 수 있는 근거를 만들어"(41쪽)내기 때문에 발생한다. 한마디로 "결과가 무작위로 원인들을 소환하는 시스템"(40쪽)이 문제인 것이다. 인간이란 무의식적으로 끊임없이 자신을 속이는 존재이며, 설령 선한 의도를 가지고 있더라도 결과는 늘 의도와는 빗나가기 마련이다.

『지상의 노래』에서는 서술자가 수시로 직접 개입하여 인물들의 감추어진 욕망 등을 잔인할 정도로 집요하게 끄집어낸다. 그것을 통해 인간들이 근원적으로 왜곡을 일삼을 수밖에 없는 존재라는 점이 선명하게 드러난다. 일테면 박 중위가 버스에서 우연히 만난 연희에게서 짝사랑했던 주일학교 여선생의 모습을 발견했다고 느끼는 대목에서도, 서술자는 곧바로 "새로 만난 사람이 과거의 누군가와 닮아서 그 사람을 떠올리고 그 사람에게 향하게 한 것이 아니라 새로 만난 사람에게 다가가기 위해 과거의 누군가가 불러내졌다는 것"(48쪽)이라며 박 중위의 착각을 지적한다. 후 역시도 연희 누나에게 혈육의 정 이상의 감정을 품고 있었으면서, "모든 사태의 원인으로 박 중위를 지목함으로써 자기를 사로잡고 있는 죄의식과 혼란에서 벗어날 길을 찾"(87쪽)고 있었던 것이다. 한정효가 아내의 죽음 앞에서 신을 원망하는 것도, "눈앞에 보이지 않는 신을 원망의 표적으로 삼음으로써 자기 자신에 대한 징벌을 피하고 싶었"(181쪽)던 것으로 설명된다.

인간이 자신의 죄와 당당하게 맞서는 것은 성경을 통해 가능하다. 한정효는 성경을 읽으며 진실과 대면하게 된다. 그는 "마침내 대면하지 않으려고 했던 죄책감"(187쪽)과 만나는 것이다. 이 순간 한정효는 아내를 죽게 한 것이 하나님인 것처럼 불만을 터뜨린 것은 "실은 그

죄책감과 대면하지 않으려는 속임수이고 비겁한 전가"(187쪽)에 불과
함을 깨닫는다. 그녀를 가장 괴롭힌 것은 다름 아닌 자기 자신이었던
것이다.

5. '속세=카타콤'이라는 아이러니

'카타콤'이라는 제목이 붙은 6장은 후가 연희를 찾아 나서는 내용
으로 되어 있다. 6장의 실제 서사는 고립된 생활을 하던 후가 속세에
서 살아가는 내용을 담고 있는데, 6장의 이름이 지하 공동묘지를 의미
하는 카타콤이라는 점은 아이러니하면서도 의미심장하다. '속세=카
타콤'이라는 아이러니 속에는 속세를 바라보는 작가의 기본적인 인식
이 깊게 베어 있다.

절반 이상의 형제들이 천산 수도원에서 쫓겨나던 날 후도 2년 8개월
만에 헤브론 성을 나온다. 산에서 내려와 제일 먼저 한 일은 연희 누
나를 찾는 것이었다. 후는 미용기술밖에 없는 연희 누나가 도시로 갔
다는 원장의 말을 듣고 "두 발로 도시의 모든 미장원들을 일일이 탐색
하는 무모하고 비효율적인 만행(萬行)"(235쪽)을 시작한다. 후는 미용
기술을 배우고, 성경 읽기와 새벽 기도를 습관적으로 행하며 연희 누
나를 계속해서 찾아나간다. 미용사가 미장원에서 해야 하는 거의 모
든 기술을 익힌 후는 서울에서 최고급 미용실인 헤라 헤어숍에서 일
하게 된다. 그곳에서 후는 연희의 정보를 얻어내기 위해 남편이 안기
부 요직에 있는 사모님의 성적 노리개가 된다. 이러한 세속에서의 삶
은 그 자체가 하나의 무덤에 불과함을 보여주기에 모자람이 없다.

연희 누나를 만난 후는 자신이 압살롬이 아닌 암논이라는 사실을 깨

닫고, 그 깨달음은 끔찍한 자해로 이어진다. 끔찍한 자해로 길 위에 쓰러져 있을 때, 천산 수도원을 나와 1년째 걸어 다니던 한정효를 만난다. "아무것도 할 수 있는 일이 없을 때, 무엇을 해야 할지 알지 못하는 사람이 할 수 있는 유일한 일이 걷는 것"(284쪽)이었음을 깨달은 바 있는 한정효는 후에게도 걷기를 권유한다. 한정효는 후에게서 과거의 자기 모습을 발견한 것이고, 이러한 걷기는 초월을 향한 "순례"로 불린다. 한정효는 후를 병원으로 옮기며 후에게 다음과 같은 말을 남긴다.

> 저 굉장한 말씀들은 애초에 이 세상을 이길 힘이 없어요. 세상은 크고 무섭고 힘이 세요. 언제나 그랬어요. 전에도 그랬고 앞으로도 그럴 거예요. 그에 비하면 말씀은 무력하기 짝이 없어요. 그건 말씀이 힘이 없어서가 아니라 말씀이 가진 힘이 다른 힘이기 때문이에요. 이 땅에 오신 예수님이 그랬던 것처럼 말씀은 세상에게 능욕당하고 옷 벗기고 채찍질당하고 창에 찔리고 못이 박히고 죽을 수밖에 없어요. 다른 힘이기 때문에 그래요. 하찮은 것이 자주 위대한 것을 이겨요. (중략) 말씀이 굉장한 것은 현실을 이기기 때문이 아니라 현실을 넘어서기 때문이에요. 현실에서의 철저한 무능이 질적으로 완전히 다른 말씀의 능력을 역설적으로 증거하는 거예요.(291쪽)

> 이 세상에 있지만 이 세상에 속하지 않았다는 것을. 내 안에 여전한 말씀이 세상을 떠나지 않은 채 세상과 상관없이 사는 삶을 가능하게 한다는 것을. 세상 속에서 세상과 상관없이 살 수 있게 하는 것이 내 안에 충만한 말씀이라는 것을.(293쪽)

한정효는 신의 말씀은 현실을 이기는 것이 아니라 현실을 넘어서는 능력을 지니고 있으며, 동시에 그 말씀은 세상 속에서 세상과 상관없이 살 수 있게 한다고 덧붙인다. 그러니까 한정효가 말하고자 하는 삶은 일방적인 초월과는 다른, 차라리 달관에 가까운 삶이라고 볼 수 있을지도 모른다. 길을 걷는 내내 한정효의 말은 후에게 하나의 지침이 된다.

그러나 순례만으로 '지상(至上)의 노래'를 완성할 수는 없다. 후에게는 천산 수도원에 가서 벽서를 완성해야 하는 임무가 주어져 있기 때문이다. 후는 경찰서에서 온갖 모욕과 폭력을 당한 끝에, 김덕만이라는 자로 둔갑하여 두 건의 강도 상해 혐의를 저지른 범죄자로 기소된다. 후는 길거리의 허기와 추위, 사람들의 냉대와 오해, 무자비하게 가해지는 취조실의 폭력 앞에서 "영광을 받기 위하여 고난도 함께 받아야 될 것이니라."(213쪽)는 내용의 성경 구절을 반복해서 떠올린다. 그리고 구치소에서의 마지막 밤, 처음으로 천산에 올랐던 밤에 헤브론 성의 나무 기둥에 기대어 꾸었던 꿈속 장면을 떠올린다. 그리고는 천산으로 돌아갈 것을 결심한다.

6. 욕망을 초월한 자들

루카치를 들먹일 필요도 없이, 소설은 삶의 숨은 의미나 사라진 가치를 추구하고 찾아내는 내적 구조를 지니고 있다. 주인공(대개는 젊은)이 세계를 알아가면서 성숙해지는 과정의 이야기는 성장소설에만 해당하는 것이 아니라, 소설 예술의 정신과 형태에 가장 적합한 스타일이라고 할 수 있다. 『지상의 노래』에서 삶의 의미나 가치는 선명하게 드러나 있다. 그것은 아내가 건네준 마지막 선물에서도 발견되며, 아무도 찾지 않는 버려진 수도원의 벽 위에도 쓰여져 있다. 천산 수도원의 한 형제가 해준 말처럼 성경은 "큰 거울이기 때문"(88쪽)에 모든 것은 이미 성경 안에 존재하는 것이다. 따라서 "성경을 읽을수록 형제는 성경이 아니라 형제를 더 잘 알게"(111쪽) 된다. 이처럼 창공에서 들려오는 선명한 목소리는 한국 문학사에서 낯설은 음역임에 분명하다.

차동연은 수십 명의 수도사가 한 방에 갇혀 죽었다는 장의 말이 맞는지 확인하기 위해 천산 수도원을 다시 찾는다. 차동연은 장의 말이 틀리고, "신앙과 예술의 혼연일체, 성과 미의 오묘한 얽힘, 절대자를 향한 헌신과 믿음의 표현방식이면서 지고한 아름다움을 향한 인간 본연의 발현"(325쪽)이기를 원하는 것이다.[5] 그러나 장의 말처럼 지하실의 입구는 시멘트로 봉해졌었음이 밝혀진다. 대신 한 방에 있어야 할 수십 구의 시신은 없고, 각각의 방마다 한 구씩의 시신이 묻혀 있을 뿐이다. 마지막 방에서는 머리가 미처 파묻히지 못한 들려 있는 유골 하나가 발굴된다.

머리를 내놓은 시체, 즉 가장 마지막에 죽은 사람에 의해 사람들은 매장당한 것이다. 차동연은 그것이 바로 한정효라고 생각한다. 그러나 후가 초점자로 등장하는 대목을 통해, 머리가 밖으로 나온 시체는 후임이 밝혀진다. 후가 천산 수도원에 도착했을 때 한 남자가 방에 쓰러져 있었다. 그 남자는 바로 길바닥에 쓰러져 있는 후를 간호해주고,

●●●●●
5) 차동연은 천산 수도원의 벽서를 보고, "성스러움 속에 깃들어 있는 아름다움, 신에 대한 믿음의 표현 속에 깃들어 있는 인간의 예술적 욕구"(25쪽)를 응시한다. 그는 "초월자에 대한 믿음과 아름다움에 대한 추구는 둘 모두 근본적이고 본능에 가까운 욕망이라는 것. 사람은 숭배하면서 동시에 즐길 수 있다는 것. 숭배를 위해 즐기고 즐기기 위해 숭배할 수 있다는 것. 『켈스의 책』과 천산의 벽서를 탄생시킨 것은 믿음만도 아니고 아름다움만도 아니라는 것"(27쪽)을 주장한다.

"말씀이 현실을 이기지 못한다는 이유로 절망해선 안 된다고 충고했던"(338쪽) 한정효였던 것이다. 후는 한정효를 매장하고 벽서를 완성한다. 천산 수도원의 벽서는 욕망과 정치(권력)를 초월한 자들에 의해서 이루어진 것이다.

차동연은 세 번째 기고문을 쓴다. 이번에 차동연은 벽서와 『켈스의 책』을 비교하는 대신 초기 기독교 공동체 신자들의 지하 무덤인 카타콤과 천산 수도원을 비교한다. 천산 공동체 벽화의 제작 동기나 카타콤 벽화의 제작 동기 모두 "이 세상에 대한 강한 부정과 곧 맞이할 새로운 세상에 대한 놀라울 만큼 강렬한 소망"(345쪽)에 있었다는 것이다. "그들은 육체에 갇혀 살아야 하는 이 세상이야말로 카타콤에 다름 아님, 카타콤에 들어와 누움으로써 비로소 참된 쉼에 이를 수 있다는 믿음을 가지고 있었을 것"(345쪽)이라는 것이다. 차동연이 쓴 기고문의 마지막 문장은 다음과 같다.

> 세상의 권력은 그들의 구별된 공간인 천산을 침범하고 파괴하여 카타콤으로 만들었다. 그러나 그들은 침범하고 파괴하는 권력이 행사되는 이 세상이야말로 카타콤에 다름 아님을 그들의 구별된 삶과 특별한 죽음으로 증거했다.(346쪽)

이 순간 천산 수도원은 무덤을 의미하는 카타콤이 아니라 쉬는 곳을 의미하는 체메테리움이 된다. 이것은 권력과 욕망이라는 현실의 무지막지한 힘을 견뎌낸, 자신의 온 생애를 걸고 성경의 말씀을 지켜낸 자들에 의해 가능했던 일이다. 이승우가 지닌 단단한 사유의 힘은 『지상의 노래』를 통하여 한국 문학의 또 다른 심연을 만들어내었다.

하숙집에서의 하룻밤이 가르쳐 준 삶의 윤리

— 권여선의 『레가토』(창비, 2012)

1. 후일담으로 읽기

권여선은 좁고 깊은 작가이다. 여기에는 하나의 단서조항이 붙는데, 그녀는 좁기 때문에 깊은 작가가 아니라 깊기 때문에 좁은 작가라는 점이다. 장편소설 『레가토』(창비, 2012)는 권여선이 창비 문학블로그 '창문'에 연재한 장편소설이다. 권여선은 데뷔 때부터 살아 숨쉬는 듯한 인물 묘사, 탄탄하고 선명한 문장, 인간관계의 허실을 꿰뚫는 통찰 등으로 독자를 매료시켰다.

1970, 80년대 운동권을 소재로 했다는 점에서 이 소설 역시 기본적으로 후일담 소설이라고 할 수 있다. 작가는 여러 자리에서 이 소설이 후일담으로 읽히는 것에 대해 거부감을 갖고 있지 않다고 밝혔다. 이것은 후일담에 대한 문단의 부정적 시선을 고려한다면, 기존 후일담

과의 차별성에 대한 자신감에서 비롯한 것으로 보인다.

이 작품은 장별로 현재와 과거가 번갈아가며 진행되는 구성방식을 보여준다. 과거와 현재를 번갈아 오가며 인물의 기억을 꿰맞추는 것이다. 과거는 오정연, 박인하, 신진태, 조준환 등이 운동권 대학생으로 겪었던 일상들, 즉 피쎄일(유인물 배포), 농활, 합숙, 시위, 뒷풀이 등으로 채워져 있다. 30여 년 전 순수함 하나로 독재정권에 맞섰던 이들의 현재는 당연히 이전만큼 순수하지는 않다. 그들은 세상과 타협하여 한 자리 꿰찬 속물들에 가깝다.

7장 '가면 겨울숲'은 고 김성원 회장의 미망인인 염종휘 여사가 마련한 겨울 연회를 배경으로 하고 있다. 이 연회에는 전통연구회 사람들이 각자 나름대로의 컨셉으로 변장을 한 채 나타나는데, 이러한 모습은 현재 그들이 처한 위치를 상징적으로 드러낸다. 변장 망년회에서의 모습은 이들이 본래의 모습과는 다른 얼굴을 한 채 살아가는 현재를 의미한다. 이 자리에서 경애는 알궁둥이 모습으로 흐느끼며 온갖 쌍욕을 하기도 하고 망가진 과거의 친구들을 떠올린다. 현직 국회의원인 인하, 전직 기자였으며 현재는 자서전을 대행해주는 출판기획 사업을 벌이는 진태, 박인하의 보좌관으로 활동하는 준환, 대학교 국문학과 교수가 된 이재현 등도 정도와 방법이 다를 뿐 모두 과거를 앓고 있다.

이 중에서도 유명한 여배우의 사생아로 태어난 인하는 가장 문제적인 인물이다. 인하는 학생운동할 때는 가난뱅이 고학생 연기를, 감옥에 들어가면서는 부잣집 외동아들 연기를, 연수원에서는 공부만 파는 수재 연기를, 정치판에서는 민주투사의 연기를 출중하게 해낸다. 인하는 스스로 "가끔 자신의 내부에, 누구도 믿을 수 없고 누구와도 마음을 나눌 수 없게 만드는 견고한 자폐의 벽이 버티고 있는 느낌"(202쪽)을 받는다. 인하는 "나도 나를 신뢰하지 않아요."(36쪽)라고 말하는 정치인이 되어버린 것이다. 마지막에 진태는 하연이가 정연의 딸이라는 사실을 인하에게 알리고, 이 순간 인하는 교통사고를 당한다. 교통사고 중에도 인하는 상황을 자기 중심으로 정리하고는 "자신의 과실이 없다는 데 안도감을 느"(397쪽)낀다. 인하의 보좌관으로 활동하는 준환은 정연을 향한 흠모와 인하에 대한 열등감을 떨쳐내지 못한다. 그로 인해 준환은 평소에는 "최선을 다해 노예처럼 봉사하는 비굴한 태도"(29쪽)를 보이지만 술만 마시면 욕설을 반복해서 퍼붓는 기괴한 인간이 된다.

이들의 삶에 유하연이라는 1980년대생 여인이 끼어든다. 이들은 하연을 통해 늘 자신들 삶 한복판에 있었지만 의식하지는 못했던 오정연의 존재를 의식하게 된다. 하연은 서클 회원으로 활동하다가 갑자기 실종된 오정연의 동생이라고 자기를 소개한다.[1] 실제로는 정연의 딸인 하연이 박인하를 비롯한 당시 서클 관련자들을 상대로 언니의 흔적을 수소문하면서 모든 등장인물의 과거 기억과 현재의 삶이 복잡하게 얽히기 시작한다.

· · · · ·

1) "과거와 현재를 연결해 읽어달라"는 작가의 당부는 작품에서 과잉되게 성취되고 있다. 일테면 복장부터 하연은 처음 만났을 때 "흑백 가로줄무늬 셔츠에 하얀 스커트"(24쪽)를 입은 모습이다. 인하가 하연을 처음 만난 날 하연은 흑백 줄무늬 셔츠에 하얀색 치마를 입고 있으며, 정연이 실종되던 순간 그녀는 가로줄무늬 셔츠에 흰 바지 차림을 하고 있었다. 오정연과 유하연이 모두 가까운 사람들에게는 '연'이라고 불린다는 점도 빼놓을 수 없다.

2. 어머니를 범한 자들

『레가토』에서는 지식인들의 옹졸한 자의식이 어떠한 폭력으로 연결되는지가 잘 드러난다. 이러한 정념과 내면에 대한 묘사는 가히 독보적이며, 관계와 관계가 만들어내는 만화경에 대한 묘사도 경지에 올라섰다. 이 작품은 지금의 우리를 낳은 결정적인 연대인 1979년과 1980년이라는 핵심적인 시기를 다루고 있다. 그렇다면 우리는 이 시기의 사회경제적 문제가 중요하게 다루어질 것이라고 생각할 법도 하지만, 소설의 초점은 인간관계가 만들어내는 내면의 슬픈 드라마이다. 1979년 이들이 외치는 구호, "우리 모두 총궐기하여 반민주 유신독재를 철폐시키자. 반민족 재벌독재를 타도하자. 노동운동과 민주적 재야운동 세력과 연대하여 어둠의 끝을 향해 한치의 흔들림도 없이 돌진해나가자!"(46쪽)는 이들의 삶을 둘러싼 하나의 배경일 뿐 그 자체가 심각한 탐구의 대상이 되지는 않는다.

『레가토』에서는 쉽게 잊혀지지 않는 장면이 등장하는데, 그것은 인하가 정연을 강간하는 대목이다. 신입생 오정연은 처음으로 피쩨일을 한 그날 저녁 풍년집 골방에서 "피쩨일이 무서웠어요."(63쪽)라고 말해 용호로부터 심한 폭행을 당한다. 정연은 그날 인사불성이 되고, 인하의 하숙방에서 자게 된다. 인하는 명색이 서클의 리더이며 정연을 포함한 1학년 신입생들에게 거의 무한대에 가까운 신뢰를 받는다. 정연을 포함한 1학년 신입생들은 "너나없이 회장을 교주처럼 추종했고, 주옥같은 그의 말을 암기할 뿐 아니라 표정이나 동작까지, 그 모방 속에 어떤 진리의 학습이 보장되어 있기라도 한 듯 그대로 따라하곤 했"(55쪽)던 것이다. 그러한 인하가 정연을 무지막지하게 폭행하고, 그리하여 끝내 "새빨간 증오와 혀를 깨무는 무력감과 미칠 듯한 분노가 휙 휙 스쳐가다 마침내 서리처럼 하얗게 체념이 내리는" 표정을 정연이 짓게 만든 끝에 강간한 것이다. 그러나 이 현장에서 가해자와 피해자를 가리고 죄의 경중을 따지는 것은 작가의 의도와는 무관하다.[2] 권여선은 내면의 알 수 없는 충동이 젊은 영혼들을 궁지로 몰아가 만들어낸, 오해와 두려움이 어설픈 자의식과 뒤죽박죽되어 이루어진, 조율되지 않은 수치감이 불러온 극단적 파국에 대하여 말하고 싶었던 것으로 보인다.

여기서 주목해보아야 할 것은 이러한 강간이 있기 전에 정연이 보이는 모습이다. 강간이 일어나기 직전 인하는 급체로 고생하고, 이때 정연은 마치 인하의 "이모나 숙모쯤 되는 듯 행동"(71쪽)한다. 한 번도 쓰지 않던 진한 전라도 방언을 쏟아놓으며, 인하를 헌신적으로 돌보는 것이다. 나중에 그녀의 사투리는 의미 파악마저 어려워질 정도로

<hr />

2) 처음 인하는 어스레한 아침에 "알 수 없는 충동"(73쪽)으로 잠들어 있는 정연의 이마, 코끝, 입술에 가만히 입을 맞춘다. 이후 인하는 "자신이 저지른 행위에 대한 수치감보다 그것이 만천하에 드러나 명예가 실추되는 상황에 대한 두려움"(76쪽)으로 정연을 폭행하고 강간한다. 인하는 "그저 그녀의 따스하고 둥근 이마, 갈색 볼, 싱싱한 살결을 만지고 싶었을 뿐"(80쪽)이고, "그런 매혹이 낯설었고 거절당할까봐 수치스러웠다. 그 낯선 수치감이 이렇게 끔찍한 사태를 불러올 줄은 몰랐"(80쪽)던 것 뿐이다. 정연은 인하에게 당한 후 옷을 입고 떠나는 대신 "휴지로 아랫도리를 닦고 그의 옆자리에 다시"(130쪽) 눕는다. 정연은 김밥을 사와서는 "토하기만 하고 하루 종일 아무것도 못 먹었잖아요. 칼로 썰지 않은 거라 이로 딱 잘라야 해요."(78쪽)라며 김밥을 인하의 입에 물려준다. 이후 오정연은 부유하고 아름다운 사회학과 여학생의 일방적인 구애와 삼년방 회원들의 존경을 한 몸에 받는 신비롭고 멋진 혁명아가 아니라 더럽고 냄새 나는 방에 사는 가난하고 병약하고 자존심을 다친 고학생에 불과한 박인하의 존재를 가엾게 여겼다고 생각한다.

심해지고, 그것은 "백 살 넘은 노파의 웅얼거림처럼 들"(72쪽)린다. 그러니까 인하가 강간하기 이전에 오정연은 세상물정 모르는 신입생이 아니라 인하에게 한 명의 어머니가 되어 있었던 것이다. 그날 밤 이후 인하는 다시 정연을 만나 진심으로 용서를 빌며 다시는 아픔을 주지 않겠다고 맹세하리라 생각한다. 이때 인하는 "그날 새벽 그의 손가락을 따준 후 한없이 풀어내던 사투리 섞인 주문처럼, 그녀 내부에는 날 선 그의 마음을 위로하고 잠재울 신기하고 오래된 말들이 가득할 것"(144쪽)이라고 기대한다. 정연이 이 밤 끝도 없이 내뱉은 사투리는 이처럼 인하에게 따뜻한 모성의 상징으로 다가왔던 것이다.

홍미로운 것은 강간 이후 인하가 자신에게 최종적으로 죽음을 선고하며, 자신이 저지른 죄를 어머니에게 가장 먼저 고백한다는 점이다. 인하는 어머니를 향해 "아비의 전철을 밟아 마침내 까마득한 죄의 벼랑으로 굴러떨어진…… 어린 신입생 후배를 강간한 이 장한 아들을……"(81쪽)이라고 말한다. 이 장면은 인하가 마음속 깊은 곳에서는 오정연이 아닌 어머니를 강간했음을 보여준다.

이러한 관계 직전에 정연은 인하의 등을 두드리며 "아버지의 등도 이렇게 말랐었다"(70쪽)며 인하에게서 아버지를 떠올린다. 정연의 아버지는 한국전쟁 당시 산에서 끝까지 내려오지 못하다가 토벌대에 잡힌 사람으로, 평생 사회적 구실을 하지 못하며 어머니와 아내의 힘으로 살았던 이념형 인물이다. 이러한 점을 고려할 때 『레가토』는 남성으로부터 상처 받은 여성에 대한 애도의 이야기라고 볼 수 있다. 이때의 남성은 인하와 정연의 아버지가 상징하듯이 이데올로기로, 여성은 모성으로 확장해 이해하는 것이 가능하다. 그리고 보면 30년이란 격차를 두고·전개되는 이 소설에서 과거와 현재를 이어주는 매개는 다름 아닌 하연의 어머니 찾기 행위이다.

이러한 모성은 이 작품에서 음식에 대한 집착과도 밀접하게 연결된 것으로 보인다. 백석 이후 이토록 많은 음식이 등장한 문학작품도 드물 것이다. 어느 페이지를 넘겨보아도 김밥, 음료수, 커피, 막걸리, 감자국, 콩나물, 김치, 뭇국, 코다리강정, 회, 아사비, 죽, 전복죽, 물김치, 수박, 새우, 계란찜, 화과(火鍋), 된장국, 보리밥, 참외, 찐 감자, 밀전, 국수, 팥빵, 새우젓, 삶은 돼지고기, 시루떡, 호박전, 감자전, 장떡, 막걸리, 쑥개떡, 보리밥, 간장, 고추장, 된장, 꽁치국, 닭다리, 닭날개, 국수, 무, 다시마, 표고버섯, 동태, 감자, 두부, 달걀, 늙은 호박, 표고튀김, 두부탕, 돼지 머릿고기 등등의 음식이 계속해서 등장한다. 정연이 음식을 먹는 것에 대한 묘사도 "포크로 닭 토막을 누르고 손으로 날렵하게 날개 끝을 분질러 입에 넣고 뼈째 오독오독 소리가 나게 씹었다. 닭봉의 살을 발라먹고 관절을 감싼 물렁뼈를 말끔히 뜯어먹은 후 어금니로 동그란 관절뼈를 아작아작 씹었다."(232쪽)라는 부분에서 드러나듯이 매우 상세하며 역동적이다.

『레가토』에서 모성에 가장 가까운 인물은 풍부한 인간성을 소유한 권보살이다. 권보살은 남편이 횡사하자마자 곰보 버버리라며 시댁에서 내쳐진다. 오갈 데 없이 떠돌다 아랫마을로 흘러들어와 품을 팔러 다니는 권보살을 정연의 어머니가 거두어서 함께 지낸다. 권보살은 글을 깨치지 못했으며, 말도 제대로 하지 못한다. 권보살이 주로 하는 일은 음식 만들기이고 그녀는 사람이 오면 반드시 음식을 해주어야 한다고 생각한다. 이러한 권보살의 몸에서는 "언제나 음식 냄새가 났"(251쪽)던 것으로 형상화된다.

정연이 동년배들과 구별되는 가장 결정적인 지점은 그녀가 보이는 음식에 대한 탐욕이다. 정연의 어마어마한 식탐은 농활에서부터 본격화되는데, 결정적으로 정연이 서클을 떠나 낙향하게 되는 계기 역시 그녀가 통닭집에서 닭날개를 닥치는 대로 먹어치우는 것과 관련된다. 정연을 내쫓는 서클 회원들은 이러한 음식과는 반대편에 놓여 있는 인물들이다. 정연을 포함한 동아리에서 농활을 갔을 때 새참이 나오자 준환은 새참의 면보도 걷기 전에 새참을 가져가라고 말한다. 통닭집에서 "그럴 거면 너 전연 나가라"(235쪽)라고 정연에게 일갈한 경애는, 농활 현장에서 정연이 그토록 먹고 싶어 하는 팥빵을 당연히 실수겠지만 발로 밟는다. 정연이 모성을 상징하는 음식으로 표상된다면 정연을 파괴한 인하는 배설의 이미지로 표상된다. 인하는 수시로 아랫배를 움켜쥔다. 장이 안 좋아 고생하는 인하는 수시로 물변을 쏟아내며, "술에 취해 아랫도리를 설사오물로 더럽힌 채 추하게 까발려진 상태로 죽고 싶다는 생각"(203쪽)을 할 정도이다.

3. 우울증적 주체의 윤리

인하뿐만 아니라 정연과 함께 대학생활을 한 모두는 죄의식에 시달린다. "오리엔테이션 때 논노 잡지에서 막 튀어나온 듯 새침하던 짧은 치마의 숙녀"(223쪽)였던 정연이, 중국집 골방에서 "그럼 언니, 우린 모두 노동자가 돼야 하나요?"(171쪽)라고 말하던 정연이 끝내 실종된 것이다. 이러한 죄의식은 정연의 비밀을 인지하지 못하고, 그를 서클 구성원 중의 하나로만 인식한 자신들의 무지와 폭력에 대한 반성으로부터 비롯된다. 나중에 진태는 "그때 그들은 정연이 아이를 가진 줄 몰랐다. 몰랐지만 결과적으로 그들은 그녀에게 자식을 사지로 내몰

것을 강요했고 그녀는 결사적으로 항전했던 것"(390쪽)임을 깨닫는다. 그리고는 왜 임신한 그녀가 마지막 닭날개 하나도 다 먹고 가지 못하도록 매섭게 다그쳤는지, 그녀의 눈빛에 담긴 비애와 슬픔을 왜 일제히 외면했는지, 왜 그렇게 근본적인 단절의 포즈를 고수했는지에 대한 회한에 빠진다. 이것은 정연이가 가졌던 그녀만의 비밀, 그녀만의 고유성을 인정하지 못했던 자신들의 비윤리성에 대한 회한이라고 할 수 있다.

정연은 만리 타국인 프랑스까지 가서 마침내 안식을 얻었다고 볼 수 있을까? 그녀는 분명 죽지 않고 따뜻한 보호를 받으며 파리의 느긋한 햇살을 즐기고 있다. 그러나 프랑스에서의 그녀가 오정연이 아닌 아델로서 살아가고 있다는 점은 눈여겨보아야 할 부분이다. 광주민주화운동 당시 프랑스인 에르베를 안내하던 최는 에르베에게 "이 처녀는 나으 누이여. 쉬즈 마이 씨스터. 유 노? 나으 딸이여, 쉬즈 마이 도터. 오케, 플리즈."(356쪽)라고 말하며 정연을 부탁한다. 이 순간 여섯 살일 때 실종된 사촌누이 아델을 생각한 에르베는 오정연을 반드시 가족에게 돌려줄 것이라고 결심한다. 최에게 정연은 '누이이자 딸'이며, 에르베에게 정연은 '사촌누이 아델'이 된다. 결국 오정연은 프랑스에서 실제로 에르베 이모의 딸, 즉 에르베의 사촌누이 아델이 되어 살아간다. 임신이라는 고유한 비밀을 그 누구에게도 인정받지 못한 채 쓸쓸히 서울을 떠났던 그녀는 프랑스 땅에서도 끝내 '오정연'이 되지 못한 것이다. 그녀를 '오정연'으로 살게 하는 것은 애당초 에르베의 몫이 아니었음에 분명하다. 프랑스인 에르베 리샤르는 아무래도 1980년 5월판 '데우스 엑스 마키나'(deus ex machina)라는 생각을 떨쳐버릴 수가 없다.

『레가토』에서 진정 중요한 것은 파리까지 가서 정연을 찾게 만든,

즉 고작 8개월가량을 함께 보냈으면서도 끝끝내 정연을 잊지 않은 동 년배들의 윤리적 자세이다. 그 자세는 자기 모멸로 나타나거나 최소 한의 비판적 자의식으로 기능했다. 그리고 끝내 그 우울증적 주체의 윤리는 아델이 된 오정연을 찾아내고야 말았다.[3] 이 찾아냄의 행위야 말로 지난 시대 새벽을 열어간 정의의 사도들이 2012년을 살아가는 독자들에게 보내는 너무도 소중한 선물임에 분명하다. 정연이 끝내 자신의 목숨을 걸고 광주 현장에 남은 이유 역시 짧은 기간이나마 함 께 행동했던 동년배들을 생각해서이다. 정연은 서울로 가기 위해 광 주에 왔다가 광주민주화운동에 휩쓸린다. 그 순간 정연은 "서울로 올 라가야 하나, 성암사로 돌아가야 하나"(323쪽)라는 갈등에 빠진다. 정 연은 시위 대열에 선 사람들에게서 서클 사람들의 얼굴을 본다. 그리 고서는 인하 형은 물론이고 "오난이도, 재현이도, 진태도, 경애와 명 식이도, 주춤거리면서라도 끝끝내 자리를 지켰을 것"(324쪽)이라며 광 주에 남기로 결정한다.

4. 남는 문제들

권여선의 『레가토』는 어찌보면 과잉(excès)의 탕진에 대한 이야기처 럼 보인다. 바타이유에 따르자면 인간이나 사회는 필연코 잉여 에너

---

3) 그러고 보면 이 작품에서 가장 악인에 가까운 박인하 역시 우울증적 주체의 윤리 를 보여준다. 인하는 과거와의 대면을 망각하고 가는 손쉬운 인생이 아닌, 그것 을 굳이 환기함으로써 나아갈 힘을 얻는 자이기 때문이다. 정연에게 천 겹의 고 통과 슬픔과 능욕을 안겨준 자신을 기억함으로써, 퍼펙트한 자술서로 동지들을 팔아먹고 번번이 어머니의 치마폭에 감싸여 사지를 빠져나온 자신을 기억함으로 써 "작은 고난과 유혹들을 인내할 힘"(208쪽)을 얻는다.

지를 쌓아나갈 수밖에 없으며, 그렇기에 그 잉여 에너지를 어떻게 소비하느냐는 한 인간이나 사회에 매우 중요한 문제가 된다. 이 소설의 주인공들처럼 이제 막 스물이 된 이들에게 과잉의 문제는 더욱 더 절대적인 과제가 된다. 가죽 잠바가 캠퍼스에 상주하다시피 하던 이 엄혹한 시절을 살았던 젊은이들에게 이러한 탕진은 혁명의 의장을 빌려서 이루어진 것처럼 보이기도 한다.

"전연 신입생들은 불현듯, 스스로를 대견하게 여기는 마음과 서로를 목숨처럼 아낀다는 착각과 한창 젊다는 데서 오는 맹목적 열정에 사로잡혀, 손가락이라도 콱 베물어 피를 섞어 마시든지 해서라도 이 벅찬 유대감을 영원히 기억 속에 새기고 싶은 심정"(137쪽)을 가지고 있다. 이들이 술집에 가는 모습은 "좌안의 본색을 회복한 정연을 깃발처럼 앞세우고 국민윤리 교과서의 삽화에 등장하는 자유를 찾는 월남민들처럼 교정 철조망을 넘고 험한 언덕을 넘어 남촌으로 술을 찾아"(141쪽)간 것으로 묘사된다. 심지어 인하가 구속된 후에도 이들의 활력과 에너지는 어쩔 수가 없다. "인하가 구속된 후 비 오는 날처럼 우중충하던 분위기도 잠시, 요즘 카타콤엔 난만한 봄기운과 함께 들놀이 화전을 부치는 화덕 주변처럼 분방한 활기가 넘쳤"(169쪽)다. 위의 인용에서는 어떠한 시대적 어둠도 억누를 수 없는 젊음의 활기와 에너지, 즉 과잉(excès)으로 넘쳐난다.

이외에도 『레가토』는 페이지마다 가득한 깨알 같은 재미로 독자를 사로잡는다. 이러한 재미는 작가의 감칠맛 나는 언어적 감각에서 비롯된다. 전라도 사투리와 경상도 사투리의 적확한 사용은 기본이고 불란서어와 최의 눈물 나는 콩글리시의 향연을 보고 있노라면, 『레가토』는 우리 시대 말의 성찬으로서도 모자람이 전혀 없다는 확신을 가

지게 한다. 국문과 과방에 놓여진 꽃병에 써 있는 "꽃병에/재를떨/지
말자"(106쪽)라는 말이 전달하는 리듬과 시각적 쾌감에 대한 분석도
빼놓을 수 없다. "허연 국물"에서 "하연"(188쪽)를 생각하고, 오정연에
서 오뎅, 오월, 오라질, 오미자차, 오골계, 오도리, 오이지, 오대산, 오
리무중, 오선지, 오렌지, 오징어로 이어지는 대목 역시 놓치기 아깝
다.4)

•••••
4) 또한 이 작품에서 권여선은 작정하고 독자와의 소통을 꾀한 것으로 보인다. 첫눈
   에 인하가 자신의 딸인 하연에게 끌리는 장면 등이 그렇다. 반대로 하연 역시 박
   인하를 만나면서 "자신의 피톨 하나하나까지 생생히 살아 있음을 느"(378쪽)낀
   다. 마지막 파리에서 이루어지는 정연과의 해후도 독자와의 소통을 염두에 둔 결
   과로 판단된다.

몰락의 윤리

— 권여선의 「봄밤」(『문학과 사회』, 2013년 여름호)

1. 몰락을 향하여, 미친 듯이

　권여선의 소설은 개인이나 사회에 존재하는 환상의 커튼을 찢어버리는 작업에 집중해왔다고 해도 과언이 아니다. 인간은 자기동일성을 유지하기 위해 약간의(?) 기만과 착각을 요구한다. 그것은 이를테면 자기 통합성을 유지하기 위해 꼭 필요한 거울 같은 것인지도 모른다. 권여선은 한 치의 흔들림도 없이 그 거울을 부숴버리는 작가이다. 그리하여 그동안 자기를 있는 그대로 보여준다고 생각했던 거울이 한낱 알루미늄이나 로듐 같은 광물질에 불과했음을 여지없이 드러내고야 만다. 권여선의 소설들이 '병리학적 인물열전'이라는 말을 듣게 되는 이유는, 권여선이 병리학적인 인물을 등장시키기 때문이라기보다는, 모든 인간들이 지닌 병리학적인 측면을 예리하게 끄집어내기 때문이다. 권여선의 손길을 거친 후에는 어떤 인간도 정상일 수 없다. 그것이야말로 라깡 이후의 시대를 살아가는 인간들의 유일한 진실인지도 모른다.

권여선의 「봄밤」(『문학과 사회』, 2013년 여름호)은 몰락에 대한 이야기이다. 권여선의 첫번째 소설집인 『처녀치마』(이룸, 2004)의 해설에서 이수형은 '몰락'을 세 번이나 반복해서 말한 바 있다. "요컨대, 『처녀치마』의 단편들은 성공에 대해서가 아니라 몰락에 대해서 이야기한다."(278쪽), "『처녀치마』의 단편들은 성공하는 방법에 대해서가 아니라 몰락을 견디는 방법에 대해서 이야기한다."(278쪽), "『처녀치마』의 단편 중에는 명백하게 '운명=몰락'의 흔적으로서의 상처, 흠집에 대한 이야기인 것들이 태반이다."(279쪽)라는 것이다. 지금까지 권여선이 여러 작품을 통해 '몰락, 몰락을 견디는 방법, 운명=몰락의 흔적'에 대해 이야기했다면, 「봄밤」에서는 적극적으로 몰락을 선택한 사람들에 대하여 이야기한다.

어찌보면 영경과 수환은 자신들에게 남은 것이 죽음밖에 없는 마지막 상태에서 만난 사람들이다. 서른셋에 친구와 함께 철공소를 차리기도 했던 수환은 부도를 맞고, 아내에게 모든 재산을 빼앗긴 채 이혼당한다. 이후 신용불량자가 된 그는 변변한 돈벌이를 해본 적이 없다. 친구의 재혼식에서 영경을 만나기 전까지 "수환은 언제든 자살할 수 있다는 생각을 단검처럼 지니고 살았"(134쪽)던 것이다. 20년을 국어교사로 재직한 영경은 결혼한 지 1년 반 만에 이혼을 했고, 남편은 곧바로 재혼을 했다. 처음에는 백일 된 아들의 양육을 영경이 맡기로 했지만, 전남편 부부와 시부모는 아이를 빼돌려 이민을 가버렸다. 이후 영경은 심각한 알코올 의존증에 빠진다. 수환이 처음 사랑에 빠졌을 당시 영경의 모습은 다음의 인용처럼 처참하다.

　　한 달 동안 노숙 생활을 했을 때 본 여자 노숙자들을 생각나게 하는
얼굴이었다. 비록 화장을 하고 있었지만 영경의 눈가는 쌍안경 자국처
럼 깊게 패었고 볼은 말랑한 주머니처럼 늘어져 있었다. 재혼한 친구의
집에 몰려가 술을 마실 때 그는 영경과 가까운 자리에 앉았다. 술을 마
실수록 영경의 얼굴은 붉어지기보다 회색에 가까워졌고 표정은 딱딱하
게 굳어 막 마르기 시작하는 석고상처럼 보였다. 가끔 그녀는 취한 눈으
로 그의 눈을 빤히 들여다보곤 했다. 취한 그녀를 업었을 때 혹시 달그
락거리는 소리가 나지 않을까 염려될 정도로 앙상하고 가벼운 뼈만을
가진 부피감에 놀랐던 기억이 있다. 그 봄밤이 시작이었고 이 봄밤이 마
지막일지 몰랐다.(137쪽)

　수환과 영경에게 남겨진 것은 이제 본능도 욕망도 아닌 오직 죽음충
동만이라고 하면 지나친 말일까? 둘의 첫만남 이후에 진행되는 몰락
의 과정은 더욱 가파르다. 파산 선고가 내려진 후 그들은 결혼 신고를
하고 건강보험증을 갖게 되지만, 그동안 수환의 증상은 급격히 악화
된다. 수환은 결국 병원 치료를 포기하고 노인과 중증환자들을 전문
으로 돌봐주는 지방 요양원에 입주하고, 두 달 후 영경도 중증 알코올
중독과 간경화, 심각한 영양실조 등으로 수환과 같은 요양원에서 함
께 지내게 된 것이다. 사람들은 영경과 수환을 그들이 앓고 있는 병인
알코올 중독과 루마티즘의 첫글자를 따서 '알루커플'이라고 부른다.
　영경이 목숨이 위태로울 정도의 알콜 중독자가 된 이유는 다름 아닌
아이를 빼앗겼기 때문이다. 당연히 권여선이 제 아이를 자기 손으로
키울 수 없는 여성이 가장 참혹한 몰락의 형식을 견뎌야 한다고 주장

하는 것은 아닐 것이다. 영경이 아이 대신 선택한 대상은 다름 아닌 수환이다. 그렇다면 이 작품은 수환과의 사랑을 통하여 영경의 재생을 말하고자 하는 것일까? 권여선의 시각은 정확하게 그처럼 상투화되고 의존적인 치유의 서사가 놓인 자리의 정반대편에 놓여 있다. 오히려 권여선은 바로 수환과 영경의 사랑을 통하여 재생이 아닌 철저한 몰락의 과정을 보여주며, 그 속에서만 가능한 모종의 윤리를 향하여 그야말로 온몸으로 밀고 나간다.

2. 불가능한 교환으로서의 사랑

중병에 걸린 연인이 건강에 치명적인 일을 한다고 할 때, 그것을 어떻게 해서든지 말리는 것이야말로 상식적인 사랑의 모습일 것이다. 동시에 중병에 걸린 사람이 연인을 위해 자신의 건강을 챙기는 모습역시 상식적인 사랑의 모습일 것이다. 그러나 알루커플에게는 그러한 상식이 통하지 않는다. 영경은 구토와 불면, 경련과 섬망 증상에 시달리다 더 이상 견디기 힘들면 외출증을 끊어 요양원 밖으로 나가 술을 마시고 돌아오고는 한다. 이때마다 수환은 영경의 외출을 제지하기는 커녕 영경의 의사를 "최우선으로 존중"(130쪽)한다. 이들의 특이한 사랑방식을 이해하기 위해서는 「봄밤」에 등장하는 하나의 분수식(分數式)을 경유해야만 한다.

「봄밤」에서 영경은 수환을 위해 톨스토이의 『부활』을 읽어준다. 영경이 수환에게 읽어주는 부분은 바로 톨스토이가 노보드보로프라는 혁명가를 평가하는 대목이다. 노보드보로프라는 혁명가는 이지력은 남보다 뛰어났지만 자만심 또한 커서 결국에는 쓸모없는 인간이 되었는데, 이유는 "이지력이 분자라면 자만심은 분모여서 분자의 숫자가 아무리 크더라도 분모의 숫자가 그보다 측량할 수 없이 더 크게 되면 분자를 초과해버리기 때문"(132쪽)이라는 것이다. 이에 따를 때, "분자에 그 사람의 좋은 점을 놓고 분모에 그 사람의 나쁜 점을 놓으면 그 사람의 값이 나오는 식"(132쪽)이 성립하게 된다.

인간 평가의 분수식은 「봄밤」에서는 영경과 수환 사이의 관계를 설명하는 관계의 분수식으로 변형된다. 영경은 수환에게 "내 병은 내 분모의 크기를 얼마나 측량할 수 없이 크게 하고 있을까?"(133쪽)라고 말하고, 수환은 "영경이 기꺼운 마음으로 외출할 수 있게 해주는 게 그나마 자신의 분자를 조금이라도 늘리는 일"(133쪽)이라고 생각한다. 그렇다면 둘 사이의 분수식에서 분모와 분자는 각각 '자기 파괴'와 '상대의 파괴를 돕는 것'으로 정리해볼 수 있다. 그렇기에 영경의 외출을 허락하는 것은 "분모야 어쩔 수 없다 쳐도 분자라도 늘"(137쪽)리는 일이며, 나아가 그것은 수환이 영경에게 줄 수 있는 "선물"(137쪽)에 해당한다. 수환이 영경에게 해줄 수 있는 일(자신의 분수를 늘리는 일)은 영경의 자기 파괴를 돕는 일(영경의 분모를 늘리는 일)이다. 물론 그러한 아이러니는 영경이 수환을 향할 경우에도 성립한다.

어떤 경우든 그들의 분수식은 1이 아닌 0을 향해 갈 수밖에 없다는 점에서, 일반적인 교환의 범주를 뛰어 넘는다. 가라타니 고진이 명쾌하게 정리했듯이, 인간 사이에 발생할 수 있는 교환의 형식은 호수(증여와 답례), 약탈과 재분배(지배와 보호), 상품교환(화폐와 상품) 등으로 정리해볼 수 있다. 이상적인 사랑이란 말할 것도 없이 호수의 경우일 것이다. 그러나 자본주의 사회에서의 사랑이란 상품교환을 중심으로 해서 여타의 요소가 결합된 경우도 흔하게 발견된다. 이러한 상품 교환으로서의 사랑 속에서 우리는 윤리나 진정성 등을 발견할 수는 없게 된다. 그것은 교환가치라는 절대적인 기준에 의해 얼마든지 대체 가능한 하나의 상품에 불과하기 때문이다.

영경과 수환의 사랑은 불가능한 교환이 풍기는 숭고함을 지니고 있다. 무언가가 교환 가능해지기 위해서는 공통된 가치인 일반성에 바탕해 개개의 것들이 나름의 가치를 지녀야 한다. 이러한 교환을 근본적으로 불가능하게 만드는 방법의 하나는 개별자가 스스로 무가치해지는 것이다. 그것은 자신을 완전히 파괴하는 것이며, 어떠한 일반성(generality)의 회로에도 포섭되지 않는 완벽한 단독성(singularity)을 선언하는 일이기도 하다. 이러한 삶은 일반적인 자본주의적 삶의 시각에서 본다면, 당연히 배제된 삶이고 저주받은 삶일 수밖에 없다. 그러나 바로 그 저주받은 존재가 됨으로써 그들은 어떠한 일반성에도 구애받지 않는, 자신들의 오롯한 고유성(존엄성)을 실현하게 된다. 이 작품의 수환과 영경은 바로 그 고유성을 얻기 위해 서로의 목숨을 '선물'로 주고받는 괴물들이다. 그들은 교환될 수 없는 것, 즉 어떠한 경우에도 교환 가능한 것으로 변모할 수 없는 것을 서로 주고받는 것이다. 그 결과 그들의 사랑은 언제까지나 '불가능한 교환'으로 남게 된다.

수환의 간병인인 종우가 수환의 임종 순간에 해주는 연애 이야기 역시 '가능한 교환'과 '불가능한 교환'이라는 맥락에서 이해할 수 있다. 종우는 동호회에서 은경이라는 여자애를 좋아하게 된다. 그런데 종우는 은경이에게 바로 접근하지 않고, 은경과 친한 소연이에게 접근한다. 나중에 은경이가 종우를 좋아한다는 것을 알게 되었을 때도, 종우는 은경에게 소연이를 좋아한다고 말해버린다. "소연이 생각은 하나도 안 하고"(141쪽) 은경이 몸이 달아서 어쩔 줄 몰라 하는 것만 재미있어 했던 것이다. 종우는 소연에게 "뭐 좋아하냐, 선물 받고 싶은 거 없냐"(140쪽)고 물어보기도 한다. 이러한 종우의 모습은 소연과의 관계를 '가능한 교환'의 관계로 보았음을 너무도 선명하게 보여준다. 소연이 자신의 목적을 채워준 만큼, 종우는 '선물'을 통해서 그 댓가를 지불하고 싶었던 것이다.

그러나 소연이는 마치 종우의 진심이라도 아는 것처럼, 선물을 받고 싶다고 한 번도 말하지 않는다. 소연이는 바로 '가능한 교환'으로서의 사랑 같은 것은 전혀 하고 싶지 않았던 것이다. 소연이 역시 영경처럼 교환의 회로에서 벗어난 관계를 만들고 싶었던 것이고, 이런 측면에서 종우가 "아줌마 우는 거 보면 자꾸 소연이 생각"(141쪽)이 난다고 말하는 것은, 종우의 정확한 판단이다. 나중에 종우가 소연이에게 헤어지자고 말했을 때, 소연은 그 제안을 순순히 받아들이는 대신 엄청난 코피를 쏟기 시작한다. 이 코피야말로 무엇으로도 대체 불가능한 소연의 진정성, 혹은 상처의 감각적 형상화임에 분명하다. 소연의 코피에 해당하는 것이 영경에게는 자신의 목숨(의식) 그 자체였을 것이다.[1]

<hr />

1) 「봄밤」에서 영경은 의식불명인 상태로 모텔에서 발견되고, 수환의 장례가 다 끝난 후에야 앰뷸런스에 실려 요양원에 온다. 영경은 이후에도 온전한 의식을 되찾지 못하고 수환에 대해 묻지 않는다.

3. '밤'은 밤이되, 다름 아닌 '봄밤'

「봄밤」은 강력한 파토스로 당장이라도 터져버릴 것 같은데, 그 파토스의 출처는 인간의 가장 근원적인 영역인 죽음충동에서 비롯된다. 더군다나 그 충동은 그만큼이나 강력한 에너지를 지닌 사랑이라는 욕망에 실려 있기에 더욱 강력해진다. 그러나 노련한 권여선답게 그 에너지를 함부로 분산시키지 않는다. 오히려 정교한 서사구조를 통하여 그 충동은 어느 한 순간 그야말로 폭발해버린다.

작품은 현재와 과거라는 두 개의 시간층을 규칙적으로 오고 간다. 수환과 영경이 요양원에 머물고 있는 현재(A)와 요양원에 이르기까지의 과거(B)가 반복적으로 교차하는 것이다. 이 작품의 서사적 전개 양상을 시간 순서에 맞춰 정리해보면 다음과 같다. 1)현재(영경을 만나기 위해 요양원을 향하고 있는 영경의 언니들) - 2)과거(수환과 영경의 만남) - 3)현재(수환과 면회 온 어머니의 만남) - 4)과거(수환의 발병) - 5)현재(영경와 면회 온 언니들의 만남) - 6)과거(요양원에 입주할 정도로 악화된 수환의 건강) - 7)현재(수환에게 자신의 외출을 알리는 영경) - 8)과거(악화된 영경의 알콜 중독증) - 9)현재(수환에게 책을 읽어주는 영경) - 10)과거(수환과 영경의 불행했던 결혼생활) - 11)현재(수환의 간병인인 종우와 수환의 대화) - 12)현재(외출하여 술을 들이붓는 영경) - 13)현재(종우의 연애경험담을 들으면 죽음을 맞이한 수환) - 14)현재(의식불명에 빠진 영경)로 정리해볼 수 있다. 이것은 차곡차곡 쌓여간 몰락의 기록인 동시에, 몰락의 절정을 더욱 극적으로 만들기 위한 정교한 대위법적인 구성이다. 이 작품의 클라이막스는 마지막의 12)와 13)이다.

마지막이 될지도 모르는 외출을 한 영경은 편의점에 들어가자마자 "젖을 빠는 허기진 아이처럼"(138쪽) 허겁지겁 술을 자신의 몸속에 퍼넣는다. 이 순간 영경은 김수영의 「봄밤」2)을 한없이 중얼거린다. 김수영의 「봄밤」이 낙후된 현실에 절망하여 몸부림 친 시인이 스스로에게 보내는 당부의 메시지임은 익히 알려진 사실이다. 일체의 비인간성과 전근대성에 맞서 새로운 세상을 온몸으로 밀고 나갔던 시인이 어느 봄밤 애타게 서둘지 말 것을, 절제하며 기다릴 것을 조용하지만 단호한 목소리로 다짐했던 것이다.

술을 통해 미친 듯이 죽음을 향해 가는 영경과 그 미친 듯한 질주를 조금은 지연시키려는 영경의 상반된 모습 속에서 「봄밤」의 마지막 윤리는 격정적이지만 조용하게 솟아난다. 수환과 영경이 함께한 밤은 분명 '밤'이었으되, 그것은 다름 아닌 '봄밤'이기도 했던 것이다.

애당초 영경과 수환의 사랑은 욕망이 아니라 죽음충동의 차원에서 시작된 것이었으며, 그것은 결국 0을 향해 달려가는 성격의 것이었다. 사랑의 분수식에서 자신의 분자를 키우는 일조차 결국에는 상대방의 분모를 늘리는 일로 직결될 수밖에 없었던 것이 그들의 모습이었다.

· · · · ·

2) 전문을 옮겨보면 다음과 같다. "애타도록 마음에 서둘지 말라/강물 위에 떨어진 불빛처럼/赫赫한 業績을 바라지 말라/개가 울고 종이 들리고 달이 떠도/너는 조금도 당황하지 말라/술에서 깨어난 무거운 몸이여/오오 봄이여//한없이 풀어지는 피곤한 마음에도/너는 결코 서둘지 말라/너의 꿈이 달의 行路와 비슷한 廻轉을 하더라도/개가 울고 종이 들리고/기적소리가 과연 슬프다 하더라도/너는 결코 서둘지 말라/서둘지 말라 나의 빛이여/오오 人生이여//災殃과 不幸과 格鬪와 靑春과 千萬人의 生活과/그러한 모든것이 보이는 밤/눈을 뜨지 않은 땅속의 벌레같이/아둔하고 가난한 마음은 서둘지 말라/애타도록 마음에 서둘지 말라/節制여/나의 귀여운 아들이여/오오 나의 靈感이여"(1957)

이 충동에만 온전히 몸을 맡겼다면 그들의 사랑은 '밤'으로만 끝났을 것이다. 그러나 그들에게는 상대의 마지막을 끝까지 지켜주고자 하는 이타적 삶의 의지, 즉 '봄'이 존재했던 것이고, 이것이 김수영의 시를 미친 듯 읊조리는 영경의 모습으로 나타난 것이다. 실제로 영경이 의식을 잃고 요양원에 실려왔을 때, 사람들은 "영경의 온전치 못한 정신이 수환을 보낼 때까지 죽을힘을 다해 견뎠다는 것을, 그리고 수환이 떠난 후에야 비로소 안심하고 죽어버렸다는 것"(142쪽)을 본능적으로 깨닫는다.

진정한 윤리(「봄밤」에서는 사랑)는 스스로 저주받은 자가 되어 어떠한 조건이나 대가 따위와도 무관하게 행동할 수 있을 때 발생한다는 것. 그리하여 이 세상의 그 어떤 가치체계나 그 어떤 위계로부터도 벗어나 온전하게 오롯한 단독자의 모습으로 남을 수 있어야 한다는 것. 사랑이란 그 처절한 몰락의 끝에서, 또 다른 몰락의 고통을 끝까지 함께하는 것이라는 진실을 권여선의 「봄밤」은 그야말로 온몸으로 보여주는 명작이다.

정착의 이면

— 김주영의 『객주』(문학동네, 2013)

---

1. 사실주의적 역사소설

김주영의 『객주』는 1979년 6월 2일부터 1983년 2월 29일까지 총 1,465회에 걸쳐 연재된 대하역사소설이다. 1981년부터 1984년까지 창작과비평사에서 3부(1부 외장(外場), 2부 경상(京商), 3부 상도(商盜)) 아홉 권의 단행본으로 출간되었다가 1992년 같은 출판사에서 개정판이 나왔다. 2003년에는 문이당으로 출판사를 옮겨 개정판이 나왔고, 이번에 문학동네에서 10권이 출간됨으로써 삼십여 년 만에 완간에 이르렀다. 이 작품은 임오군란이 일어난 1882년을 전후로 한 조선 후기를 시간적 배경으로 삼고 있다.

지금까지 『객주』는 7~80년대를 대표하는 역사소설로서 "역사적 사실(史實)의 사사화(私事化), 낭만화에 기울거나 과거와 현재의 무매개적

동일시 또는 병치에 함몰되어 역사적 진실성의 확보에까지 나아가지는 못"[1]한 이전의 한국 역사소설들과는 달리 "민중의식의 성장과 함께 현재를 이해하기 위한 전제로서 과거를 탐구하려는 열기"[2]를 반영한 사실주의적 역사소설로서의 가능성을 지닌 작품으로 언급되어왔다.[3] 무엇보다도 『객주』의 문학적 성취는 고유한 한국 기층문화의 육체를 풍부하게 되살려놓았다는 데 있을 것이다. "다양한 계급집단의 생활방식과 그것들이 겹치고 얽히는 양상, 각 지방의 독특한 물산과 그 생산 및 유통에 관계되는 습속, 사당 연희패나 무당 들이 일구어내는 기층문화의 겉과 속"[4]이 실감나게 재현되고 있는 것이다. 여기에다 작가는 구전설화와 야담, 음담, 민요, 판소리, 타령, 탈춤, 무가 등을 전면적으로 수용하고, 덧보태 고유어와 속담, 한자성어 등을 활용하여 생기 넘치는 문체를 창출하였다.

『객주』는 서민과 권력층의 대립이라는 기본 갈등에 바탕한 여러 가지 사건들이 병렬적으로 연결되는 특징을 보여준다. 그러나 음모와 배신 그리고 복수로 점철된 사건들이 단순하게 병렬적으로만 연결되는 것은 아니다. 그러한 독립적 사건들이 일정한 방향성을 보여주기 때문이다. 『객주』는 공간상으로는 변두리에서 중심으로 이동하는 모

• • • • •

1) 정호웅, 「70년대 역사소설의 문제점」, 『현대소설연구』 1호, 1994, 56쪽.

2) 위의 논문, 43쪽.

3) 작가 역시 본격적인 연재를 시작하기에 앞서 「작가의 말」을 통해 이광수 이래 박종화, 유주현에 이르는 기존 역사소설의 한계를 비판하고, 새로운 대안을 제시하겠다는 뜻을 밝혔다. 그러한 차별성은 작가 스스로도 밝혔듯이 지배층이 아닌 백성 중심의 역사 재현을 통해 나타난다고 볼 수 있다(김주영, 「『객주』 1,465회 막을 내리면서」, 『서울신문』, 1984. 2. 28.).

4) 손경목, 「떠돎의 역사적 의미」, 『작가세계』 1991년 겨울호, 95~96쪽.

습을, 작가의 관심이라는 면에서는 구체적인 삶의 일상에서 역사적 갈등의 문제로 이동하는 모습을 보여주고 있다. 수동적인 일상인에서 출발한 보부상들은 역사의 중요한 한 행위자로서 그 위상이 변모하는 것이다. 1부에서는 개인적 정한과 복수가 주요한 내용을 이루고 있어, 개화기라는 소설의 배경을 고려하지 않는다면 보부상이 활동하던 전근대의 어떤 시대에도 해당하는 이야기로 읽힌다. 사람들의 삶은 거의 전적으로 사적인 체험에 머물러 있으며 당대의 공적인 사회관계와 연결되는 지점은 쉽게 발견되지 않는다. 작품이 진행될수록 공적인 역사와 맞물리는 부분은 점점 커지고 3부에서는 임오군란이라는 실제 역사의 대사건과 만나게 된다. 이러한 과정에서 실질적 주인공인 천봉삼은 송파의 시재접장이 되어 다락원과 평강과 원산포에 이르는 상로를 개척하는 대상인이 된다. 3부에서 천봉삼은 일본 상인들이 보부상의 상권을 침식하자 이들에 맞서 싸우다가 죽을 고비에 이른다. 『객주』는 후반부로 갈수록 역사적 사실의 비중이 커지는 경향을 보이며 동시에 주요한 갈등이 민중과 지배층의 대결에서 조선과 일본의 대결로 변모해나감을 확인할 수 있다.

2. 이분법의 세계

1) 민중과 지배층

『객주』는 민중과 지배층 사이의 선명한 이분법을 보여준다. 『객주』는 수많은 원한과 그에 대한 복수를 서사의 기본적인 추동력으로 삼고 있는데, 시작부터가 경기도 송파 지역의 쇠살쭈인 조성준이 자신의 재산과 아내를 빼앗아간 거상 김학준에게 복수하는 내용으로 되어 있는 것이다. 『객주』에서 민중들의 원한을 만들어내는 것은 다름아닌 권력자들이다. 권력의 횡포와 비리는 이 작품의 서사를 이끌어나가는 동력인 동시에 서사의 구체적인 육체들이기도 하다. 김학준이 권모술수를 써서 힘없는 상인의 재물을 빼앗는 것에서부터, 권력을 이용해 재물을 수탈하는 길소개나 아전들의 비리, 조정의 벼슬아치들이 거상들과 결탁해 부정한 재물을 늘리는 것, 원산포의 객주들이 왜상들에게 끈을 대고 치부하는 모습, 농민에게 과도한 세곡을 거두거나 그것을 빼돌리는 일 등을 대표적인 사례로서 나열할 수 있다. 김보현이나 조병식과 같은 조정 대신이 부패하고 지방의 수령이나 아전들 역시 토색질에 여념이 없기에 일반 백성들은 고통 속에서 살아간다.

『객주』에서 서민과 권력층의 대결은 일방적으로 후자가 힘을 발휘할 것으로 생각하기 쉽지만, 의외로 서민들 역시 만만찮은 힘을 발휘하고 있다. 천봉삼은 유필호에게 "때로는 그들에게 당하였습니다만, 때로는 결당하여 그들을 징치하기도 하였소"(4권, 262쪽)라고 당당하게 말한다. 실제로 보부상들은 부패한 사또에게 치도곤을 가한 후에 "행여 나장이들을 풀어 분잡을 떨었다간 팔도에 흩어진 우리 동무님들이 나서서 너희들 일가를 구몰시킬 테다"(3권, 106쪽)라고 당당하게 위협을 할 정도이다. 이것은 동병상련과 간난상구를 기본 윤리로 삼은 보부상들의 공동체 의식과 그것을 뒷받침하는 그들의 지략과 완력에 의해 가능한 것이다.

김주영은 『객주』에서 민중들의 인품과 능력에 대한 확고한 믿음을 보여준다. 문이당에서 개정판을 내며 김주영은 「작가의 말」에서 "밟고 또 밟아도 또다시 일어서는 것을 멈추지 않는 질경이 같은 인생들이 가지는 독특한 향기, 그리고 언제나 소매 끝에 바람 소리가 끊이지 않는 떠돌이 인생들이 가지는 몸부림과 서정"5)을 진술하려는 데 아홉 권이나 되는 소설을 묶게 되었다고 고백한 바 있다. 『객주』에는 음모와 협잡이 가득하여 배신은 물론이고, 배신의 배신, 나아가 배신의 배신의 배신까지 일어난다. 거기에 한 가지 예외가 있다면 보부상들의 공동체이다. 그들은 "동병상련으로 객고(客苦)를 달램에 유무상통하여 혈육지간보다 질긴 정분을 가지고 간담상조(肝膽相照)하고 환난상구(患難相求)하는"(1권, 136~137쪽) 윤리를 철저히 지켜나가며, 그것을 위반했을 시에는 엄격하게 응징한다. 보부상들은 김주영이 그토록 흠모하는 민중의 표상인 것이다.6)

나아가 민중은 근본적으로 선한 존재들이다. 악인 중 한 명인 신석주는 "글줄이나 읽고 양명을 꾀하자는 사람들"(7권, 24쪽)과 구분하여 천례들이란 "본래부터 가진 것이 없으니 허욕이 있을 수 없고, 경사(經史)를 섭렵한 적이 없으니 기만과 술수에 능하지 못하고, 몸가축에 힘쓴 일이 없어 마음에 허황된 것이 없으며, 남의 염량을 살필 줄 모르니 가진 심성대로 살아가는 것이지요. 일세를 경륜한다는 선비들보다는 사람을 가르칠 줄 안다는 것입니다"(7권, 24쪽)라고 극찬한다. 실제로 신석주는 백정의 딸인 월이의 인품에 감동하여 그녀를 속량해주고, 그것도 모자라 자신의 전 재산을 준다. 천봉삼 역시 양반가의 여

•••••
5) 첫번째 개정판에서는 미주를 각주로 옮기고, 낯선 한자어나 낱말을 일부 풀어 쓰는 정도의 수정이 이루어졌다.
6) 김주영은 본래 주변부 인간들에 대한 형언할 수 없는 애정을 여러 차례 표현한 바 있다. 또한 작품에서도 고아, 넝마주이, 창녀, 고물장수, 백정 등의 주변인물들을 주요한 탐구 대상으로 삼아왔다.

성보다는 근본이 상된 계집이 낫다고 말하며, 실제로 백정의 딸인 월이와 결혼하여 자신의 생각을 실천한다. 천봉삼이 월이와 해로하기로 작정한 것은 "이녘이 무자리 백성의 소생이기 때문"(9권, 40쪽)이다.

첫 장면에서 조성준은 자신의 아내와 도망친 송만치에게 보복을 가하는데, 이때 서울 깍정이[7]들이 힘을 보탠다. 보복에 성공하자 서울 깍정이들은 조성준 일행을 폭행하고 전대를 빼앗아 달아난다. 그러나 한순간 깍정이들을 부정적으로 그린 것을 만회라도 하듯이, 2부에서 작가는 신석주의 출세담을 말하면서 신석주를 도와주고 "신명풀이한 것만 속시원하게 여겨 처음에 약조했던 때와는 달리 판화전을 반분하자는데도 끝내 마다"(4권, 196쪽)하는 깍정이들의 대인배다운 모습을 보여주고 있다.

앞서 말했듯 『객주』는 보부상으로 대표되는 서민들과 권력자들의 대결이라는 선명한 이분법에 바탕해 있다. 그런데 이 작품에서 보부상들이 직접적으로 대결하는 권력자는 고관대작이 아니라 그들과 깊이 연관되어 있는 신석주나 김학준 등의 상인이다. 이들은 제법 규모가 큰 상인들이라고 할 수 있는데, 그 당시 거상들이 그러하듯이 관리들과 깊숙이 연계되어 있다. 특히 길소개는 포악함과 비루함의 화신으로서 가장 직접적인 악으로 등장한다. 길소개는 세곡을 빼돌리는 일의 핵심적인 역할을 담당하며 임오군란의 직접적인 원인 제공자로도 그려지고 있다. 길소개는 인명을 살상하는 일도 마다하지 않는다. 길소개는 백성의 자리에서 출발했지만, 나중에는 개인의 탐욕을 위해

· · · · ·

7) 깍정이들은 "무덤을 옮겨 장사 지낼 때 방상시(方相氏) 같은 행세를 하던 천한"(1권, 31쪽) 사람들이다.

철저히 백성을 유린하는 입장에 선 것이다. 그러나 길소개는 다른 양반층과는 달리 결국 보부상과 같은 입장에 선다. 그것은 길소개가 본래는 힘없는 서민이었던 사실과 분리해서 생각할 수 없다. 길소개가 본래 악한 존재였다기보다는 살아남기 위해서 김보현이나 민겸호 같은 권력자들의 "손바닥 위에서 능멸을 당하고, 빈축을 당하였고, 박대를 당"(8권, 321쪽)할 수밖에 없었던 것이다. 다시 보부상의 일원이 되기를 원하는 길가의 행동에 반발하는 동료 보부상들에게 천봉삼이 하는 "동병상련하기는 길생원이나 자네들이나 나나 모두가 마찬가지가 아닌가. 누가 누굴 두고 층하할 수가 있다는 것인가"(9권, 242쪽)라는 말은 길생원 역시도 근본적으로는 민중일 수밖에 없으며, 그러하기에 그를 품어 안을 수 있다는 천봉삼의 생각이 드러나 있다.

천봉삼에 대한 "흠앙(欽仰)이 원혐으로 굳어"(5권, 253쪽)져 온갖 패악을 부린 매월이도 나중에는 월이와 천소례에게 은혜를 베풀며, "패리(悖理)한 심지를 품어 남볼썽 없던 여자가 심지를 고쳐 잡은"(9권, 156쪽) 모습을 보여준다. 이것 역시도 매월이의 아버지가 "환자(還子)를 갚지 못해 발버둥치다가 옥에 갇힌 바 되었고 환자 갚을 포은을 마련하기 위해 색주가에 팔려간 신세"(3권, 250쪽)였던 것과 무관하지 않다. 이러한 입장에 비춰볼 때 "내막을 알고 보면 양민들"(6권, 278쪽)인 화척들을 상단의 일행으로 받아들이는 것은 너무도 당연한 일이다. 송만치나 조성준의 계집도 모두 "김학준의 농간으로 턱없이 화를 입은 불쌍하고 가련한 상것들의 신세에 불과"(2권, 114쪽)한 것으로 용서의 대상이 된다. 이처럼 『객주』의 중심에는 민중이 굳게 자리잡고 있다.

2) 조선과 일본

이 작품의 배경인 19세기 후반은 위기의 시대이다. 조선이라는 봉건적 체제는 그 한계와 모순을 분명하게 드러낸 상태이고, 외세 역시 그 압도적 힘을 바탕으로 민족적 생존을 위협하던 시기이기 때문이다. 작품의 전반부가 조선의 봉건적 체제에 대한 문제 제기에 집중했다면, 후반부로 갈수록 비판의 대상은 당시 가장 위협적인 외세였던 일본으로 옮겨간다.

『객주』는 대하 장편소설답게 다양한 소설 유형이 결합되어 있다. 황종연이 훌륭하게 정리했듯이, "신분과 지역의 경계를 넘나드는 상인들의 모험은 피카레스크 소설 코드, 숱하게 많은 모략과 복수의 이야기는 의협 활극 코드, 계급과 장소에 특유한 인생살이 묘사는 풍속소설 코드, 작중 곳곳에 박힌 격언과 요설과 타령은 구술 연희 코드"와 연결되어 있는 것이다. 여기에 덧보태 이 작품에는 천봉삼을 주인공으로 한 성장소설로서의 요소도 갖추고 있다. 조성준으로부터 상도를 익힌 천봉삼은 평범한 보부상에서 출발해 경기 지경 송파와 다락원, 평강, 원산포에 상로를 개척하는 대상으로 성장하는 것이다. 또한 인삼 거래의 전매권을 주겠다는 유혹도 뿌리치고 권력과 돈에 흔들리지 않는 확고한 신념의 사나이가 된다. 천봉삼은 "우리 백성들이 편안하고 처소에 환난이 닥치지 않는다면 제가 어찌 권속들과 단란하게 지낼 것을 마다하겠습니까"(9권, 74쪽)라고 말하는 지도자적인 풍모까지 보여주는 것이다. 특히 그는 3부에서 일본인들에 맞서 조선의 국익을 당당히 수호해나가는 인물로까지 그려진다.

처음 일본이 등장하는 것은 조성준이 김학준에게 복수하기 위해 강경에 머물 때, "동래포로도 적잖은 왜화(倭貨)들이 쏟아져 들어온다는 풍문"(2권 325쪽)이 서술자에 의해 소개되는 정도이다. 그러나 작품이 진행될수록 일본의 위협은 점점 커지며, 이에 따라 일제에 대한 비판의식도 커져만 간다. 이 작품의 인물 대다수는 반일의식을 공유한다.[8] 반일의식에 있어서는 부정적인 인물도 예외가 아니다. 신석주는 길소개와 시국을 논하며 "왜노들이 이 나라 조정 안방에까지 들어앉지 못한다고 누가 장담할 수 있을까"(5권, 203쪽)라고 걱정한다. 이후에도 신석주는 "원산포 개항"(7권, 19쪽)이나 "왜화와 당화(唐貨)가 두메 아래까지 쏟아져 들어"(7권, 20쪽)온 것을 나라의 가장 큰 문제로 생각한다. 일본인들이 조선인들에게 가하는 고통은 다음의 인용에 드러난 것처럼, '곡식과 사람을 강제적으로 가져가는 것'과 '조선의 장시를 어지럽히는 것'으로 정리해볼 수 있다.

• • • • •

8) 천봉삼은 선비인 유필호에게 "상인도 궁가나 권문세가에 뇌물이나 바치고 몽리만을 노릴 것이 아니라 아라사와 왜국의 침식에 대처하는 힘을 기르는 데 눈을 돌려야 하겠지요"(4권, 264쪽)라고 말하고, 조성준에게는 "동래포에 하륙한 왜상들이 금맥을 찾아 곳곳에 간자들을 풀고 있다는 소문이 왜자하다"(5권, 92쪽)라며 우려를 표한다. 유필호 역시 "왜물과 양물을 장시에서 몰아내고 그들이 우리들의 장시 풍속을 어지럽히지 않고 우리의 곡식이 그들 손으로 넘어가지 않아서 백성들이 배를 곯지 않게 된다 하면 그것이 바로 대장부가 바랄 대의를 건짐이 아니겠는가"(7권, 136쪽)라고 말한다. 또 한 명의 긍정적 상인이라 할 수 있는 이용익역시 "오늘에 이르러 되국과 아라사와 왜국이 저들의 물화로 우리 백성들의 눈을 어지럽히고 있는 판국"(6권, 17쪽)이라고 시국진단을 한다. 조성준 역시 천봉삼에게 "왜상(倭商)들이 몰래 하륙하여 나루와 고을을 메주 밟듯 뒤지고 다니면서 곡식과 우피를 왜국으로 내어간다는데 이를 막지 못한다면 우리 보부상들이 설 자리는 어디에 있겠는가"(6권, 300쪽)라고 말하며, 이후에도 "나라의 상권이 점차 왜상들의 더러운 손으로 넘어가고 있는 판국에 어디 간들 속시원한 변을 보겠나"(8권, 242쪽)라며 일제에 대한 우려를 표한다.

요사이 원산포에는 왜상들이 하륙하여서 잠상꾼들을 놓아 겉으로는 수백 석의 곡식을 도적질하디(다)시피 억매해가는 일변, 색상들을 풀어서 궁핍을 겪고 있는 산골 세궁민의 처자들을 꼬드겨서 끌어가고 있답니다.(7권, 62쪽)

원산포를 왜국에 열어준 뒤로는 내륙의 소값이며 곡물 시세가 등다락같이 뛰고만 있었다.(7권, 125쪽)

삼남 곡창의 공작미(公作米)들이 알짜만 뽑혀 동래포로 해서 왜국으로 건너간다 합니다.(7권, 142쪽)

『객주』에서 천봉삼과 유필호 등은 임오군란에 대해 긍정적인데, 이 것은 임오군란이 반일의식에 바탕한 의거라는 의식을 가지고 있기 때문이다. "왜이(倭夷)와 손뼉을 맞추려는 척신들을 조정에서 몰아내고 탐학과 수탈만을 일삼는 벼슬아치들을 징치하여 벌왜(伐倭)하고 나라의 기강을 바로 세우고 싶은 충정"(7권, 319쪽)은 임오군란의 주도세력과 천봉삼을 중심으로 한 보부상들이 공유하는 의식이다.[9] 실제로 임오군란시 첫번째 공격 대상은 왜별기이고 이후 왜국의 공사관과 의금부와 우포청이 난군들에게 유린된다.

천봉삼은 이러한 반일의식을 가장 적극적으로 행동에 옮기는 인물이다. 상인이 기본적으로 추구하게 마련인 이익도 일제 앞에서는 고려의 대상이 아니다. 소를 판 돈으로 기환, 향료, 완구, 양취등, 면경,

•••••
9) 천봉삼이 명성황후와 그녀를 중심으로 한 민씨 척족에 대해 비판하는 것도 대부분은 대외 개방정책에 대해서이다. 그와 반대로 대원군을 지지하는 가장 큰 이유는 반외세적인 측면 때문이라고 볼 수 있다.

염료 같은 일본인들의 잡화를 사들여 내륙에 판다면 엄청난 이익을 얻을 수 있지만, 천봉삼은 일본인들과 절대 거래를 하지 않는다. 나아가 왜상들과 거래하는 여각과는 거래를 거절하며, 원산의 거상들을 상대로 각종 계략을 통해 그들이 왜상과 거래하는 것을 막는다. 나중에는 무곡을 싣고 발묘 채비하던 일본의 화륜선을 덮쳐서 곡식들을 포구의 백성들에게 나누어주고, 이 일로 감옥에 갇힌다. 이러한 천봉삼의 행동은 조정과 밀접한 관련을 가진 이용익의 다음과 같은 말을 통해 조정의 뜻으로까지 받아들여진다.

> 주상께서 왜국과 청국의 상인들이 이 나라의 면면촌촌을 뒤지고 다니면서 폐단 저지르고 상도를 어지럽히고 호사하기만 한 잡화(雜貨)로 백성들의 혼을 빼고, 심지어는 항간의 아녀자들을 사고팔며 겁간까지 예사로 저지르고 있다는 것을 알고 계시다는 것입니다. 그러니 주상께옵서는 천행수를 근본부터 밉상으로 보시지는 않으리란 것이오.(9권, 255쪽)

『객주』의 모든 갈등은 결국 외세/민족이라는 이분법으로 수렴되어 버린다. 그것은 왜선을 공격하여 감옥에 가게 된 천봉삼을 빼내는 일에 조선의 모든 역량이 총집결되는 모습을 통하여 극적으로 드러나고 있다. 이용익, 매월이 등은 물론이고 의금부사 한규직, 명성황후와 고종까지 천봉삼의 탈옥에 동조하는 모습으로 그려지고 있다. 천봉삼을 탈옥시키는 일에 위로는 "대전의 밀유나 상신들의 분부"로부터 아래로는 "시체 지키는 오작인까지 가담"(9권, 327쪽)한 것이다.

아무리 역사적 진실에 천착하는 사실주의 역사소설이라 할지라도 역사소설에는 필연적으로 현재의 관점이 개입될 수밖에 없다. 현재의 입장에 바탕해 과거는 소환되는 것이다. 반일의 문제의식은 작품의 후반부로 갈수록 집중적으로 등장하고, 나중에는 반봉건의 문제의식을 압도해버린다. 이것은 1980년 광주를 겪으며 민족의식이 분출해온 당대적 맥락과 직접적으로 연결된 것으로 판단할 수 있다.

3. 1983년과 2013년의 거리

1983년에 완성된 김주영의 『객주』가 강렬한 민족주의를 드러내고 있다는 점을 살펴보았다. 이쯤에서 역사소설이 본래 가지고 있는 민족주의적 성격에 대하여 살펴볼 필요가 있다. 역사소설은 기본적으로 '내셔널 히스토리'로서의 특성을 지닌다. 본래 소설은 신문과 더불어 민족이라는 상상의 공동체를 재현하는 기술적 수단을 제공했다.[10] 특히 역사소설이 네이션 스테이트와 맺는 관계는 더욱 긴밀하다고 할 수 있다. 소설이 동시대를 사는 사람들에 대한 상상을 통해 서로간의 친교와 공동체 의식을 상상할 수 있는 기반을 제공한다면, 역사소설은 현재의 독자들에게 과거 사건에 대한 공감적 동일화를 꾀함으로써, 현재를 살아가는 독자와 과거 사람들 사이에 새로운 형태의 상상적 연계를 창출하기 때문이다.[11] 그런 면에서 우리 역사소설의 역사는

•••••
10) 베네딕트 앤더슨, 『상상의 공동체』, 윤형숙 옮김, 나남, 2002, 46~58쪽.
11) 동시에 역사소설에서 그려지는 과거 사회는 대개의 경우 국민국가라는 공간적인 틀도 부여한다. 그 결과 역사소설은 근대인들이 국가라는 조건 속에서 과거를 상상하도록 부추기는 주요한 매체의 하나가 되어왔다. 근대의 역사서와 근대 역사소설 모두 국가 건설의 과정과 밀접하게 결부되어 있는 것이다(테사 모리스-스즈키, "상상할 수 없는 과거 : 역사소설의 지평", 『우리 안의 과거』, 김경원 옮김, 휴머니스트, 2006, 62~74쪽).

역사소설이 내셔널 히스토리로서 작용하는 전형적인 사례라고 해도 과언이 아니다. 역사물이 전성기를 이루었던 시기는 민족국가가 큰 위기에 처했던 시기였으며, 그 시기 역사소설에 대한 논의는 민족 담론의 자장 안에서 이루어졌던 것이다. 7~80년대에 창작된 사실주의적 역사소설들, 즉 민중을 주체로 내세운 민족주의를 표방한 역사소설들 역시 당대 지배질서에 대한 대항담론으로서의 민족주의를 강하게 내세우고 있었다. 김주영의 『객주』 역시도 이러한 큰 흐름 속에 놓여 있는 것이라고 볼 수 있다.

2013년에 새롭게 덧붙여진 10권은 이전의 『객주』가 보여준 저항 담론으로서의 민족주의와는 매우 다른 모습을 보여준다. 새롭게 창작된 『객주』 10권을 처음 펼쳐보는 독자의 시선은 당연히 천봉삼의 행로에 집중될 수밖에 없다. 앞에서 말한 것처럼, 『객주』의 전체 서사는 천봉삼에게 초점이 모아졌으며 9권의 마지막에서 천봉삼은 거의 모든 조선인의 지지를 받는 인물이었기 때문이다. 더군다나 9권의 결말은 천봉삼이 감옥을 탈출하는 것으로 끝나고 있어 이후 행로에 대한 궁금증은 더욱 커질 수밖에 없다.

10권에서 천봉삼은 울진 포구에서 현동 저자나 내성으로 가는 십이령길에 나타난다. 이때 그는 일본에 맞서는 지도자의 모습이 아니라 생존을 위해 남행하였다가 산적 무리에게 잡혀 그들의 염탐꾼 노릇을 하는 범부의 모습이다. 10권에서 주요한 적은 더 이상 '일본'이 아니라 천봉삼과 십이령길의 상단을 괴롭히는 '산적'이다. 십이령길을 위협하는 산적 무리를 징치하고 장시의 평화를 가져오는 것이야말로 작품의 핵심적인 문제가 된 것이다. 이제 천봉삼에게서는 반일의식 같은 거창한 사회의식은 남아 있지 않다. 『객주』 9권까지에 선험적이라

할 만한 반일의식이 등장하며, 그러한 의식은 거의 대부분의 조선인들이 공유하고 있는 양상을 앞에서 살펴보았다. 그러나 천봉삼의 달라진 면모가 보여주듯이, 10권에서 일본에 대한 언급은 단 한 번 등장할 뿐이다.

임오년 난리 이듬해인 계미년(1883년)부터 조정에서는 경상, 전라, 강원, 함경도 연안의 조업권을 일본에 허가해버렸다. 그런 연유로 연안어업이 위축되고부터 덩달아 건어물의 수확도 줄어들었다. 생업을 걸었던 상대들도 하나둘 내륙의 상대로 이탈하고 말았다. 야거리배만으로는 종선까지 몰고 다니는 일본 선단의 위세당당한 조업을 당해낼 재간이 없었다.(10권, 52쪽)

민족주의와 관련한 이러한 변화가 더욱 두드러지게 보이는 것은, 『객주』의 한 축을 이루는 민중에 대한 강조는 여전하기 때문이다. 10권은 십이령길을 수시로 넘나드는 소금 상단이 서사의 중심에 놓여 있다. 상단의 행수인 정한조는 『객주』의 다른 보부상들이 그러하듯이 자신이 태어난 고장을 모르며, "하늘에서 뚝 떨어진 것처럼 자신을 낳아준 아비와 어미의 얼굴조차 기억에 없"(10권, 44쪽)다.[12] 아전과 양반 등의 지배층은 더욱 가혹한 수탈을 하고, 이에 따라 사람들은 산적이 될 정도이다. 10권에는 건어물 상단의 행수인 조기출이 등장하는데, 가난한 양반 출신인 그는 나중에 상단이 어려움에 처하자 자살 시

- - - - -
12) 손경목은 『객주』의 보부상들이 가족이 없는 존재들이라고 지적한다. 그리고 아버지 없음과 가족에의 얽매이지 않음은 "인습적 윤리나 권위로부터의 벗어남을, 과거와의 단절은 그들의 상인다운 현세주의적 윤리를 가능케 하는 밑자리를 이루는 것"(손경목, 앞의 글, 103쪽)이라고 설명한다.

도를 한다. 이러한 모습은 "우리 같은 상것들보다 졸렬한"(10권, 137쪽) 것으로 이야기된다. 지배층이 아닌 기층민중들에 대한 애정도 여전한 것이다.

10권에서 십이령길의 소금 상단에 의해 구출된 천봉삼은 결말에 이르러 드디어 안정된 가족을 이루고 생달 마을에 정착해 촌장이자 장시를 주름잡는 객주가 된다. 이것은 작가에게 "가장 자유롭고 충만한 삶의 양식"[13]인 유랑이 천봉삼의 삶과는 무관해졌다는 것을 의미한다.[14] 이제 그에게는 전국의 상인들에게 올바른 상도를 일깨우던 모습도, 지배층을 징치하는 모습도, 일제에 맞서는 모습도 남아 있지 않다. 어쩌면 천봉삼은 오랜 시간 동안 걸어온 길을 되돌아간 것이라고 말할 수도 있다. 이와 동시에 『객주』 역시 역사성이 탈각되어버리고 보편적인 삶의 이야기로, 사실주의적 역사소설에서 낭만주의적 역사소설로 그 성격이 크게 변하였다.

결국 이들 상인들은 생달 마을에 이상적인 마을을 만든다. 이곳은 "대낮에도 노루가 뛰어들고, 솥에는 꿩이 저절로 날아들"며 오랫동안

· · · · ·

13) 김주영·황종연 대담, 「원초적 유목민의 발견」, 『김주영 깊이 읽기』, 황종연 엮음, 문학과지성사, 1999, 28쪽.

14) 10권에서는 보부상들에 대한 인식도 이전과는 변화된 모습을 보인다. 10권에서는 아전 등의 하급관리를 지극히 부정적으로 그리고 있다. "간악하지 않으면 이서배들로 생각할 수 없었고, 이서배라면 간악하지 않을 수 없었다"(10권, 253쪽)고 이야기하는 것이다. 그런데 소금 상단의 행수인 정한조는 기생 향임과의 대화에서 "상고배(商賈輩)들이란 지체를 자랑하는 위인이든 시생처럼 비천하고 미욱한 밥쇠든 골자를 알고 보면, 이서배들의 간사한 속내와 크게 다르지 않소이다"(10권, 255쪽)라고 하여, 행상인들과 이서배들을 동일한 층위에 두고 있다. 이어지는 말에서 정한조는 행상인들을 "이문을 좇아 떼지어 달려가는 들개들과 같"(10권, 256쪽)다고 말하기까지 한다.

버려졌던 묵정밭이 "불과 이 년여" 만에 "꿀이 흐르는 문전옥답"(10권, 299쪽)으로 변하는 땅이다. 천봉삼이 그토록 찾아 헤맨 "길지(吉地)"인 것이다.[15] 마지막 장면에서 느껴지는 것은 고향을 상실한 자의 파토스인 노스탤지어의 정조에 가깝다.

특히 '마당에 노루가 뛰어들고, 솥에는 꿩이 저절로 날아드는 그런 땅' 은 천봉삼이 내세운 길지의 모습인데, 그것은 "징세나 부역이 없고, 토호들의 발호나 관리들의 가렴주구가 없고, 양반도 없고 상것도 없는 세상"(10권, 182쪽)에서나 가능한 것이다. 그러나 위와 같은 세상은 10권의 시간적 배경인 갑신년(1884년)에는 도무지 상상해볼 수도 없다. 더군다나 그 마을을 마련한 밑천은 산적들로부터 빼앗은 장물이라는 것은 생달 마을의 비현실성을 더욱 두드러지게 한다. 따라서 천봉삼이 정착한 길지의 모습 속에는 존재하지 않는 혹은 존재할 수 없는 것에 대한 그리움, 즉 전형적인 노스탤지어의 정서가 담겨 있다고 할 수 있다.

이러한 노스탤지어의 정서는 작가 김주영의 것이자 21세기를 살아가는 우리 모두의 기본적 정념인지도 모른다. 우리 모두는 현재 근원적 고향 상실의 상태에 빠져 있기 때문이다. 노스탤지어는 상실의 심연에서만 떠오르는 의식으로서, 롤랑 바르트가 말했듯이 과거 자체를 되찾을 수 없음에서 비롯되는 것이다. 9권까지에서는 강렬한 민족주

• • • • •
15) 천봉삼이 그토록 찾기를 원하던 '길지' 는 다음과 같은 곳이다. "징세나 부역이 없고, 토호들의 발호나 관리들의 가렴주구가 없고, 양반도 없고 상것도 없는 세상 아니겠습니까. 씨를 뿌리고 거름을 주지 않아도 열매가 열리는 그런 땅이겠지요. 마당에 노루가 뛰어들고, 솥에는 꿩이 저절로 날아드는 그런 땅이겠지요."(10권, 182쪽)

의적 의지가 드러나 있었음에도 이상화되거나 낭만화된 조선의 모습은 한 번도 등장하지 않았다. 이것은 7~80년대까지만 해도 이상화된 민족공동체에 대한 비전이 오롯이 실제 삶에 자리잡고 있었기 때문이라고 할 수 있다. 그러나 삼십 년 만에 덧붙여진 10권에서는 한껏 낭만화된 조선 민중들만의 이상향이 아름답게 그려지고 있다. 『객주』 10권에서의 생달 마을은 상상으로만 그려볼 수 있는, 그리하여 생달 마을과 같은 아름답고 통일된 공동체가 불가능함을 역설적으로 환기시키는 텅 빈 스크린이다. 생달 마을은 작가와 지금의 독자들이 갖고 있는 과거를 향한 노스탤지어가 만들어낸 문학적 감동의 장소라고 할 수 있다. 천봉삼이 힘들게 찾아낸 길지의 모습 속에는 지난 삼십여 년간 민족을 둘러싸고 변모해온 시대적 상황과 담론의 지형이 담겨 있는 것이다.

고향은 함경북도 경성군,
지금은 서울시 성북구 정릉2동

― 이경자의 『세 번째 집』(문학동네, 2013)

1. 조센징, 귀국자, 탈북자

현재 탈북자 숫자는 2만 5천여 명에 이르고 있다. 이것은 1990년대 중후반 이후에 탈북자의 정체성이 변모하며, 그 숫자가 대량으로 증가한 결과이다. 1990년대 중반 이전까지의 탈북이 소수에게 국한된 정치적 성격을 지닌 것이었다면, 이후의 탈북은 생존을 목적으로 한 경제적 성격을 지니게 되었다. 어떠한 방식으로든 현실과 관련을 맺을 수밖에 없는 소설 장르의 특성상, 2000년대 한국 소설에서 탈북자들을 다룬 경우는 어렵지 않게 발견할 수 있다.

최근의 한국 소설이 탈북자를 다루는 시각은 세 가지 정도로 나누어 볼 수 있다.[1] 그중의 대표적인 것은 탈북자를 남한 자본주의 사회의 비정함을 비판하기 위한 대상으로 바라보는 것이다. 다음으로 탈북자를 통해 북한 체제의 문제를 직접적으로 드러내는 경우도 있다. 마지막으로는 전 지구적 현상인 디아스포라의 대표적인 사례로 탈북자를 다루는 경우가 있다. 탈북자는 나라 잃고 이방을 떠도는 삶들이 인류 역사에 던져온 실존적이면서 인문학적인 질문에 가 닿는 중요한 소재이다.

이경자의 『세 번째 집』(문학동네, 2013)에는 세 가지 시각이 모두 등장하며, 그중에서도 디아스포라의 구체적 사례로서 탈북자를 바라보는 시각이 보다 우세하다고 볼 수 있다. 성옥의 서사는 보다 큰 상위 서사의 일부로 편입되는데, 그 상위 서사는 한국 현대사가 만들어낸 디아스포라의 역사이다. 100여 년에 걸친 디아스포라의 서사는 성옥의 할아버지로부터 시작된다. 성옥의 할아버지 김정남은 경북 경산에서 태어나 일제 말기인 1944년에 강제징용을 당해 일본의 후쿠오카 탄광으로 보내진다. 그러나 정남이 다섯 살 때 어머니는 부잣집 첩실

•••••
1) 박덕규와 이성희가 편집한 『탈북 디아스포라』는 2000년대에 탈북자를 집중적으로 다룬 논문들을 모아놓은 저서이다. 이 저서의 총론이라 할 수 있는 대담 「민족의 특수한 경험에서 전 지구의 미래를 위한 포용으로」에서 박덕규는 최근의 탈북자 주인공 소설들의 특징을 다음과 같이 정리하고 있다. "발표 시대별로 보면 대체로 국내적 관점으로 탈북 문제를 이해하던 작품에서 국제적 경험과 인식을 포괄하는 작품으로 확장되어 왔다고 할 수 있겠습니다. 내용면에서는 탈북해서 정착하는 과정에서 여전히 '유랑 중인 상태를 다룬 소설'과 이미 남한을 중심으로 어느 지역에 '정착해서 사는 상태를 다룬 소설'로 구분할 수 있겠고요. 또한 이들 소설에서 탈북자의 눈으로 남한 자본주의 체제나 나아가 글로벌 자본주의 체제의 모순이 부각되거나, 이 연장선에서 '탈북 장사'와 관련된 다양한 인권 유린이 나타난다는 점, 특히 탈북 여성이 겪는 비인간적인 경험에 대해서 특별히 생각하게 한다는 점 등이 이들 탈북 소재 소설의 주제적 쟁점이라 할 수 있겠습니다." (박덕규·이성희, 「민족의 특수한 경험에서 전 지구의 미래를 위한 포용으로」, 『탈북 디아스포라』, 박덕규·이성희 편저, 푸른사상, 2012, 26쪽)

로 시집을 갔고, 유일한 혈육인 할머니까지 죽자 "북해도나 북간도나 남양군도 어디든지 끌려간대도 고향보다 더 쓸쓸하지 않겠거니"(12 쪽) 하는 생각을 하며 징용에 나간다. 김정남(가네다 마사오)은 일본에서 해방을 맞았지만 "딱히 돌아갈 고향이 없"고 "자신을 반겨줄 사람은 아무도 없었"(15쪽)기에 시모노세키 항구의 맞은편 모지항에서 풍각쟁이로 눌러앉는다. 그곳에서 열다섯 살 소녀와의 사이에서 성옥의 아버지인 김대건을 낳는다.

김대건(가네다 다이켄)은 모지항에서 나고 자라 와세다대까지 나온 엘리트로서 1967년 북송선을 탄다. "조센징으로 차별받고 멸시받는 인생은 싫"(17쪽)어 조선인 학교도 다니지 않았지만, 김대건은 조센징이라는 굴레에서 벗어날 수가 없었던 것이다. 처음 북송을 망설이던 김대건은 아버지의 "부모 형제 없이 너 혼자 여기 남아도 행복하게 살수 있겠느냐. 아무리 잘살아도 남의 나라에선 셋방살이다. 너는 조센징이다. 일본 사람이 될 수 없다."(26쪽)는 말에 결국 1967년 만경봉호를 탄다. 마지막으로 김대건의 딸인 성옥은 남한에서 '탈북자'의 신세가 되어 힘든 삶을 이어나가고 있다. 『세 번째 집』의 제목이기도 한 '세 번째 집'은 은 탈북자인 성옥이 앞으로 살아가야 할 이상적인 집을 의미한다.[2] 이 작품의 중심인물인 성옥은 좁은 방들이 다닥다닥

●●●●●
2) 인호는 수복지구 기념관 건립을 추진중이다. 인호는 자신이 하는 일은 기념의 정서를 불러일으키는 것이며, 그것은 "식민지와 해방과 전쟁과 휴전과 탈북자를 아우르는 데서 우러난다"(52쪽)고 느낀다. 인호가 수복지구 기념관 건축을 위해 육이오, 식민지 전쟁, 분단과 탈북에 이르는 여러 가지 것들을 검토하는 과정에서 "성옥이 툭툭 튀어나오거나 숨결이 느껴지는 걸 알아차"(160쪽)려야 했다고 하듯이, 성옥의 삶은 현대사의 비극을 압축시켜 놓은 존재이다.

붙어 있는 북한의 하모니카 집을 벗어나 현재는 남한의 반지하 방에서 남한 사람들의 오해와 멸시 속에서 살아가고 있다. '김정남-김대건-김성옥' 으로 이어지는 삼대는 각각 타지에서 '조센징', '귀국자', '탈북자' 라는 명찰을 달고 고통스러운 삶을 살아가야 하는 것이다. 이들을 통해 한국 근대사가 낳은 뼈저린 디아스포라의 행방이 그려지게 된다.

2. 타자에 대한 적대

이경자의 『세 번째 집』에서 북한은 은근하지만 강력한 비판의 대상이 된다. 북한은 무엇보다도 타자를 용납하지 않는 전체주의적인 속성이 강한 사회로 그려진다. 그것은 성옥의 가족이 북한에서 '귀국자' 로서 살아가며 겪는 고통을 통해 실감나게 전달된다. '귀국자' 는 북송선을 타고 북한에 온 재일 교포들을 의미한다.

성옥 가족의 북한 내 생활은 "자본주의와 자유주의의 곳김을 쐰 경험"(27쪽)을 의미하는 귀국자라는 신분으로 인해 고통과 차별로 점철되어 있다. 동네에 불이 났을 때도, 보위부에 끌려가 "토대가 나빠서, 성분이 안 좋아서 어린아이가 남의 소먹이를 다 태운 거"(58쪽)라는 얼토당토한 이야기를 들어야 할 정도이다. 성옥은 "귀국자라는 말이 얼마나 지독한 덫인가를"(102쪽) 인민학교에 들어가면서부터 느끼게 되고, 나중에는 귀국자라는 말만 들어도 지겨울 지경에 이른다.

성옥의 아버지는 "오리는 오리끼리 만나야 한다"며, 성옥에게 연애 상대로 "귀국자를 만나라"(102쪽)고 말한다. 실제로 보위부장의 아들인 철이와 성옥은 연애 감정을 느끼게 되지만, 결국 철이 부모의 반대로 둘의 사랑은 결실을 맺지 못한다. 이후에도 성옥은 도자기 공장 작업반에 다닐 때, 아버지가 비행군관학교 교수인 토대 좋은 남자의 청혼을 받는다. 결혼을 허락해달라고 찾아온 남자에게 성옥의 아버지는 남자에게 "자네 아버지에게 허락받고 와. 그럼 내가 허락해주지."(169쪽)라고 말한다. 아버지의 예상대로 그 남자의 아버지는 "귀국자에 비당원의 자녀와는 혼인할 수 없다"(170쪽)며 성옥과의 결혼을 분명하게 반대한다. 북한은 평등한 사회와는 거리가 멀었던 것이다. 정신과 의사였던 사람이 배고픔에 못 이겨 자기 자식을 잡아 먹을 지경에 이르러서야, 북한에서는 "귀국자를 차별할 틀조차 무너져서 사라진"(104쪽)다. "목숨을 이기는 이념"(179쪽)은 존재하지 않았던 것이다.

북한에 온 초기에는 성실하게 생활하던 성옥의 아버지도 귀국자에 대한 차별로 인하여 술만 찾는 냉소적인 인물로 변한다. 나중에는 당은 물론이고 김일성 부자까지도 비판하는 모습을 보여준다. 이러한 상황에서 성옥은 "아버지를 미워하긴 해도 당이나 대원수님, 그리고 장군님을 원망"(179쪽)하지는 않는다. 그러나 북한의 사정은 점차 나빠져서 나중에는 할아버지가 스스로 곡기를 끊어 자살하고 할머니는 장마당에서 아사한다. 이러한 상황에서도 성옥은 "조국이 고난에 빠진 건 미 제국주의의 오만한 경제 봉쇄정책 때문"(27쪽)이라고 믿을 정도로, 북한 사회의 이데올로기적 통제는 심각하다. 그러기에 "아버지를 혐오하는 것"(175쪽)은 성옥에게 차라리 힘이 된다. 죄 많은 '당이나 대원수님, 그리고 장군님'을 죄없다고 생각하기 위해서는, 죄 없는 '아버지'를 죄가 많다고 미워해야만 했던 것이다. 아버지는 북한의 모순과 문제점을 가려주는 환상의 커튼이다.

북한의 문제적인 상황은 또 한 명의 탈북자인 명숙의 가족사를 통해서 드러난다.[3] 명숙의 아버지 삼식은 "주인집 개와 사는 처지가 같았"(75쪽)지만 해방을 맞은 뒤에는 세포위원장이 되어 식모살이를 하던 처녀와 결혼을 해 명숙의 언니인 정숙을 낳는다. 한국전쟁이 나고 후퇴를 해야 할 시기에 아내가 정숙을 들쳐 업으려고 하자, 삼식은 "조국 강산을 빼앗기면 되찾기 어렵지만 딸은 또 낳으면 된다"(75쪽)며 아내를 만류한 채 월북한다. 정숙의 어머니 역시 "조국의 운명에 비하면 딸의 목숨은 모래알 하나일 뿐이었다."(76쪽)고 생각했기에 남편의 뜻에 따른다. 이러한 모습을 통해 작가는 인륜보다도 이념을 우선시하는 모습을 조금은 극단적으로 보여주고 있는 것이다. 그렇게 모든 것을 버리고 북한을 선택한 "자랑스런 전쟁 열사, 공화국 영웅"(88쪽)인 명숙의 부모들이지만, 명숙의 어머니는 "당신은 공산주의 낙원을 경험했다, 그러나 이제 그런 공산주의는 지나갔다."(90쪽)고 단언한다.[4]

북한 사회가 '귀국자'에게 차가운 시선을 거두지 않았다면, 남한 사회는 '탈북자'에게 차가운 시선을 거두지 않는다. 인호의 친구는 탈북

<hr>

3) 남한에 온 명숙은 간성에 사는 언니 정숙을 찾아간다. 그러나 정숙은 명숙을 만나기 싫어할 정도로 부모에 대한 적개심이 크다. 자신을 버린 부모에 대한 정숙의 원한이 더욱 커진 것은 그녀의 불행한 가족사가 덧보태졌기 때문이다. 정숙은 아들 하나를 얻어 청상과부로 살았는데, 그 아들은 외할아버지와 외할머니의 존재로 인해 간첩으로 몰려 죽음에까지 이른다. 정숙에게 부모는 얼굴도 모르는 사람들이지만, 그녀의 인생 전체를 짓밟은 존재였던 것이다.

4) 그렇다고 북한 사회가 무조건적인 비판의 대상으로만 존재하는 것은 아니다. 성옥이 살았던 첫 번째 집인 하모니카집은 "대문도 없고 문을 잠그는 집도 거의 없었다."(56쪽)고 이야기된다.

자들이 "같은 민족이란 느낌이 들지 않는다"(48쪽)고 말한다. 인호의 엄마는 처음으로 성옥을 만난 자리에서 성옥이 빠지지 않는 대학에 다니고 중국어를 전공한 것에 만족해 하지만, 탈북했다는 말을 듣자 싸늘하게 변해서는 자신의 아들에게 "미친놈", "겨우, 그래, 불효막심한 놈"(230쪽) 등의 말을 건넨다. "옥수수 한 배낭을 얻으러 강을 건넌 이후 얼떨결에 중국에서 도망자가 되었을 때도 늘 혼자이긴 했었다."(36쪽)라는 말에서 잘 드러나듯이, 탈북 이후부터 성옥이 느끼는 감정은 혼자라는 외로움이다.

이 작품에서는 탈북자들의 모습도 다양하게 그려진다. 명숙은 삼 년이 다 되어가면서도 여전히 함경도 억양을 쓰며, 다른 탈북자들 앞에서 "자기 고향을 모욕하는 사람은 현재도 없고 자기 존엄성을 부정하는 것과 같다!"(64쪽)고 말한다. 함흥 이모 역시 "북조선 사람들의 생활감정이 고스란히 밴 혁명적 표정을 간직"(132쪽)하고 있다. 이와 달리 남한 사회에 과도할 정도로 적응하는 모습을 보여주는 탈북자들도 존재한다. 어려운 식량사정으로 북한에서 학교도 제대로 다니지 못했던 남혁은 틈나는 대로 영어 회화 공부를 한다. "이모님, 저는 자본주의가 좋습니다."(80쪽)라고 말하는 것에서 드러나듯이, 남혁은 남한 사회에 잘 적응하고 있다. 또한 노래방 도우미로 일하며 고객이 원하면 2차도 나가는 혜교는 나중에 아버지가 누구인지도 분명치 않은 임신도 하고, 남한 사람들에게 자신의 경력을 속이기도 한다.

그러나 이들은 모두 쉽지 않은 삶의 진창을 건너는 중이다. 혜교는 나중에 임신한 몸으로 술에 취해 "결혼도 닥치는 대로 할 거야. 늙지도 않을 거야. 돈을 많이 벌 거야. 외국을 안방 드나들듯 할 거야. 맘껏 사치할 거야. 내키는 대로 살 거야. 하지만 오래 살진 않을 거야"

(214쪽)라고 절규한다.[5] 십일 평 좁은 아파트에서 어머니의 세 번째 남편인 한국인 계부와 함께 살다 자살하는 정아 같은 탈북자도 있으며, 마약 운반으로 돈을 벌거나 마약을 하다 들켜 동거인을 살해하고 목을 매 숨진 탈북자도 있다. 성옥이 일하는 가게의 무산 이모는 탈북한 지 3년 만에 아들을 남으로 데리고 왔는데, 아들은 학교생활에 적응하지 못한다. 아들의 주위에는 친절한 남한 아이들도 있지만 "거지같이 얻어먹으러 왔느냐고 때리고 욕하는 아이들도 있"(195쪽)으며, 무산 이모의 아들은 말투와 어휘가 달라 적응하는 데 애를 먹는 것이다. 이러한 아들로 인해 무산 이모 역시 위염에 불면증, 불안신경증을 앓고 있다. 성옥 역시 혜교에게 "우리는 왜 사니?"(148쪽)라고 말할 정도로 힘들어 한다.

이처럼 모든 탈북자들은 자신만의 병을 앓고 있는 것이다. 성옥은 한국 사람과 결혼해서 행복한 경우를 한 번도 못 보았을 정도이다. 명숙 이모는 한국 사회의 자유를 넌더리난다고 말하며, 탈북자를 "이웃의 무관심과 냉혹한 시선에 여러 번 다친 사람"(167쪽)으로 규정한다. 남한 사람들의 차가운 시선 속에서 탈북자들은 "어떻게 살아왔는지 궁금해하지 않고, 달리 물어볼 필요도 없는 사람들, 그래서 눈물나게 반가운 사이"(94쪽)들이다.

⋯⋯⋯
5) 완전히 자본의 화신이 된 것처럼 보이는 혜교이지만, 그렇기에 "돈이 자유다!"라는 말도 외치지만 바로 이어서 "그래도 고향은 그립다! 눈물 난다!"(80쪽)라는 말을 덧붙인다.

3. 세 번째 집을 위한 조건

이경자의 『세 번째 집』은 탈북자를 우리와 똑같은 인간으로 바라보아야 한다는 점을 강조하고 있다. 탈북자를 대하는 세 가지 유형의 남한 사람들이 존재한다. 첫 번째가 인호의 친구나 어머니처럼 탈북자를 백안시하고 차별하는 사람들이라면, 두 번째는 그들을 뭔가 불쌍하고 고통 받는 우리 사회의 타자로서만 바라보려는 최아림 같은 사람들이다. 마지막으로는 작가의 입장을 대변하는 인호가 있다.

정윤희는 여성의 정체성이라는 주제로 논문을 쓰고 있으며, 이를 위해 성옥과 면담을 하고 그 대가로 돈을 준다. 성옥은 윤희와 인터뷰를 하면 "마치 자신의 삶을 팔아버린 아주 고약한 기분"(110쪽)을 느낀다. 윤희의 친구인 소설가 최아림은 윤희보다 한층 더 불쾌하다. 윤희가 성옥을 만날 때 "자존심을 건드리는 말을 삼갈 것. 호기심이 나더라도 참고 있을 것. 흥미를 보이지 말 것. 그들도 우리와 같다는 느낌을 줄 것"(112쪽) 등의 충고를 하지만, 최아림은 정윤희의 충고를 모두 잊는다. 그러기에 성옥은 정윤희나 최아림과 헤어진 후에는 자신의 존재가 "'섬' 같다"(117쪽)고 느끼게 된다.

사실 탈북자는 한국 사회에서 끊임없이 무언가를 말해야 하는 존재이다. 성옥의 간증은 몇 년 동안 지속되는데, 나중에는 북한 인권단체의 도움으로 미국을 방문해 북한 인권 상황을 증언하기까지 한다.

처음엔 교회에 가서 분노와 증오와 환멸에 이글거리는 목소리로 간증했다. 이렇게 저렇게 고통받았다. 이 고통은 나의 잘못에서 비롯된 것이 아니다. 간증의 핵심은 그랬다. 자신의 간증에 감동한 성도들이 탄식하듯 아버지! 아버지! 할 때 성옥은 가슴이 부풀어 터져 나갈 것 같은 폭발의 긴장감에 떨었다. 목사님은 거의 모든 설교에서 우리 죄인들의 문제를 모두 해결해주는 아버지에 대해 역설했다. 성옥은 그런 아버지가 있다는 것이 너무 좋았다. 성옥이 만난 세 번째 아버지였다. 자신을 낳아준 아버지 김대건, 의식주를 해결해주고 나라를 지켜주는 수령님 아버지, 그리고 이제 하나님 아버지였다.(157쪽)

그러고 보면 성옥의 탈북 서사는 강력한 아버지들에게서 벗어나 평범한 아버지를 인정하게 되는 과정이라고 정리해볼 수 있다. 달리 말해 이것은 성옥이 거대한 아버지들이 만들어놓은 특별한 정체성의 굴레에서 벗어나 온전한 하나의 주체로서 서게 되기까지의 과정을 의미한다. 이 작품의 처음은 성옥의 일본행으로 되어 있는데, 이것은 "영양실조에 뇌혈전"(8쪽)으로 죽은 아버지와의 화해를 위한 통과제의에 해당한다. 후쿠오카 공항을 떠나며 성옥은 "아버지, 용서해주세요. 이제 아버지를 이해할 것 같습니다."(32쪽)라고 울먹인다. 한국에서도 성옥은 "아버지, 용서하세요. 너무 잘못한 게 많아요. 불효했습니다." (45쪽)라고 되뇌이는 모습을 자주 보여준다. 성옥이 인호와 가까워지는 것도, "인호를 통해 아버지를 연상"(155쪽)했다는 말에서 알 수 있듯이, 아버지를 받아들이는 일에 해당한다.

성옥은 자신이 탈북자가 됨으로써 아버지를 이해하게 된다. 비로소 한 공동체의 이질적인 소수자가 되었고, 이를 통해 소수자로서의 아버지가 살아내야 했던 간난의 삶을 이해하게 된 것이다.[6] 그러나 이

· · · · ·

6) 물론 성옥은 "자기 인생이 아버지처럼 될까 봐 두렵고 죄책감도 생겼다."(238쪽)고 이야기하며, "나는 아버지하고는 다르다, 시대가 다르고 처지가 다르다."(238쪽)고 다짐하기도 한다. 이것은 할아버지 때부터 이어져 온 소수자의 위치에서

러한 고민은 아버지에 대한 이해로 귀결될 뿐이다. 성옥이 남한에서 "일없슴다"(229쪽) 같은 북한 말 때문에 가장 곤혹스러워 한다면, 성옥의 어머니는 일본에서 나고 자라 도저히 고쳐지지 않는 일본식 발음 때문에 고통 받는다. 이처럼 성옥은 소수자가 됨으로써 부모 세대를 이해할 수 있는 바탕이 마련된 것이다.

성옥이 북한에서 그토록 부정했던 '아버지'에 해당하는 존재인 인호는 성옥에게 어떻게 다가가는 것일까? 이러한 인호야말로 말할 것도 없이 이경자가 전하고자 하는 메시지를 담지한 관점인물이라고 할 수 있다. "성옥의 정서에 쉽게 와 닿지 않는 말을 쉬지 않고 하"(152쪽)는 최아림을 볼 때마다 성옥은 자연스럽게 인호를 떠올린다. 인호는 최아림과는 반대로 성옥에게 "한 번도 호기심을 드러낸 적이 없었"(153쪽)기 때문이다. 왜 자신에게 잘해주냐는 성옥의 질문에 "우린 같은 사람이잖니."(163쪽)라고 대답하는 인호는 대학 동기에게 성옥을 가리켜 "걘 여자가 아냐, 동포야!"(53쪽)라고 말한다.

자신을 특별한 인간으로만 취급하는 최아림을 향한 성옥의 답변과 자신을 이해해주려고 노력하는 인호를 향해 했던 다음과 같은 말들은 탈북자를 대하는 우리 사회의 올바른 태도에 대한 작가의 생각을 단적으로 보여준다.

● ● ● ● ●

벗어나고자 하는 간절한 욕망에서 비롯된 것이다. 성옥은 빨리 서울말을 배우고 중국어를 전공한 후에 평범한 중산층 남한 사람의 삶을 살고자 한다. '귀국자'라는 "생의 덫"(159쪽)과 '탈북자'라는 "족쇄"(159쪽)가 안겨주는 "저 특별한 소수자 신분의 역사로부터 오는 소외감"(159쪽)에서 벗어나고 싶은 것이다.

"죄송하지만 전 특별하지 않아요. 진짜 사람이 굶어 죽었느냐? 진짜 사람고기도 먹느냐? 솔직히 이런 질문은 듣고 싶지 않습니다. 굶긴 했지만 회상하기 싫습니다. 죄송합니다. 너무 피곤하고 졸려요. 실망을 드려 죄송합니다. 탈북자는 아주 많습니다. 제가 아니더라도. 그리고 탈북자들도 그곳에서 신분이 다 다르고 역경도 달랐을 테니까요. 죄송합니다."(154쪽)

선생님, 제가 살아온 삶도 인정해주세요. 그렇게 살았다고요. 그걸 송두리째 부정하라고 강요하지 마세요. 그렇게 살았는데 그걸 어떡해요.(251쪽)

인호는 성옥과 압록강에 다녀와서 "이런 사람이 되어볼까 해. 성옥이를 말이야, 조국의 반역자로도 생각하지 않고…… 빨갱이로도 생각하지 않는……사람"(257쪽)이 되겠다고 결심한다. 인호가 다른 남한 사람들과 달리 이러한 성숙한 인식에 도달할 수 있었던 것은, 그 역시도 많은 아픔을 견뎌낸 존재이기 때문이다. 인호는 본인 스스로도 이혼의 경험이 있을 뿐만 아니라, 부모들도 다섯 살 때 이혼하였다. 이러한 "어린 시절의 고통"을 기억함으로써, 인호는 "그러니 사람은 다 같지? 불행은 누구 혼자의 몫은 아닐 거야."(189쪽)라는 깨달음에 도달할 수 있었던 것이다.

이경자의 『세 번째 집』은 여타의 탈북자 소설과는 달리 '조센징'과 '귀국자'의 존재를 등장시킴으로써 탈북자를 바라보는 새로운 시각 하나를 개척하는 데 성공하고 있다. 탈북자를 한국 현대사가 만들어낸 수많은 디아스포라의 하나로 바라볼 수 있는 시각을 마련한 것이다. 더 나아가 이 작품은 우리 모두는 어떠한 공동체에나 존재하는 소수자의 하나일 수도 있다는 사실을 분명하게 제시하고 있다. 이 작품은 결국 탈북자 더 나아가서는 어느 공동체에나 존재하는 타자들을 인간이라는 보편성에 바탕해 바라보아야 한다는 메시지를 단단하게 전달하고 있다.

성옥이 읽는 위화의 장편소설 『인생』에 나오는 다음 문구, "사람은 살아간다는 것 자체를 위해 살아가지, 그 이외의 어떤 것을 위해 살아가는 것은 아니라는 사실."(100쪽)에 작가의 주제의식은 압축되어 있다. 이러한 주제의식은 "바위 벼랑에 씨앗이 붙은 소나무는 저렇게 살고 여기 씨앗이 붙은 관목은 이렇게 산다…… 이념을 위해 살지 않고 사는 것을 위해 산다."(251쪽)는 말을 통해서도 반복된다.[7] 『세 번째 집』의 주인공 성옥은 조센징도, 귀국자도, 탈북자도 아닌 "고향은 함경북도 경성군. 지금은 서울시 성북구 정릉2동"에 사는 "그저 살아가는 사람"(258쪽)일 뿐이다.

• • • • •

7) 이러한 입장은 "성옥아. 넌 사는 것을 위해 살아야 한다. 산다는 것. 그것보다 더 소중한 이념이나 가치는 없다는 거, 이제 알지?"(260쪽)라는 「작가의 말」에서도 분명하게 확인할 수 있다.

개들의 시대

— 이시백의 『사자클럽 잔혹사』(실천문학사, 2013)

---

1. 과장과 강조를 통해 담아낸 시대의 풍경들

이시백의 『사자클럽 잔혹사』는 두 가지 시간층으로 이루어져 있다. 김신조가 침투한 1968년부터 '국풍81'이 성대하게 열리던 1981년까지를 다룬 과거와, 2011년 이후의 지금을 다룬 부분으로 이루어져 있는 것이다. 전체 분량의 3분의 2정도가 1968년부터 80년대 초에 이르는 과거를 담고 있으며, 나머지는 30년의 시간을 건너뛴 지금의 일들로 채워져 있다. 이 작품에서 과거는 철저하게 부정과 비판의 대상으로 그려진다. 지나간 과거를 돌아볼 때 끼어들기 마련인 정서적 물기 따위는 이 작품에 존재하지 않는다. 그것은 이 작품이 현재를 보는 뚜렷한 안목을 지닌 것과 연결된다. 현재를 바라보는 확고한 윤리적 의식이 확립되어 있고, 이를 바탕으로 해서 과거 역시 선명한 의미로 채색되고 있는 것이다.

본래 기억은 과거와 현재에 대한 비전은 물론이고 우리의 공적 문화와 담론에서 보편화될 미래에 대한 비전을 만들어내는 힘을 지니고 있다.[1] 기억은 지나간 일을 반추하는 데 그치는 것이 아니라 현재와 미래를 만들어나가는 작업이기 때문이다. 과거를 기억한다는 것은 그 기억으로 표상되는 여러 가지 억압이나 모순과 관련하여 현재를 이해하고, 미래의 방향을 설정한다는 의미를 지니는 것이다. 그것이야말로 기억의 힘이다. 『사자클럽 잔혹사』에서 다루어지는 두 시기는 30년이 넘는 시간을 격해 있지만, 지금 한국 사회는 두 시기를 결코 분리해서 생각할 수 없다. 이로 인해 1970년대에 대한 기억은 지금 우리에게 가장 긴박한 정치투쟁의 현장이라고 해도 과언이 아니다. 따라서 이 작품은 지금 창작된 그 어떤 소설보다도 뜨겁게 정치적인 소설이다.

『사자클럽 잔혹사』에는 에필로그 안에 따로 또 추기가 붙어 있다. 이 추기야말로 이 작품이 그토록 격렬한 호흡으로 쓰여질 수밖에 없었던 이유를 단적으로 보여준다. 추기에는 2012년 대선에서 50대가 82%의 투표율을 보인 사실을 지적한다. 그리고는 이 작품 특유의 목소리로 "거의 모든 50대들이 희끗거리는 머리를 휘날리며 투표소로 달려가는 광경은 생각만 해도 장엄하고 경이로운 일이다. 그야말로 대한민국 만세다!"라는 아이러니적 풍자의 모습을 보인다. 이 작품은 바로 이 추기에서 시작된 것이다. 82%의 경이로운 투표율을 보이며 "18년 동안 장기 통치하던 대통령의 딸"을 당선시킨 사람들의 정치의식이 형성된 기원을 탐구하는 것이 이 소설의 가장 큰 목적인 것이다.

『사자클럽 잔혹사』는 여러 가지 정보들이 그야말로 꾹꾹 채워진 장

• • • • •
1) 하비 케이, 『과거의 힘―역사의식, 기억과 상상력』, 오인영 옮김, 삼인, 2004, 213쪽.

편소설이다. 이러한 풍성함은 김신조 침투사건, 7·4 남북공동성명, 10월 유신, 비상계엄과 긴급조치, 12·12와 1980년 광주로 이어지는 숨가쁜 현대사를 배경으로 그 시대의 고유한 풍속들을 가능한 다양하게 담고자 하는 작가의 의지가 낳은 결과이다. 이 작품의 풍부한 서사적 육체를 구성하는 것은 크게 보아 두 가지이다. 당대의 대표적인 문화적 기호들과 억압적인 국가 이데올로기가 만들어낸 갖가지 풍경들이 그것이다. 이를 통해 30년 전의 시공은 풍부한 리얼리티를 갖춘 채 우리 앞에 모습을 드러내게 된다.

문화적 기호로는 팝송이 매우 자세하게 등장한다. 비틀즈, 레드 제플린, 클리프 리처드, 제임스 브라운, 닐 다이아몬드, 제니스 조플린, 지미 헨드릭스, 짐 모리슨, 존 레논, 딥 퍼플, 블랙 사바스, 로버트 플랜트, 핑크 플로이드, 퀸, 레오나르드 코헨 등의 뮤지션이 그 예인데, 이러한 특징은 주인공 영탁이 "왜 사냐고 묻는다면 나는 음악 때문이라고 대답했을 것"이라고 말할 만큼 고등학교 시절 음악에 심취했던 인물이었기에 가능한 일이다. 팝송은, 트로트는 "공돌이나 공순이"가 부른 노래라는 인식과 곁들여져 당시의 문화적 식민성을 드러내는 역할도 한다.

그러나 무엇보다 많은 분량을 차지하는 것은 맹목적인 반공 이데올로기와 강압적인 시대 분위기를 나타내는 것들이다. 반공 이데올로기는 사회를 구석구석 지배하는 것으로 그려진다.[2] 학교에서는 총검술

2) 다음으로 당대의 일상적 풍속도 적지 않게 나온다. 좁은 골목길, 만원 버스의 모습, 캡틴큐와 하야비치 같은 싸구려 양주들이 작가 특유의 입담에 실려 감칠맛나게 전달되고 있다.

을 배우고, 어느 순간부터 100미터 달리기는 사낭 나르기로 공 던지기는 수류탄 던지기로 바뀐다. 학생들은 수업을 빼먹고 반공 궐기대회에 동원되는데, 거기서는 김일성 모양의 허수아비를 불태우고 누군가는 손가락을 깨물어 반공이라는 혈서를 쓴다. 사람들은 수시로 불심검문과 장발단속에 시달리고, 언론에는 간첩단이나 무장공비에 대한 기사가 늘 오르내린다. 김추자가 무대에서 간첩과 교신을 한다는 소문이 무성한 시절이기에 사람들은 이웃집 아저씨도 간첩이 아닐까 의심해야 한다. 문구를 수시로 넣었다 뺐다를 반복하는 "홍어좆" 같던 법, 일어나서 춤을 추면 안 되는 법처럼 말도 안 되는 상황들은 작가의 입담에 실려 웃음을 자아낸다. 이 시대는 그야말로 단속과 금지의 시대인 것이다.

사실 위에서 나열한 정보들만으로 소설이 될 수는 없다. 그 많은 정보들을 나열만 한다면, 이 작품은 아무런 미학적 의의도 찾을 수 없을지 모른다. 대부분의 것들은 체험으로나 상식으로나 널리 알려져 있는 것들이기 때문이다. 그러나 이러한 정보들은 이시백의 손을 거치면 날카로운 풍자와 웃음을 자아낸다. 다음의 인용문들은 그 수많은 사례 중에 일부이다.

> 선배들은 자유당 시절에 인근의 화신 백화점이며, 종로통을 주름잡던 화랑동지회의 이정재나 김두한 수하의 주먹들이 동문임을 설명하며 감격에 못 이겨 사열대 위의 단상 바닥에 머리를 쿵쿵 박았다.

> 공비가 고추장 독에 빠진 사건이 일어난 뒤로 산마다 방공호가 생겼다. 방공호가 무얼 하는 곳인지는 몰라도 컴컴한 그 안에는 여자들의 피 묻은 속옷이나 실연을 당한 여자들의 시체가 버려져 있었다.

훈육부의 지도가 어떤 것인지를 모를 사람은 없었다. (중략) 아이들 머리에 고속도로를 내고 나서 선생들은 벽에 걸린 매를 골랐다. 당구장의 큣대함 같은 곳에 즐비하니 걸린 몽둥이들 앞에서 심각한 표정으로 자신의 손에 맞는 무기를 골랐다. 벽에는 우둘투둘 옹이가 박힌 박달나무 몽둥이로부터, 각목, 당구장 큣대, 아이스하키 채, 심지어 쇠파이프까지 골고루 갖춰져 있었다. 몽둥이를 고른 선생들은 맞기도 전에 이미 사색이 되어 있는 아이들에게 팬티를 벗게 시켰다. 팬티를 벗은 뒤에 물을 바른 몽둥이를 휘두르면 엉덩이는 서너 대를 견디지 못하고 피가 터져 나왔다.

그다지 새로울 것 없는 정보들을 이용해 소설을 만들어내는 놀라운 창작방법의 요체는 다름 아닌 과장과 강조이다. 빛나는 선배들의 행적을 얘기하며 자기 흥에 못 이겨 머리를 단상에 박는 고등학생, 방공호에서 발견되는 여자들의 시체, 한 벽을 가득 채운 각종 몽둥이들은 물론 사실일 수 없겠지만, 이것들은 그때의 상황을 충분히 환기시키면서 또 다른 정서적 쾌감을 선물하는 것이다.

2. 폭력, 폭력, 그리고 폭력

이 작품은 열네 살 소년의 성장기로도 읽을 여지가 있다. 영탁이 체험하는 성장기는 다름 아닌 폭력의 역사라고 해도 과언이 아니다. 그가 다니는 중·고등학교는 무협지에 등장하는 강호와 다름없다. 그곳은 선생님의 무자비한 폭력, 학생들 상호간의 폭력, 학생들과 외부인 간의 폭력으로 점철되어 있는 곳이다.

입학식 다음날부터 선배들은 말이 아니라 몸으로 가르침을 베풀고,

여러 가지 이유로 벌어지는 패싸움은 하나의 일상이다. 『사자클럽 잔혹사』에서 성장이 있다면, 그것은 폭력의 피해자에서 폭력의 가해자로 그 위치가 변해가는 것뿐이다. 세운상가의 분식센터에서 갈퀴눈에게 엑스카바를 하고 얻어터지며 돈을 빼앗기던 영탁, 관식, 응규는 나중에 갈퀴눈에게 엑스카바를 그대로 돌려준다. 영택은 "싸우므로 나는 존재한다"라고까지 자기 규정을 하게 되고, 김신조 사건으로 인해 얼벙어리가 되어 말을 더듬던 열네 살의 소년은 어느새 도끼를 능숙하게 휘두르는 싸움꾼으로 변신하게 된다.

그러한 폭력의 기원에는 선생님이, 그리고 그 기원의 기원에는 당대의 폭력적인 국가가 놓여 있다. 그것은 영탁의 중3 시절 선생님인 티라노사우루스를 통해 잘 나타난다. 학교 폭력의 중심에는 1968년 대한민국의 한 고등학교에서 "무자비한 반공애국의 정신"으로 창립된 사자클럽이 있다. "나라에 충성하지 않는 인간은 빨갱이나 다름없"다고 생각하는 티라노 선생은 김두한을 존경하는데, 이때의 김두한은 일제시대 일본 주먹으로부터 종로를 지키던 협객 김두한이 아니라 해방 직후 남로당과 전평을 때려잡던 김두한이다. 티라노는 김두한이 폭력으로 했던 일을, 학교 내에서 사자클럽이 폭력으로 해주기를 원했던 것이다. "사자클럽의 신입회원이 선발되면 선배들은 그 명단을 훈육부 선생에게 전하고, 훈육부에서는 웬만한 문제는 모른 척 봐"준다. 1968년 시작된 사자클럽은 "반공정신과 애국심이 투철한 학생들"로 구성되어 있으며, '깡패학교'라고 소문난 학교의 불명예스러운 인식을 지우기 위해 교내의 불량 학생들을 바로잡고, 불량 클럽을 못 만들게 자율 정화하는 데 힘쓴다.

영탁은 6·25 기념 반공글짓기 대회에 입상한 것을 계기로 사자클럽의 4기로 발탁된다. 입회 기념으로 백대 씩의 **빳다**를 맞은 것을 시작으로, "맞아 터진 엉덩이가 채 아물기도 전에 몽둥이질이 이어"지는 생활을 이어간다. 선배들은 신입회원끼리 마주 보며 맞**빰** 때리기를 강요하고, 고궁에서 덩치가 비슷한 아이들끼리 싸움을 붙이기도 한다. 나아가 강도 높은 체력훈련, 담력훈련, 실전훈련, 산악훈련이 이어지고, 밤에는 미아리 텍사스에 진출하기도 한다.

명문중학교 입시에서 떨어진 영탁이 삼류 중학교에 입학하여 사자클럽 회원이 되고, 영탁은 그럭저럭 이 사회에 적응해서 살아남는다. 개교 100주년을 맞이하여 시인으로 출판사에 근무하는 영탁에게 연락이 오고, 영탁에게는 사자클럽 40년사를 집필하는 일이 맡겨진다. 이 일을 계기로 과거와 현재는 서로 마주보게 되는 것이다.

3. 개들의 생존기

이 작품의 마지막 문장인 "그야말로 대한민국 만세다!"가 아이러니적 풍자의 산물인 것처럼, 이 작품의 '사자' 역시도 아이러니적 풍자의 산물이다. 사실상 이 작품은 사자들이 개에 지나지 않았음을 열정적으로 웅변하고 있다. 이 작품에는 주목해서 봐야 할 개가 여섯 마리 등장한다.

첫 번째로 웅규가 스스로를 개였다고 칭하는 대목이 있다. 웅규는 덩치가 크다는 이유로 공수부대에 차출되고, 작전명 '화려한 휴가'에 따라 광주에 투입된다. 그곳에서 그는 중대장의 지시대로 여학생에게 총을 겨누었던 일을 회상하며, "나는 개였어"(개-1)라고 고백한다. 두 번째로 웅규는 C.C.R이 부른 〈Have you ever seen the rain〉의 rain이 월남전에 뿌려진 고엽제를 이야기한다는 얘기를 하면서, 영탁에게 "보신탕집 개를 본 적이 있어. 주인이 제 새끼들을 몽둥이로 때려죽이는 걸 보면서도, 그 개는 제 주인에게 꼬리를 흔들지. 누가 제 주인을 건드리면 이를 드러내고 달려들더라."(개-2)라고 말한다. 세 번째는 응규가 "김신조도 개거든. 주인이 물라면 무는 개였을 뿐이야"(개-3)라고 말하는 대목이다. 네 번째 개는 영탁이 어린 시절 집에서 기르던 메리라는 개(개-4)다. 영탁의 아버지는 메리를 동네 사람들에게 판다. 메리는 목이 매달려 몽둥이질을 당하다가 탈출하여, 집 마루 밑으로 도망쳐 온다. 무슨 수를 써도 나오지 않던 메리는 자신을 판 영탁 아버지의 "여태껏 들어본 적이 없는 가장 부드러운 목소리"에 다시 밖으로 나왔다가 이번에는 제대로 목이 걸린다.

위에서 등장한 개들은 모두 어떠한 상황에서도 주인에게 맹목적인 복종을 하는 존재로 그려지고 있음을 확인할 수 있다. 자기가 죽게 되는 상황에서도, 나아가 자신의 새끼들이 죽게 되는 상황에서도 개는 주인에게 꼬리를 흔들며 충성을 서약하는 존재들인 것이다. 이 작품에서는 사자클럽이 바로 그러한 '개'였음을 명시적으로 밝히고 있다. 언젠가 응규는 영탁에게 "너, 아직도 사자라고 생각하니"라고 질문하며, "우리는 사자가 아니야. 보신탕집 개야."(개-5)라고 말한 바 있기 때문이다. 그들은 권력이라는 현실적 힘에 맹목적인 순종을 바쳐온 존재들이었던 것이다.

이러한 개로서의 특징을 가장 잘 보여주는 인물은 관식이다. 이 작품을 만들어 나가는 '과장과 강조'의 창작방법론이 인물 형상화의 차원에서 가장 잘 적용된 인물이 관식이다. 군인을 아버지로 둔 관식은 월남이 패망하던 해에 보안하사관에 지원하려고 한다. 월남이 망한 뒤에 전쟁이 벌어질 곳은 한반도이며, 전쟁의 꽃은 군인이라는 논리에서이다. 그러나 고르지 못한 치열과 형의 강요로 인해 보안하사관도 해병대도 되지 못하고 동사무소 방위로 군복무를 마친다. 관식은 1980년 광주에도 자신이 갔었어야 한다며 입맛을 다시는 존재이다. 이후 가짜 해병대 출신 행세를 하다가 삼청교육대에 다녀오기도 하고, 삼청교육대에 다녀온 이후에는 공수부대 출신 행세를 한다. 관식은 인왕산 기슭에서 대마초를 심어서 팔다가 한 번, 청바지를 빼앗아 팔다가 두 번 옥고를 치른다. 이후에는 일본인 상대 매춘업을 벌이고, 이후 변두리의 나이트클럽 영업부장 노릇을 하다가 호스티스와 살림을 차린다. 그 사이에서 얻은 아들은 스웨덴의 목사 부부에게 입양을 시킨다. 이후에도 관식은 컴퓨터 만드는 회사에 다녔지만 사장 부인과 불륜을 저지르다 직장과 가정을 잃는다. 그리고 실체가 불분명한 자식을 앞세워 친구들에게 돈을 빌려가며 근근이 버티고 있다.

최근에는 붉고 노란 기장들이 요란하게 붙은 군복을 입은 채, "고엽제 동지회 서부 2지구대장"이라는 명함을 가지고 다닌다. 미국산 쇠고기 파동 당시 보수단체의 집회 현장에서 피켓을 들고 있는 모습이 텔레비전에 방영되기도 하며, 탑골공원에서 "빨갱이 새끼들"이라며 일부 노인들에게 시비를 벌이다 폭력을 행사하기도 한다. 이러한 관식의 모습은 다음의 인용에 잘 나타난 것처럼, 관식의 청춘기를 지배한 군사문화가 만든 것이라 할 수 있다.

> 방위 출신이라고 고엽제 동지가 될 수 없다는 법은 없었다. 총력안보. 나라를 지키는 데 따지고 가릴 게 어디 있겠는가. 다리를 놓는 공사장에도 '일하면서 싸우자'라는 구호판이 걸려 있고 집집마다 '유비무환'이 가훈으로 걸려 있었다. 잊혀질 만하면 간첩단이 적발되고, 여의

도 광장에서 수시로 김일성 화형식이 열렸다. 힘든 일이 있을 때마다 선생이나 어른들이 '너, 그래 가지고 군대 가겠냐' '군대 가면 이건 아무것도 아니다' 라고 얼러댔다. 텔레비전에서는 공수부대원들이 뱀을 산 채로 껍질을 벗겨 씹어 먹는 모습을 보여주었다.

관식은 "군대를 무엇보다 인간이 만든 가장 이상적인 조직"이라고 여기는 인물인 것이다. 관식과 더불어 또 한 명의 대표적인 개로 그려지는 인물이 바로 성제이다.

성제는 예비고사에도 떨어질 정도로 형편없는 실력을 가지고 있었다. 성제는 신학대에 갔고, 성경책을 찢어 대마초를 피우기도 했지만 결국 목사가 된다. 그랬던 그가 지금 강남에서 잘 나가는 교회의 목사를 하고 있으며, '민족 하나 되기 복음 선교회'의 회장이 된다. 그러나 복음과 선교를 앞세우는 것과는 달리, 뒤로는 탈북 장사를 하고 있다. '사자클럽 40년사' 역시 동문회장인 성제를 위해 쓰여지는 책이다. 현실에서 승승장구하는 성제는 교육감 보궐선거에 출사표까지 던진다. 그러나 응규의 폭로와, 젊은 시절 관식, 기봉, 영탁과 함께 윤간했던 성제네 식모 진명선의 등장으로 교육감의 꿈은 물건 너간다.

4. 개같지 않은 진짜 개들

1인칭 주인공 시점으로 되어 있는 『사자클럽 잔혹사』의 진짜 주인공은 '나', 송영탁이다. 송영탁이야말로 아무런 의지도 주체적 판단도 없이 지배질서가 강요한 대로 살아간다는 면에서 진정한 '개'이다. 대학교에 들어간 영탁은 어려운 집안 형편으로 휴학과 복학을 거듭한다. 영탁은 히피를 꿈꾸며 대마초를 영어사전 종이에 말아 피우거나 무교동 막걸리집을 들락거린다. 주점의 통기타 가수로 활동하기도 하고, 삼류 호텔 지하 커피숍 디제이를 하기도 한다. 송영탁은 학생운동 같은 것에는 아무 관심도 없다.

그러나 시대의 폭풍은 영탁이라고 해서 가만히 놔두지 않는다. 우연히 수배 중인 이의현을 알게 되어 그를 일주일 가량 자신의 자취방에 숨겨주는 일이 발생한다. 나중에 이 일이 발각되어 국가기관에 잡혀가 취조를 받고, 취조가 시작됨과 동시에 영탁은 의현의 행방을 불어버린다. 그것이 계기가 되어 군대와 대학을 오가는 내내 영탁은 프락치로서 살아간다. 영탁은 누구보다 억압적인 시대가 부여한 인간형으로 충실하게 성장한 것이다.

> 제대한 지가 얼마 되지 않았던 나는 후배들이 어깨를 걸머메고 '독재타도, 유신철폐'를 외칠 때마다 목덜미가 움찔거려졌다. 보안부대에 끌려가 받던 사상교육 탓인지, 한 자라도 틀리면 매를 맞던 국민교육헌장 탓인지, 아니면 고추장 독에 빠진 무장공비 때문인지는 몰라도 그런 자리 언저리에 서 있는 것조차 불안했다.

영탁은 학생들의 분신자살 같은 소식을 들으며 의현을 생각하기도 하지만 "정치나 세상과는 담을 쌓"은 채, "머릿속을 하얗게 표백하여 한 방울의 H2O가 되고 싶"어 하는 것이다.

21세기를 맞이한 지금 영탁은 시인으로서 출판사에 다니고 있다. 사장과 노조를 만들려는 직원들 사이에서 '중도'(?)의 길을 간다고 스스로를 고평한다. '중도' 혹은 '중립'의 길을 가는 자기를 영탁은 무척이나 만족스러워하는데, 다음의 인용문들에는 영탁의 그러한 생각이 집약되어 있다.

　어느 편에도 속하지 않은 나는 오로지 일 걱정만 했다.

　사원이 회사를 위해 열심히 일하는 것 말고 더 무엇이 필요하단 말인가. 나는 실용이나 중도라는 말을 좋아했다. 어느 쪽으로 치우치지도 않고, 모두에게 실익이 돌아가는 길을 찾아야 했다.

　나로 말하자면 중도파였다.

　어느 한쪽으로도 치우치지 않는다는 것이 내 생활 신조이다.

　그러나 "이쪽도 저쪽도 아니라는 말은 이쪽 편도 되고, 저쪽 편도 된다는 말이기도 했다."는 영탁 스스로의 말처럼, 영탁의 인생관은 현실이라는 주인에게 철저히 순응하는 하나의 보신책에 지나지 않는다. 현실의 승자가 누군지 분명하게 나타나는 순간, 누구를 향해 꼬리를 쳐야 하는지 영탁은 귀신 같은 감각을 보여주기 때문이다. 실제로 영탁은 홍비서로부터 받은 사장의 비밀장부를 사장에게 다시 돌려주고, 그 대가로 기획실장이라는 요직에 오른다. 영탁이 그토록 강조하는 '중도'의 실체가 분명하게 드러나는 순간이다.
　영탁이야말로 지금 완벽하게 사자클럽 회원으로 살던 지난날을 다시 살아내고 있다. 영탁은 첫사랑인 보경을 쏙 빼닮은, 사장의 비서 홍담희와 모텔방에서 노는 것이 요즘 사는 낙이다. 보경은 열일곱 살 때, 영탁이 정규의 연애편지를 대필해주면서 좋아하게 된 첫사랑의 이름이다. 영탁이 홍담희에게 그렇게 빠진 이유는 그녀가 영탁의 "더

듬거리는 말을 좋아했기 때문"이다. '더듬거리는 말' 이야말로 중고등
학교 시절 영탁의 가장 핵심적인 특징이기도 하다. 영탁은 "보경에게
보냈던 것과 같은 편지를 수십 통이나 쓰고, 하이네의 시를 읊어"준
다. 보경을 닮은 까닭에 "경이라 부르"지만, 홍담희에게는 윤동주의
시에서 따온 것이라고 둘러댄다. 나중에 홍담희가 면서기와 결혼하여
떠나가자, 이번에는 정규와 사별하고 강남에서 사자클럽이라는 룸살
롱을 경영하는 진짜 보경이를 만나며 만족스런 생활을 한다.

이러한 영탁은 자신만의 순수예술론까지 갖추고 있다.

> 내 관심은 아침이슬이나 저녁연기처럼 무상하게 명멸하는 한 시대의
> 일들보다는, 시대를 초월한 영구불변의 진리에 쏠려 있었다. 내가 보기
> 에 독재자가 손에 쥐고 흔드는 권력이란 것은 풀의 꽃처럼 무상한 것이
> 며, 그것에 대항해 싸우는 일도 그처럼 허망하게만 느껴졌다. 예술은 최
> 루탄 가스 위로 떠오르는 만월이었고, 적어도 문학이란 것은 '군부독재
> 타도'가 아니라 '돌담에 속삭이는 햇발' 같은 것이었다.

이러한 생각의 연장선상에서, 노조에 가입하지 않냐고 보채는 홍담
희에게 자신은 "글을 쓰는 작가"이며, "나는 어딘가에 속하는 게 싫
다"고 이야기한다. 그러나 작품 속에서 영탁의 그 순수문학적 재능이
빛을 발휘하는 것은 홍담희를 모텔의 침대로 끌어들일 때뿐이다. 영
탁은 홍비서가 직장을 그만두는 순간에도 모텔에 가서 이야기를 하자
고 그녀를 유혹한다.

그러고 보면 학창 시절에도 영탁은 악에 있어서 누구에게도 뒤지지
않는 존재였다. 이 작품에는 전명선이라는 성제네 집의 식모를 윤간
하는 장면이 등장한다. 『사자클럽 잔혹사』에 등장하는 무수한 폭력과

는 차원이 다른 범죄로서 그려지고 있는데, 그때 힘과 폭력으로만 덤 벼드는 다른 친구들과 달리 영탁은 어린 시절 집에서 기르던 개 메리 를 생각하며 결정적인 역할을 수행한 바 있다.

이 작품에서 영탁과 더불어 '개 같지 않은 개'로는 영탁의 아내 미 연과 출판사 사장이 등장한다. 영탁의 아내인 미연은 대학생 시절, 대 학가요제에서 상을 탄 노래들은 "썩은 콩나물 대가리들"이라고 경멸 할 정도의 운동권이었다. 지금도 아내는 영탁이 부르는 팝송에 대해 서도 "뿌리 없는 양코배기 노래"라며 비판하고, 김광석이라면 자다가 도 벌떡 일어나 눈물을 흘린다. "이 나라와 세계 평화와 우주는 누가 지킬 것인가를 걱정"하고, 봉하로 내려가 전임 대통령을 추모하는 음 악회에 참여한 후 퉁퉁 부은 눈으로 돌아오기도 하는 것이다. 그러나 그녀는 퉁퉁 부은 눈으로 돌아오자마자 "착 가라앉은 목소리로 부동 산업소에 전화"를 걸고, 틈나는 대로 "부동산업소들을 돌아다니며 기 민하게 땅 투기를 하는 인간"이다. 대학 시절 노래패 선배인 출판사 사장과는 불륜관계이다.

출판사 사장 역시 개답기는 미연에 모자라지 않는다. 사장은 옛날부 터 매일 이어지는 야근에도 수당이 따로 없어 직원들의 불만이 많다 는 이야기를 하면, "자신이 팔십 년 그 엄혹한 시절에 오십만 학우들 을 이끌고 서울역 앞에서 경찰과 대치하던 이야기"를 늘어놓아 상황 을 모면한다. 왕년에 운동을 했던 사장이 있는 회사에 노조가 말이 되 느냐며, 그가 어떻게든 회사에 노조 깃발이 나부끼는 것을 원하지 않 았다. 말마다 모래시계 세대임을 자처하던 사장은 용역 깡패들까지 동원한다.

5. 물고 싶은 것만 무는 개

그러나 일방적으로 사자클럽 사람들을 비난만 할 수 있을까? 이 작품의 상당 부분은 한 인간의 세계관이 형성될 결정적인 시기에 이들이 얼마나 폭력적인 문화에 노출되었는지가 지루할 정도로 시시콜콜히 제시되지 않았는가? 그러한 상황에서 과연 올바른 주체로 성장한다는 것이 그렇게 쉬운 일만은 아니었을 것이다. 엄혹했던 그 시절 이제 막 얼굴에 여드름이 나고 이차성징을 겪던 소년들이 그 상황에 맞서 올바른 주체로 성장한다는 것은 거의 불가능한 일은 아니었을까? 영탁도 선배들에게 이끌려 얼떨결에 사자클럽의 회원이 되고, 살아남기 위해 사자클럽 회원으로서의 삶에 충실했던 것이다.

1장에서 『사자클럽 잔혹사』는 여타의 복고소설들과 달리 현재를 바라보는 확실한 시각이 확보되어 있다고 말한 바 있다. 그러나 이 작품의 결론이 '우리는 모두가 개이며, 또한 개일 수밖에 없다'는 것이라면, 조금 허무하다. 더군다나 의현 같은 의인은 바닷가의 변사체로나 존재하는 상황이라면 더욱 그러하다. 이 작품에 드러난 강렬한 부정의 정신이 곧 강렬한 허무주의로 치환될 수도 있는 것이다. 현실에 대한 총체적인 부정 속에서 나아갈 지평은 조금도 주어지지 않는다. 이렇게 될 경우 『사자클럽 잔혹사』 역시 프레드릭 제임슨이 말한 것과 같은 포스트모던한 인식에서 비롯된 향수를 드러낸 작품으로 이해할 수밖에 없다. 이와 관련해 우리에게는 개 한 마리가 더 남아 있다. 그것은 칸트가 말한 '그럼에도 불구하고 자유로워라'라는 정언명령을 떠올리게 하는 개이다.

마지막 순간 응규는 새로운 개의 모습을 보여준다. 그것은 "개라도 좋아. 난 내가 물고 싶은 것만 물 거야."(개-6)라고 말하는 모습에서 나타난다. 앞에서 이야기했듯이, 『사자클럽 잔혹사』에서 말하는 개는 자기 의지와 자기 판단 없이 주인(지배질서)에 대한 맹목적인 순종만을 하는 존재를 의미했다. 그러나 지금 응규는 '자신이 물고 싶은 것만 물 것'을 다짐하는 것이다. 실제로 응규는 마지막에 극적인 변화를 보여준다. "있는 것들이 몸소 나서기엔 성가시고 거북한 것들"을 앞장서서 처리하는 용역업체를 운영하던 응규는, 성제가 북한 선교를 빌미로 탈북자들에게 적잖은 금품을 갈취해왔다는 것을 폭로하는 것이다. 나아가 응규는 성제가 보수진영의 유력 정치인에게 성접대를 한 사실이며, 관식을 시켜 전명선의 입을 막으려고 한 사실까지 폭로할 예정이다. 이에 성제는 모든 공직에서 사퇴하게 된다. 그러고 보면 이 작품에서 '개'에 대한 이야기를 가장 많이 한 사람은 응규였다. 응규는 그만큼 자신의 삶에 대하여 누구보다도 성찰적이었던 것이다.

또한 이 작품에는 설인호라는 인물도 있다. 이 작품에서 거의 유일하게 긍정적 인물인 설인호는 학창 시절 문예부에서 활동했다. 설인호는 영탁의 문학적 재능을 알아보고 문예부 활동을 권유하였다. 문예부 지도교사가 영탁을 '양아치', '도둑놈'이라 부르며 멸시해도, 설인호 선배는 영탁을 돌보아주고는 하였다. 설선배는 매를 맞아가면서 영탁의 시를 교지에 실어주고, 나중에는 사자클럽 탈퇴를 영탁에게 권유하다가 사자클럽의 선배에게 얻어 맞기도 했던 것이다.

마지막으로 성제의 낙마에 결정적인 역할을 한 노동운동가 전명선도 존재한다. 그녀는 어린 시절 성제네 식모였다가 모진 고통을 당한 바 있다. 그러나 "공순이보다 더 무지한 천민"이었던 그녀는 지난 날 자신이 당했던 어마어마한 폭력을 "어쨌든 세상이 좆같다는 걸 일찍

알게 해줘서들 고마워"라고 의미 부여할 정도로 정신적으로 극복해
낸다. 그리고는 "가서 전하셔. 깝치지 말구 알아서 기라구."라는 말을
하여, 기세등등한 성제를 기어이 선거에서 낙마시키고 마는 것이다.
그럼에도 설인호 선배가 팔고 있는 것은 하필이면 헌책이며, 그는 지
금 온전치 못한 몸이다. 이것은 작가가 지금 이 시대를 바라보는 기본
적인 시각이 그만큼 암담한 것임을 보여주는 증거일 것이다.

제2부

실에 둘린 조잡인물과 함께 눈에 돌아가기 ― 최은영의 「내가 데려다줄게」 역사와 이야기가 만나는 한 기
누가을 공동체의 윤회 ― 이경의 「먼지별」 죽음의, 죽음에 의한, 죽음을 위한 ― 윤세화의 「테스스토커」 인간은 무
김혜를 품고 나오는 후동고래의 빛 ― 최은미의 「전임자의 즐겨찾기」 개는 왜 자살했는가? ― 임수현의 「개의 자살」 상

진실에 들린 초점인물과 함께 늪에 들어가기
— 천운영의 「내가 데려다줄게」(『문학동네』, 2007년 여름호)

천운영의 「내가 데려다줄게」는 '진실'에 대한 탐구라는 인식론적 의문을 담고 있는 소설이다. 이러한 소설의 주제는 소설의 독특한 서술 상황을 통해 효과적으로 전달되고 있다. 소설의 대부분은 사내가 초점자로 등장하는 내부로부터의 내적 초점화 방식으로 이루어져 있다. 외적 초점화의 방법이 사용되는 것은 "사내는 살아 있는 것을 들키지 않으려는 사람처럼"이나 "사내는 한밤중에 상복 입은 여자와 홀로 맞닥뜨린 사람처럼"과 같이 사내의 외양을 묘사하는 부분 정도이다. 이러한 초점화 방식은 이 작품이 지닌 환상적 성격에 부합하는 것이기도 하다. 서술자가 초점자 역할을 주로 하는 주석적 서술 상황으로 되어 있다면, 이 소설의 기본적인 성격인 애매모호하고 환상적인 성격은 지속될 수 없기 때문이다. 이 소설은 사내를 초점자로 하는 내적 초점화의 방법으로 쓰여졌기에 독자는 사건과 인물에 대한 분명한

정보를 인지하지 못한 채, 초점인물인 사내와 함께 서사의 진행을 따라갈 수밖에 없다. 독자는 진실에 대한 회의와 의문에 빠진 초점인물 사내와 동일시되어 서사의 불투명한 경과에 관심을 집중하게 되는 것이다. 이를 통해 우리는 이 작품이 전달하고자 하는 진실의 파악 가능성이라는 문제를 독서과정 내내 고민하게 된다.

이 소설의 주인공이자 초점자인 사내는 여제자와 성관계를 맺은 후 젊은 여제자를 겁탈한 파렴치한 성폭력 범죄자로 몰린다. 여제자보다 힘이 셌고 지위가 높았고 권력이 많았던 사내는 "오물을 뒤집어쓴 더러운 알몸"이 된다. 이러한 곤욕을 치르다가 휴식처를 찾아 떠나온 길에서 사내는 늪에 이른다. 늪에 이른 그는 "내 죽음이 진실을 대신하리라"는 유서를 남기고 늪으로 들어간다. 늪으로 들어가는 행위는 과거의 삶과는 다른 새로운 삶으로 나아가는 계기인 동시에, 진실에 대한 무지에서 진실에 대한 인지의 상태로 나아가는 의례이기도 하다.

이러한 사내의 모습은 "허물 벗는 뱀"의 형상으로 표현된다. "뱀들은 허물을 벗기 위해 흐린 안개 눈을 하고 늪으로 온다."는 소설 속 명제가 있을 때, 사내의 모습은 그러한 명제에 정확히 일치하는 것이다. 늪가에 사는 여자를 처음 보았을 때, 사내는 "눈에 뿌연 안개 같은 것이 끼면서 몸이 근질거리는 기분이 들었다. 허물 벗기 직전의 뱀 눈이 이럴까. 눈이 씀벅씀벅했다. 그리고 목이 탔다."고 느낀다. 안개를 뚫고 늪으로 온 사내가 겪는 이러한 모습은 늪을 찾는 허물 벗는 뱀의 직접적인 모습이라고 할 수 있다. '허물 벗는 뱀'은 융이 말한 변형이나 자기 혁신의 원형을 의미한다고 말할 수 있다. 늪으로 들어가 사내는 점진적인 정신적 고양을 겪게 된다.

그렇다면 사내가 목숨까지 걸고서 밝히고자 하는 혹은 알고자 하는 진실이란 무엇인가? 그것은 여제자가 "충분히 자기 의사를 밝힐 줄 아는 나이였고, 저 스스로 옷을 벗었고, 그 시간을 함께 즐겼다"는 것이다. 그러나 탱자나무 울타리집 여자들에 의해 구조된 사내는 소설의 후반부에 이르러서는 자신이 믿는 '진실'을 회의하게 된다. "내 죽음이 진실을 대신하리라. 진실. 사내가 믿고 있던 것이 과연 진실이었을까? 힘과 권력과 지위를 전혀 쓰지 않았다는 것이 사실일까? 스스로 옷을 벗도록 사내가 종용했던 것은 아니었을까?"라는 의문을 갖게 되는 것이다.

그러한 변화는 늪에 들어가서 만난 세 여자와의 만남이 결정적인 역할을 한다. 사내는 늪에 들어갔다가 세 여인에 의해 구조되고, 그녀들이 사는 탱자나무 울타리집에 살게 된다. 사내는 마을에서 만난 노인에게 탱자나무 울타리집에는 "죽으러 늪에 뛰어든 알몸의 사내를 거둔 착한 세 여자가" 산다고 말한다. 사내는 그녀들에게 푹 빠져 "받아주기만 한다면" 자기도 그곳에 살게 될지 모르겠다는 희망 섞인 기대를 할 정도가 된다. 그러나 그 말을 들은 노인은 진저리를 치며 그 집은 "남자가 살 곳이 아니"며, 그 집에서 살던 남자는 "쥐도 새도 모르게 사라졌다"고 말한다. 그 순간 "백 년 묵은 구렁이에게 홀린 기분"을 느낀 사내는, 전과 똑같은 생활을 하면서도 "친절은 계략이고 술수였으며, 편안한 일상은 음모고 덫"으로 받아들인다. 그는 근거도 없는 풍문에 불과한 말에 휘둘려서는 안 된다고 결심하지만, 자신을 감격케 했던 "대가도 바라지 않은 친절과 배려"를 이번에는 "석연치 않"음으로 느낀다. 사내에겐 이전과 똑같았던 여자들과의 일상이 끝내 "위협이고 공포"로 나타나게 되는 것이다.

당연하게도 사내는 "진실이 뭔지도 모르겠는걸."이라고 말하는 상태에 이른다. 이 순간 진실이 사내에게 다가온다. 울타리집의 계집애가 '노래하는 탑'으로 사내를 데려다주는 것이다. '노래하는 탑'은 울타리집 할머니의 이야기 속에서 늪 너머 총각이 아주 고운 처녀애를 위해 만들어놓은 탑으로서 "탑 바닥과 꼭대기에 쇠 징을 박아 공명으로 음악소리를 만들"어내는 그 탑은, 그 안에 들어간 사람의 "작은 몸짓 하나에도 모두 반응하며 음악을 들려"준다. 그 탑 안에 들어간 사내는 "심장을 울리는 북소리, 목덜미를 간질이는 현의 가느라단 선율, 더러운 두 손을 두들기는 낮은 피아노 소리"를 들으며 한 줄기 눈물을 흘린다. 눈물에 맞추어 "탑에는 포로록, 맑은 실로폰 소리가 조용히 울려 퍼"지며, 그 순간 사내는 "그것이 진실이었다."고 말한다.

이 '노래하는 탑'은 자기만의 독백적인 소리를 지니고 있지 않다. 이 탑은 그 안에서 사람이 내는 소리에 맞추어 다양한 소리를 낼 뿐이다. "작은 몸짓 하나에도 모두 반응하며 음악을 들려주는", "슬퍼 탑 안에 웅크리고 앉아 있으면 부드러운 노래로 감싸주고, 또 기뻐 춤이라도 추면 발랄한 노래로 박자를 맞춰주는" 탑인 것이다. 그것은 자기를 고집하지 않으며, 상대방의 고유성에 맞추어 고유한 소리를 만들어낸다. 그렇다면, 사내가 "진실을 대신하리라" 혹은 "진실을 밝히리라"고 했던 진실(眞實)은, 참된 실재가 아니었음이 분명해진 셈이다. 여제자가 '스스로 옷을 벗었는지', '그 시간을 함께 즐겼는지'는 진실이 아닌 것이다. 문제는 사내가 노래하는 고운 처녀애를 위해 '노래하는 탑'을 쌓았던 총각의 마음으로 여제자를 대했느냐이다.

이 노래하는 탑이 중요한 또 하나의 이유는, 진실이 언어가 아닌 소리로서 존재한다는 사실이다. 분절이 아닌 비분절의, 의미화 이전의 상태로서 진실은 존재하는 것이다. 그것은 사내가 늪에 다시 들어갔을 때, 더욱 분명하게 드러난다. 처음에 사내가 진실을 밝히기 위해 늪으로 들어갔다면, 이제 사내는 진실을 깨달았기에 늪에 선다.

> 진실이 무엇인지는 중요치 않았다. 밝힐 진실도 대신할 진실도 사내에겐 남아 있지 않았다. 진실은 모두 늪 안에 들어 있을 것이었다.
> 늪은 안개를 피워 올린다는 것. 늪 가장자리에서 허물을 벗는 어린 물뱀들과 쇠물닭이 분주하게 돌아다니고 개구리 알이며 물잠자리 알이 부화하고 썩어간다는 것. 때론 왝왝왝 왜가리 울음소리가 늪의 침묵을 깬다는 것. 그것이 진실이다. 그리하여 진실을 구하고자 하는 자들은 늪으로 갈 일이다.

위의 인용문은 화자의 발언과 초점인물의 발언이 겹쳐진 자유간접화법이 사용되고 있는데, 이전에는 보이지 않던 화자의 목소리가 결말부에 이르러 선명하게 그 존재를 드러내고 있다. 이러한 화법의 사용은 사내가 발견한 진실이 그만큼 확고한 것임을 보여주는 것이다. 그 진실이란 자연 그 자체이다. 늪은 자연의 순리에 따라 만물을 탄생시키고, 성장시키며, 필경에는 사라지게 하는 곳일 뿐이다. 모든 의미화나 상징화 이전의 날것 그대로가 진실이라는 것이다. 「내가 데려다줄게」에서 깨달음은 곧 죽음으로 이어진다. 인간의 삶이나 문화가 언어적 혹은 상징적 질서로만 유지되는 것이라면, 그리하여 그것은 필연적으로 왜곡된 거짓일 수밖에 없다면, 궁극적인 진실의 발견이 모든 문화적 상태 이전으로의 회귀와 연결됨은 수긍할 수 있는 일이다.

이 소설에서 그러한 회귀는 인간이 최초에 겪는 분리 이전의 그 형언할 수 없는 열락의 상태로 돌아가는 것이기도 하다. 이 소설이 엮어내고 있는 촘촘한 상징 중에서 늪은 모성으로 현상되고 있다. 처음 늪

앞에 섰을 때 사내는 "어머니 품에 안긴 젖먹이 어린애처럼 아무 걱정도 들지 않"으며, 제 속으로 걸어 들어온 사내를 "부드럽게 감싸 안"는다. 나아가 "늪은 아기에게 젖을 물리듯" 사내의 입속으로 여러 가지를 넣어준다. 늪가에 사는 여자, 계집애의 엄마는 늪으로 형상화된다. 사내가 여자를 처음 보았을 때, 그녀는 늪에서 나오며, 그 순간 "사내는 늪이 솟구친다고 생각"한다. 이후에도 그녀는 "안개를 밀어내며 늪에서 나"온다. 사내가 여자를 겁탈할 때, "여자의 몸은 안개처럼 모호했고 늪처럼 깊"다. 여자가 늪이라면, "여자 품에 안긴 사내는 꼭 젖먹이 어린애가 된 듯한 기분"에 빠지는 것은 당연하다. 사내는 그 품에서 그냥 그대로 잠들었으면 좋겠다고 생각한다. "영영 깨어나지 않아도 좋을 깊은 잠" 말이다. 이 깊은 잠 속에서 사내는 궁극적인 진실의 끈적끈적하고 뭉클한 촉감과 그 실감에 이른 자가 지급해야 할(혹은 지급받아야 할) 치명적인 파멸의 쾌감을 꿈꾸게 될 것이다.

역사와 이야기가 만나는
한 가지 방식 혹은 이유
— 김진규의 『남촌 공생원 마나님의 280일』(문학동네, 2009)

김진규의 두 번째 장편소설 『남촌 공생원 마나님의 280일』은 등단작 『달을 먹다』와 마찬가지로 조선 시대를 배경으로 한 역사소설이다. 두 작품은 많은 측면에서 유사하면서 또 다르다. 첫 번째 유사점은 최명희를 연상시킨다는 평가를 들었던 조선 시대 풍속에 대한 세밀한 고증에서 찾을 수 있다. 『달을 먹다』에서의 국화주, 꽃차, 침향에 대한 묘사가 그 고증의 단단함을 증명했다면, 『남촌 공생원 마나님의 280일』에서는 관료체계, 의료 행위, 한양의 지형 등에 대한 지식이 그러한 역할을 대신한다. 또한 무시간성의 공간이라 할 만큼 시대적 배경이 별다른 역할을 하지 않는다는 것도 두 작품의 공통점이다. 『달을 먹다』는 영·정조 시대를 배경으로, 『남촌 공생원 마나님의 280일』은 중종 시대를 배경으로 한다. 그러나 두 작품의 배경을 서로 바꾼다고 해도 아무런 차이가 없을 정도이다. 따라서 김진규의 역사소설이 정치사나 사회사에 연루된 거대서사와 무관하다고 해서, 그녀의 역사소설을 아날학파류의 미시사나 풍속사에 가까운 것으로 이해할 수도 없다.

　김진규의 역사소설에는 애당초 역사가 없다. 삶이 있고, 욕망이 있고, 정념이 있을 뿐이다. 특히 인물들의 고유한 성격과 그것이 가져오는 희비극을 구현하는 데 초점이 맞추어져 있다. 그녀의 역사소설은 사회·역사적 맥락을 벗어나 인간의 고유한 운명과 욕망을 문제 삼는다는 점에서 '내면 지향의 역사소설'이라 이름할 수 있을 것이다. 김진규의 역사소설은 대상 시대의 고유한 리얼리티를 탐구하고 그 진실을 통해 현재에 대한 인식을 풍부히 하는 것과는 거리가 멀다. 역사는 개인적이고 주관적인 사건을 위한 거대한 무대장치일 뿐이다. 김진규가 관심을 갖는 것은 특정 시대를 통해 변치 않는 인간사와 인간성의 본질을 드러내는 것이다. 이때 조선 시대라는 배경은 고고학적, 외면적, 장식적으로 존재하며, 과거가 작가 자신 및 독자와 관련 맺는 창작방법으로 김진규가 선택하는 것은 인물 심리의 현대화이다. 가부장적 문화가 완강하던 조선 시대에 아내의 부정을 의심하며 속을 태우는 주인공 공생원이야말로 '인물 심리의 현대화'를 보여주는 대표적인 예이다.

　『남촌 공생원 마나님의 280일』이 『달을 먹다』와 구별되는 지점은 세상을 바라보는 시각과 정서이다. 이전 작품이 몇 대에 걸친 근친상간이라는 충격적 드라마를 통해 어두운 충동에 기울어진 파토스를 선보였다면, 이번 작품은 임신과 출산이라는 생명력 넘치는 모티프에 바탕해 밝고 유쾌한 세계를 내보이고 있다. 『달을 먹다』에서는 찾아보기 힘들었던 "'재야에서 활동하는 누이' 혹은 '변두리에서 노는 언니'라는 뜻의 '야매'"(53쪽)라는 식의 해학적인 입담 역시 이러한 분위기를 형성하는 데 일조하고 있다. 『남촌 공생원 마나님의 280일』의 내용을 간단하게 요약하자면, '인생은 아름다워' 정도가 될 것이다. 각각의 인물은 인간이 드러낼 수 있는 몇 가지 유형을 대표하고, 그러한 여러 인물은 별다른 충돌 없이 하나의 조화를 이룬다.

　이러한 주제의식은 이 소설의 구성방식을 통해서도 입증된다. 이 작품의 서사는 매우 간단하다. 20여 년간의 부부생활동안 아이가 없었던 공생원은 부인의 임신 사실을 알게 된다. 이 순간 공생원은 기쁨 대신 큰 의심에 빠지는데, 의원 서지남으로부터 자신이 문제라는 말을 들은 적이 있었기 때문이다. 이때부터 아내에 대한 의심과 뱃속에 있는 아이 아빠에 대한 탐문이 시작된다. 의원 채만주, 참봉 박기곤, 두부장수 강자수, 노비 돈이, 알도 임술증, 저포전 황용갑, 처팔촌 최명구, 악소배 백달치 등이 용의선상에 오른다. 작품은 이들의 이름으로 분절이 되고, 각각의 절은 그 인물의 성격과 에피소드들에 대한 소개로 이루어져 있다. 이 작품의 중심에 해당하는 2장 '용의자들'은 기본적으로 열전(列傳)의 형식을 취하고 있다. 전체 3장으로 되어 있는 이 소설에서 2장은 전체 분량의 3분의 2가 훨씬 넘는다. 여기서 소개되는 인물들은 모두 동일한 시대를 살지만, 서로 긴밀하게 연결되지 않은 채 각자의 성격을 중심으로 소개되고 있다. 그들은 전지자적인 서술자에 의해서 명시적으로 성격이 소개되고, 그러한 성격은 끝까지 변하지 않는다. 이러한 열전의 형식과 각각의 인물에 대한 서술자의 객관적인 태도는 이 작품이 구조적으로 각각의 인간을 긍정하고 있음을 보여준다.

　김진규는 역사소설의 외양을 갖춘, 근대 이전 혹은 근대 이후의 이야기를 펼치고 있다. 에필로그에 해당하는 '끝내 몰라도 상관없을 이야기'에 나오는 등장인물들의 후일담에서도 이는 확인된다. 공생원이 마나님만을 닮은 아들에 이어 자신을 빼닮은 딸을 얻은 기쁨을 누리는 것처럼, 대부분의 인물들은 이전보다 나아졌거나 혹은 이전과 같은 무난한 삶을 살고 있다. 예외가 하나 있으니, 그것은 유일한 악인인 백달치이다. 그는 이전 자신의 저지른 패악의 결과로 살해당한다. '아들 딸 낳고 잘살았다'와 권선징악의 원칙까지 구현된 결말이라 할 수 있다. 이것 역시 작품의 따뜻한 주제의식과 통하는 현상이다.

마지막으로 드는 의문은 김진규라는 신인작가가 두 편의 장편소설을 모두 역사물로 쓴, 혹은 쓸 수밖에 없는 이유에 대해서이다. 그것은 혹 혼돈의 밤이라 부를 수 있을 정도로 막막해진 이 시대의 역사철학적 상황과 관련된 것은 아닐까? 소설이 당대 사람들의 공통감각을 전제로 쓰여지고 읽힌다는 것은 상식에 속한다. 지금의 현실은 이러한 최소한의 상식을 확인하는 것조차 난제로 만들고 있다. 차라리 교양으로서의 역사에 의해 새롭게 구축된 조선 시대가 작가와 독자 사이에 공통감각을 구축하기 더욱 쉬운 매개인지 모른다. 주지하다시피 2000년대는 조선 시대를 대표로 해서 지나간 날들의 문화와 풍속에 대한 열기가 자못 뜨거웠던 것이다. 한 인터뷰에서 발언한 "『조선의 뒷골목 풍경』이라는 책 이후로 기죽지 않으면서 읽을 수 있는 역사 관련 책들이 굉장히 많이 쏟아져나왔어요. 그 한 권, 한 권이 다 소설의 자료가 되었지요."(「고요하고 낯선 화단」, 『문학동네』, 2007년 겨울호, 70쪽)라는 이야기를 통해 이러한 사정은 김진규에게도 해당됨을 확인할 수 있다. 지금 우리는 몇백 년 전의 현실이 박진감(verisimilitude)을 형성해내기에 차라리 편리한 시대를 살고 있는 것인지도 모른다.

다가올 공동체의 준칙

— 이경의 「먼지별」(『아시아』, 2009년 가을호)

이경의 「먼지별」은 선명한 이분법을 보여준다. 이분법의 양쪽 항을 차지하는 것은 '지상의 화성'과 '진짜 화성'이다. '지상의 화성'이 경기도에 위치한 화성이라면, '진짜 화성'은 태양계의 네 번째 행성을 의미한다. "찌마와 나는 지상의 화성에 잘못 버려진 거였다. 언젠가는 오렌지색 먼지 폭풍을 타고 진짜 화성으로 날아가고 싶었다."고 이야기되는 것에서 알 수 있듯이, 이러한 이분법은 '현실'과 '이상'의 이분법이기도 하다.

지상의 화성에는 공단이 있고 거기에서는 "팔과 다리만 있는 것 같은 사람들"인 외국인 노동자들이 힘겨운 노동을 하고 있다. 화성 거리는 개발이 시작되면 나올 상가 딱지를 노리고 지은 가건물들로 가득하다. 「먼지별」은 "딱 3만 원어치만 가르쳐 준다."라는 문장으로 시작되는데, 이 문장이야말로 '지상의 화성'을 지배하는 절대의 준칙이다.

이곳은 모든 것이 철저한 교환의 논리에 따라 작동하는 작은 우주인 것이다.

무엇 하나 돈 없이는 얻을 수 없는 '지상의 화성'에서, 가출소녀인 '나'는 외국인 노동자들을 상대로 한 성매매로 살아간다. 이 어린 소녀가 이 험한 인생길에 나서게 된 이유는 비운의 가족사 때문이다. '내'가 노파라 부르는 어머니는 쉰 살에 아빠를 만났다. 술집 작부였던 '나'의 어머니는 아버지가 살고 있는 곳이 곧 개발된다는 소문을 듣고 집 한 칸을 가지고 있는 아버지에게 작정하고 꼬리를 쳤던 것이다. '내'가 여섯 살이 되었을 때, 어머니는 아빠 몰래 딱지를 떴다방에 넘긴 후 도망친다. 노파는 10여 년 만에 거지꼴을 하고 집으로 돌아오고, 아버지는 노파를 보자마자 그 자리에서 죽는다. 이 비극은 돈만을 생각한 어머니의 탐욕으로 인해 일어난 것이다. 집에는 일용할 양식조차 없기에 '나'는 수시로 가출하여 공단 지대에 간다.

'지상의 화성'에서 교환원리에 따른 삶의 영위에 있어 예외적인 존재가 한 명 있으니, 그는 파키스탄에서 온 외국인 노동자 찌마이다. 찌마는 '내'가 접근했을 때, 아무런 대가도 없이 3만 원을 건네준다. '내'가 끊임없이 찌마에게 3만 원어치 뭐라도 해줘야 한다고 생각하는 이유는, 찌마에게 3만 원을 받고도 바지를 내리지 않아도 되었기 때문이다. "돈을 주면 뭐든지 가질 수 있고, 뭐든 가지려면 돈을 주어야 한다는 원칙"에서 벗어난 유일한 사람이 찌마인 것이다. 이후에도 찌마는 바지를 벗기지 않고도 '나'를 여러 차례 재워준다. 이곳의 절대 준칙인 교환의 원리에서 벗어난 존재이기에 찌마는 제 입에 넣을 빵 한 쪽 구하지 못한다.

찌마는 파키스탄에서 대학까지 나왔지만 빵을 찾아 화성까지 왔다.

처음 화성은 찌마에게 "지상에서는 찾을 수 없는 것들이 찾아질 것 같"은 이상적인 곳으로 받아들여진다. 찌마는 화성이라는 도시가 한국말로 태양계의 네 번째 행성과 발음이 같다는 걸 알고, 한국행 비행기를 타게 된 것이다. 그러나 '지상의 화성'은 '진짜 화성'과는 너무나도 거리가 먼 곳이다. 알루미늄 기둥에 손목이 깔리는 사고를 당한 이후로 화성 일대에서 찌마를 받아주는 곳은 없다. 어쩌다 일자리를 구하게 되어도 공장주들은 월급을 체불하기 일쑤이다. 이로 인해 찌마는 파키스탄을 떠난 지 5년이 지났지만 비닐하우스나 컨테이너 박스 하나 구하지 못하고 고시원에서 생활한다. 그 돈마저 떨어져 고시원에서 쫓겨나는 지경에 이른다.

이제 '나'는 찌마에게 빵을 구하는 방법을 가르쳐 주기 위해 화성빵집으로 향한다. 화성빵집은 '지상의 화성'을 움직이는 교환논리가 가장 적나라하게 압축된 공간이다. 그곳은 '진짜 화성'처럼 오렌지색 할로등이 천장 위에서 빛나고, 먼지가 금박지처럼 반짝반짝 떠다닌다. 온갖 빵으로 가득한 풍요의 공간이지만, 돈이 없이는 결코 단 한 조각의 빵도 사람들에게 주어지지 않는다. '내'가 그 어린 나이에 성매매에 나선 것도, 빵 두어 개를 훔치려다가 빵집 주인에게 성폭행을 당한 일이 계기가 되어서였다. '나'는 단돈 100원도 그저 주어질 수 없음을, 가진 것이 없으면 바지라도 내려야 한다는 것을 빵집 주인에게 배운 것이다. 빵집 주인은 외국인들에게 여권을 담보로 맡고 터무니없는 이자로 돈을 빌려주기도 한다.

이처럼 자본의 논리를 미메시스한 강력한 빵집 주인을 상대로 우리의 찌마와 '내'가 빵을 훔친다는 것은 애당초 불가능한 일이다. 어설픈 강도짓은 끝내 실패하고, 찌마는 결국 빵집 옥상에서 몸을 던진다.

빵집 하나 제대로 못 터는 찌마가 이곳에서 살아갈 방법은 없기에, "빵을 찾아 이곳에 불시착했듯이 또 다른 행성을 찾아"간 것이다.

이러한 찌마의 최후는 사실 예상된 것이기도 했다. 이 작품에서 찌마는 '나'에게 끊임없이 아버지를 연상시키는 존재이다. 아버지는 노가다 판에서 근근이 연명하며 죽는 날까지 앞날이 캄캄하기만 했던 것이다. "모든 것이 캄캄했다는 점"에서 찌마는 아버지와 닮았다. '나'는 흔들리는 찌마의 눈을 보며 아빠를 떠올리기도 한다. 아빠의 눈은 "살아 있기 때문에 살아갈 일이 불안"하여 종종 흔들리고는 했다. 그런 아빠는 죽었고, '나'는 "죽어버린 아빠는 지금쯤 차라리 속이 편할지도 모른다."고 생각한다. "배고픈 사람에게 빵을 주어야 하는 의무"가 지켜지지 않는 '지상의 화성'에는 가진 것 없고, 양심을 지키며 살아가려는 자들을 위한 자리는 조금도 준비되어 있지 않았던 것이다. "일자리를 찾아 행성처럼 떠돌다 이곳에 불시착"한 사람인 찌마와, "마땅하게 착륙할 곳이 없어 거리를 떠돌다 아무 데서나 바지를 벗는" '내'가 나누는 우정은 현실적으로 아무런 힘도 발휘하지 못한다. 그럼에도 그 슬픈 연대의 몸짓 속에는 다가올 공동체가 지켜야 할 삶의 준칙이 오롯하게 새겨져 있다.

죽음의, 죽음에 의한, 죽음을 위한
— 윤세화의 「데스스토커」(『문학동네』, 2009년 가을호)

윤세화의 「데스스토커」는 제목 데스스토커, 즉 "죽음의 추종자"(311 쪽)라는 말처럼 온통 죽음충동으로 가득하다. 등장하는 인물들은 모두가 죽음에 가까이 다가가 있는 존재들이다. 11057의 죽음이 그러하고, 죽음을 눈앞에 두고 있는 소녀의 삶이 그렇다. '나'는 "죽기 위해 이곳에 온 것일지도 몰랐다"(312쪽)고 생각한다. 죽음충동(Todestriebe)은 일차적으로 프로이트가 말한 모든 생물이 무생물의 상태로 돌아가고자 하는 근본적인 경향을 의미하고, 무생물의 절대적인 휴식으로의 회귀를 의미한다. 이 작품에서 이러한 죽음충동은 세계의 종말의식과도 연결되어 있다. 2000년대의 역사철학적 상황은 상징계적 효력의 소멸과 대타자의 부재로서 규정되고는 한다. 이러한 상황에서 사람들은 실재계(지극히 멀고 추상적인 것, 세계의 종말) 아니면 상상계(연애나 가족 문제 같은 자기 주변적인 문제)에만 흥미를 느끼고, 사회적 제도나 국가와 같은 상징계에는 별다른 관심을 기울이지 않는다. 「데스스토커」는 이러한 특징을 잘 보여주며, 이러한 맥락에서 이 작품은 2000년대 소설의 한 전형이다.

이 작품은 종말의식을 드러내기 위해 끝도 없이 펼쳐진 사막을 배경으로 삼고 있다. 이 소설의 대부분은 이 사막의 실감을 전달하는 데 놓여 있다. 라캉의 견해에 따르면 실재계는 우리들이 살고 있는 세계가 자명성을 잃고 우리가 사는 의미 그 자체를 묻게 되는 체험의 장을 의미한다. 구체적으로는 세계의 종말이나 죽음에 대한 생각으로 연결되게 마련이다. 사막은 이러한 실재계를 환기시키는 데 있어, '실재계의 사막'이라는 오래된 수사처럼 가장 적합한 배경이다.

사막은 "한 인간의 힘으로 이곳을 벗어나기란 거의 불가능"(291쪽)하다. 설령 벗어난다 해도 사막의 밖에는 또 다른 사막이 펼쳐져 있을 뿐이다. "무조건 벗어나야만 하는 사막의 바깥은 그러나 사막과 전혀 다르지 않을 것"(299쪽)이라는 말에서 알 수 있듯이, 사막은 인간이 처한 근원적 존재조건이다. "사막은 그 자체로 완결된 곳"이며, "섣부른 침입도 끈질긴 탈출도 허락하지 않"(309쪽)는다. 그곳에 군인들의 캠프가 차려져 있는데, 특징적인 것은 군대의 국적이나 인종 등이 전혀 드러나지 않는다는 점이다. 병사들 역시 4709, 4508처럼 숫자로만 호명될 뿐이다. '나'는 처음 "고국에 돌아갈 것이다. 그러나 고향으로 가지는 않을 것이다."(296쪽)라고 말하지만, 나중에는 "어떤 경우라도 난 결코 고국으로 돌아가지 않을 것이다."(299쪽)라고 말한다. '나'에게는 고향도 고국도 아무런 의미를 지니지 못한다.

이름도 부여받지 못한 사막 위의 캠프에서 병사들은 무의미한 노동에 시달린다. 이것은 우리 삶에 대한 하나의 상징이라고 할 수 있다.

"특별한 보직 없이 막일과 훈련만을 반복하는 병사들"이 무의미한 싸움을 하며 서로의 에너지를 탕진하고, 시답지 않은 괴담을 나누고는 한다. '나'는 목각인형을 만드는 것이 유일한 취미로서 어렸을 때부터 "놀아줄 형제도 친구도 장난감도 없었"(290쪽)다. 지금 사막의 캠프에서도 나무를 깎아내는 일 말고는 그곳에서 '나'가 할 수 있는 일이란 아무것도 없다. '나'가 소속된 막사의 병사들에게 주어진 임무란 "오직 무너진 신전을 다시 세우는 일뿐"(304쪽)이다. 그러나 그 신전은 "아무리 보수 작업을 진행해도 다시 세워지지 않았던 것처럼, 아무리 그것을 파괴하려 노력해도 완전히 파괴되지 않"(302쪽)는다. 그렇다면 병사들의 노력이란 처음부터 무의미한 것에 불과하다. 이처럼 절대적인 종말의식 앞에서 병사들이 "마지막까지 패배자일 수밖에 없다는 것"(301쪽)을 느끼는 것도 당연하다.

죽음욕망과 종말의식으로 가득한 상황에서 성장이란 존재할 수 없다. "그때의 내가 그랬듯 소녀도 훗날 어른이 될 자신의 모습을 전혀 상상하지 못"(298쪽)한다. 실제로 '나'는 군인이 된 지금도 여전히 꼬마이다. 이것은 상징계적 효력의 소멸과 밀접하게 관련되어 있다. 이 작품에서 아버지의 모습은 이러한 맥락에서 인상적으로 그려지고 있다. 강간범인 아버지는 '나'가 보는 앞에서 성기를 드러낸 채 바닥을 기어다닐 정도로 심하게 얻어 맞는다. 어머니도 집을 나가고, "아버지와 나는 문상객 없는 장례"(313쪽)를 치른다. 나는 어렸고, 무능력하고, 더럽고 가난하게 살았으며, 그로 인해 "모든 걸 경멸하고 혐오"(296쪽)했다. 유일한 희망인 자전거포 계집아이에게도 비웃음을 살 뿐이다. 사막의 소녀에게도 부모가 없다.

가장 본원적인 충동을 문제 삼는다는 점을 고려할 때, 「데스스토커」

에서 사건이나 갈등은 무의미하다. 이 작품은 사건이나 갈등 이전 혹은 이후의 차원을 문제 삼고 있기 때문이다. 기본 서사는 '나'가 머무는 막사를 담당하는 장교인 11057이 죽고, '나'는 11057을 죽인 범인으로 지목된다. 그 결과 '나'는 사막을 떠도는 탈영병이 된다는 것이다. 마지막은 축 늘어져 있는 소녀를 들쳐 업은 '나'가 "신기루처럼 눈앞을 아른거리는 죽음을 향해"(313쪽) 뚜벅뚜벅 걸어 들어가는 것이다. 사실상 '나'가 겪은 여러 가지 우여곡절은 이 마지막 문장을 위해서라고 해도 과언이 아니다. 임세화의 「데스스토커」는 2000년대 소설의 한 전형임에 분명하다.

인간은 무엇인가?

— 정용준의 「벽」(『문학들』, 2009년 가을호)

정용준의 「벽」은 염전에서 "완전히 마모되거나 부서지지 않는 이상"(318쪽) 멈출 수 없는 강제 노역에 시달리다 죽어나가는 사람들에 대한 이야기이다. 이 소설에서 '벽'은 최소한 두 가지의 의미를 지니고 있다. 하나는 신분증도 이름도 없이 죽음으로만 벗어날 수 있는 극단적인 노역에 시달리다 염전에서 죽어나가는 사람들, 즉 "살아 있는 시체"(320쪽)를 의미하고, 다른 하나는 이 사회에 강고하게 놓여 있는 그리하여 살인적인 노역을 하는 사람들을 벗어나지 못하게 하는 사회적 적대의 구분선을 의미한다.

이 작품에 등장하는 구분선은 인간과 비인간을 가로지르며 놓여 있다. 어찌보면 이 작품은 과연 '인간은 무엇인가'라는 근원적인 질문을 던지고 있다. 그 질문은 네 가지로 세분화할 수 있다. 1)동물과 구분되는 생물학적 종을 의미하는가? 2)최소한의 의식주가 보장되는 삶을 의미하는가? 3)어떠한 일이든지 하며 무언가를 생산하는 상태를 의미하는가? 4)최소한의 윤리와 도덕을 지닌 상태를 의미하는가?

남자는 노숙을 하며 지내다가 "「이웃을 사랑하는 시민연대」 총무 한연주"(309쪽)에게 오십만 원을 받고 신분증과 명의를 빌려준다. 어느새 남자는 삼천만 원을 대출받은 사람이 되고, 그것을 빌미로 한 청년의 봉고차에 실려 염전이 있는 굴도에 끌려간다. 굴도에 끌려온 사람들은 대부분 신원이 불분명하고, 신원이 밝혀지더라도 그것을 증명해줄 가족이나 근거를 찾기 힘들다. 더욱 문제적인 것은 이러한 조건의 사람들, 즉 일꾼이 될 사람이 "소금 더미만큼이나 많이 널려 있다"(318쪽)는 점이다. 그곳에서 남자는 자신과 함께 끌려온 사람들과 "존재 자체가 완전히 부정되는 끔찍한 감정"을 느끼게 되는 폭력을 당하고, 몸에 번호가 새겨지고, 왼쪽 발목의 사분의 일이 잘려나간다. 그것은 노역에 투입되기 전에 거치는 과정으로서, 청년은 "인간"(316쪽)을 만드는 과정이라고 담담하게 말한다. 청년이 말한 인간은 3)에서 언급된 인간의 조건과 관련된다. 노숙을 하며 무위도식하던 남자는 굴도의 염전에 와서 무언가를 생산하는 존재, 즉 '인간' 이 비로소 된 것이다.

이제 남자의 목에는 21이라는 붉은 숫자가 선명히 새겨진다. 끌려온 일꾼들 사이에도 엄밀한 구분선이 다시 한 번 그어진다. 일꾼들은 다른 일꾼들을 관리하는 반장, 보통의 일꾼, 벽의 세 종류로 나뉘어진다. 벽은 반장이 되려는 일꾼이 자신의 능력을 증명하기 위해 효용성이 가장 떨어지는 다른 일꾼을 폭행해 만들어놓는 "살아 있는 시체"이다. 보통의 일꾼들은 반장이 되기 위해서 혹은 벽이 되지 않기 위해서 "낙오하지 말자, 규칙을 어기지 말자, 누구보다 열심히 일하자, 살아

남아야 한다."(320쪽)며 전의를 불태운다. 반장, 일꾼, 벽은 인간으로서 다음의 조건들을 충족시킨다. 반장이 1), 2), 3)의 조건을 충족한다면, 일꾼은 1)과 3)의 조건을, 벽은 1)의 조건만을 충족한다.

21로 살아가던 남자도 18과 9를 벽으로 만들고 반장21이 된다. 반장21은 결국 죽어버린 벽들을 바다에 던지며 "이것은, 사람이 아니다. 이것은, 사람이 아니다. 이것은…… 사람이 아니다."라고 주문처럼 되뇌인다. 분명 이들은 시체가 된 일꾼들을 향한 말이기도 하지만 동시에 반장21 자신을 향한 것이기도 하다. 반장21의 삶은 4)번과 관련된 인간의 조건에는 턱없이 모자라는 것이기 때문이다. 이 무간지옥에서는 인간으로서의 품격이랄까 기본을 지키는 존재, 즉 4)를 충족시키는 인간은 존재할 수 없는 것일까? 다행히도 9가 존재한다. 그는 4)와 관련된 인간의 조건을 충족시키는 윤리적 존재이다.

자신의 일꾼 시절을 아는 9를 볼 때마다 "기묘한 수치심"을 느끼던 반장5는 9에게 일꾼이 될 기회를 제공한다. 9는 의례적 절차로 18을 벽으로 만들면, 그 힘든 노역에서 벗어나 관리직이 될 수 있다. 이때 9는 자신이 벽이 되는 길을 택하고 끝내 18을 벽으로 만들지 않는다. 그렇다면 9는 4)의 조건을 충족시킨 유일한 존재라고 할 수 있다. 그러나 4)의 조건을 충족시킨 결과, 9는 곧 1)의 조건만을 충족한 벽이 되어 버린다. 그렇다면 이 작품에서 마땅히 인간이 갖추어야 할 4가지 조건은 단 한 번도 동시에 구현되지 못한다. 이 작품에서 인간은 언제나 결핍된 상태일 수밖에 없는, 비인(非人)이다.

이 작품이 더욱 문제적인 것은 염전의 상황이 이 시대의 특수태가 아닌 보편태일 가능성을 보여준다는 점이다. 동료 일꾼을 벽으로 만들라는 주인의 명령을 듣고 21은 아주 짧은 동안 갈등을 느낀다. 그

갈등은 "지금 나는 불행한가? 불행하다면 염전에 오기 전, 나는 불행하지 않았었나?"(326쪽)라는 생각으로 이어진다. 그렇다면 굴도의 염전은 경계 밖의 특수구역이 아니라 이 시대 가장 전형적인 공간의 일반적인 상황이라고 말할 수도 있을 것이다. 정용준의 「벽」은 지옥도 속에서 인간과 비인의 경계는 어디인지, 우리는 과연 한 번이라도 정녕 인간이었던 적이 있었는지 등의 쉽지 않은 질문을 던지는 소중한 작품이다.

심해를 뚫고 나오는 혹등고래의 빛

— 최은미의 「전임자의 즐겨찾기」(『문학동네』, 2009년 겨울호)

이 작품은 혹등고래의 울음소리와 이미지로 가득하다. 유령이 핵심 인물인 이 소설은 한 편의 산문이라기보다는 수백 미터 바닷속을 뚫고 비치는 고래의 눈빛 같은 이미지가 중심인 시에 가깝다. 결국 독해는 고래라는 기호의 해명에 집중될 수밖에 없다. 서둘러 말하자면 고래는 모든 인간에게 향수를 불러일으키는 잃어버린 근원에 해당한다.

'나'는 실종되어 버린 전임자의 뒤를 이어 도청 별관 지하에 있는 내수면연구소에서 일한다. 전임자는 남태평양 상공에서 사라진 인천발 멜버른행 여객기의 탑승자 명단에 이름을 올려놓고 실종되었다. 전임자 외에도 이 연구소에는 송연구사와 김연구사가 근무하고 있는데, 송연구사는 '내'가 전임자의 물건에 손을 대는 것에 예민하게 반응한다. 계속된 장마로 습기가 가득한 지하 연구소에 전임자(수영이 누나)를 만나러 탈영병이 찾아오기도 한다. 나중에 알려지는 것처럼, 송연구사와 탈영병, 전임자는 모두 고래를 고리로 깊이 연결되어 있다.

얼핏 이 소설은 후임자 '나'를 고정초점화자로 삼아 진행되는 것으로 보인다. 그러나 사실은 전임자가 유령이 되어 연구소를 찾아오고, 소설의 상당 부분이 전임자를 초점화자로 진행되었음이 드러난다. 그러고 보면 이 소설의 제목인 '즐겨찾기'는 전임자의 컴퓨터 즐겨찾기 목록을 의미한다기보다는 유령이 된 전임자의 '즐겨찾기'를 의미한다고 볼 수 있다.

전임자가 이승을 떠나지 못하고 그 눅눅한 지하 연구소까지 찾아오게 만든 한(恨)은 무엇일까? 그것은 자신이 어머니에게 버림받고, 자신 역시 아이를 버려야 했던 상처이다. 전임자는 고등학교 1학년 때 임신을 하고 혼자 학교를 그만둔 채 검정고시 준비를 하며 아이를 낳는다. 3일간 아이를 보다가 결국에는 아이를 자신보다 더 잘 길러주기 바라며 베개 커버 안에 아이를 넣어 혹등고래에게 준다. 전임자는 아기와 함께했던 고작 그 사흘을 끝내 떨쳐버리지 못한다. "그 사흘을 안고 내가 제정신처럼 살 수 있는 곳은 세상 어디에도 없"(415쪽)었던 것이다.

이 어마어마한 일을 겪는 동안 전임자의 어머니는 감옥에 가 있었다. "이웃에게 사기를 쳐 사기전과범이 되고, 세월이 지나 다시 그 이웃들 틈에서 다음 사기를 도모하여" 살아가는 삶이 어머니의 삶이었던 것이다. 그리하여 전임자는 "교도소에서 본 어떤 여자들보다 이상한 냄새를 풍기며 빈집에 혼자 앉아 검정고시 준비를 하고 있"어야만 했다. 객관적으로 볼 때, 전임자는 아이를 낳아서 3일 만에 유기하는 범죄를 저질렀지만, 전임자 역시도 모성의 살뜰한 보살핌으로부터 벗어난 존재이다.

이후 전임자는 혹등고래를 찾으며 살아온 것인데, 그것은 떠나보낸 아이에 대한 그리움에 다름 아니다. 탈영병은 해안경계근무를 서다가 누나가 찾던 혹등고래가 나타난 것을 발견하고, 누나에게 알려주기 위해서 탈영했음이 드러난다. '내'가 전임자의 물건을 만지는 것에 예민하게 반응했던 송연구사는 고1인 전임자가 아기를 고래에게 건네주는 모습을 바라보고, 전임자를 구해주었던 경계근무 중의 군인이었다. 공대생이던 송연구사는 해안경계를 서던 군대에서 바다에 매료되어 전역 후에는 전공을 바꾸어 해양수산연구사가 되었던 것이다.

나중에는 송연구사도 물에서 죽은 유령이 되어 연구소에서 전임자와 조우한다. 그렇다면 연구소는 모든 것을 품어 안는 신화적 모성과도 같은 바다로서의 성격을 지니게 된다. 그렇지 않아도 이 작품에서 고래 연구소는 자주 바다에 비유된다. 연구소 계단 뒤편의 허공은 "심해에 피어오르는 블랙스모커"라거나 "지구상에서 햇빛이 없이 생명체가 살아가는 곳은 심해의 블랙스모커와 도청 밑 지하연구소뿐"(406쪽)이라는 표현이 그것이다. 동시에 이 바다를 향한 열망은 죽음에 이어질 만큼 치명적이다. 나중 여객기는 혹등고래 위를 비행하다가, 백이십 마리의 혹등고래 눈빛에서 나오는 빛을 따라가다가 실종된 것이라는 추리가 등장한다. 만약 전임자가 그 여객기에 타고 있었다면, 전임자는 결국 자신이 선물로 준 아이를 찾아 고래를 따라간 것이라고 할 수 있다. 최은미의 「전임자의 즐겨찾기」는 현대인의 향수를 불러일으키는 영원한 근원과 그 근원을 향한 열망을 동화적 상상력으로 아름답게 그려낸 작품이다.

개는 왜 자살했는가?

— 임수현의 「개의 자살」(『문학수첩』, 2009년 여름호)

_____

　이 작품은 타인의 욕망에 자기를 내맡긴 자의 비참함과 그것을 극복하려는 결단 등에 대하여 말하고 있다. 그것은 결코 도달할 수 없는 욕망의 대상에 대한 슬픈 알레고리이기도 하다.

　이 작품의 주인공인 진우에게는 욕망의 중개자라고 할 수 있는 좌호가 있다. 좌호에게는 자신의 이름만큼이나 희한한 이름의 좌노라는 동생이 있다. 진우와 좌노는 같은 반 친구이고, 진우의 형인 진호와 좌노의 형인 좌호는 같은 반이다. 아이들에게 괴롭힘을 당할 뿐인 열등생 좌노는 늘 형인 좌호와 비교당하고는 한다. 풍문 속에서 좌호는 전교 1등을 놓치지 않았고, 달리기를 잘했고, 아이답지 않게 트럼펫을 불었다. 그리하여 좌노의 뒤에서는 늘 "투명인간처럼 서 있는 좌호"(230쪽)를 발견할 수 있다. 좌노의 절친한 친구인 진우 역시 이때부터 좌호에 대한 동경과 모방욕망에 사로잡히기 시작한다. 그러나 다음의 인용처럼 좌호 역시 사람들의 시선과 욕망으로부터 자유롭지 못한, 그저 평범한 인간에 불과하다.

> 좌호도 그 풍문의 근원이 어디에서 비롯한 것인지 가끔 아뜩하고 버거운 제스처를 보였지만, 이미 그런 풍문의 대접에 포박당한 뒤였다. 좌호는 영영 허풍선이 될 공산이 컸다. 사람들도 좌호의 진실을 눈치채고 그를 드러내고 싶어 안달한 '하고잡이'에 불과하다고 폄하하기를 주저하지 않았다. 좌호는 평범하게 노력하고 적당한 길을 갈 뿐이었지만 아무도 좌호를 곧이곧대로 보지 않았다. 아니 볼 수 없었다. 그때 이후 좌호는 오로지 나락뿐이었다. 어쩌면 좌호가 여기저기 떠돌아다니면 한곳에 정착하지 못하는 것도 어떤 방식으로든 자신을 재단하고 마는 눈에 지레 겁먹어서인지 모른다. 좌호는 남을 의식하지 않고는 이제 살 수 없는지도 모른다. 오히려 늘 주목이 필요해 이방인을 자처하는지도 모른다.(231쪽)

진우는 10년 만에 좌노가 입원한 병원에서 좌호를 다시 만나고, 여행작가인 좌호가 리장으로 떠나자 그의 빈집에 머문다. 이것은 진우가 좌호의 실체, 즉 "명석함에 비해 싸움을 무척 잘하고, 책을 조금 더 읽었을 뿐인 고만고만한 아이"(230쪽)라는 것을 알게 된 후에도 진우로부터 벗어나지 못하고 있음을 보여주는 것이다. 진우는 지금도 좌호를 만나면 "불편하고, 눈치가 보였지만, 어쩐지 자신이 누군가의 그림자인 것처럼, 바닥에 내팽개쳐지고, 모서리에 굴절되고, 투명인간인 것처럼 취급돼도 그 자리를 벗어나는 게 더 어색하게 여겨"(241쪽)진다. "여전히 서울에 부재하는 사람"(232쪽)이라는 것도 자신의 고유한 욕망을 지니지 못한 채 좌호에게 포박된 진우의 현재 위치를 비유적으로 드러낸다.

이러한 진우와 좌호의 관계는 욕망의 주체와 욕망의 대상 사이의 좁혀질 수 없는 간극에 대한 상징으로도 읽혀진다. 진우는 좌호를 따라 신림동에서 서울성곽 너머 좌호 집으로 흘러간다. 진우는 언제나 좌호가 되고 싶어 하지만, 진우는 결코 좌호가 될 수 없다. 그러한 상황은 "진우는…… 다시 혼자였다."(245쪽)는 문장에 집약되어 있다. 또한 "세상의 모든 읍에서 태어난 아이들이 도시를 꿈꾸듯이."(245쪽)라는 말처럼, 도시 역시 "읍(邑)내기"(225쪽)에게 도달할 수 없는 욕망의 대상이다. 진우는 자기의 분신이자 환영인 V 앞에서 자신조차 어색하다고 느끼며 "정서는 기호의 확장에 지나지 않아. (중략) 서울은 읍이 확장된 것에 지나지 않아, 그건 너나 나나, 어떤 장소나 마찬가지야."(227쪽)라고 말한다. 이것은 진우 스스로가 "혀를 되게 깨물고 싶었다."(227쪽)고 느낄 정도로 과도한 진지함에 바탕해 있다. 이러한 과도함은 역설적으로 정서가 단순한 기호의 확장이 아님을, 서울은 또한 단순한 읍의 확장이 아님을 드러내는 것이다.

작품의 후반부에 이르면 어디선가 나타난 개의 처리 문제가 중요한 사건으로 떠오른다. 진우가 오랫동안 좌호의 집을 비우고 돌아왔을 때, 마당에는 낡은 개집과 개 한 마리가 웅크리고 있었다. 누린내가 풍겨 만질 수도 없는 그 개는 다른 개들을 불러 모으기도 한다. 진우는 그 개를 처리할 방안을 고민하다가 죽이기로 결정한다. 그런데 이 작품에서 개는 "'개'라는 보통명사가 '개'라는 대명사로 바뀌기도 했다."(244쪽)는 말에서 알 수 있듯이, 단순히 생물학적 종을 의미하는 것이 아니라 버림받고 내팽개쳐진 존재들 일반을 가리킨다. 만취해서 술자리에 쓰러졌다가 요의로 인해 일어난 진우는 좌호가 자신을 개라고 칭하는 다음과 같은 말을 듣는다.

"술 먹으면 개야. …… 개처럼 쫄쫄 따라다녔다니까. 멍청한 내 동생
인 것처럼. 완전히 잊고 있었는데…… 어느 날 보니까 고시원에 틀어박
혀 월급도 안 나오는 회사를 다니고 있더라고. 그래도 자존심은 있는
지…… 자기가 퍽 잘난 줄 알아. 개처럼 칭얼거리면 얼러나 주지. ……
아마 우리 집에 살라고 하면 좋아할 거야. 아마 네가 조금이라도 친절하
게 굴면, 너한테도 개처럼 쫄쫄 따라다닐걸."(244쪽)

 누린내를 풀풀 풍기는 개만 개가 아니라 진우 역시 개라면, 개의 처
리 문제는 결코 가벼운 것일 수 없다. 그것은 개의 생사가 걸린 문제
인 동시에 진우의 자존이 걸린 문제인 것이다. 진우는 개의 처리와 관
련해 최종적으로 "개가 자살하든지, 네가 그 집을 몰래 떠나든지. 마
치 그가 떠난 뒤 한 번도 들리지 않은 것처럼. 네가 사라진 것처럼."
(246쪽)이라는 방안을 생각해낸다. 이것은 자신이 좌호의 방에서 떠날
것임을 다짐하는 것이다. 이러한 다짐은 성곽 위에서 좌호가 건네준
빈 집의 구릿빛 열쇠를 던져버리는 것으로 구체화된다. 이제 진우는
좌호의 그림자가 아닌 '진우'로 살아가기 위한 첫발을 내디딘 것이다.
임수현은 낯선 감각과 낯선 기미 등을 적절히 배치하여 낯익은 이야
기를 낯설게 말할 줄 아는 젊은 작가이다.

상상력과 영상의 만남

— 김언수의 『설계자들』(문학동네, 2010)

　최근 스크린셀러(screen+bestseller)라는 말이 유행할 정도로 영화와 소설의 상업적 교류가 활발해지고 있다. 그러나 스크린셀러라는 말이 의미하는 영화와 소설의 만남은 이전과 그 양상이 판이하게 다르다. 이전에는 영화인들이 문학적 명성에 기대기 위해 명작으로 공인된 소설들을 영화화했다면, 최근에는 영화적 흥행이 뒤늦게 문학적 흥행을 견인하는 새로운 양상을 보이고 있다. 공지영의 소설 『도가니』는 영화 개봉 전까지 약 50만 부가 팔렸지만, 영화화 이후 35만 부 이상이 추가로 판매되었다. 박범신의 소설 『은교』는 더욱 놀라운 사례이다. 영화 개봉 이전 소설 『은교』는 비평가들의 싸늘한 무관심 속에서 약 5만 부 정도만 판매되었지만, 영화 개봉 이후 10만 부 이상이 추가로 팔렸다고 한다. 『은교』의 사례는 최근 문학과 영화의 새로운 교류 양상을 선명하게 보여준다. 이전의 교류가 구체적인 작품의 차원에서 이루어졌다면, 최근의 교류는 출판계와 영화계의 만남이라고 할 만큼 마케

팅의 차원에서 이루어지고 있는 것이다.

이를 반영하듯 판권 계약권수는 날로 증가하는 추세이다. 김애란의 『두근두근 내 인생』, 정유정의 『7년의 밤』, 김희진의 『고양이 호텔』, 장은진의 『아무도 편지하지 않다』 등이 영화사와 판권계약을 끝낸 상태이다. 이 글에서 집중적으로 살펴보려고 하는 김언수의 『설계자들』 역시 영화사와의 판권 계약이 이루어진 상태이다. 이처럼 영화계에서 소설들에 관심을 갖는 것은 대중성과 작품성을 담보한 시나리오를 찾아보기 힘든 지금의 상황에서 몇몇 소설들은 흥미로운 서사와 개성 있는 캐릭터를 확보한 장점이 있기 때문이다. 또한 앞에서 살펴본 것처럼 소설 원작 영화의 흥행은 책의 판매고와 직결된다는 점에서 출판사에서도 영화화를 반길 수밖에 없는 입장이다.

김언수는 2002년 『진주신문』 가을문예공모에 단편 「참 쉽게 배우는 글짓기 교실」과 「단발장 스트리트」가 2003년 『동아일보』 신춘문예에 중편 「프라이데이와 결별하다」가 당선되어 등단하였다. 그러나 김언수가 진정으로 자신의 이름을 널리 알린 것은 제12회 문학동네소설상 수상작인 『캐비닛』을 통해서이다. 김언수의 『캐비닛』(문학동네, 2006)은 무지막지한 일탈의 세계로 이루어져 있다. 휘발유나 석유 혹은 유리를 먹는 사람들, 손가락에서 나무가 자라는 사람, 고양이가 되고자 하는 사람, 토포러, 타임스키퍼, 도플갱어, 샴쌍둥이들, 키메라들, 메모리자이커들, 네오헤르마프로디토스, 외계인 무선통신 회원들, 다중 소속자들, 망상증적 블러퍼들이 등장하는 『캐비닛』의 세계는 그야말로 "돌연변이들의 박물지"[1]라고 부를 만하다. 『캐비닛』은 3부의 서사

· · · · ·
1) 류보선, 「돌연변이들의 박물지」, 『캐비닛』, 문학동네, 2006, 358쪽.

를 제외한다면, 권박사가 평생에 걸쳐 기록한 캐비닛 13호 안에 존재하는 "이 도시의 상처받은 심토머들에 대한 이야기"(35쪽)로 이루어져 있다. 이 작품의 서사적 육체를 이루는 기이한 에피소드들은 독립적으로 존재한다. 이러한 환상들은 단순히 도피나 오락만을 전달하는 데 그치는 것이 아니라 우리의 현실과 관련된 묵직한 메시지들을 던져주고 있다. 김언수는 현실로부터의 도피를 위한 것이 아니라 현실의 전모를 성찰하기 위한 하나의 방편으로 초현실의 지점을 설정한다. 『캐비닛』의 돌연변이들은 자본주의 문명의 증상(symptom)이면서, 동시에 그것을 넘어설 수 있는 새로운 상상력과 사유의 틀을 보여주고 있는 것이다.

먼저 "생물학과 인류학이 규정한 인간의 정의에서 조금씩 벗어나 있"(30쪽)는 심토머(symptomer)와 같은 돌연변이들은 이 도시가 더 이상 인간다움을 유지할 수 없는 환경이기 때문에, 종의 생존을 위해 계속해서 탄생한다. 『캐비닛』에서 심토머들을 탄생하게 하는 도시의 환경이란 구체적으로 획일화, 위계화, 이분법적 사고, 존재의 소외, 환경파괴 등으로 설명된다. 특히 '기업'으로 상징되는 자본은 모든 경계를 가로질러 존재하기에 경제적 효용이나 가치를 쉽게 생각할 수 없는 심토머에게서도 끊임없이 경제적 가치를 끌어올리려 발광한다.

『설계자들』(문학동네, 2010)은 설계자와 암살자들의 삶을 다루고 있다. 설계자는 누군가의 의뢰를 받고 암살당할 사람들의 죽음을 설계하는 사람이다. 이들의 삶은 『캐비닛』에서도 다루어진 자본주의적 삶의 문제를 극단적으로 보여준다. 이들은 오직 돈을 위해서라면 어떠한 살인도 마다하지 않는 살인기계들이다. 얼핏 생각하면 설계자들은 남의 죽음을 계획하는 신과 같은 위치에 있으며, 그러하기에 그들은 어떠한 외부적 힘으로부터도 자유로운 사람들로 생각할 수 있지만 실상은 정반대이다. "설계자들도 우리 같은 하수인들일 뿐이야. 의뢰가 들어오면 설계를 하지. 그 위에는 설계자를 설계하는 놈이 있겠지. 그 위에는 그놈을 설계하는 또 다른 설계자가 있을 거고. 그렇게 끝까지 올라가면 결국 뭐가 남을까? 아무것도 없어. 맨 위에 있는 것은 그냥 텅 빈 의자뿐이야."(93쪽)라는 래생의 말처럼, 거대한 자본의 시스템 속에서 모두는 각자의 역할에 충실한 톱니바퀴들일 뿐이다.

그리하여 『설계자들』 속 모두는 자본의 논리에 따라 움직일 수밖에 없다. 만약 이들이 이러한 운명(?)을 거부한다면 그들에게 예비된 것은 오직 죽음뿐이다. 암살 표적이었던 스물한 살의 고급 콜걸을 죽이지 않았기에 죽음에 이른 추나 아내의 애끓는 호소에 래생을 살려주었다가 처참한 죽음을 당하는 이발사처럼 말이다. 돈을 위해서라면 의당 인간으로서 갖춰야 하는 의리나 인정 따위는 결코 가져서는 안 된다. 철저하게 수단과 도구가 된 이들은 칸트(I.Kant)적 의미에서 온전한 주체라고 할 수 없다. 김언수는 주체 이전의 이 불쌍한 톱니바퀴들에게 면죄부를 남발하고자 하지는 않는다. 미토가 자신의 죄 없는 부모를 죽인 것은 "세상이 이 모양이고 생활은 힘들고 나는 힘이 없으니 어쩔 수 없었다고 말하는 비겁하고 허약하기 짝이 없는 우리 같은 사람들"(298쪽)이라고 말하는 것처럼, 이 세상에 존재하는 악의 근원은 바로 주체되기를 거부하는 "무엇을 하건 세상은 달라지지 않는다고 믿는 당신 같은 체념주의자들"(299쪽)이기 때문이다.

『설계자들』은 래생이 점차 주체로 깨어가는 과정이다. 그는 더 이상 남 탓이나 하며 적당히 개폼을 잡는 톱니바퀴가 아닌 자신과 세상에 대하여 책임을 지는 주체가 되고자 한다. 만약 이러한 래생의 결심이

별다른 어려움 없이 성취된다면, 이 작품은 소설로서 성립하기조차 힘들 것이다. 실상 시스템이란 개인의 결단과는 비교도 할 수 없는 거대한 힘이기 때문이다. 그 결과 주체의 탄생은 막바로 개인의 죽음의 순간과 맞닿아 있다는 역설이 성립한다. 마지막 장면에서 죽음을 맞이하며 짓는 래생의 웃음 속에는 이러한 역설이 함축되어 있다. 이 웃음은 『설계자들』이 내뿜는 마지막 문학의 향기이기도 하다.

『캐비닛』은 영화와는 거리가 먼 서사적 문법을 보여주었다. 다종다양한 심토머들의 이야기들이 각기 독립적인 에피소드로 존재하는 이 작품에서 영화적 서사문법을 발견하기는 힘들기 때문이다. 그러나 『캐비닛』이 보여준 무지막지한 상상력은 화려한 특수효과로 뒷받침된 영화의 매트릭스가 되기에 충분한 자질을 보여주었다. 이러한 자질이 비로소 영화적 문법과 조우한 작품이 바로 『설계자들』이다. 암살자와 설계자, 현란한 총싸움과 칼싸움, 난무하는 피와 신음 등은 그 자체로 영화의 소재가 되기에 충분하다. 무엇보다 김언수는 이 작품에서 놀라울 정도의 인내력과 침착함으로 인상적인 장면을 축조해내는 데 온 정성을 기울이고 있다. 전작 『캐비닛』이 심토머 하나하나가 지닌 기발함과 의미를 주조하는 데 바쳐진 것이라면, 『설계자들』은 장면 하나하나를 인상적으로 만들어내는 데 모든 노력이 바쳐진 작품이라고 해도 과언이 아니다. 그러하기에 이 작품은 그 자체로 이미 하나의 영화라고 볼 수 있을 정도이다. 더군다나 그러한 화려한 이미지는 흥미를 유발시키는 익숙한 이야기성에 바탕하고 있다. 이러한 이유로 소설 『설계자들』은 처음부터 영화 〈설계자들〉이기도 했던 것이다.

심연으로서의 타인

— 손홍규의 「내가 잠든 사이」(『문학사상』, 2010년 5월호)

손홍규의 「내가 잠든 사이」(『문학사상』, 2010년 5월)는 서사전략이 치밀하여 러시아 형식주의자들이 문학의 핵심적인 특징으로 제시한 난해하게 하기가 떠오를 정도이다. 이처럼 복잡한 서사기법은 '타인을 이해하는 것의 불가능성'이라는 작품의 주제와 잘 어울린다.

이 작품의 기본적인 스토리는 간단하다. '나'는 대학 시절 한 여자와 사귀었고, 졸업 후에는 짧은 기간이지만 동거도 한다. 그 후 헤어진 그녀는 '나'를 찾아왔다가 돌아가는 길에 사고로 죽는다. 이처럼 간단한 스토리를 미학적으로 만드는 것은 다양한 시간층의 공존이다. 이 작품에는 최소한 네 가지의 시간층이 존재한다. 대학 시절 연애를 하던 시절, 졸업 후의 동거기간, 이별 후의 시간, '나'의 안면근육마비가 발생한 이후의 시간이 그것이다. 이 중 네 번째 시간층만이 현재에 해당하고, 앞의 세 가지 시간층은 과거를 좀 더 세분화한 것이다. 이 작품에서는 네 가지 시간층이 빈번하게 얽혀들어 복잡성과 난해성이 창출된다.

다음으로 이 작품을 난해하게 만드는 것은 구성방식이다. 보통의 소설은 환유적 방법 즉, 하나의 사건과 그것으로부터 비롯된 또 다른 사건이 인접성에 의하여 연결되는 방법에 따라 구성된다. 그러나 이 작품은 은유적 방법에 따라 소설이 구성되어 있다. 즉 타인을 이해하는 것의 불가능성을 나타내는 사건들이 다양하게 반복되는 방식으로 서사가 구축되어 있는 것이다.

이 작품의 핵심적인 장면은 바로 안면근육마비가 일어나 눈을 부릅뜨고 있는 '나'를 오랜 이별 후에 찾아온 그녀가 바라보는 장면이다. 자신이 사랑했던 유일한 여자, 이별한 후에는 직장까지 그만두게 만든 여자가 새벽에 '나'를 다시 찾아온다. 그녀는 배가 고팠을지도, 어딘가에 누워 깊이 잠들고 싶었을지도 모른다. 그 순간 '나'는 안면마비가 일어나 자신의 의지와는 무관하게 오른쪽 눈을 부릅뜨고 있었다. '이별 후에 찾아와, 아무런 반응도 없이 부릅뜬 남자의 눈을 멍하니 바라보고 있는 여자'라는 이미지는 이 작품의 주제를 압축해서 보여준다. 이 장면은 두 가지 의미를 담고 있다. 첫 번째는 인간 사이에 발생하게 마련인 심원한 오해를 드러낸다. '나'는 안면신경마비로 의식 없이 눈을 떴을 뿐인데, 그녀는 '나'가 자신을 바라보면서도 모른 척 했다고 느꼈을 수도 있다. 두 번째는 우리의 인간관계 전반을 실제 그대로 보여준다고 해석할 수도 있다. 우리는 눈을 뜨고 타인을 바라보지만, 결코 상대방의 진심은 제대로 볼 수 없는 것인지도 모른다. 마치 주인공 '나'의 "내가 오래도록 맹시(盲視)였듯이"(117쪽)라는 고백처럼 말이다.

타인에 대한 이해 불가능성은 이 작품에서 여러 사례를 통해 반복적으로 드러난다. 첫 번째는 그녀를 향한 사람들의 오해이다. 그녀의 이전 남자친구는 사고로 죽었는데, 주변에서는 그녀가 음탕한 여자였기 때문에 남자친구가 죽은 것으로 판단하여 그녀를 심하게 괴롭힌다. 그러나 나중 그녀를 괴롭히는 데 앞장선 사내가 공개 사과를 한 것처럼, 그것은 진실과는 거리가 멀다. 두 번째는 월드컵 기간에 일어난 일이다. '나'와 그녀는 거리응원을 피하기 위해 붉은 악마처럼 보이게끔 하는 붉은 계통의 옷을 골라 입는다. 그러나 주목받지 않으려던 이들의 노력은 오히려 "타자성의 확고한 증거"(110쪽)가 되어 사람들의 이목을 더욱 집중시킬 뿐이다. 그 옷은 "신뢰와 일치가 아닌 배신과 분열"(110쪽)을 의미했던 것이다. 세 번째로는 멕시코에서 발생한 한 농민의 자살이다. '나'는 이 죽음에 대하여 "나로서는 농민의 슬픔을 헤아릴 수 없었다. 아마 어쩌면 영원히 그럴 것이다."(111쪽)라고 생각한다. 마지막으로 종마목장에 가서 나누는 '나'와 그녀의 대화 역시 근본적인 이해 불가능성을 나타낸다. '나'는 "너와 내가 아이를 낳으면 매기와 같은 괴물이 나올 거야."(114쪽)라고 말하는데, 매기란 수퇘지와 암소가 흘레붙어 낳는다는 짐승을 말한다. 이 말을 통해, '나'는 평소에 그녀와 자신이 아예 종자가 다른 생물이라고 생각하고 있었음을 알 수 있다. 그들 각자는 "우주에 버려진 돌맹이"(114쪽)들이었던 것이다.

이러한 심원한 오해가 극적으로 나타난 것은 그녀의 죽음이다. 둘의 관계에서 '내'가 그녀에게 가장 신경을 쓴 것은 그녀를 죽음으로부터 멀리 떼어놓는 일이었다. 남자친구의 죽음과 뒤이은 낙태, 그리고 우울증 등으로 그녀는 늘 죽음과 가까운 상태였다. 작품에는 여러 번

'내'가 그녀에게 '죽음을 연상시키는 단어조차 조심' 했다거나, '죽음이 그에게 전염될까봐 두려웠다'는 표현이 등장한다. 이처럼 '나'는 그녀에게 죽음을 연상시키지 않기 위해 노력한다. 그러나 결국 그녀는 '내'가 결정적인 역할을 하여 죽게 된다. 그녀가 '나'를 다시 찾아왔을 때, '나'는 그녀를 내쫓는다. 다시 돌아가던 그 길에서 그녀는 교통사고를 당했던 것이다.

이 작품에는 여러 시간층에 걸쳐 '나'와 그녀 사이에 '현대문학의 이해'라는 교양 수업시간의 교재가 존재한다. 이 교재 역시 「내가 잠든 사이」의 주제와 긴밀하게 연관되어 있다. 이때의 교재는 수용미학에서 말하는 텍스트에 가깝고, 이 작품에서는 인간 역시도 하나의 텍스트에 해당한다. "누군가 갈피를 넘기기 전까지는 책이 단 한 번도 스스로 말하지 않듯이"(115쪽), 책은 누군가에 의해 비로소 의미가 발생하는 것이다. 그리하여 '나'와 그가 관계를 맺는다는 것은 그녀가 각종 주석을 달아 놓은 책에 주석을 덧보태는 일이기도 하다. 이러한 과정을 통하여 "처음에는 온전히 그의 것이었던 책이 나의 것이 되었다가 그의 메모와 나의 주석들이 갈마들면서 우리 관계를 상징하는 하나의 표상"(99쪽)이 된다. 이것은 책이나 인간에게 고정된 의미는 없으며, 그것은 매순간 새롭게 구성될 수밖에 없음을 암시한다. 그녀가 '나'를 떠났다가 다시 돌아왔을 때, 책에 그토록 집착하는 것은 '나'와 자신이 만들어 나갔던 지난 관계에 집착하는 것을 의미한다. 이로 볼 때, 그녀가 죽은 현장에서 그 교재가 두 동강 난 채 뒹구는 것은 어찌보면 당연하다.

사정이 이러하다면, 그녀와 둘의 사랑이 지니는 의미 등은 영원한 미궁 속에 남겨질 수밖에 없을 것이다. 이 작품은 일종의 액자소설 형식으로, 외화는 현재의 시간층에 해당되고 내화는 다양한 과거의 시간층으로 이루어져 있다. 따라서 외화는 '내'가 도달한 인식의 최종적인 지점을 보여준다. 시간상 가장 마지막에 해당하는 작품의 첫 부분에 나타난 인식은, 다음의 인용에서처럼 애매모호하다.

> 그는 다정한 악녀였다. 겨우 두 살 차이일 뿐인데 그는 내게 한참이나 어른인 듯 굴면서 훈계보다는 조롱을 일삼는 불량한 누나 노릇을 즐겼다. 내가 기억하기로 그는 본심을 보여준 적이 없었다. 어쩌면 그는 본심이라는 게 따로 없었던 건지도 모른다. 그의 몸짓 하나조차 아무렇게나 내뱉는 한 마디 감탄사 같은 말조차 실은 의미를 분리해낼 수 없는 의미 그 자체였을지도 모른다는 생각이 들기 때문이다.(95쪽)

이 부분은 온갖 패러독스로 가득 차 있다. "그는 다정한 악녀였다." (95쪽)는 첫 문장부터가 그러하다. 남자를 나타내는 3인칭 대명사 '그'를 설명하는 말로 '그녀'가 등장한다. 또한 '다정한'이 '악녀'를 수식하는 것 역시 일종의 형용모순이라고 할 수 있다. 이어지는 문장들도 사정은 마찬가지이다. "그는 본심을 보여준 적이 없었다."고 했다가 이내 "그는 본심이라는 게 따로 없었던 건지도 모른다."고 말한다. 그것을 받아서는 다시 "몸짓 하나조차 아무렇게나 내뱉는 한마디 감탄사"조차 의미 그 자체였을 것이라고 덧붙인다. 이처럼 그녀는 끝내 하나의 커다란 구멍으로 남게 되는 것이다.

손홍규의 「내가 잠든 사이」는 다양한 시간층의 공존, 연대기적 진행이 아닌 역전적 구성, 사건들의 은유적 결합, 액자소설 기법 등을 통하여 독서를 끊임없이 지연시키고 혼란스럽게 한다. 이것은 타인의 이해 불가능성이라는 이 작품의 주제를 구현하는 데 매우 효과적으로 기능한다. 이 작품은 여러 가지 서사기법을 통하여 그녀는 물론이고 '나'와 그녀가 나눈 사랑의 의미를 계속해서 감추어두고 있다. 끝내 그것은 거대한 하나의 공백으로 남게 된다. 손홍규의 「내가 잠든 사이」는 기법 자체가 하나의 주제가 될 수 있음을 보여주는 사례라 할 수 있다.

히키코모리와 바틀비 사이

— 박솔뫼의 「안해」(『문학과 사회』, 2010년 겨울호)

'나'는 친구와 구름새라는 이름의 노래방에 갔다가 검은 옷을 입은 남자에 의해 감금된다. 검은 옷 남자는 '나'에게 노래에 대한 자신의 의견을 계속해서 말하거나 노래를 끊임없이 시킨다. 그 남자가 강박적으로 말하는 것은 '열심히' 노래를 해야 한다는 것이다. 그것을 강조하기 위해 남자는 〈서편제〉에서처럼 몸을 묶고 노래하거나(작품에도 나오듯이 당연히 남자의 의도적 착각이다), 테이블에 올라가 그 테이블이 부서진 후에도 노래할 것을 강요하기도 한다. 이러한 과정은 "열심히의 세계", "아름다움과 정신과 정열의 세계"(683쪽)로, 진정한 소리와 노래의 세계로 나아가는 과정으로 설명된다. 그 남자가 반복하는 말은 다음과 같이 정리될 수 있다.

열심히에 대해 생각해. 열심히, 처음에는 어렵겠지만 열심히 하다 보면 깨닫게 되는 순간이 올 것이다. 열심히. 열심히에 도달하면 이제 너희의 소리와 너희의 노래가 완성되고 완성이 되면 너희는 이제. 이제 노래가 되어 세상으로 날아가는 거다.(681쪽)

「안해」의 초점은 이 폭력적이고 변태적인 남자에 맞서는 '나'의 모습이다. '나'는 자신처럼 감금된 한 여자가 도망치는 모습을 보며 "저렇게 뛰쳐나가도 곧 잡히고 말 텐데, 불필요한 일"(677쪽)이라며 시큰둥하게 반응한다. '나'는 탈출시도는 커녕 "부른다 시키니까 불러 부른다 불러"(679쪽)라는 식의 수동적인 모습을 보이는데, 이러한 '나'의 의식 상태는 다음의 인용문에 잘 압축되어 있다.

"나 역시 여주처럼 친구가 갇혔다는 것도 알고 갇히지 않은 내가 살수 있을지 없을지도 모르지만 아무 생각이 없고 의욕도 없고 왠지 고분고분하게 있으면 풀어줄 것 같으니까 풀어주면 얌전히 집에 돌아갈 생각이었으니까."(683쪽)

자신의 생명마저 위태로울 수 있는 상태에서도, '나'는 "아무 생각이 없고 의욕도 없"다. 구름새 노래방에 머무는 일은, '나'에게는 자신만의 골방에 머무는 것처럼 그저 그런 일일 뿐이다. 자신을 위해서도 다른 사람을 위해서도 움직이지 않는 '나'는 "그러다 보니 더 가만히 있을 수밖에 없"(684쪽)게 된다. '나'의 내면을 채우는 것은 자신이 노래를 잘 부르지 못하는 것도, 감금당한 노래방에서 탈출하는 것도, 검은 옷의 사내에게 복수를 하는 것도 아니다. 애당초 '나'에게는 욕망은 물론이고, 나아가 "생각"(684쪽)이라는 것이 존재하지 않는다.

'내'가 노래방을 탈출한 여주를 따라 나갔을 때, 여주가 경찰에 신고하겠다는 말에 "뭐라고 신고해? 컵라면만 줬다고? 노래를 시켰다고?"(687쪽)라고 말한다. '나'는 추상화나 일반화의 사고를 전혀 하지 못하는데, 그리하여 자신이 유괴당한 사실조차 인지하지 못하는 것이다. '내'가 세상을 바라보는 관점은 지극히 협소하여, '나'에게는 즉자적인 욕구와 그에 따른 (불)만족만이 존재할 뿐이다. 공권력을 통해 검은 옷 남자를 응징하려는 여주와 달리 '나'는 자신이 직접 남자에게 당한 일을 그대로 되돌려주고 싶어한다. "감옥에서 누가 남자를 괴롭히지? 그건 내가 아니고 남자가 부끄러워하는 모습을 보는 것도 내가 아니고 나는 그런 게 못마땅했다."(687쪽)라고 생각하는 것이다. 이것은 오직 즉자적으로 세상을 바라보는 '나'에게 걸맞는 복수의 방법임에 분명하다. 자신을 납치 감금했을 뿐만 아니라 여러 사람을 죽였을지도 모르는 검은 옷 남자를 사회적으로 처벌하기 위해 경찰서에 가는 일 따위란, '나'에게는 "졸려"(691쪽)라는 말이 나오게 하는 일일 뿐이다. 이처럼 욕망이 결핍된 무기력한 모습은 '나'처럼 구름새 노래방에 감금되어 있는 여주의 모습과 대조됨으로서 더욱 도드라진다. 여주는 노래 같은 건 안 부르겠다고 다짐을 하며, 끊임없이 탈출을 시도한다. 가만히 있으려는 '나'를 보며 "미친놈 니가 더 미친놈"(683쪽)이라고 말하는 그녀는 끝내 탈출에 성공한다.

「안해」는 마지막에 그동안의 '나'와는 어울리지 않는 단호한 결의로 끝난다. "그러니까 지금처럼 으음 앞으로 뭐든 열심히 안 해야지. 아 잠만 열심히 자야지 열심히 안 해 아무것도. 지금까지 열심히 한 적도 없지만 앞으로도 안 한다. 안 해 절대 안 해."(692쪽)라는 다짐이 그것이다. 이 다짐을 통해 '나'의 행위는 새로운 정치적 가능성을 지닌 것으로 전유된다. 그가 검은 옷 남자의 요구에 순응한 것 역시 어찌보면 어떤 일도 열심히 '안 해'의 태도가 전도되어 나타난 것이라 할 수 있다. 요즘 한국 문학계에는 허먼 멜빌의 「필경사 바틀비」(1853)에 나오는 '바틀비적인 것'이 유행하고 있다. 이때의 바틀비는 그 특유의 '안 하고 싶다(I would prefer not to)'는 태도를 통하여 새로운 저항적 행위의 가능성을 보여주었다. 욕망의 억압이 아닌 욕망의 부추김을 통해 작동하는 것이 포스트모던 시대의 권력이라면, 이러한 바틀비 혹은 '내'가 지닌 태도의 의의 역시 과소평가될 수 없을 것이다.

타임슬립의 (불)가능성

— 강윤화의 「세상에 되돌릴 수 있는 건 아무것도 없다」
(『실천문학』, 2010년 겨울호)

사랑했던 사람의 죽음을 경험한 자의 가장 큰 고통은 사자(死者)로부터 벗어나는 일이다. 정신분석학적인 용어로 그것은 애도 작업에 해당하는 것일 텐데, 이 엄중한 과제를 위해 각각의 공동체는 독특하면서도 정교한 의식과 문화를 만들어냈다. 사랑이란 어떠한 식으로든 나와 상대방이 깊이 연루되었다는 것을 의미하고, 그러한 존재의 융합과 혼돈 속에는 언제나 나의 몫이 존재할 수밖에 없다. 더군다나 죽은 자는 말이 없기에, 사자(死者)는 산 자의 마음속에 잠재된 가장 깊은 상처들만을 조목조목 이야기하기 마련이다.

이 소설의 주인공 '나'는 형의 죽음을 경험한다. 이 사실만으로도 견디기 힘든 일인데, 사람들은 형이 죽은 이유가 모두 '나' 때문이라고 말한다. '나'는 이전부터 온갖 루머에 시달려야 했다. 맘에 안 드는 선생 얼굴에 담배빵을 만들었다느니, 신분증 위조한 게 들통 나서 술집을 엎었다느니, 하는 것들이 그것이다. '나'는 경찰서를 들락거리는 소문난 문제아이고, 사람들은 '나'에 관한 온갖 악성 루머를 확대 재생산해낸다. 그러한 루머는 형과의 관계에까지 확대되어 둘은 "호모 형제"(133쪽)라는 말까지 듣는다. 그 소문의 내용은 이렇다.

> 형과 내가 실제 형제 관계가 아니다. 사촌 관계인데 집에 문제가 있어서 날 맡게 되었다. 아니다, 사실 나는 아예 생판 남인 입양아다. 그래서 어렸을 때부터 삐뚤어진 거다. 그걸 고치려 형이 나서다가 둘이 눈이 맞은 거다. 사실 알고 보니 입양도 형이 날 맘에 들어서 하게 된 거다. 둘이 밤늦게까지 동네를 쏘다니는 것도 부모님 몰래 연애질하려 그러는 거다. 공부도 안 하는 내가 야자 때마다 꼬박꼬박 남아 있는 것도 형을 기다리려 그러는 거다. 형은 자기가 여자친구라도 사귀게 되면 내가 학교를 뒤집어놓을까 봐 지저분하게 하고 다니는 거다 등등.(133~134쪽)

사람들은 형인 김명우가 여자애랑 바람이 나서 '내'가 죽인 거라는 이야기를 만들어낸 것이다. 한 공동체의 특이한 존재에 대한 인간들의 집요한 폭력적 욕망을 확인할 수 있는 대목이다.

이러한 상황에서 형의 죽음을 극복하는 것은 '나'에게 절대적인 과제가 된다. 보통 사람에게도 가까운 사람의 죽음을 애도하는 문제는 여간 심각한 것이 아니다. 어떤 이들은 끝내 그 죽음에 얽힌 리비도의 고착을 해결하지 못한다. 그리하여 우울증이라는 정신병리에 걸릴 수도 있고, 죽은 자의 뒤를 따르는 행위를 할 수도 있다. 「세상에 되돌릴 수 있는 건 아무것도 없다」의 '나'는 죽은 형을 다시 삶의 세계로 되돌리는 방법을 사용한다. 그것을 가능케 하는 것이 바로 이 작품에 등장하는 타임슬립이라는 방법이다. 타임슬립은 시간을 되돌리는 기술인데, 그 방법이 형제를 둘러싼 사람들의 소문만큼이나 황당하고 유치하기 이를 데 없다. 방법은 "미끄럼틀 아래서 백 일 동안 같은 시간에 오징어를 먹"(143쪽)는 것이다.

이 작품에서는 그것이 공상이 아닌 실제의 일로서 일어난다. '나'에게 타임슬립의 방법을 알려준 사하의 실종이 그것을 증명한다. 그리고 사하의 편지에 의해 형도 타임슬립을 시도한 사실이 밝혀진다. 그렇다면, 사하나 형 모두 '나'를 지긋지긋한 고통에 시달리게 한 소문과 같은 근원적 문제를 지니고 있었음이 분명하다. 형도 사하도 자신만의 비밀과 괴로움에 시달렸다고 보아야 할 것이다. 그렇다면, '나'를 괴롭힌 루머는 인간의 근본적 존재조건이라 할 수 있는 타인의 시선에 해당하는 것임을 알 수 있다.

그런데 사하의 편지를 통해 알 수 있듯이, 타임슬립의 방법으로 무언가를 되돌리는 것은 (불)가능하다. 지난 일을 되돌리는 것은 사하가 40년 전으로 돌아가 자신의 부모를 죽이려고 하는 것처럼, 애당초 존재 자체를 지워버림으로써만 가능하기 때문이다. 결국 존재라는 것이 타인의 기억 속에서도 존재한다면, 과거를 되돌리는 것은 자신의 존재를 완전히 지워버리는 일을 필요로 하는 것이다. 그런데 이것은 지움의 주체마저 지워버리는 것이기에 지워버린다는 행위조차 성립할 수 없게 만든다. 소설에 나온 표현대로 하자면 "'되돌리다'라는 말"(149쪽)조차 지워버리는 것이다. 강윤화의 「세상에 되돌릴 수 있는 건 아무것도 없다」는 제목처럼 우리 삶의 일회적이며 항구적인 속성과 그로부터 비롯되는 존엄에 대하여 말하고 있다.

지구대에서 만난 한미(韓美) 양국의 피자 배달원

— 배상민의 「어느 추운 날의 스쿠터」(『문예중앙』, 2011년 봄호)

배상민의 「어느 추운 날의 스쿠터」는 한 편의 단막극을 연상시키는 소설이다. 주 스토리 시간은 민방위 훈련이 갑자기 발동되어 해제되기까지의 얼마간이다. 피자 배달원인 '나'는 갑자기 발동된 민방위 훈련 때문에 피자 배달을 할 수 없어 도로 통제 요원에게 항의를 하다가 나중에는 몸싸움까지 벌이고 지구대에 끌려온다. 그가 그토록 민방위 훈련에 민감하게 반응한 이유는 25분 내로 피자를 배달해야 한다는 피자 가게의 규정 때문이다.

지구대 안에서는 두 명의 미국인이 술에 취해 경찰관들을 향해 영어로 온갖 욕을 퍼붓고 있다. 두 명의 미국인들은 배달 오토바이를 훔친 혐의로 지구대에 끌려온 것이다. 둘은 모두 남한에서 미군으로 근무한 경력이 있는 사람들로, 그들이 내뱉는 욕설의 핵심은 "US.army에서 근무하며 목숨을 걸고 지켜준 fucking할 Korea의 stupid한 police들이

asshole같은 motor cycle을 좀 탔기로서니 경찰서에다 감금하는 이런 shit 한 상황이 말이 되냐는" 것이다.

위의 미국인들처럼 은인인 척 한국인에게 온갖 추태를 연출하는 미국인들에게 반감을 드러내지 않기는 힘들다. 「어느 추운 날의 스쿠터」는 미국에 대한 반감과 그러한 반감을 가능케 한 상황에 대한 기술로 이루어져 있다. 첫 번째로 주인공이 미국에 반감을 느낀 것은 대학 시절 짝사랑하던 여자가 영어 회화를 배우다가 미국인 강사와 눈이 맞아 떠나갔을 때이다. 흥미로운 것은 '나'에게 신자유주의를 전 세계에 퍼뜨리는 미국에 대한 강렬한 반감을 처음 갖게 해준 당사자가 다름 아닌 그녀라는 사실이다. 두 번째는 주인공이 일하는 피자 가게 옆에 지점을 냄으로써 주인공으로 하여금 피 말리는 배달경쟁에 나서게 한 미국의 거대 피자 회사와 맞닥뜨렸을 때이다. 미국에서 거대 피자 지점이 건너오기 전까지만 해도 주인공의 피자 가게는 동네의 유일한 피자 가게로서 나름 여유롭게 운영되었다. 그러나 세계 굴지의 피자 회사가 '무표 쿠폰 제공' 및 '무조건 30분 내에 배달'이라는 슬로건이 적힌 전단지를 뿌리자마자 "오직 속도와 쿠폰만이 피자의 모든 것을 결정하는 시대"가 시작된 것이다. 이제 주인공이 다니는 피자 가게도 동네 사람들에게 쿠폰을 제공하는 것은 물론이고 25분 내에 배달이 되지 않으면 피자를 무료로 제공한다는 제안까지 하기에 이른다. 이러한 방침의 효과는 금방 나타나서 사장의 눈가에는 보톡스 주사도 듣지 않는 눈웃음이 자리 잡고, 대신 25분 내에 배달을 하지 못하면 해고당하는 배달원들의 눈에는 살쾡이 같은 안광이 번쩍거린다.

어중간한 대학을 낮은 학점으로 졸업한 '나'는 '어지간해서는 안 잘리는 정규직'과 '계약 기간이 만료되면 자를 수 있는 비정규직'과

'단 한 번의 잘못으로도 잘릴 수 있는 비정규직' 중에서 마지막 직업 군의 삶을 선택한다. 주인공이 전역한 후의 세상은 완전히 달라져 있다. 정규직이었던 아버지의 친구들은 피자 가게 내지는 치킨 가게 사장이 되었다가 대부분 일 년 안에 가게를 접고 경비로 전락해야만 했다. 대학을 졸업할 무렵이 되어서는 중년 경비, 젊은 노점상, 고학력 청소부, 배울 만큼 배운 백수들로 넘쳐났고, 잘하는 거라고 힙합밖에 없던 주인공 역시 그들과 합류하게 된 것이다.

피자집 사장은 A급 태풍이 오면 배달을 못 나가게 하는데, 이유는 배달원이 아닌 스쿠터를 보호하기 위해서이다. 사람은 다치면 알아서 재생이 되지만 스쿠터는 그렇지 않다는 것이 사람보다 스쿠터를 더 아끼는 사장의 논리이다. 이러한 사장 밑에서 25분 내에 피자를 배달해야 하는 주인공이 민방위 훈련을 만나 속이 타들어가는 것은 명약관화한 일. 주인공의 신경은 갈수록 날카로워지고 결국 사람들을 통제하는 대머리 공무원과 멱살을 잡는 일까지 벌이게 된다. 그러한 초조함과 성냄에는 검은색 세단에 탄 나으리는 곱게 보내주는 대머리의 이중성도 한 몫 단단히 한다.

이 일로 지구대까지 끌려온 '나'는 대학 시절 공무집행 방해죄로 재판을 받은 적이 있기 때문에 긴장한다. '나'는 힙합 가수를 꿈꾸며 군대도 가지 않던 그리하여 집회 같은 것과는 거리가 먼 대학생이었다. 그런 주인공이 집시법 위반 및 공무 집행 방해와 폭력 행사 등의 복잡한 죄명을 달고 징역 6개월에 집행유예 1년의 형을 받은 이유는 소개팅에서 만난 그녀 때문이었다. 신비로울 정도로 아름다운 그녀는 "지리산 반달곰만큼이나 희귀한 운동권 학생"이었고 미국발 신자유주의에 맞서 언제든지 투쟁할 각오가 되어 있었다. 그녀 때문에 불려나간

촛불시위에서 머리채가 붙들린 채 끌려가는 그녀를 바라보며 이성을 잃어버린 결과 '나'는 징역 6개월에 집행유예 1년의 형을 받는다. 그녀는 전 세계에서 전쟁이 일어나고 노동자들의 해방이 요원한 가장 근본적인 이유가 미국의 거대 자본 때문이라며 극도로 미국을 싫어했다.

군대에 가 있는 처음 얼마 동안 그녀는 꼬박꼬박 편지를 보낸다. 첫 번째 편지에서는 2008년 미국발 금융위기 때문에 노동자들이 무참히 해고당한다는 사실을, 두 번째 편지에서는 정부에서 국론을 분열시키는 불만 따위는 내뱉지도 못하게 한다는 사실을 전한다. 그러면서 세상에 나아가기 위해 토익과 영어회화 학원을 다니는 것이 무척 괴롭다는 하소연을 덧붙인다. 그녀의 마지막 편지에는 원수를 사랑하라는 성경의 가르침에 따라 그녀에게 영어회화를 가르쳐 주던 미국인 학원 강사를 사랑하게 되었다는 내용이 담겨 있다.

'나'는 대학을 졸업한 지 얼마 안 되었다는 이유로 지구대 안에서 미국인들의 통역을 맡는다. 그런데 온갖 영어 욕설로 지구대 안을 쩌렁쩌렁 울리던 그들은 한국말에 능통하다. 이 순간부터 두 명의 미국인들은 분노와 적대의 대상이 아닌 연민과 연대의 대상으로 변화하고, 작품의 주제에도 변화가 일어난다.

고등학교만 나온 그들은 먹고 살기 위해 주한미군으로 근무했고, 제대한 후에는 미국의 한 자동차 공장의 조립 라인에서 일을 했으나 곧 구조조정 당할 위기에 처한다. 그들은 피자 배달일을 하기도 하는데, 그래봐야 대출 이자 갚기도 힘들다. 그들은 살기 위해 무작정 학원 강사를 꿈꾸며 한국에 돌아온 것이다. 한국은 무엇보다 "미국이라고 하면 환장하는" 나라이기 때문이다. 그러나 그들은 학원에서 대학 졸업장이 없는 것이 발각되어 쫓겨나고, 그 괴로움에 술을 먹고 오토바이를 훔친 것이다.

이들의 말을 듣고, 특히 그들이 한때 피자 배달원이었다는 사실에 '나'는 묘한 동질감을 느낀다. 두 명의 미국인은 네이션 스테이트(Nation-State)의 시대인 근대에 가장 힘이 센 나라의 국민이지만, 계급적인 차원에서는 고통 받는 전 세계 99%의 사람들 중 하나였던 것이다. '나'는 지구대에서 풀려 나오면서 갑자기 스쿠터의 시동을 끈다. 이어서 소설은 "그리고 배달 박스에서 아직 온기가 남아 있는 피자와 차가운 콜라를 꺼냈다."는 문장으로 끝난다. 피자와 콜라를 들고 주인공이 향할 곳이 어디인지는 물을 필요도 없다. 배상민의 「어느 추운 날의 스쿠터」는 이 지구상의 그 누구도 그 어느 곳도 비껴갈 수 없는 신자유주의의 광풍과 그 해결책으로서의 따뜻한 연대 가능성을 제기하고 있는 작품이다.

영어도 모른다면, 지금 당장 우주를 떠나라!

— 최민석의 「부산 말로는 할 수 없었던 이방인 부르스의 말로」

(『문예중앙』, 2011년 여름호)

최민석의 「부산 말로는 할 수 없었던 이방인 부르스의 말로」는 환상 성을 동원한 정치적 알레고리로 읽을 수 있는 작품이다. 지구에 외계 생명체들이 불시착한다. 외계 생명체인 '나'는 추락하던 과정에서 함 께 온 동료와 기억을 잃어버리고, 결정적으로 언어까지 잃어버린다. 이 작품에서 언어는 비트겐슈타인이 말했던 것처럼 "당신이 가지고 있는 언어의 세계가, 곧 당신의 세계"라는 말에 걸맞을 만큼 한 존재 의 인식과 행동을 결정짓는 절대적인 대상으로 그려진다.

이 작품에는 세 가지 언어가 등장한다. 브루스가 처음 배운 부산 사 투리와 연기를 하기 위해 기를 쓰며 배운 서울말, 마지막으로 세계는 물론이고 우주 차원의 표준어로 기능하는 영어이다. '사투리—서울 말—영어'로 이어지는 언어의 위계화는 '지방—중앙—미국'으로 이 어지는 권력의 위계화로 연결된다.

부르스는 기를 쓰고 방송에 나가고자 하는데, 이유는 방송을 보고 찾아올 동료들과 다시 만나 고향별에 돌아가기 위해서이다. 모델 에 이전시 사장은 부르스에게 연기를 하기 위해서는 서울말을 배워야 한 다고 말한다. 대한민국은 "서울 공화국 아이가. 서울이 다 지배한다 아이가."라는 말이 통용되는 곳이기 때문이다. 부르스는 대림동에 있는 21세기 글로발 생존 어학원에서 명동에 입성한 벌교 어깨들, 조선족 상인 리씨, 재일교포 야구선수 키무와 열심히 서울말을 배운다. "말 한 마디만 들으면 그 사람의 계급을 알 수 있"는 이 세상에서는 말 배우기에 고통 받는 부르스마저도 "언어로 사람을 판단하고, 무시하는 정서"를 지니게 된다. 8개월 간의 눈물겨운 수련을 겪은 후 부르스는 드디어 '21세기 글로발 인재 육성과정 수료증'을 손에 넣는다. 드디어 서울말을 완벽하게 구사하게 된 것이다. 부르스는 이제 당당하게 방송국의 조감독을 만나기 위해 여의도로 향한다.

그 길에서 같은 행성에서 온 친구 라돈치치를 만난다. 부르스는 라돈치치에게서 지구에 도착하기까지의 이야기를 듣게 된다. 그들은 본래 살던 행성이 황폐해지자 이수라멘 족이 살다가 버린 이웃별인 빨래수타로 이주한다. 이수라멘 족들은 빨래수타를 버리고 지구로 떠났던 것이다. 이수라멘 행성인들은 대부분 북미에 거주하며 할리우드 영화를 만들었고, 석유가 필요하다는 지구인들의 요구에 따라 전쟁을 일으켰다. 그랬던 이수라멘 행성인들은 부르스 족이 가꾸어놓은 빨래수타가 탐나기도 했고 향수병 때문에 빨래수타에 대한 소유권을 주장한다. 이러한 분쟁을 피하고자 부르스가 속한 종족은 지구에서 살기로 결심했고, 사전 작업으로 과연 지구에서 생존이 가능한가를 실험하기 위해 300명의 요원을 선발하여 지구에 파견한 것이다. 그때 지구로 오던 기체가 추락하여, 부르스와 라돈치치가 포함된 300명은 각자 낙하한 장소에서 자신들의 삶을 꾸려나갔던 것이다.

그 300명 중에서 유일하게 기억과 언어를 잃지 않은 생명체가 마이클이고, 그는 곳곳에 흩어진 동료들을 모아서 교육한다. 교육의 내용은 다름 아닌 영어이다. 그들은 지구로 올 것을 결정한 3억 5천 년 전부터 이미 영어만 써왔다. 그리하여 현재 빨래수타어를 쓰는 동족은 아무도 없다. 어느 사이 이수라멘 족, 화성인, 금성인과 같은 모든 외계인의 공용어는 영어가 된 것이다.

「부산 말로는 할 수 없었던 이방인 부르스의 말로」에서 가장 흥미로운 점은 외계인이라는 존재 증명을 하기 위해서는 무엇보다 영어구사 능력이 필요하다는 사실이다. TV 예능 프로그램에 나간 부르스가 자신이 외계인이라고 주장하자 조감독은 외계인이라면 영어를 말해보라고 말한다. 이러한 사람들의 고정관념을 만든 것은 외계인들이 영어로만 이야기하는 할리우드 영화들이다. 실제로도 외계인들은 오래 전부터 영어를 써왔던 것이다.

외계인이 되기 위해서는 영어를 써야 하는 상황이란, 영어로 상징되는 미국의 슈퍼파워가 우주 전체를 지배하는 상황을 의미한다. 지젝은 오늘날의 우리는 인류 전체의 종말은 쉽게 생각하면서도 자본주의의 종말은 생각하기 힘든 시대에 살고 있다고 말한 바 있다. 이러한 인식은 엄연히 하나의 이데올로기에 불과하다. 「부산 말로는 할 수 없었던 이방인 부르스의 말로」에서는 지젝이 비판한 사람들의 생각, 즉 미국 중심의 세계질서가 우주 전체를 지배하는 절대적인 체제인 것으로 여기는 사람들의 공통감각을 날카롭게 비판하고 있다.

라돈치치의 안내를 받고 도착한 곳에는 300명의 외계인들이 마이클의 지도하에 영어를 열심히 배우고 있다. 그들은 지금 r발음을 하느라 애를 쓴다. 놀라운 것은 그들 틈에서 글로벌 생존 어학원장 역시 필사적으로 r발음을 하기 위해 몸부림 치고 있다는 사실이다. 원장은 심지어 "설소대를 자르면 될까요?"라는 질문을 던지기까지 한다. 부르스는 그 다음 날부터 "길게 혀를 내빼는 '우리' 중 한 명"이 된다.

요컨대 지구인은 물론이고 온 우주의 생명체는 모두 "할리우드의 입장에서 지구를 이해"해온 것이다. 할리우드의 영화에서 모든 외계인은 영어로 말하기에 외계인은 당연히 영어를 써야만 하는 것이다. "할리우드 영화를 보다가, 할리우드 식으로 생각하다가, 할리우드 식으로 지구를 이해"한 것이다. 할리우드 영화에서 영어를 하는 외계인들은 지구인들과 친구가 된다. 이러한 상황에서 부르스는 자신이 영어가 가능한 캘리포니아나 플로리다는 말할 것도 없고 하다못해 필리핀에도 떨어지지 못한 것을, 하필 부산에 떨어진 것을 뼈저리게 원망한다. 눈물과 침을 흘리며 배운 서울 표준말이란 외계인도 반드시 배워야 하는 영어에 비한다면 그야말로 아무것도 아니다. 최민석은 「부산 말로는 할 수 없었던 이방인 부르스의 말로」라는 작품에서 지금의 세계를 관장하는 대타자라고 부를 수 있는 헐리우드와 영어, 본질적으로는 미국을 유머러스하게 풍자하고 있다.

자각몽 혹은 소설 쓰기의 위대함

— 조현의 「은하수를 건너―클라투 행성 통신 1」(『현대문학』, 2011년 9월호)

———————

　조현의 「은하수를 건너―클라투 행성 통신 1」은 소설(가)의 존재방식과 의미를 탐문하는 메타소설이다. 이 작품의 한복판에는 꿈을 꾸면서 그것이 꿈이라는 것을 인식하고 나아가서는 그 꿈을 조절할 수 있는 자각몽(自覺夢, lucid dream)이 놓여 있다. 이 작품에서 자각몽은 소설을 의미한다고 보아도 큰 무리는 없다. 소설 역시 의식을 갖고 허구의 세계를 만들어 나간다는 점에서, 일종의 자각몽이기 때문이다.

　'나'는 클라투 행성의 지구 주재 특파원이다. 주요 임무는 "평범하게 지구에서의 일상을 살아가되 대신 밤에는 인간의 모든 고결하거나 추악한 것에 대해 꿈을 꿀 것. 그리고 그것을 클라투 행성으로 전송"하는 것이다. 클라투 행성은 이미 천 년 전에 원자력 시대를 넘기고 지금은 자연친화적인 문명을 구가하고 있다. 이곳에서는 아무도 생계를 위해 노동에 종사하지 않으며 누구나 생의 의미를 탐구하며 살아간다. 이런저런 종류의 미학적 성취와 지적 모험이 삶의 중심이 되고 우주에서 발견한 수많은 문명을 탐구하며 인생을 보내는 것이다. 우주의 각 문명권과의 직간접 교류는 클라투 행성 외계문명접촉위원회 소관이고, 주인공은 이 위원회에 속해 있다. 주인공이 수집한 정보를 클라투 행성으로 전송하기 위해서는 전송하고자 하는 내용에 대한 자각몽을 꾸기만 하면 된다. 이를 위해 루시드 드림에 대한 체계적인 훈련을 받는다.

'나'는 2679번의 의뢰공지를 받는데, 그것은 "김채원의 「초록빛 모자」(1979)에 제목만 등장하는 시를 찾아 그 내용을 전송"(128쪽)하는 것이다. 김채원의 소설 「초록빛 모자」에서 김호라는 예명을 가진 남장 시인이 쓴 「은하수를 건너」의 내용을 찾아 전송하는 것이다. 이를 위해 '나'는 자각몽을 통해 소설의 시공 속으로 들어가 소설의 등장인물이 썼다는 시의 내용을 찾아내려고 한다.

평범한 지구인이었던 주인공이 이 특이한 일을 시작한 것은 스물세 살에 클라투 행성에 대한 꿈을 꾸고 난 다음부터이다. '나'는 스물세 살에 휴학하고 광화문 쪽에서 아르바이트를 하던 무렵 말기 암으로 친구가 사망하자 생의 의미에 대해 번민한다. 이것은 "다른 존재로 나아가는 성장통"이었던 것이다. 이 시절 '나'는 중고 레코드점에서 음악을 듣는 것이 유일한 취미였는데, 매니저 형을 통하여 그룹 클라투를 알게 된다.[1] 죽은 친구의 기일이기도 한 그날 밤 '나'는 처음으로

. . . . .

1) 이 록그룹의 이름은 로버트 와이즈 감독의 1951년 작 〈지구가 멈추는 날〉의 우주 메신저 이름인 클라투에서 가져온 것이다. 클라투는 지구로 와서 평화를 호소한 우주인이다. '클라투 바라다 닉토'는 영화 속에서 로봇 고트의 지구 파괴 프로그

클라투 행성에 대한 꿈을 꾼다. 그 꿈으로 인해 '나'는 자신이 지구인이 아니라 클라투라는 먼 행성에서 왔음을 자각한다. 인간은 생의 어떤 순간에는 막막한 고독과 커다란 비애, 무시무시한 공포와 전율을 느끼며, 그 순간 어떤 이들은 "그런 난해한 문제를 통해 자신이 인간이 아니라 머나먼 별에서 온 존재"(134쪽)라는 깨달음을 얻는다. '나'에게는 스물세 살이 바로 그때였던 것이다.

이 작품은 김채원의 「초록빛 모자」(『현대문학』, 1979년 6월)와 긴밀한 상호텍스트성을 지닌다. 「초록빛 모자」에는 두 자매가 등장한다. 아름답지만 한쪽 손가락이 없는 언니는 수차례의 자살 시도 끝에 죽고 만다. 어린 시절 어머니는 언니에게 초록색 모자를 만들어줬는데, 그 모자는 바람에 날아가서 낯선 남자의 손에 들어간다. 동생이자 남장 시인인 김호는 "그 기억에서 언니와 내 인생의 어떤 암시"를 읽는다. 나아가 "언니의 죽음은 언니의 손가락에서 온 것이 아니라 벌써 그 이전 우리의 손이 닿지 못할 그 어떤 것에서부터 온 것이 아닐까. 그리고 지금의 나에게서 헤어나올 수 없는 이 나 또한, 우리는 다만 운명이 조종하는 줄대로 살아주고 있음이 분명한 게 아닐까."라는 의문을 갖게 된다. 삶의 너무나도 고통스러운 순간에 '운명이 조종하는 줄'을 강력하게 인식한 것이다. 이 작품의 마지막에 동생은 문득 다리 끝에서 초록색 모자를 쓴 남자를 다시 만난다. 그리고는 혼신의 힘을 다하여 "끊어라, 저 줄을 끊어라."라고 외친다. 그렇다면 김채원의 「초록빛 모자」는 인간의 능력을 넘어서는 초월적인 힘의 존재를 인정

• • • • •
램을 멈추는 암호이다. 이 말은 '나'가 이동통신을 켜거나 끌 때 사용하는 주문이기도 하다.

하지만 궁극적으로는 그것을 넘어서고자 하는 의지를 드러낸 것으로 볼 수 있다.

「초록빛 모자」에서 동생이 느끼는 이 불가항력의 무력함과 운명론적 체념을 「은하수를 건너ー클라투 행성 통신 1」의 주인공은 친구의 죽음을 계기로 해서 느낀다. 그런데 이 작품은 미묘한 상호텍스트적 관계를 통하여 끝내 그 불가사의한 힘을 만드는 것은 우리의 상상력이라는 메시지를 전해주고 있다. 언니의 모자를 쓴 초록빛 모자의 사내란 다름 아닌 수십 년 후에 루시드 드림을 통해 도달한 '나'이기 때문이다. 조현의 「은하수를 건너ー클라투 행성 통신 1」에서 초월적인 힘을 상징했던 초록빛 모자를 쓴 사내가 바로 '나'이다. 그렇다면 '운명이 조종하는 줄'은 바로 인간의 의지가 만들어냈던 것이다. '나'는 김호에게 초록빛 모자를 돌려주고, 그 대가로 김호는 「은하수를 건너」라는 시를 낭독한다. 이처럼 세상이란 인간의 의지적 몽상을 통해 새롭게 창조되는 것이다.

「은하수를 건너ー클라투 행성 통신 1」에서 '나'는 처음 상상이 곧 존재라는 클라투 행성 사람들의 말에 회의한다. '나'는 "자각몽 속에서 내가 시의 전문을 알아내더라도 이건 어차피 꿈이란 말이지. 내 자신의 주관적인 꿈……"이라는 의문을 갖는 것이다. 이에 대한 본국 행성의 답변은 간단명료하다.

　　상상하는 것은 존재하는 것임. 상상한다는 것은 존재의 가능성을 일깨우는 것이고, 상상이 치밀하고 구체적일수록 존재의 가능성도 높아짐. 모든 우주는 가능성의 총합이고, 귀하가 꿈으로 파악한 시 역시 어떤 평행우주에서는 현실로 실현된 것일 테니 문제없음(131쪽)

상상은 존재의 가능성을 내포하는 것이고, 그것은 아무리 작은 가능성이라도 어느 우주에선가 이뤄질 수 있는 개연성의 사건으로 인정된다는 입장이다. 시간이 지날수록 '나' 역시 상상의 힘을 믿게 된다. 나중에는 스스로 자각몽이 지닌 의의를 다음과 같이 강렬하게 주장한다.

> 왜 세상의 모든 작가들은 모르고 있을까? 자신이 기분 내키는 대로 지어내는 모든 운명들은 무한에 가까운 평행우주에서 실제로 존재할 수 있는 어떤 개연성의 사건이라는 것을. 왜 이 지구의 모든 사람들은 무언가를 떠올리는 것에는 온 우주만큼의 무게가 뒤따른다는 사실을 모르고 있을까? 자신들이 뭔가를 진지하게 생각하는 순간, 그게 현실로 벌어진 새로운 우주가 막 탄생한다는 것을.(143쪽)

조현은 글을 쓰는 것, 즉 의식을 지니고 꿈을 꾸는 것은 하나의 세계를 만들어내는 것이라고 주장한다. 그는 정색을 하고서 한 작품의 탄생은 한 우주의 탄생이라고 소리치는 것이다. 이 순간 소설 쓰는 일은 신의 천지창조에 버금가는 과업이 된다. 조현은 「은하수를 건너—클라투 행성 통신 1」에서 SF적인 의장을 가지고 와 한국 소설계에 소설가의 새로운 존재론을 전달하는 데 성공하고 있다.

토도로프가 한국 문학에 가르쳐 준 것

― 백수린의 「밤의 수족관」(『문학동네』, 2011년 겨울호)

백수린의 「밤의 수족관」은 토도로프가 말한 환상소설(the fantastic)의 특징을 잘 보여준다. 토도로프는 환상소설이 세 가지 조건을 충족시켜야 성립한다고 주장했다. 무엇보다 중요한 요건은 자연의 법칙밖에 모르는 사람이 초자연적, 비정상적, 비현실적인 사건에 직면해서 경험하는 망설임(hesitation)이 드러나야 한다는 것이다. 이때의 망설임은 그러한 사건이나 현상을 어떻게 받아들여야 할지 몰라서 느끼는 독자의 망설임이다. 독자의 망설임이야말로 환상의 첫 번째 조건이다. 둘째로 작중인물의 망설임이 있어야 하며, 마지막으로 독자에게 특정한 독해의 방식을 강요해서는 안 된다. 즉 초자연적 성격을 띠는 사건을 우의적이거나 시적으로 해석하게 강요해서는 안 된다는 것이다. 「밤의 수족관」은 서사의 대부분에서 이러한 환상소설의 조건을 거의 완벽하게 구비하고 있다.

주인공 '나'는 자신의 아이와 함께 호텔의 프라이빗 레스토랑에서 당신을 만나기로 약속한 입장이다. 약속 시간이 지났지만 나타나지 않는 당신의 전화를 기다리며 주인공은 수족관 사이를 거닐며 시간을 보낸다.

아이를 가진 아내가 남편과의 저녁 식사를 기다린다는 것은 너무나도 당연해 소설적 소재가 되기는 힘들 것이다. 문제는 '내'가 기다리는 당신이 한국을 대표하는 연예인이라는 점이다. 그 연예인은 몇 년간의 화려한 가수생활을 끝마친 후에는 배우로 전향해 드라마와 영화 양쪽에서 종횡무진하고 있다. '나'에 따르면 그들은 클럽에서 만났고, 일 년 가까이 연애를 했다. 무명인 '나'와 톱스타인 그는 열렬한 사랑을 극비리에 나누었고, 둘 사이에는 너무나 아끼는 아이까지 생긴 것이다.

수족관을 서성이던 그녀는 어느 순간 자신 옆에 있어야 할 다섯 살짜리 딸아이가 없어진 것을 확인한다. 대부분의 서사는 그녀가 바로 이 다섯 살짜리 딸아이를 찾는 것으로 이루어져 있다. 독자의 망설임과 머뭇거림은 이때부터 시작되고, 그 정도는 점점 심해진다. 그녀가 딸을 어디서 잃어버린 것인지에서 시작해 나중에는 그녀에게 과연 딸이 있는 것인지, 더욱 근본적으로는 그녀가 과연 톱스타와 은밀한 동거를 하고 있는 것인지가 완전한 모호함 속에 놓이는 것이다.

처음 그녀는 수족관의 안내데스크 직원이 아이를 어디서 잃어버렸느냐고 물어도 제대로 대답하지 못한다. 이때까지만 해도 그녀의 상태는 정상적인 사람의 혼란 정도로 이해하게 된다. 그러나 서사가 진행될수록 그러한 혼란의 수준은 정상의 범위를 훌쩍 넘어선다. 그녀는 실종신고를 하고 싶어하지만 그랬다가는 스타와 자신의 관계가 폭로될까봐 무척이나 주저한다. 그녀는 수족관을 나와 지하철의 역무실에 찾아가 아이를 찾지만, 돌려본 CCTV의 어디에도 아이의 흔적은 나타나지 않는다. 무엇보다 그녀 스스로도 다음과 같은 심각한 혼란에 빠져 있다.

> 나는 도대체 아이를 언제, 어디서 잃어버렸는지 알 수가 없게 되는 거야. 아이가 정말 나와 함께 아쿠아리움에 가기는 한 걸까? 그곳에 들어갈 때 아이와 함께였다는 확신이 갑자기 없어져버려. 아이를 잃어버린 것은 한참 전인데 내가 의식하지 못했던 게 아닐까?

이처럼 신뢰할 수 없는 주인공의 정신 상태로 인해 "영화나 드라마를 홍보하기 위해 연예정보 프로그램이나 예능 프로그램에 나가면 당신은 우리 둘만 아는 사인을 종종 해보였지."와 같은 여자의 말도 신뢰하기 어렵다.

작품이 진행될수록 그녀와 톱스타의 관계는 사실이라기보다는 그녀의 망상에 불과하다는 점이 뚜렷해진다. 그녀는 나중에 경찰서까지 간다. 경찰관은 "근데 하시는 말을 들으면 도대체 애를 데리고 나왔다는 건지, 아닌지 도통 알 수가 없다, 이 말입니다."라며, "애를 데리고 나왔는지, 나왔으면 어디까지 같이 있었는지 확인해줄 건 아무것도 없단 거죠?"라고 묻는다. 경찰서에서도 그녀는 "처음부터 아이와 함께 나오지 않았던 것일까? 그러면 아이는 집에 있는 것일까?"라며 혼란스러워한다.

결국 그녀는 이 아이가 톱스타의 아이이며 언론에 노출이 되면 안 되니까 조심해달라고 고백한다. 수족관을 나와 지하철역에 도착해서도 남편에게 아이가 사라진 사실을 전할까 고민한다. 그러며 "당신의 아내로 산다는 것은 책임감이 따르는 일"이라고 생각한다. 이후부터 경찰관은 어이없는 웃음을 계속해서 보이고 그녀에게 "나는 당신의 아내가 아니며 우리한테는 아이가 없다고." 분명하게 말한다. 머뭇거림은 이로써 끝나고, 이러한 비정상적인 일들은 모두 그녀의 정신이상에서 비롯된 것임이 분명해진다.

토도로프는 환상소설을 경이소설(the marvelous)과 괴기소설(the uncanny)의 중간 단계로 설정하고 있다. 텍스트가 제시하는 초자연적, 비정상적, 비현실적인 사건이 합리적인 방식으로 설명되면 괴기문학이며, 비합리적인 방식으로 설명되면 경이문학이라는 것이다. 경이소설, 환상소설, 괴기소설이라는 기본적인 삼분법 외에도 토도로프는 서사의 처음에는 비현실적인 것으로 보였던 사건이 마지막에 가서야 합리적인 설명으로 해명되는 환상적 괴기(the fantastic uncanny)와 비현실적인 이야기가 끝내 초자연적인 설명을 통해서만 해명되는 환상적 경이(the fantastic marvelous)를 설정하고 있다. 백수린의 「밤의 수족관」은 서사의 대부분에서 독자의 망설임이 유지되는 순수한 환상소설(the fantastic)의 면모를 보여준다. 그러나 서사의 결말에서는 그 모든 망설임이 결국 그녀의 정신병리로 인해 발생한 것이 드러남으로써, 결과적으로 합리적인 설명을 통해 모든 것이 해명되고 자연스럽게 망설임도 해소된다. 엄밀하게 말해 「밤의 수족관」은 환상적 괴기(the fantastic uncanny)에 해당하는 소설이라고 정리할 수 있다. 토도로프식 환상소설의 전통이 척박한 한국 문학사에서 백수린의 「밤의 수족관」은 새로운 소설적 가능성을 시도한 작품으로 기록될 것이다.

또 다른 해체를 위하여

— 한유주의 「불가능한 동화」(『문학과 사회』, 2011년 겨울호)

한유주는 현단계 한국 문단에서 가장 실험적인 작가 중 한 명이다. 암시적이고 음악적인 문체를 바탕으로 시적인 차원으로 승화되고는 하는 한유주의 작품은 대부분 작가와 동일시되는 인물의 의식을 전면화하는 데 주력한다. 이야기를 구성하는 단위로서의 사건은 물론이고, 사건들을 나름의 질서에 의해 구성하는 플롯도 찾아보기 힘든 그녀의 소설은 대부분 언어와 글쓰기에 대한 회의를 표명하는 메타소설적인 특징을 보인다. 「불가능한 동화」 역시 이러한 소설적 특징의 연장선상에 놓여 있는 작품이다.

"왕이 죽었다."라는 문장으로 시작되는 이 작품의 모든 요소는 왕의 죽음과 관련되어 있다. 이 작품의 스토리 시간은 왕의 장례식을 치르는 하루로서 매우 짧으며, 서사의 대부분은 왕의 죽음 이후에 벌어지는 왕국의 불온한 기미로 채워진다. 왕은 죽으면서 "왕의 마지막 명령", 즉 "궁 안의 모든 책들을 파묻으라는 명령"을 내린다.

너무나 막연하고 초현실적인 왕과 왕의 명령을 이해하기 위해서는 또 다른 한유주의 소설 『나의 왼손은 왕, 오른손은 왕의 필경사』를 참고할 필요가 있다. 이 작품에서 왕이 무언가를 '쓰고자 하는 작가'를 의미했다면, 왕의 필경사는 그러한 의도를 배반할 수밖에 없는 '쓰고 있는 작가'를 의미했다. 「불가능한 동화」에서도 "왕의 왼손이 왕의 오른손을 덮고 있다. 왕의 육신이 왕의 영혼을 여전히 결박하고 있다."는 문장이 등장하는데, 이것은 『나의 왼손은 왕, 오른손은 왕의 필경사』에 등장했던 왼손과 오른손의 분명한 반복이다. 그렇다면, 왕의 죽음은 그토록 세상을 떠들썩하게 했던 작가의 죽음을 의미하며, 동시에 책을 파묻으라는 왕의 명령은 문학의 종언을 의식적으로 선언하는 것이라고 볼 수도 있다.

한유주는 이미 여러 작품을 통해 언어의 불안정성과 의미의 결정 불가능성을 차이 나는 반복을 통해 끊임없이 발화해왔다. 언어는 왕과 필경사의 거리만큼이나 작가의 의도도 제대로 표현할 수 없으며, 현실을 재현할 수도 없기 때문이다. 「불가능한 동화」에서도 이러한 인식은 반복해서 나타난다. "왕비는 모든 동화들에 등장하는 왕비들처럼 젊고 아름답다. 왕비의 외양을 설명하기란 그러므로 불가능하다."와 "왕녀는 모든 동화들에 등장하는 나이 어린 왕녀들처럼 아름답다. 그러므로 왕녀의 외양을 설명하기란 불가능하다."는 문장이 대표적이다. 패러독스로 가득한 이 문장들에는 오히려 언어는 실상을 왜곡할 뿐이라는 작가의 인식이 담겨져 있다. 언어는 훨씬 더 모호하고 잘 미끄러지는 것이다.

왕의 죽음은 왕국의 종말로 이어진다. 이 왕국에는 오직 왕의 요리

사, 왕의 딸, 왕의 쥐, 왕의 악기, 왕의 하인, 왕의 악사…… 등등이 존재할 뿐이기 때문이다. 왕은 왕자가 아닌 왕녀를 남겨두었는데, 새로운 왕이 될 왕의 사위는 장례식에 도착하기도 전에 왕의 신하에 의해 살해된다. 작가는 영원한 단절을 다시 한 번 강조하겠다는 듯, "그는 아이 없이 죽게 될 것"이라는 말까지 덧붙인다.

이 작품에서 왕녀는 종말의 상황에서 문학의 생명을 이어나가려는 한 예외적인 존재로 부각된다. "왕국의 모든 책들은,/왕녀가 읽어서는 아니 되므로,/나의 매장과 동시에,/나의 영토에,/매장할지어다./이유 없이,/소리 없이."라는 왕의 마지막 명령 역시 왕녀가 지닌 특별한 위치를 반어적으로 강조하고 있다. 나아가 이 왕녀에게서 새로운 소설의 가능성을 탐색하는 작가 한유주의 모습을 발견하는 일은 어찌 보면 자연스럽다. 왕의 마지막 명령에 저항이라도 하듯이, 왕의 장례식이 시작되는 순간 왕녀는 치맛자락 사이에 숨긴 한 권의 책을 들고 북쪽 탑에 오른다. 탑의 골방에서 책을 펼치자 책의 표지는 물론이고, 모든 페이지들마다 왕녀가 흘린 피로 얼룩져 있다. 왕녀의 정열 혹은 생명의 비유적 결정체인 그 피를 통하여 문학은 다시 생명을 얻을 수 있을까? 결론은 오히려 반대에 가깝다. 다음의 인용에서처럼, 「불가능한 동화」는 책들의 문장이 모두 사라지고 왕국의 모든 것이 정지하는 모습으로 끝나기 때문이다.

왕녀가 천천히 쓰러지고 있다. 왕녀가 한 번도 자신의 것으로 만들지 못했던 감정들이 쓰러지고 있다. 왕녀가 품고 있던 한 권의 책이 왕녀의 손을 벗어나고 있다. 그 책에 적힌 문장들이 사라지고 있다. 그러니 백년의 시간이 지나가더라도 아무도 그 책의 문장들을 읽지 못할 것이다. (중략) 왕의 백성들이 선 채로 잠이 든다. 왕녀는 피를 흘린다. 그러나

왕녀의 핏줄기도 곧 잠이 들 것이다. 사라지다 만 문장들이 왕녀의 그림
자로 굳어진다. 왕의 명령이 정지한다. 왕비의 눈물이 정지한다. 왕국이
정지한다. 왕의 책들이 정지한다. 백 년의 시간이 지나더라도 왕국의 시
간은 깨어나지 않을 것이다. 소리 없이. 소리 없이.

이러한 결말은 데리다가 해체론을 주장하며 사용한 삭제(under
erasure)에 해당한다고 말할 수 있다. 삭제는 흔적도 없이 완전히 없애
는 것이 아니라 해당 낱말을 적은 뒤(c) 그 위에 가위표를 긋는 것(C̸)
을 말한다. 이 작품의 결말은 서사 전체의 차원에서 이루어지는 삭제
에 해당한다. 이러한 삭제를 통하여 독자는 돌이킬 수 없는 문학(언어)
의 종말을 다시 한 번 확인하게 된다.

한유주에게 있어 언어를 통한 새로운 의미나 세계의 창조는 불가능
하다. 언어는 세계에 대한 인간의 경험과 지식이 생성되는 토대이기
때문에 언어의 종말은 자연스럽게 세상의 종말과 맞닿을 수밖에 없
다. 묵시록적인 이미지로 가득한 「불가능한 동화」의 결말 역시 이러한
차원에서 이해할 수 있다. 한유주는 소설을 통해 언어와 세계를 철저
하게 해체하고 있는 것이다. 주지하다시피 해체는 텍스트의 결정 불
가능성을 드러내는 것과 텍스트를 구성하는 이데올로기들의 복잡한
작동 양상을 드러내는 것을 목표로 한다. 지금까지 한유주의 작업은
거의 전적으로 전자의 측면에만 초점을 맞추어 왔다. 「불가능한 동화」
에서도 우리는 정서적으로 승화된 해체의 진면목을 확인할 수 있었
다. 그러나 보다 많은 공감과 통찰을 위해서라면 이제 한유주의 작업
은 현실에 바탕한 이데올로기들의 복잡한 작동 양상을 드러내는 새로
운 해체의 모습까지도 보여주어야 할 시점에 이른 것으로 보인다.

슬픔에 부풀어 오르다

— 천정완의 「팽—부풀어 오르다」(『창작과 비평』, 2011년 겨울호)

천정완의 「팽—부풀어 오르다」는 인간의 삶에 내재한 근원적인 슬픔이 터지기 직전의 풍선처럼 팽팽하게 부풀어 오른 작품이다. 터지기 직전까지 부풀어 오른 풍선의 아슬아슬한 긴장은 존재론적 층위와 사회적 층위 양쪽에 모두 걸려 있다. 이 작품의 주제는 젊은 나이에 요절한 형의 죽음을 중핵으로 형성된다. 형의 죽음이 지닌 의미에 대한 탐구는 누수 탐지 전문가인 동생, 즉 '나'에 의해서 이루어진다. 주인공이 탐지하는 누수란 바로 형의 죽음의 전조와 깊이 관련되어 있다. 체육관의 누수를 형은 하나의 "징조"로서 받아들였던 것이다.

이 작품은 형의 장례식을 배경으로 하고 있다. 문상객이 스무 명도 오지 않을 거라면서 10인분의 식사만 주문하며 울먹이는 형수가 지키는 장례식장의 쓸쓸한 분위기가 이 소설을 일관되게 지배한다. 형수는 장례식의 처음부터 끝까지 울음을 그치지 않는다. 그러고 보면 형수는 형이 "우는 형수가 두렵다"고 말할 정도로 그 이전부터 울음이 많았다. 이러한 울음은 인간의 존재론적 비극과 동시대의 사회적 현실에서 동시에 발원하는 것이다.

먼저 존재론적인 차원에서 체조선수였던 형의 죽음이 지닌 의미를 살펴보자. 산을 옮기는 사람처럼 조용했던 형은 치열하게 체조를 했고 누구보다 체조를 사랑했다. 그런 형이 체조선수 생활을 은퇴한다. 형이 마지막으로 참가했던 대회를 앞둔 어느 저녁 주인공을 만난 형은 무섭다고 말한다. 이러한 두려움이 대회에서 거둘 성적에 대한 걱정 때문이라고 생각한 '나'는 "이번에는 우승할 수 있을 거야."라며 형을 격려한다. 그러자 형은 "그게 아니라"고 말한다. 이후에 밝혀지는 것이지만 형은 자신이 평생에 걸쳐 얻고자 했던 기술을 드디어 성취했기 때문에 두려웠던 것이다. "대회가 코앞인데 자꾸 어려운 걸 연습하더라"는 형의 선배 말처럼, 형은 어느 순간부터 대회의 성적을 뛰어넘어 자신이 완성하고자 하는 기술에 전념했던 것이다.

드디어 형은 '나' 앞에서 자신이 10년 간 단 하루도 빼놓지 않고 10시간씩 연습한 기술을 보여준다. 그날은 마침내 단 한 번의 실수도 없이 그 기술을 해낸 날이다. 그 순간에야 형은 비로소 은퇴하겠다고 말한다. 상식적이라면 10년의 시간을 들여 무언가를 성취했을 때 뒤따를 반응이란 너무나 기뻐하며 그 일에 더욱 전념하는 모습일 것이다. 그러나 형은 이러한 일반적인 태도와는 달리 오히려 괴로워하며 나아가 체조를 그만두고자 한다. 이러한 사정은 주인공과 형수가 나누는 다음의 대화에 잘 나타나 있다.

－은퇴하기 얼마 전이었나? 평생 연습한 기술이 거의 다 완성되어 간다고 하더라고요.

　－예. 알아요. 형은 대학 때부터 그 기술을 해보고 싶어 했어요.

　(중략)

　－무서웠다고, 그러더라고요.

　－뭐가요?

　－완성되고도 아무 일도 벌어지지 않을 수도 있다는 생각이 들었대요.

　형수는 형이 괴로워한 것이 바로 자신의 인생을 바쳐 완성한 일이 결국 세상에 아무런 영향도 발휘하지 못하는 상황이었음을 보여준다. 그렇다면 형이 하루에 10시간씩 10년의 시간을 바쳐 완성하고자 한 기술이란 자신의 무력함과 세상의 무의미함을 감추기 위한 하나의 스크린에 불과했는지도 모른다. 그런데 바로 그 기술이 완성됨으로 해서 환상의 스크린은 더 이상 기능하지 못 하고, 개체로서의 인간이 지닌 근원적 왜소함이 전면에 드러나게 된 것이다. 이제 형에게 남는 것은 죽음이라는 또 하나의 존재방식 밖에는 없었을 것이다.

　또한 형의 죽음은 사회적 측면에서도 그 의미를 발견할 수 있다. 형은 은퇴하자 몸이 이전보다 두 배로 불어나고 생활에도 제대로 적응하지 못한다. 형은 점점 더 많은 것을 먹기 시작했고, 나중에는 형수가 도저히 감당할 수 없는 지경에까지 이른다. 은퇴 후 형은 생활체육을 가르치는 작은 체육관 일을 시작한다. 그러나 별다른 돈도 벌지 못하고, 체육관에는 심각한 누수 현상이 발생한다. 누수 현상은 점점 심해져 나중에는 나무 바닥이 썩고 결국 체육관 원생들이 모두 그만두는 일까지 발생한다.

　은퇴 뒤에 따르는 이러한 곤란함을 형만의 문제로 한정시키기에 오늘날 우리 주위에는 조기 퇴직자들이 너무나 많이 존재한다. 마땅한 사회적 안전망 없이 사회에 던져진 많은 이들이 조그만 자영업에서 노점상으로 다시 빈민으로 나앉고 있는 것이다. 인생을 체조에만 바쳤지만 별다른 대책 없이 그 세계로부터 벗어난 형이 겪는 곤란과 괴로움은 오늘날의 현실에 적지 않은 의미를 지닌 것으로 보인다. 천정완의 「팽─부풀어 오르다」는 어떠한 대상도 인간에게 온전한 의미를 부여할 수 없기에 끝내 번민할 수밖에 없는 인간의 존재론적 비극과 이전의 삶으로부터 폭력적인 방식으로 내던져진 이 사회의 수많은 조기 퇴직자들의 슬픈 사회적 존재조건을 환기시키는 작품이다.

아이러니스트가 바라본 우리 시대 가족

— 천명관의 『고령화 가족』(문학동네, 2012)

＿＿＿＿＿＿＿＿＿

　천명관은 리처드 로티(Richard Rorty)가 대표적인 아이러니스트로 꼽은 프루스트처럼 섬세하고 집요하지는 않지만, 한국 문학사에서 쉽게 찾아볼 수 없는 유머러스하고 대범한 아이러니스트임에는 분명하다. 그는 결코 절대적인 진리나 선의 존재를 믿거나 그것에 자신을 의탁하지 않는다. 당연히 한 줄도 안 되는 도그마나 애들도 아는 상식에 기대어 젠체하거나 세상을 윽박지르는 낯뜨거운 장면도 연출하지 않는다. 그는 세상의 우연성을 잘 인식하고 있으며, 모든 것은 물 위에 써지는 글자에 지나지 않음을 한순간도 잊지 않는다. 천명관의 이마에는 본질, 진지, 필연, 절대, 영원, 불변 등의 단어보다는 현상, 우연, 상대, 생성, 소멸, 변화 등의 단어가 새겨져 있음에 분명하다.

　『고래』(문학동네, 2004)와 『유쾌한 하녀 마리사』(문학동네, 2007)에서 천명관에게 중요한 것은 '무엇을 어떻게 이야기하다'에서, '무엇'

은 결코 아니고 그렇다고 '어떻게'도 아닌 단지 '이야기하다' 였다. 프랑스 하녀 이야기건, 퇴물 마피아 이야기건, 오쟁이 진 남자 이야기건, 천명관에게 중요한 것은 이야기 그 자체였다. 이번 작품 『고령화 가족』 역시 천명관의 이전 세계에 이어지는 작품이다. 이야기 자체에 대한 욕망도 그대로이며, 말뜻 그대로 독자를 포복절도하게 만드는 유머는 이전보다 한층 실감나고 세련되어졌다.

그러나 변화의 조짐도 보인다. 그것은 주로 작품의 배경과 관련된다. 무시공의 춘희와 금복이의 세계(『고래』)를 시작으로 프랑스와 미국의 뒷골목(『유쾌한 하녀 마리사』)을 지나 비로소 '지금-이곳'의 현실에 도착했다는 느낌을 주기 때문이다. 『고령화 가족』은 이 시대의 온갖 궁상을 끌어모아 제시하고 있다. 남편과 사별하고 칠순이 넘어서도 화장품 외판원을 하는 엄마, "전화번호부를 가지고 영화를 만들었더라도 이보다 더 못할 수는 없다"(16쪽)는 평을 받은 영화를 만들어 영화감독으로나 경제적으로나 완전히 파산한 '나' 오인모, 동생에 의해 "폭력과 강간, 사기와 절도로 얼룩진 전과 5범의 변태성욕자, 정신불구의 거대한 괴물…… 한마디로 인간망종"(19쪽)으로 소개되는 오한모, 외간 남자와 바람을 피워 두 번째 이혼을 앞두고 첫 번째 남편의 아이인 민경과 함께 사는 여동생 미연이 이 가족의 구성원이다. 평균 나이 사십구 세인 '고령화 가족'은 신도시 외곽, 기찻길을 따라 나란히 늘어선 낡은 엄마의 연립주택에 다시 모인다.

그러나 이들의 궁핍을 정색하고 다루며, 그 사회적 이면에까지 관심을 기울이는 것은 천명관의 뜻과는 무관하다. 천명관에게 중요한 것은 '무엇'도 '어떻게'도 아닌 '이야기하다' 이듯이, '무슨 삶'도 '어떤 삶'도 아닌 그냥 '삶' 일 뿐이다. 이 작품을 지배하는 유머도 구체적인 삶과의 거리두기에서 발생한다. 한 희극배우의 말마따나 인생은 가까이서 바라보면 비극이지만, 멀리서 바라보면 희극이기 마련이다. 배 다르고 씨 다른 남매들이 동거를 하든, 자식을 위해 헌신만 한(할) 줄 알았던 엄마가 야매로 이쁜이 수술을 받고 연애에 목숨을 걸(었)든, 인간보다는 멧돼지에 가깝던 형이 영화 〈스팅〉의 주인공처럼 한 건을 크게 하든, 조카 돈을 삥 뜯던 쫌팽이가 인간의 자존을 지키기 위해 목숨을 걸든…… 삶이라는 만화경이 만들어내는 여러 풍경 중의 하나라는 점에서는 별다를 게 없다. 아무리 숭고하고 진실한 삶도 하나의 삶일 뿐이듯이, 아무리 하찮고 어이없는 삶도 그저 또 하나의 삶일 뿐이다.

이 작품에는 조금 뜬금없이 헤밍웨이의 작품과 삶이 서사와 병행해 계속 언급된다. 그러나 이때의 헤밍웨이는 하나의 전범으로 존재하는 것이 아니다. 그 역시 가능한 하나의 삶의 방식을 보여준 한 명의 인간으로 등장할 뿐이다. '나'는 그토록 혐오하던 오함마가 떠날 때, 형을 헤밍웨이로 착각하기도 한다. 한평생 생존하는 것만도 힘들어했던 아버지가 유일한 허영으로 카우보이 부츠를 샀듯이, 헤밍웨이도 진짜 남자라는 허영을 채우고자 지휘관이 되고 싶어 했을 뿐이다. 헤밍웨이에 대한 마지막 언급은 다소 잔인할 정도로 건조하다. "하지만 순수했던 시절은 모두 지나가고 그는 무언가에 코가 꿰어 여자를 갈아치우고 더 많은 짐승을 살해하고, 미친 듯이 먹어대 돼지처럼 몸무게가 늘어나고 거친 영혼은 더욱 황폐해"(273쪽)진 그리하여, 결국에는 자신의 머리를 향해 방아쇠를 당긴 한 명의 인간이다.

『고령화 가족』은 얼핏 보기에 재미있는 이러저러한 에피소드들이 엉성하게 연결되어 있는 것처럼 보인다. 그러나 이 작품은 "모두 실패의 낙인을 간지하고 있었고 과거에 발목이 잡혀 있"(140쪽)던 엄마, 오함마, '나', 미연이, 과거를 털어버리고 있는 그대로의 현재를 긍정하게 되는 이야기이다. 현재에 대한 긍정은 이기적인 삶에서 "누군가를 돌보고 자신을 희생하며 상대를 위해 무언가를 내어주는 삶"(263쪽)으로의 성숙이기도 하다. 전통적인 방식에서는 많이 벗어나 있지만, 일종의 성장소설이라 할 수 있다. 결국 천명관은 매순간 새롭게 구성되는 삶의 현실에 자신을 내어주는 데에 머뭇거리지 말라고 이야기하고 싶은 것이 아닐까. 여러 가지 우여곡절을 겪은 끝에 오인모가 도달한 깨달음의 경지는 다음과 같은 친절하고 명징한 문장으로 제시된다.

> 나는 언제나 목표가 앞에 있다고 생각하며 살았다. 그 이외의 모든 것은 다 과정이고 임시라고 여겼고 나의 진짜 삶은 언제나 미래에 있을 거라고 믿었다. 그 결과 나에게 남은 것은 부서진 희망의 흔적뿐이었다. 하지만 나는 헤밍웨이처럼 자살을 택하진 않을 것이다. 초라하면 초라한 대로 지질하면 지질한 대로 내게 허용된 삶을 살아갈 것이다. 내게 남겨진 상처를 지우려고 애쓰거나 과거를 잊으려고 노력하지도 않을 것이다. 아무도 기억하지 않겠지만 그것이 곧 나의 삶이고 나의 역사이기 때문이다.(286~287쪽)

우연적으로 마주친 현재의 자기 삶에 대한 긍정은 본질이나 전범을 세우고 그것을 그대로 따르는 삶과는 분명 구분되는 것이다. 본질이나 전범을 전제로 하는 삶이 얼마나 폭력적이고, 어이없는 것인가는 '나'의 대학 후배이자 연인인 윤주를 통해 잘 드러난다. 윤주는 결혼 후 캐나다로 이민을 갔는데, 그곳에서 남편은 "캐나다에 온 이상 철저하게 캐나다인이 되어야 한다"(271쪽)면서, 말끝마다 "인 잉글리시"(271쪽)를 외쳐댄 것이다. 그로 인해 윤주는 "영혼이 없는 시체"(271쪽)가 되어 이혼에까지 이른다. 윤주 역시 원본에 도달하고자 하는 욕망에 있어서 남편에 모자라지 않은 인물로서, 자신이 좋아하는 영화감독 캐서린 비글로를 따라 자신의 이름을 캐서린(Katharine)이라고 짓는다. 그러나 미국의 영화감독 이름은 캐서린이 아니라 캐스린(Kathryn)이었음을 뒤늦게 깨닫는다.

천명관에게 삶과 자아란 각자가 창조(발견이 아니다)해 나가는 것이다. 따라서 천명관의 소설에서 '삶이란, 혹은 인간이란 의당 이러해야 한다' 는 식의 개폼은 발견할 수 없다. 세상이 존재하는 방식과 그에 대한 서술은 단지 우연적인 것에 불과하다. 우리는 다만 삶이나 자아를 만들어나갈 수밖에 없는 것이다. 설령 그것이 아무리 허접하고 남루하더라도, 그것만이 나에게는 전부이며 의미 있는 것이다. 우연성을 긍정한다는 것은, 매 순간 맞닥뜨리는 삶을 자신이 선택한 것으로 수용하는 것을 의미한다. 자신의 우연성과 덧없음을 긍정할 때, 니체가 말한 자기 극복은 비로소 가능해진다. 천명관은 '진정한 삶이나 인간' 을 부정함으로써, '모든 삶과 인간' 이 '진정한 삶이며 인간' 임을 역설하고 있는 것이다. "원래 인간이란 뭐든 할 수 있고, 뭐든 될 수 있는 존재"(105쪽)이다.

그렇다고 천명관을 대책 없는 상대주의자로 생각해서는 안 된다. 그는 목숨을 걸고서라도 지켜야만 하는 인간으로서의 존엄을 한순간도 잊지 않기 때문이다. 오함마가 약장수를 상대로 목숨을 건 사기를 치는 이유는 약장수와 그의 졸개들이 오함마의 자존심에 상처를 입혔기 때문이다. '나' 역시 약장수 일당이 자기를 납치했을 때, "인간의 존엄과 자존심"(251쪽)을 생각하며 죽음을 감내하는 숭고한 모습을 보인다.

이제는 이 '고령화 가족'이 지닌 특이한 성격에 대해서 말할 차례이다. 오한모, 오인모, 오미연은 서로 배 다르고 씨다른 남매들로서, 숭고한 핏줄로 맺어진 사이가 아니다. 이들을 가족으로 만들어주는 것은 '핏줄'이 아닌 오함마의 표현을 빌리자면 "의리"(180쪽)이고 엄마의 표현을 빌리자면 "인간적 정리"(285쪽)이다. 그것은 핏줄을 뛰어넘을 만큼 강고하다. 처음에는 서로에 대한 모멸과 혐오로 가득하지만, 시간이 지날수록 이들은 서로를 그리워하며, 때로는 서로를 위해 자신의 삶과 목숨 나아가 자존을 걸기도 한다. 나중에는 서로를 향한 모멸과 혐오가 사실은 말할 수 없는 애정의 변형태에 불과했음이 드러난다. 형에 대한 미움 등은 단지, "죄의식과 부채감 등 인간의 복잡한 감정을 받아들이는 데에 있어서 가장 어리석고 나약한 사람들이 선택하는 방식"(192쪽)에 불과했던 것이다.

『고령화 가족』의 중심에 있는 어머니상 역시 이전과는 많이 다르다. 이 작품의 모성은 '어머니'도 '엄마'도 아닌 '맘마'로 존재한다. 이 소설의 마지막은 태어나서 "내가 완벽한 문장으로 처음 한 말은 뭐였을까?"(287쪽)라는 질문을 던지고, 그것이 "나도 알고 당신도 알고 우리 모두가"(287쪽) 아는 말 "맘마"(287쪽)라고 대답한다. '밥'과 동의어로 등장하는 것이 바로 이 작품의 모성인 것이다. 이 작품에서 어머니는 시종일관 끼니를 챙겨주는 사람이다. "엄마가 알고 있는 것은 그저 '사람은 어려울 때일수록 잘 먹어야 한다'거나, '몸만 성하면 된다'는 식의 막연하고 단순한 금언들뿐이었다. 그래서 엄마가 해줄 수 있는 것이라곤 자식들을 집으로 데려가 끼니를 챙겨주는 것뿐이었"

(198쪽)던 것이다. '맘마'로서의 모성은 일종의 퇴행일 수도 있겠지만, 모성에 덕지덕지 달라붙은 그동안의 허구적 인식들을 벗겨내는 작업이기도 하다. 이것은 새로운 가족과 세상을 꿈꾸기 위한 하나의 현상학적 환원에 해당한다고 볼 수 있다.

살인의 추억

— 유현산의 『1994년 어느 늦은 밤』(네오픽션, 2012)

---

1. 기원적 시공

1994년 기록적인 폭염이 지나가던 가을의 초입, 전대미문의 살인마 집단 지존파가 모습을 드러냈다. 김현양, 김기환 등 6명이 지존파라는 범죄집단을 만들어 1993년 4월부터 검거되던 1994년 9월까지 다섯 명을 납치 살해한 것이다. 무엇보다 주택에 유치장, 시체 소각시설까지 갖춘 모습이 큰 충격을 준 엽기적인 사건이었다. 유현산의 『1994년 어느 늦은 밤』은 바로 이 지존파 사건에서 주요 모티프를 가져온 소설이다. 한국 소설사에서 1990년대는 강렬했던 1980년대를 정리하기 위해 필요한 후일담의 시공이나 자본주의의 난숙과 함께 꽃핀 소비문화의 주무대로 등장하고는 했다. 유현산의 『1994년 어느 늦은 밤』은 그와는 다른 새로운 모습을 보여준다. 이름 모를 공장이나 탄광에서 죽어라

일만 하던, 나중에는 자기들이 만든 임시 유치장과 시체 소각시설에서 자기들만의 정의를 구현하던 한 무리의 청년들이 살아가던 시공으로 1990년대가 등장하는 것이다.

유현산의 『1994년 어느 늦은 밤』이 과거를 대하는 태도는 '현재의 전사(前史)라는 관점에서 과거를 생생히 묘사함으로써 현재에 대한 우리의 인식을 풍부히 해준다' 는 전통적인 역사소설의 관점에 맞닿아 있다. 유현산은 지존파라는 자극적인 소재를 가지고 왔지만, 작가의 목표는 소재주의에 있는 것은 아니다. 오히려 그 사건을 통하여 우리가 진정 알아야만 하는 1990년대의 모습은 오롯이 그 자태를 드러내게 된다. 나아가 작품 속 세종파의 절망과 분노를 낳은 자유주의와 경제주의의 문제는 지금의 시대 현실을 성찰하는 과정에서도 핵심적인 요소로 작용하며, 어느새 1990년대는 지금 우리가 겪는 폭력의 기원적 시공으로 새롭게 의미 부여가 되는 것이다. 문민정부는 군사독재를 끝내고 형식적 민주주의의 진전을 가져왔지만, 동시에 자유주의와 자본주의를 궁극적인 대세이고 삶의 돌이킬 수 없는 지평으로 확정지었다. 이러한 1990년대야말로 2012년이 겪는 모든 문제를 미리 앓던 문제적 시기였다고 할 수 있다.[1]

세종파가 청년기를 보냈으며 아지트가 있던 상도동을 다시 방문했을 때, 서술자인 한동진은 "세상이 10년 동안 한치도 변하지 않은 채 시간 단위로 반복되는 것 같은 기시감"(106쪽)에 시달린다. 말할 것도 없이 세종파의 아지트였던 건물들은 일찌감치 철거되었고, 주변 환경

· · · · ·
1) 『1994년 어느 늦은 밤』에서는 외국인 노동자의 수입에 대한 우려, 신한국 건설을 위한 기업식 경영, 시장 개방과 규제 완화를 주장하는 신문사설이 소개되고는 한다.

도 모두 변했다. 그럼에도 동진이 느끼는 기시감은 1990년대와 지금이 서로 긴밀하게 연결되어 있다는 하나의 상징으로 볼 수 있다. 이외에도 유현산의 『1994년 어느 늦은 밤』은 진정한 애도의 가능성, 범죄의 기원, 주관적 폭력과 객관적 폭력의 관계, 대의에의 강박이 지닌 문제점, 90년대를 호출하는 시대적 무의식 등의 만만치 않은 문제들을 제기한다.

2. 지속되는 1994년의 밤

『1994년 어느 늦은 밤』은 세종파의 '인질이자 공범'으로 10년간 옥살이를 하고 출옥한 한동진이 과거를 회상하는 형식으로 되어 있다. 한동진은 기표의 애인이었던 혜진을 만난 이후로 세종파가 지나온 발자취를 시간 순으로 추체험해 나간다. 이것은 곧 애도의 과정이라고 볼 수 있으며, 이때 애도를 행하는 주체는 한동진이고 애도의 대상은 세종파와 그들이 활동했던 1990년대이다.

한동진은 자신이 왜 끔찍한 세종파의 기억에 매달리는지 알지 못한다. 혜진을 만나러 가면서도 자신이 왜 그녀를 만나려 하는지 알지 못하며, 10년 전 세종파를 보도한 정인환 기자가 "왜 그때 일을 들춰내는 거죠? 잊고 싶지 않아요?"(135쪽)라고 말할 때에도 동진은 "저도 모르겠습니다."(135쪽)라고 말한다. 이것은 한동진이 세종파를 향한 리비도를 철회하지 못한 채, 여전히 심리적 드잡이를 계속하는 우울증적 주체임을 의미한다. 한동진은 아직도 눈을 감으면 10년 전 그날 강진웅의 속삭임을 듣고, "나는 영원히 거기서 벗어나지 못할 것"(139쪽)이라고 우울하게 생각하는 것이다.

한동진의 이러한 상태는 세종파의 주술에 걸린 결과이다. 세종파가 한동진에게 진정으로 원했던 것은 바로 한동진이 자신들을 잊지 않는 것이었다. 기표는 사형당하기 직전에도 "동진아…… 날 기억해줘…… 난 무서워……."라며 "내게 기억을 강요"(24쪽)했던 것이다. 다윗 역시 "넌 들어야 돼. 왠지 그런 생각이 들어. 넌 살아남을지도 모르고, 살아남는다면 이 이야기를 기억하고 있어야 돼."(220쪽)라고 말한다. 다윗은 "지강헌처럼 사람들이 우리를 기억했으면 좋겠어. 악마로라도 기억했으면 좋겠다고,"(221쪽)라고 덧붙인다. 기표는 자신들의 살인극이 끝나가던 절박한 순간에도 "죽으면 다 같이 죽겠지만 살아남으면 써라."(274쪽)라고 절규한다.

한동진은 그 부담스러운 기억의 굴레로부터 벗어나고 싶어한다. 한동진이 그들의 행적을 추체험하고 그들에 대한 글을 쓰는 것은 바로 세종파를 향한 애도의 첫 번째 단계라고 할 수 있다. 애도를 위해 한동진이 선택한 것은 글을 쓰는 일, 바로 상징화이다. 이것은 세상이 세종파에게 드리운 잘못된 상징화를 바로잡는 일이기도 하다. 각막을 다쳐서 눈을 비비는 습관이 있는 김다윗에 대한 기사의 제목은 '울고 웃는 살인자'이며, "어머니를 보지 못해 한(恨)"(134쪽)이라는 김다윗의 말은 어느새 "어머니를 죽이지 못해 한(恨)"(134쪽)이라는 패륜의 말로 둔갑했다. "기자들은 그때 세종파의 악마성을 훼손할 수 있는 에피소드를 싫어했"(170쪽)던 것이다.

그러나 한동진의 애도에서 가장 큰 문제는 바로 한동진의 자리가 없다는 것이다. 한동진은 '인질이자 공범'이기도 한 것인데[2], 그는 '인

• • • • •

2) 이전에도 한동진은 세종파에 반쯤은 걸쳐 있는 애매한 자리에 놓여 있다. 어머니

질'의 자격으로만 세종파를 마주한다. 이것은 세종파와 자신을 완전히 분리시킨다는 점에서 상징화를 통한 대상과의 분리가 드러내는 폭력에 못지 않게 폭력적이다. 이러한 문제를 날카롭게 지적하는 것이 서기표의 애인, 사실은 세종파 모두의 애인이었던 혜진의 존재이다. 혜진은 "기표 오빠를 가르친 건 오빠잖아. 허무맹랑한 생각을 집어넣은 것도 오빠고."(29쪽)라고 말하며, 한동진의 애도 행위가 지닌 비윤리성을 직설적으로 드러낸다.

　의아해하는 한동진에게 혜진은 "다들 오빠 말이라면 껌벅 죽었다고. 기억 안 나? 위대한 한 걸음이 어쩌고, 선택받은 사람이 어쩌고, 모든 게 허용된다느니, 지강헌의 선언이 어쨌다느니, 외국 철학자가 말했다는 개 풀 뜯어 먹는 소리, 그거 다 오빠가 말한 거잖아."(29쪽)라며 과거의 일을 떠올린다. 실제로 동진은 세종파가 결성되던 1993년 4월 30일에 "누군가 폭력을 써야 한다. 누군가 세상을 뒤엎어야 한다. 인간에게 정해진 도덕이란 없다. 도덕은 선택과 행동을 통해 사후적으로 만들어가는 것이다. 인간들이 가장 두려워하는 것은 새로운 한 걸음이다. 그 한 걸음은 처음엔 악이라 불리고 머지않은 미래에 선이라 불리게 될 것이다."(114~115쪽)라고 말했던 것이다. 그러고 보면 혜진의 "죽을 사람은 다 죽었어. 이제 와서 헤집는다고 그 사람들이 살아 돌아와? 오빠 죄가 용서돼? 오빠는 자기 책임을 회피하고 싶어

• • • • •

의 한복가게가 번창하여 서울의 중위권 대학 불문과에 입학한 동진은 "대학교와 상도동으로 분열"(110쪽)된 존재인 것이다. 상도동이란 세종, 기표, 다윗 등이 이사가 살던 곳이자 세종파의 아지트가 있던 곳이다. 세종파의 대의에 숨이 막혀 도망치려는 이세종에게 동진은 "전 끝까지 가볼 거예요. 도망치기 싫고 도망칠 수도 없어요."(239쪽)라고 말한다.

서 그러는 거잖아. 인정해. 오빠는 죄인이야."(30쪽)라는 말은 에누리 없는 진실이다.

그런데 혜진이 가장 빛나는 대목은 스스로에 대한 엄격함에 있어서이다. 혜진은 "나도 공범이야."(31쪽)라며 "재판 때 다들 날 감싸줬잖아. 나는 아무것도 몰랐다고 말이야. 하지만 난 다 알았어. 알면서도 도와줬어."(31쪽)라고 고백한다. 그리고는 "지겨웠…… 죄를 끊어버리고…… 죄의 새끼도…… 나도 벌을……."(31쪽)이라는 말을 남기고 떠난다. 결코 애도란 명료하게 언어화될 수도, 종결될 수도 없음을 의미하는 것이다. 한동진 역시 마지막에는 "이 고통이 언제 끝날지 알 수 없다는 사실이 더 고통스럽다."(376쪽)라며, '불가피하지만 불가능한' 혹은 '불가능하지만 불가피한' 애도의 윤리를 깨닫게 된다.

3. 폭력의 기원

유현산의 『1994년 어느 늦은 밤』은 끔찍한 범죄를 다루고 있지만, 무엇보다 관심의 초점은 범죄 양상 그 자체가 아니다. 그러한 끔찍한 범죄를 낳은 배후의 요소에 더욱 더 관심이 있다. 범죄의 양상을 묘사하는 경우에도 그 초점은 배후에 감춰진 그 원인과의 관련성을 찾는 것에 놓여져 있다.

보통 사람들이 가정을 통해서 성장하듯이, 세종파도 가정을 통해서 살인범으로 성장해 나간다. 세종파의 구성원 이세종, 서기표, 신정수, 김다윗은 물론이고 나중에 합류하는 강진웅과 주인공 한동진은 모두 가정에서 상처를 받으며 자랐다. 그러한 상처는 현실의 가난과 무능하고 폭력적인 아버지에게서 비롯된다. 세종파를 묶어주는 것은 다름 아닌 어렵고 힘든 유년 시절의 상처이다. 비만 오면 침수되는 안양천 변 빈민가에서 자란 아이들은 세상의 쓴맛을 보며, 이때부터 냉정한 세상의 원리를 깨닫게 된다.

1984년 9월 1일의 홍수로 동네가 물에 잠기자 사람들의 분노는 격렬한 시위로 나타난다. 1984년의 대홍수는 일종의 세례의식으로 보아 무리가 없다. 그날 자신들의 부모가 겪는 일을 보았을 때, 후일의 세종파들은 이미 탄생하고 있었던 것이다. 그들은 "이 동네는 우리를 못 잡아먹어서 안달이야. 경찰도 소방차도 어른들도 다 필요 없어. 우리는 우리가 지킨다. 우리 중 누군가가 세종이 형 같은 일을 당하면 목숨을 걸고 구해야 된다. 이제부터 우린 형제다."(81쪽)라는 결의를 한다. 이때의 경험이야말로 이들을 이어주는 근본적인 동지적 결합의 배경이 된다. 그들의 우정은 "신정동의 홍수와 이산을 겪어본 자들만이 가질 수 있는 일종의 동지의식"(111쪽)이었던 것이다.

1985년 4월 끝내 신정동을 떠난 이들은 화곡동에 있는 어머니의 한복가게 골방으로 이사한 강동진을 제외하고 모두 상도동 달동네로 이사한다. 나머지 세종파 멤버보다 두 살이 많은 이세종은 알콜 중독자인 아버지를 1984년 홍수로 잃고 가장이 되어 학교 대신 온갖 노동일(공사판, 운동화 전문 업체, 도계 탄광, 합판공장)을 전전하며 힘겹게 살아간다. 그러나 그에게 돌아오는 것은 병에 걸린 어머니의 치료마저 포기해야 하는 극한의 가난이다. 다윗과 병수 역시 고등학교를 자퇴한 후 문래동 공장에서 선반공 일을 시작한다. 김다윗은 불꽃 때문에 각막이 상처투성이가 되고, 병수의 오른손 엄지손가락은 산재로 인해 뒤틀려 있으며 노동의 고통으로 환각제인 후링가를 복용한다. 기표는 패싸움으로 소년원을 다녀온 후 가출을 반복한다. 이후 변호사의 사기로 1500만 원을 날리는 일을 경험하고는 "한 푼 두 푼 벌어서 착실하게 인생을 산다는 것이 얼마나 쓸데없는 짓인지 깨"(99쪽)닫는다. 이러한 경험을 한 세종파와 같은 20대들에게 1990년대의 심각한 양극화[3]는 엄청난 박탈감을 심어준다.

1990년대는 민주화가 되었기에 더욱 절망스러운 시기였는지도 모른다. 이전까지는 모든 문제의 근원은 정치 군인들과 그 잔당 때문이며, 따라서 그들만 제거된다면 모든 것이 행복해질 것이라는 믿음을 가질 수 있었다. 그러나 문민정부가 출범하고, 새로운 정부는 수립되었지만 결코 그런 날들은 오지 않았다. 이것이야말로 하층민들의 비루한 삶을 가려주던 환상의 커튼이 산산이 찢어졌다는 점에서 더욱 절망적일 수도 있는 상황이다. 문민정부의 도래와 함께 "사회주의가 붕괴하고 냉전이 끝나고, 천년왕국이 올 거라는 믿음이 환상으로 판명"(187쪽)되고 있었던 것이다. 1990년대는 "잘살아보세라든지, 독재 타도라든지, 이렇게 우리를 하나로 묶는 구호가 사라진 시대"(288쪽)이며, 구호가 사라졌다는 것은 사람들을 하나로 묶어주는 공통 관심사와 공통의 환상이 소멸했음을 의미한다. 이러한 상황의 절망감은 세종파와 같은 극단의 폭력으로 표출되었던 것이다.

●●●●●

3) 이 작품은 김영삼 대통령의 취임식으로 시작된다. 그리고 뒤이어 세종파 아지트 수색 동행기가 배치되어 있다. 그런데 김영삼 대통령이 아침 운동을 시작하고 취임식장을 향해 떠나는 곳도 상도동이고, 세종파의 아지트가 있던 곳도 상도동이다. 이것은 "서울에서 가장 가난한 자들과 가장 부유한 자들이 공존하는 지역"(136쪽)인 상도동의 양극화된 현실을 강조하기 위한 설정으로 보인다.

4. 폭력의 탐구

『1994년 어느 늦은 밤』은 폭력의 극한을 보여주었던 지존파 사건을 주요 모티프로 삼음으로써 자연스럽게 폭력에 대한 성찰로 독자를 이끈다. 세종파는 인간이 생각할 수 있는 주관적 폭력의 극한을 보여주었지만, 동시에 독자는 세종파라는 괴물을 보며 그러한 괴물을 만든 구조적이며 상징적인 폭력의 괴물성 역시 성찰하지 않을 수 없기 때문이다. 말할 것도 없이 이러한 괴물성이야말로 오늘날의 폭력이 지닌 본질적인 속성에 맞닿아 있다. 지젝이 말한 주관적 폭력과 구조적 폭력의 관계는 다음 김다윗의 말에 잘 나타나 있다.

> "경찰은 요즘 한국병이 어쩌고 신한국이 어쩌고 하면서 사회 기강을 잡겠다고 난리를 치잖아. 하지만 진짜 무서운 건 사회 혼란이 아니야. 조폭이나 도둑놈들이 아니라고. 오히려 사회 혼란을 욕하는 놈들이 무서운 거야. 집에선 가족들한테 잘하고 사람들한테 인정도 베풀고 소년 소녀 가장 돕기에 기부금도 척척 내는 놈들이 말이야. 회사에 가면 한 푼이라도 더 챙기려고 아랫놈들 닦달하고 빽 없는 직원들만 자르고 부정부패를 저질러. 부동산 장사를 해서 떼돈을 벌고 자식 놈들은 오렌지족이 되고. 그게 당연한 건 줄 알아. 이런 게 무서운 거야."(214쪽)

위의 인용에서 "사회 혼란을 욕하는" 사람들, 즉 주관적 폭력을 욕하는 사람들은 가족에게도 잘하고, 어려운 사람들에게도 인정을 베푸는 사람들이다. 그들은 가시적인 성격을 지닌 폭력과는 거리가 먼 사람들이라 할 수 있다. 그러나 그들이야말로 이 자본주의 체제의 구조적 폭력을 맘껏 휘두르는 사람들로서, 근본적인 차원에서는 세종파에 못지 않은 폭력을 휘두르는 범죄자들이라고 말할 수도 있다.

세종파가 이 작품에서 내보인 폭력은 라캉이 '행위로의 이행' (passage a l'achte)이라 부른 것과 유사하다. 행위로의 이행이란 행동을 통해 충동을 표출하는 것을 뜻하는데, 말이나 사유로는 표현해낼 수 없는 것이며 견딜 수 없는 극도의 좌절감을 동반한다. 이는 그것을 저지르는 자가 무력한 상황에 처해 있다는 증거일 뿐 아니라, 문화분석가 프레드릭 제임슨이 '인식론적 지도'라 칭했던, 자신이 처한 상황의 경험을 의미 있는 전체 속에 위치시킬 수 있는 능력이 그에게 없다는 증거이기도 하다. 마치 2005년 파리 폭동에서 시위대가 원했던 것이 "가시성을 얻기 위한 직접적 노력"이었던 것과 유사하다. "싫든 좋든, 우리는 여기 있다. 애써 우리가 안 보이는 척해봐야 소용없다."는 것이야말로 시위대가 주장하고 싶었던 것이다.[4] 실제로 세종파의 최종목표는 "파출소를 습격해서 총을 탈취하는 거야. 그런 다음에 방송국을 점령하고 인질을 협박해서 생방송으로 우리가 하고 싶은 얘기를 다해버리는 거"(219쪽)다.

이것은 이세종이 1인당 10억 버는 것을 최종목표로 삼은 것과는 크게 구별된다. 기표의 마지막 말이 "이곳에서 구원을 얻게 돼 기쁩니다."(360쪽)인데 반해 이세종의 마지막 말은 "엄마……."(362쪽)이다. 이세종에게는 처음부터 의미 따위는 무의미했던 것이다. 그는 끝까지 아이였으며, 단지 돈이 필요했을 뿐이다. 실제로 많은 사람들에 의해 세종 오빠는 숭고한 대의보다는 돈에만 관심이 있었던 것으로 이야기

● ● ● ● ●

4) 슬라보예 지젝, 『폭력이란 무엇인가』, 이현우 · 김희진 · 정일권 옮김, 난장이, 2012, 119쪽.

된다. 혜진은 세종이 "돈이나 벌려고 했"(195쪽)다고 증언하며, 이세종의 술친구인 한동진 역시 "그냥 애들 데리고 돈이나 벌려고 했는데, 애들이 막 나가기 시작"(169쪽)했다고 말한다. 이세종에게는 "돈을 버는 거 자체"가 "세상에 복수하는 거"(217쪽)였던 것이다. 이러한 이세종의 모습은 독특한 생산수단을 가진 자본가의 모습이라고 할 수 있다. 실제로 이세종이 만든 세종파의 강령(1.세종파는 모든 결정을 전원 합의에 따르기로 하고 가진 돈을 털어 한 통장에 넣는다. 2.가진 자의 돈을 빼앗고 증거를 남기지 않는다. 3.여자를 믿지 않는다. 4.절대 배신하지 않는다.)에 사회적 의미는 없고 대신 많은 돈을 벌기 위한 도구적 합리성이 빛나고 있을 뿐이다. 이 작품이 '이세종'이라는 제목의 3장과 '기표와 다윗'이라는 제목의 4장으로 나눈 것은, 이처럼 둘의 차이가 선명하기 때문이다.

한동진 역시 10년 전의 세종파가 "민주주의의 경계 밖으로 쫓겨난 사람들은 결코 돌아올 수 없다. 영원히 추방되어 사라진다. 그들은 온몸이 피투성이가 돼야 돌아올 수 있다. 사회는 그들과 목숨을 건 싸움을 벌여야 한다."(289쪽)고 생각했던 것이라고 말한다. '피'라는 폭력을 통해서만 그들은 다시 사회라는 테두리 안에서 가시화될 수 있었던 것이다. 실제로 세종파의 강령이나 목표는 어떠한 기존 사회에 대한 어떠한 현실적 대안도 표현하지 못하며 최소한의 유토피아적 전망도 없다. 단지 의미 없는 폭력의 발산과 같을 뿐이다. 이들에게는 어떻게든 자신들의 존재를 드러내는 것이 중요했던 것이다.

세종파에게 희생된 5명의 사람들 대부분은 자기와 같은 처지의 사람들이거나 가장 절친한 친구였다. 그들의 폭력은 자기 자신들을 향해서 저질러졌던 것이다. 첫 희생자는 "충남 부여가 고향인 여자는 열여덟 살 때 아버지가 당뇨병으로 쓰러지자 부천의 한 완구 공장에 취직하여 월 35만 원을 받으며 일"(142쪽)하는 젊은 여공이다. 두 번째 희생자는 여공을 살인한 후부터 환영에 시달리는 병수이다. 그리고 마지막 희생자가 되는 이는 다름 아닌 왕따를 당하다 학교에 다니기 싫다며 가출까지 한 "몸이 약하고 마음이 여린 아이"(255쪽)였다. 이처럼 그들에게 폭력은 단지 '행위로의 이행'이라는 의미를 지닐 뿐이다.

5. 대의(大義)에의 강박

세종파의 행동은 라캉이 말한 '행위로의 이행' 중에서도 너무나 극악하다. 과연 이러한 과도한 폭력은 어떻게 가능했던 것일까? 슬라보예 지젝은 대다수의 사람들이 본래부터 '도덕적'이기 때문에 다른 인간을 죽이는 경험을 하게 되면 커다란 정신적 충격을 안을 수밖에 없다고 말한다.[5] 따라서 누군가가 사람을 죽이기 위해서는 사람을 죽인다는 일에 대해 개인이 느끼는 감정쯤은 하찮은 것이라 느끼게 해줄 '성스러운 대의'가 필요하다는 것이다.[6] 세종파에게도 살인을 정당화

• • • • •

5) 물론 그저 쾌락을 위해 대량 살인을 저지를 수 있는 병리적인 인간도 얼마든지 존재한다. 『1994년 어느 늦은 밤』에는 세종파와 비슷한 시기에 연쇄 살인을 한 온보현을 그러한 인물로 등장시키고 있다. 온보현은 세종파의 특징을 더욱 부각시키기 위한 엑스트라이다.

6) 슬라보예 지젝, 앞의 책, 194쪽. 무신론자였던 스탈린 시대 공산주의자들이 이를 입증하는 결정적 증거다. 그들에게 모든 일이 허용될 수 있었던 것은 스스로를 자기들이 믿는 신의 직접적 도구라 생각했기 때문이다. '공산주의를 향한 진보라는 역사적 필연성'이라는 이름을 가진 신 말이다.(위의 책, 195쪽)

할 대의의 필요성은 절대적이다. 강동진과 김다윗이 나누는 다음의 대화에는 이러한 특징이 잘 나타나 있다.

> "괴물 같은 세상에선 누군가 괴물이 돼야 돼. 유전무죄, 무전유죄, 알지? 괴물이 되는 것밖에는 길이 없어. 괴물한테는 모든 게 다 허용돼 있어. 사람도 죽일 수 있어. 어쩔 수 없는 희생이지. 우리가 졸부나 오렌지족 뱃살에 두려움을 박아넣을 때, 그때 세상이 바뀌는 거다. 니가 예전에 말했듯이 지강헌이 얼마나 세상을 많이 바꿔놨냐? 우리도 그 길을 따르는 거야."
>
> "니들이 뭔데?"
>
> "우리는 선택받은 사람들이야."
>
> 그 말은 농담이 아니었다. 다윗은 몇 겹의 신념으로 자신의 죄의식을 둘러싸 질식시켜버렸다. 나는 그 신념을 깰 언어를 찾지 못했다.(214~215쪽)

다윗은 예전보다 더 단단해졌는데, 이유는 그에게 "이름을 붙이는 능력"(218쪽)이 생겼기 때문이다. 다윗은 자신을 '선택받은 자', 살인을 '의지', 범죄를 '사업', 납치를 '단독 작전'이라 부르며 "행동에 의미를 부여"(218쪽)했던 것이다. 나아가 가진 자들은 모조리 악한 자들이고, 그들을 살해하여 돈을 빼앗는 건 자동으로 선이 될 수도 있다.

그러나 좀 더 깊이 생각해보면 이들의 행위와 의미 사이의 관계는 사실 반대이다. 살인을 위해 의미를 찾는 것으로 보이지만, 본질적인 차원에서 이들은 의미를 위해 살인을 한 것이다. 이것은 기표와 다윗이 자신들의 살인에 단죄의 의미를 부여하고 싶어서 여러 가지 의식에 집착하는 모습을 통해서도 알 수 있다. 그러나 이들이 찾는 의미는 결코 살인에 담겨 있을 리가 없다. 그리하여 기표와 다윗은 "이 살인 극에 아무런 의미도 없다"(292쪽)는 진실과 마주하게 된다.

　기표와 다윗에게는 의미에 대한 강박이 있으며, 그 의미는 자신들의 존재 근거와도 맞닿아 있다. 다윗은 "믿지 않으면 아무것도 보이지 않아. 생각해봐. 사람들은 뭐든 믿어야 살어, 수십억의 사람들이 수십억 개의 믿음을 가지고 산단 말이야."(215쪽)라며, 믿음의 절대성에 대하여 말한다. 다윗이 가장 무서워하는 것은 "우리가 아무것도 아닌"(220쪽) 것이다. "기표와 다윗에게 무의미만큼 끔찍한 것은 없"(224쪽)으며, 기표는 "최소한 내 흔적이라도 남기고 떠날 거야."(229쪽)라고 절규한다. 그것이야말로 "이런 지랄 같은 세상에, 복수"(229쪽)하는 방법이다. 구치소에서 신앙을 갖게 된 후에도 한동진은 "지하실에서 자기가 선택받은 인간이라고 말하던 다윗과 주님의 사람으로 거듭났다고 말하는 다윗이 나는 멀어 보이지 않았다."(350쪽)고 생각한다. 다윗은 언제나 자신의 의미를 찾으려 필사적이었고, 신앙 역시도 또 다른 의미였던 것이다. 어찌 보면 이들은 '돈'이 없어 세종파가 된 것이 아니라 '의미'가 없어 세종파가 된 것임에 분명하다.

　애도에서와 마찬가지로 의미에의 집착이라는 세종파의 문제를 가장 정확하게 이해하고 있는 인물도 혜진이다. 혜진은 끝내 의미에 대한 강박에 빠져 허우적거리는 기표와 다윗의 본질을 정확하게 꿰뚫어보고 있었던 것이다. 그것은 10년 만에 만난 한동진에게 하는 다음의 말에 잘 드러난다.

　　난 말이야. 기표 오빠나 다윗 오빠가 환상에서 깨어나길 바랐어. 잡히면 달라질 줄 알았는데 그것도 아니었어. 하느님 때문이야. (중략) 나

는 제발 마지막 순간만이라도 오빠가 꿈에서 깨길 바랐어. 자기들이 벌
레 같은 인간이란 걸 인정하길 바랐단 말이야. 나는 그게 오빠들이 떠들
던 구원이라고 생각했어.(28쪽)

혜진은 세종파가 가지고 있었을 환상을 철저하게 깨뜨린다. 신이란
그 정체를 알 수 없는 존재이다. 신은 기표와 다윗의 신이기도 하지
만, 그들에 의해 억울하게 죽어간 희생자들의 신이기도 하다. 신의 진
정한 뜻은 인간 따위가 알기에는 너무나 심오하기에, 신은 언제든 '거
대하고 숭고하며 절대적인' 인간의 거울이 될 수도 있다. 신이 거대한
나르시시즘의 도구가 되는 것이다. 그러고 보면 혜진은 기표뿐만 아
니라 세종파 모두가 목숨을 걸고 지킬 만한 가치가 충분한 현자(賢者)
였음에 분명하다.

6. 세종파를 불러낸 '냉소의 시대'

이쯤에서 모든 복고물이 가지게 마련인 하나의 특징을 『1994년 어
느 늦은 밤』과도 관련시켜 사유해볼 필요가 있다. 우리가 과거를 불러
올 때는 반드시 개인과 집단의 무의식이 개입하게 마련이다. 현재의
필요에 의해 과거는 호출되는 것이다. 그렇기에 복고물에 등장하는
과거는 현실의 결핍에 대한 상상적 대리 보충물이라고 볼 수 있다. 그
것은 지금의 결핍이 무엇인지를 우리에게 에둘러 말해준다. 본래 과
거는 그리움의 대상이 되기 쉽다. 사람은 누구나 과거에는 지금보다
젊었으며, 지금보다 깨끗했으며, 지금보다 가능성이 많았기 때문이
다. 따라서 과거에의 회상은 적대의 포즈를 취하는 그 순간마저도 그

리움의 대상이 되기 싶다. 『1994년 어느 늦은 밤』에서도 이러한 경향은 분명히 존재한다. 실제로 관점인물이라고 할 수 있는 한동진은 세종파라는 1990년대의 기억에서 벗어나려고 몸부림치지만, 한편으로는 그 시대에 대한 진한 그리움을 느낀다. 그것은 작품의 마지막에 이루어지는 다음과 같은 고백을 통해 확인할 수 있다.

> "하지만 다시 생각해보니 우리는 그 시대를 사랑했던 것 같다. 우리는 겁이 날 만큼 그 시대에 미쳤었다. 그 시대가 떠들었던 자유와 번영의 허풍을 믿었고, 절망에 빠져 자신과 세상을 내동댕이쳤다. 우리는 그 시대의 주술에 붙들렸다. 언젠간 그 시대에 작별을 고할 날이 올 것이다. 하지만 아직은 아니다."(377쪽)

그렇다면 이 살인마들을 향한 그리움을 불러오는 요소는 무엇인가? 그것은 지금 이 시대가 어떠한 진정성이나 의미를 찾으려는 시도도 하지 않는 '냉소의 시대'인 것과 관련된다. 이러한 특징은 편의점에서 아르바이트를 하는 20대 청년의 모습을 통해 나타난다. 한동진은 그 청년을 보며 "그는 냉소적이고 영리하게 세상을 살고 있는 것 같았다. 세상이 온통 추악한 거짓말이라는 사실쯤은 알고 있지만 살아남기 위해서라면 기꺼이 속아 넘어가주겠다는 눈빛으로, 그는 담배의 바코드를 찍었다."(378쪽)고 말한다. 이 청년의 모습에서 '그들은 그렇게 한다는 것을 알면서도 여전히 그렇게 행동한다.'[7]고 피터 슬로터다이크

•••••
7) 주지하다시피 위의 문장은 이데올로기의 역능을 설명하며 마르크스가 한 '그들은 그렇게 한다는 것을 알지 못하면서도 여전히 그렇게 행동한다'는 문장을 변형시킨 것이다.

가 정리한 냉소적 주체의 모습을 발견하는 것은 어려운 일이 아니다. 이 청년의 모습 속에는 생존을 위해서라면 무엇과도 타협할 수 있다는 성숙한 비굴함이 가득하다. 이러한 청년들로 가득한 현실 속에서 작가는 자기가 처한 현실에 분노하여 끝내는 자신마저 죽게 될 것임을 알면서도 세상 끝까지 달려간 세종파를 떠올리게 된 것은 아닐까? 여기서 편의점 청년의 쿨함 속에 담겨진 진정성을 읽지 못했다고 한동진을 비난할 필요는 없다. 모든 세대는 자기만의 몫이 있는 법이니까.

억압된 것의 귀환

— 황현진의 「츠츠츠로 가는 뒷문」(『문학들』, 2012년 겨울호)

　황현진의 「츠츠츠로 가는 뒷문」은 "묘지기를 구한다는구나."라는 아버지의 말로 시작된다. 이 말을 듣고 '나'는 만재네 집의 묘지기를 하기 위해 고향으로 내려간다. 이 작품은 일종의 귀향소설인 것이다. 한국 소설사에서 귀향소설은 뚜렷한 줄기를 형성하고 있는 역사적 소설 유형이다. 카프문학 시기, 해방 직후, 1970년대에 많이 창작된 귀향소설에서의 귀향은 이념과 현실의 만남, 시대상의 반영이라는 의미를 지니고 있었다. 그러나 황현진의 작품에서 귀향은 과거에 대한 기억의 문제와 맞닿아 있다. 「츠츠츠로 가는 뒷문」에서 회상되는 과거란 제목에 사용된 '츠츠츠'란 의성어가 잘 드러내듯이, 뭔가 부끄럽고 감추고 싶고 그래서 회피하고 싶은 일에 가깝다. '츠츠츠'란 뭔가 모자라거나 어이없는 언행을 봤을 때 자연스럽게 나오는 소리가 아니던가? 이 작품에서 과거는 노스탤지어의 대상이라기보다는 프로이트가

말한 '억압된 것'에 가까운 것이다. 그렇기에 그 과거는 단순한 상기가 아니라 강박적인 것이다.

'나'의 어머니가 죽고 만재 아버지가 미친 고향의 한복판에는 만재네 집이 자리잡고 있다. 만재네 집이 유명한 것은 담장에 난 커다란 구멍 때문이다. 구멍은 만재가 뱀의 대가리를 찌르다가 생긴 것이다. 막대기 하나가 들락날락한 크기였던 구멍은 점점 커져 나중에는 "갓난아이 머리통"만 해진다. 이 구멍은 타락 혹은 성장의 비유로서 활용된 것이다. "만재네 집이 이제 나의 집"이 된 상황은 과거의 기억을 온전히 '나'가 떠맡게 되었음을 드러낸다.

이 작품에서 무덤은 과거에 대한 억압과 긴밀한 관련을 맺고 있다. 무덤은 기억하고 싶지 않은 과거에 대한 억압의 상징으로서, 만재네 집 주위가 온통 묘지로 바뀌었다는 것은 고향이 온통 억압된 기억으로 가득하다는 것을 의미한다. 그렇다면 '묘지기'라는 '나'의 직업은 그 기억을 계속해서 억압하는 존재라는 것을 의미하는 것은 아닐까. 어머니의 봉분은 얼마 되지 않아 반이 사라져 버린다. 이후 아버지는 어머니의 무덤에 집착한다. 나중 무너진 봉분을 다시 세운 이후에도 아버지는 "아예 시멘트로 덮어버릴 생각"을 할 정도로 집착한다. 아버지 역시 '나'처럼 잇새로 '츠츠츠' 소리만 나올 뿐인 과거를 억압하기 위해 몸부림 치고 있는 것이다.

이 작품에서 과거를 기억하는 일은 일종의 정언명령에 해당한다. 사실 기억의 자의성 내지는 부정확성은 하나의 상식이다. 그것은 이 작품에도 잘 나타나 있다. '나'와 만재 그리고 무노는 동갑내기로 고향 친구였다. 수지는 본래 '나'의 여자친구였지만, 만재는 수지를 건드린다. 수지는 가장 먼저 고향을 떠났고, 이후 가수로 활동하다가 다시 귀향한다. '나'는 고향에 돌아온 수지에게 "오래전 그녀의 뺨을 때린 일과 그녀가 떠나던 날 역으로 배웅하지 못했던 여러 가지의 일들에 대해서" 사과하기 위해 찾아간다. 그러나 수지는 "누구?"라고 반문할 뿐이다. '나'는 수지에게 자신이 했던 일을 큰 잘못으로 기억하고 있었지만, 수지에게 그 일은 기억에 존재하지도 않았던 것이다. 반대의 경우도 있다. 돌아오는 길에 만재는 키가 매우 작은 노인을 만난다. 무노는 그 노인을 전혀 알지 못하지만, 무노의 말에 따르면 '나'는 과거에 "저 할아버지한테 칼을 던졌"던 일이 있다. '내'가 정말로 사과해야 할 사람은 수지가 아니라 이름도 모르는 그 노인이었던 것이다. 위의 에피소드에서 잘 나타나듯이 자신이 진정으로 사과해야 된다고 생각했던 사람은 자신을 기억도 하지 못하며, 자신이 진정으로 사과해야 하는 사람에 대해서는 기억도 하지 못하는 일이 존재하는 것이다. 기억이란 이처럼 불완전하다.

그러나 인간적인 삶을 위해서라면, 과거는 언제든지 기억되어야만 한다. 과거에는 우리가 받아 안아야 할 무수한 가능성이 존재하기 때문이다. 일례로 가라타니 고진은 『세계사의 구조』에서 앞으로 다가올 미래는 오랜 옛날 모든 것을 아낌없이 나누어 가지던 호수제의 부활에 바탕해야 한다고 주장한다. 이 작품은 주인공이 어린 시절 좀 모자란 모습 때문에 무시만 해왔던 무노의 집을 찾아가는 것으로 끝난다. '나'는 무노의 어린 딸을 앞에 두고 무노의 딸이 박수치며 좋아할 때까지, 소리 내어 웃을 때까지 밤새도록 코 후비는 모습을 보여줄 수도 있다고 다짐한다. 무노를 찾아가는 것, 그리고 그 딸을 위해 자기를 조금 양보하는 것 등은 새로운 삶을 위한 하나의 출발점이 될 수도 있을 것이다.

성냥으로 탑 쌓기

― 최정화의 「팜비치」(『창작과 비평』, 2012년 겨울호)

최정화의 「팜비치」(『창작과 비평』, 2012년 겨울호)는 스토리 시간이 매우 짧다. 피서를 온 가족의 가장이 튜브를 가지러 호텔 객실에 들렀다가 다시 바닷가로 돌아올 때까지의 시간이 스토리 시간의 전부이다. 동시에 이 작품은 아내와 딸을 데리고 피서를 온 '그'만이 시종일관 초점자로 등장한다. 이러한 서사구조로 인하여 이 작품의 대부분은 그가 느끼는 불안심리를 촘촘하게 묘사하는 것으로 채워져 있다. 그리하여 이 작품은 성냥탑 쌓기 놀이를 지켜보는 듯한 기분이 든다. 아주 가벼운 일들이 쌓이고 쌓여 곧 무너질 것 같은 긴장감을 끊임없이 독자에게 유발시키는 것이다.

그는 삼십대 중반이지만 또래에 비해 나이가 들어 보이는 인상이다. 엉덩이는 탄력을 잃었고, 선 채로는 발가락을 볼 수도 없다. 지갑 속은 이달 말까지 처리해야 할 영수증들로 불룩하다. 그는 "의심 없이 그저 하던 대로 쭉 하는 것"에는 자신이 있지만 "위기 상황 대처능력이라든가 융통성 같은 덕목"은 모자라기에 오 년째 승진에서 쓴 물을 마셨다. 그는 아내가 신경증이 있다고 생각한다. 아내는 최근 들어 더 고집스러워졌으며, 그렇기에 어딘가 아픈 게 분명하고 배려가 더 필요하다고 생각하는 것이다. 그러나 진짜 신경증이 있는 것은 그이다. 그는 모든 사소한 것들에 날카롭게 반응한다. 일테면 아내의 "텐트가 너무 오래된 것 같아."라는 사소한 불평도 자신을 향한 것은 아닐까 하고 신경을 곤두세우는 것이다.

그는 상어 튜브를 두고 왔다는 아내의 말에 튜브를 가지러 호텔로 달려간다. 그 길에 그는 슬리퍼를 바다로 떠내려보내고, 아마추어 악단의 '팜비치 가족을 위한 한낮의 해변 콘서트'를 보며 시간을 보내기도 한다. 그는 공연을 보고 나오면서 "세상에 저 홀로 이단의 신앙을 가지게 된 자처럼 외로움"을 느끼며, 왼쪽 발바닥에 심각한 통증을 느낀다. 그러나 상어 튜브를 가지러 간 417호 객실에는 막상 상어 튜브가 없고, 대신 "남편을 사랑하지 않아. 그 사람이 어떻게 되든 난 신경 안 쓴다고!"와 "하지만 애들 문제는 달라. 난 걔네들의 엄마야. 당신은 그걸 이해 못 하지."라는 불륜 남녀가 나누는 옆방의 대화 소리만이 가득하다.

주차장에 내려와서도 차를 어디에 세웠는지 몰라 한동안 애를 먹는다. 그곳에서 호텔 보이가 여자를 유혹하는 모습을 보며, "자신의 딸도 저런 큰 엉덩이를 가지게 되고 기도 안 차는 놈팽이와 이런 지하에서 낄낄거릴지 모른다는 생각에 소름" 끼쳐 한다. 호텔 보이를 다시 만나자, 갑자기 신경질적으로 "내 딸을 건드릴 생각일랑 집어치우는 게 좋아."라고 소리친다. 한참을 헤맨 끝에 발견한 차 안에는 상어 튜브가 얌전히 놓여져 있다.

돌아오는 길에 자기가 벗어던진 슬리퍼 한 짝이 해초에 엉킨 채 바

위에 걸려 있는 것을 발견한다. 그는 시체의 유품처럼 보이는 그 슬리퍼를 보며, 스스로가 유령이 된 기분을 느낀다. 그 아찔한 순간에 그는 상어 튜브를 아내에게 넘기는 순간 생명을 되찾을 수 있을 것이라며 스스로를 위로한다. 그러나 바닷가로 돌아오자 아내는 파라솔 아래에서 매부리코의 모르는 남자와 마주앉아 대화를 나누고 있다. 딸애 역시 매부리코 남자의 아이들과 스티로폼 위에서 파도타기 놀이를 하는 중이다. 그는 "상어다!"라고 외치며 자신 있게 튜브를 아이에게 내밀지만, 딸애는 관심 없다는 듯 스티로폼을 타고 신나게 놀 뿐이다. 화가 난 그가 스티로폼을 빼앗자, 생전 울지 않던 여장부인 딸애는 울음을 터트린다. 매부리코 남자는 그 울음소리에 달려와서는 딸에게 다시 스티로폼을 건네준다.

이 작품은 텐트에서 시작해 텐트로 끝난다. 텐트에서 수영팬츠를 입던 그는 팔난신고를 겪고 다시 텐트 안으로 들어간다. 그러나 그는 발바닥에 "반짝이는 작은 유리조각이 살 안쪽에 깊이 파고들어" 있는 것을 발견하고, 삼각형 모양으로 살점이 떨어져나간 상처가 마치 "날카로운 이빨이 박혔던 자국" 같다고 생각한다. 그의 살점을 파고든 '날카로운 이빨'은 현대인의 일상 속에 깊이 파고든 불안의 강도를 드러낸 것임에 분명하다.

서두에서 최정화의 「팜비치」는 성냥으로 탑 쌓기 놀이를 하는 듯한 기분을 느끼게 한다고 말했다. 마지막까지 성냥탑은 무너지지 않는다. 그러나 이러한 결말이야말로 불안감을 끝없이 지속시키는 원천이다. 가족과 직장에서 겪는 사소한 일들이야말로 우리가 겪는 치명적인 불안은 아닐까? 문명 속의 불안은 풍광 좋은 팜비치에서도 해소되지 않은 채 그렇게 점점 그 높이를 더해가고 있다.

단단한 아름다움

— 김민정의 「안젤라가 있던 자리」(『아시아』, 2012년 겨울호)

김민정의 「안젤라가 있던 자리」는 차돌 같은 작품이다. 단단하다. 이러한 단단함은 말할 것도 없이 많은 시간의 문학적 수련을 통해 도달한 경지일 것이다. 전하고자 하는 분명한 메시지와 그것을 뒷받침하는 구성의 깔끔함, 그리고 군더더기 없는 정확한 문장은 매우 돋보인다.

이 작품은 데칼코마니와 같은 선명한 대칭성을 보여준다. 각 항을 이루는 것은 안젤라라는 똑같은 이름을 가진 '필리핀에 사는 한국 고모'와 '한국에 사는 필리핀 이모'이다. 주인공 '나'는 필리핀의 선교 센터에서 현지 아이들을 도와주는 봉사활동을 한다. 한 달 간의 휴가를 얻어 오빠의 집에 왔을 때, 조카들은 필리핀 출신의 이모에 의해 양육되고 있다. 한국에 온 이주노동자의 문제는 그동안 적지 않게 한국 문학사에서 다루어진 소재이다. 웬만큼 새롭지 않고서는 낡은 인상을 주기 쉬운데, 이 작품은 그다지 낡아 보이지 않는다. 그것은 이 작품이 그동안 한국 문학이 이주노동자를 다루어 온 것과는 전혀 다른 방식을 보여주기 때문이다.

이주노동자와 관련해서 그동안 한국 소설이 즐겨 다루어온 이분법은 '피해자 이주민' 대 '가해자 한국인'의 구도였다. 이러한 구도 아래서 창작된 작품들이 '말할 수도 없는 존재'인 이주민들을 공적인 담론에 끌어냈다는 점만으로 그 정치적 의미를 높이 살 수 있지만, 반복되는 피해자와 가해자의 이분법 속에서 이주민들은 타자로 고정화되어 버리는 문제가 적지 않았다.

「안젤라가 있던 자리」는 이러한 이분법을 깨뜨리는 데 서사의 대부분을 할애하고 있다. 오빠는 테헤란로와 양재천이 동시에 보이는 강남의 최고급 아파트에 살고 있다. 처음부터 필리핀 이모는 '나'에게 고자세로 일관하는데, 나중에 필리핀 이모는 새언니를 포함한 집안 사람 모두에게 권력을 행사하는 막강한 위치로 상승한다. 점점 강도를 높여가며 뒤바뀐 권력관계를 드러내는 부분이 이 작품의 관전 포인트 첫 번째다.

이러한 필리핀 이모와의 관계를 통하여 '나'는 자신이 그동안 해왔던 선교활동이 "그들을 위에서 내려다보고 있었"던 행위이며 "사랑이 아니라 동정"인지도 모른다고 생각한다. 나아가 그 모든 행위는 "잘난 오빠에 대한 압박감을 이기지 못하고 필리핀으로 도망을 갔고 그들을 도와줌으로써 우월감을 느꼈던 것"이라는 가슴 아픈 자기성찰에 이른다. 이러한 자기반성은 사실 '나'에게도 해당되지만, 별다른 고민 없이 정형화된 결혼이민자나 이주노동자 나아가 제3세계 사람들의 삶을 그려온 한국 작가들에게도 해당되는 것이라고 할 수 있다. 이러한 자기반성이야말로 이 작품의 단단함을 더욱 두드러지게 하는 인식의 힘임에 분명하다.

여기서 드는 의문점 하나. 구부러진 철사를 바로 펴는 방법은 반대 방향으로 되구부리는 방법이다. 위에서 말한 것처럼, 기존의 한국 소설이 가진 문제점을 교정하는 장치로서 이 작품의 되구부리기는 매우 훌륭하다. 그러나 과연 이 땅의 이주노동자들은 필리핀 이모 안젤라처럼 강남의 최고급 아파트에 사는 사람들도 쩔쩔 매게 할 만큼 힘 센 존재들일까? 그들은 과연 고모의 자리도 빼앗아버릴 수 있는 진정 "가족"으로 살고 있는 것일까? 이런 의문들은 말할 것도 없이 「안젤라가 있던 자리」 이후에 와야 할 질문들이다. 지루하게 이어지는 묘사와 물컹물컹한 이미지나 상징으로 대충 얼버무리는 소설들이 난무하는 지금의 문학판에서 김민정이 보여준 단단함은 매우 소중한 하나의 가능성으로 우리 앞에 놓여 있다.

지독한 반어, 지독한 역설

— 최제훈의 『나비잠』(문학과지성사, 2013)

최제훈의 『나비잠』은 단숨에 끝까지 읽히면서도 진지한 사유의 깊이를 확보한 빼어난 작품이다. 추리소설적 구성을 보여주는 이 작품은 흥미롭게 읽히나 쉽게 소비되지 않는 서사가 속도전을 강요하는 지금 이 시대에도 존재할 수 있음을 실증한다. 그리하여 읽히지 않는 소설만이, 혹은 서사의 재미와는 담을 쌓은 소설만이 저속한 이 시대의 속도전과 맞서는 것은 아님을 훌륭하게 증명하고 있다.

『나비잠』은 지독한 반어와 지독한 역설을 보여주는 작품이다. 이러한 반어와 역설은 이 작품의 제목인 '나비잠'에서부터 선명하게 나타난다. 나비잠은 두 팔을 머리 위로 벌리고 자는 갓난아이 특유의 잠자는 모습을 가리킨다. 인간이 상상할 수 있는 가장 편안하고 안락한 잠이라고 할 수 있을 텐데, 이 작품에서는 그 의미가 매우 다르다. 『나비잠』에서 나비잠을 연상시키는 것은, 뺑소니 사고를 당한 요섭이 자신의 피로 끈적한 웅덩이 위에서 "양팔을 일자로 활짝 펼치고 두 다리는 가지런히 모은 자세"(371쪽)로 누워 있는 맨 마지막 장면뿐이다. 죽음을 앞두고 있는 이 순간이 요섭에게는 일종의 나비잠이었던 것이다. '나비잠'이 그러했듯이, 이 작품의 주요한 서사 역시 반어적으로 이해해야 할 필요가 있다. 이 작품은 전체 4부 중에 3부와 4부가 '몰락'이라는 제목을 달고 있을 정도로, 잘나가는 변호사 최요섭의 몰락을 집요하게 다루고 있지만, 이때의 몰락은 일종의 구원을 의미하기도 한다.

겉으로 드러난 최요섭의 삶은 현대의 속물들이 부러워할 만한 조건을 갖추고 있다. 국내 10대 로펌의 변호사로 2억 원이 넘는 연봉, 서울 숲과 한강이 내려다보이는 70평대 주상복합아파트, 아름다운 아내와 야구 꿈나무 아들을 두고 있는 것이 최요섭의 삶인 것이다. 그러나 이면을 살펴보면 요섭은 그야말로 짐승 같은 삶을 살고 있다. 연수원 석차 482등에 법조계에서 통할 학연도 지연도 혈연도 없는 요섭은 "피 묻은 칼"(47쪽)을 맡겨도 좋을 사람으로 인정받아 고등학교 선배인 장 변호사 밑에서 일하게 된다. "칼과 저울은 정의의 여신 디케보다 푸줏간 아주머니에게 요긴한 물건"(27쪽)으로 생각하는 그는 오직 적자생존과 약육강식만을 삶의 철칙으로 받아들인다. 실력이 안 되는 아들을 야구 명문 중학교에 진학시키기 위해 뇌물을 주는 것 정도는 최요섭에게 아무것도 아니다.

이런 그가 돌이킬 수 없는 결정적인 실수를 저지른다. 그것은 억울한 누명을 쓴 대리운전 기사를 도와준 것이다. 대리운전 기사를 구하기 위해 무작정 찾아온 노인과 어린애를 보고 변론을 해주며 결국에는 승소에까지 이른다. 이후 그의 탄탄했던 삶의 몰락은 시작된다. 아내의 불륜을 담은 사진이 날라오고, 감독에게 뇌물을 준 일이 발각되고, 전재산을 투자하다시피 한 주식은 휴지가 되고, 마지막에는 왕따를 당하던 아들이 투신하여 의식불명에 빠지기까지 한다.

최제훈의 『나비잠』은 두 개의 이야기가 나란히 진행되는 대위법적 구성을 보여준다. 요섭이 현실에서 겪는 이야기와 요섭의 꿈 이야기가 그것이다. 현실의 이야기와 꿈의 이야기가 번갈아가면서 등장하다가, 나중에는 현실의 요섭과 꿈속의 요섭이 모두 나영이에게 메달을 전달하기 위해 무성으로 찾아가며 두 개의 이야기는 서로 만난다. 꿈이 현실과 무관할 수 없는 것처럼, 두 개의 이야기 역시 무관하지 않다. 압축과 전치를 기본 원리로 하는 꿈작업을 통해 요섭의 현실은 요섭의 꿈으로 나타나기 때문이다.[1] 그리하여 독자의 관심은 과연 무성에서는 무슨 일이 있었는지, 그 목걸이에는 어떠한 사연이 담겨 있는지에 집중하게 된다.

"잘나가는 패거리, 불안정한 지위, 악행의 공모… 차트는 삼십일 년 전 이곳에서 벌어진 일과 데자뷰처럼 겹쳐졌다"(337쪽)는 문장이 분명하게 보여주듯이, 무성에서도 요섭은 지금과 비슷한 일을 이미 겪고 있었다. 어린 시절 어머니가 없다는 이유로 주어지는 연민과 목사의 아들이라는 이유로 적용되는 엄격한 윤리 기준에 시달렸던 요섭은

- - - - -

1) 상세하고 박진감 넘치는 꿈속의 이야기 중에서 '시간이 반복되는 초가집'만 예로 들어 설명해보기로 한다. 꿈속의 초가집에서 소복을 입은 미녀가 요섭을 유혹하고 둘이서 사랑을 나누려는 차에 장발의 남편이 나타나 야구방망이로 요섭을 내리치는 꿈을 끝도 없이 반복해서 꾼다. 이것은 아내의 불륜으로 만들어진 현실에서의 '유현의 과외 선생-오하영-요섭'이라는 삼각관계가 '요섭-소복을 입은 여인-장발의 남편'으로 변형되어 나타난 것이라 할 수 있다.

"천덕꾸러기와 애늙은이 사이"(317쪽)에서 갈팡질팡해야 했다. 새로 이사 온 무성은 이미 종규를 중심으로 뭉쳐 다니는 패거리가 권력을 쥐고 있었고, 요섭은 종규 패거리의 일원이 되거나 내성적인 전학생으로 지내거나 둘 중의 하나를 선택해야 하는 상황에 처한다. 요섭은 이 중에서 후자를 선택하고, 종규는 목사 아들인 요섭을 타락의 길로 이끌며 은밀한 쾌감을 느낀다. 결국 김천에서 "덩치 큰 내성적인 괴짜"(317쪽)였던 요섭은 종규의 패거리에서는 "덩치 큰 미련한 따까리"(319쪽)로 지내게 될 뿐이다. 이러한 요섭의 모습은 변호사가 된 이후 장선배 밑에서 일하는 요섭의 현재와 흡사하다.

요섭이 장변호사 밑에서 떠맡는 "피 묻은 칼"에 해당하는 것이, 무성에서는 나영이를 종규의 아지트로 유혹하는 일이다. 종규는 아버지의 복수를 나영이에게 하려고 했고, 이를 위해서는 목사 아들이라는 요섭의 후광을 이용해 나영이를 아지트로 데려와야 했던 것이다. 그러나 나영이를 향한 종규의 무지막지한 폭력이 시작되려는 순간 요섭은 종규를 들이받고 나영이와 함께 극적으로 탈출한다. 메달은 그러한 요섭을 고마워한 나영이가 "선물"(368쪽)로 준 영광스러운 증표였던 것이다. 현실에서는 물론이고 꿈속에서도 요섭이 궁극적으로 찾기를 원했던 메달의 주인은 다름 아닌 요섭이었던 것이다. 이후 무성을 떠날 때까지 요섭은 종규의 철저한 보복을 받는다. 나영이를 돕고 종규의 보복을 당하는 것은, 현재의 요섭이 대리운전 기사를 돕고 처절한 몰락의 과정을 밟는 것과 일치한다.

그렇다면 적자생존과 약육강식에 그토록 충실했던 최요섭이 왜 그토록 경멸하던 봉사와 연민에 빠져들게 된 것일까? 최요섭은 자신을 봉사와 연민의 늪에 빠뜨린 범인이 "스누피가 프린트된 노란 티셔츠를 걸치고 잠입했다"(95쪽)고 이야기한다. 그날 대리운전 기사를 구하기 위해 무작정 찾아온 아이가 노란 티셔츠를 입고 있었던 것이다. 그 아이를 보며 요섭은 "묘한 기시감"(98쪽)에 빠져들었는데, 나영이를 종규의 아지트로 데려올 당시 나영이는 "노란 원피스"(333쪽)를 입고 있었다.

그렇다면 31년 전 무성에서의 일이 지금 요섭에게 그대로 반복되고 있다고 말할 수 있다. '종규-요섭-나영'의 관계가 '장변호사-요섭-대리운전 기사'로 변형된 채로 말이다. 이와 관련해 이 작품에는 밀란 쿤데라의 『참을 수 없는 존재의 가벼움』에 등장하는 니체의 영원회귀론에 대한 구절이 두 번이나 반복해서 등장한다. 모든 것이 언젠가는 이미 앞서 체험했던 그대로 반복된다는 영원회귀의 사상은 무거운 도덕성을 요구한다. 영원회귀론은 어떠한 판결에서도 벗어나게 하는 "무상의 완화적 상황"(163쪽)을 제거하기 때문이다. 그렇다면 열두 살의 요섭이 나영을 구했던 그 행위로 인하여 메달을 선물받았다면, 마흔세 살이 된 요섭은 실제로는 동물과도 다를 바 없던 삶으로부터 구원을 선물받은 것인지도 모른다. 실제로 이 작품은 탈옥한 요섭이 목에 맨 메달 덕분에 총을 맞고도 살아남는 꿈으로 시작된다. 그렇다면 '종규-요섭-나영-메달'의 구도는 삼십일 년이 지난 후 '장변호사-요섭-대리운전 기사-구원'으로 변형된 채 이어진다고 정리해볼 수 있다.

마지막으로 남는 의문이 하나 더 있다. 삼십일 년 전 어린 요섭이 나영이를 구한 이유이다. 나영이를 구하기 직전에 요섭은 나영이의 "언청이 입술"(360쪽)을 본다. 그리고는 언젠가 저렇게 흉하게 갈라진 입술이 "그래, 우리 요섭이…… 아주 씩씩하구나."(360쪽)라고 했던 말을 기억해낸다. 그것은 꿈속에서 요섭의 어머니가 했던 말이다.[2] 그러니까 종규를 배신하고 나영이를 구한 것은 요섭에게 있어서는 어머니를 구한 일에 해당하는 것이기도 하다. 그렇다면 이 작품은 결국 모든 부권적인 것을 거부하고 모성으로 돌아가고자 하는 근원적 부정성에 충실한 작품으로 독해할 수도 있을 것이다. 열두 살의 요섭이 선행의 댓가로 메달을 받았다면, 마흔세 살의 요섭은 선행의 댓가로 영혼의 구원을 얻었다. 마지막 순간 요섭은 교통사고를 당한 채 죽음을 기다리고 있다. 그것은 끔찍한 패배인 동시에 요섭에게 허락된 이 지상의 유일한 구원인지도 모른다.

· · · · ·

2) 꿈속에서 "얽죽얽죽한 곰보에 언청이"(248쪽)인 여인이 요섭을 찾아온다. 요섭은 엄마가 보고 싶지 않냐는 여인의 물음에 "얼굴도 모르는데 어떻게 보고 싶겠어요."(249쪽)라고 대답한다. 그러나 곧이어 요섭은 그 여인이 바로 자신의 어머니임을 확신한다.

삶의 새로운 윤리를 위하여
— 김정남의 『여행의 기술』(작가정신, 2013)

1. 우리 생의 지옥도

승호는 자폐아인 아들과 함께 자살 여행을 떠난다. 삶을 끝마치기 전에 자신의 고향부터 시작해 삶의 흔적이 남은 여러 곳을 돌아보는 중이다. 작품의 대부분은 승호가 자살을 결심하기까지의 고통스러운 삶을 보여주는 데 집중하고 있다. 대학원에서 문학을 전공한 승호는 시간강사가 되어 서울, 경기, 강원 지역의 대학을 돌아다닌다. 강의를 하고 모텔방에 들면 언제나 "세상의 가장 외진 곳에서 멸종을 기다리는 병든 짐승과 같은 심정"이다. 국내에서 가장 오래된 월간 문예지로 등단하고 작품집도 낸 승호는 어렵게 교수가 되지만, 실제로는 연봉이 2400만 원밖에 되지 않는 무늬만 교수이다. 학생들은 전 학년을 다 합쳐도 50명이 채 되지 않으며, 아이들은 시창작이나 소설창작 이전에 "모든 커리큘럼을 폐기하고 아예 받아쓰기부터 다시 해야 할" 수준이다. 그마저도 학과가 없어지는 바람에 승호는 해임이 된 상태이고, 동료 교수들은 해임 무효 소송을 하고 있다.

승호가 대학원 시절 학원에서 만난 수학 강사였던 아내 역시 일찍 부모를 잃고, 언니와 반지하 방에서 악다구니를 쓰며 살아왔다. 너무도 가진 게 없이 출발한 그들의 삶은 점점 피폐해진다. 그들의 고단한 삶에 결정타를 안긴 것은 아들 겸이가 자폐라는 사실이다. "현실과 아무런 맥락이 닿지 않는 생각 속에 갇혀 있는 아이"인 겸이는 자신의 생각과 충동을 제어하지 못한다. 겸이의 자폐 증세로 병원과 각종 치료시설에 매달 내야 하는 돈도 만만치 않다. 생활비는 물론, 아이 병원비, 약값, 교육비를 모두 카드로 지출할 수밖에 없는 처지이기에 아내는 모두 5개의 카드를 돌린다. 결국 삶에 지친 아내는 "베란다에서 뛰어내리고 싶다"는 말을 무시로 할 정도에 이른다. 현실의 고통을 참지 못한 아내는 2년 전 집을 나갔고 아무런 연락을 하지 않는다. 자폐아 겸이의 과잉행동은 주의력 결핍을 동반하여 학습장애와 사회성 결핍으로 이어지고, 유치원과 초등학교에서는 겸이를 배려하기는 커녕 철저하게 소외시키고 왕따시킨다.

여기까지 따라 읽은 독자라면 김정남의 『여행의 기술』은 우리 시대의 절실한 고통 하나를 응시한 작품으로 이해할 수도 있다. 승호와 같은 '학벌 사회의 잉여 인간들'은 한 개인의 특수한 불행을 넘어 무시할 수 없는 숫자로 우리 주위를 채우고 있는 것이 엄연한 현실인 것이다. 그런 측면에서 김정남의 이번 작품 역시 리얼리즘적인 시각에서의 독해를 가능하게 한다. 그러나 이 작품은 결코 평범한 리얼리즘 소설을 추구하는 것은 아니다. 오히려 보통의 소설이 금기로 삼는 우연과 극단적 설정을 전면화함으로써, 사회나 현실보다는 승호라는 인간에게 주목하도록 만든다.

　승호의 아버지는 집안의 장남이었고 함흥상업학교까지 졸업한 수재였다. 홀로 월남해 어업조합 서기로 일하면서 여자를 만나 정착한 곳이 바로 속초이다. 나름 평화롭게 살아가던 아버지는 단골로 드나들던 주물럭집 주인 여자와 바람을 피우다 여자의 남편에게 살해당한다. 이후 어머니는 포목점을 하며 생계를 이어 나가지만, 화재로 인해 사망한다. 하나 남은 피붙이인 누나의 삶 역시 고통스럽기는 마찬가지이다. 근 십 년 동안 살림을 한 누나는 독실한 크리스찬이면서 중학교 영어 선생인 포항 남자에게 시집을 간다. 그러나 누나는 아기가 생기지 않는 몸을 가지고 있었으며 그로 인해 시집의 구박을 받는다. 그것도 모자라 매형은 휴거론에 심취하고 행방불명이 되었다가 변사체로 발견된다. 누나는 이후 분식집을 운영하다가 1남 1녀의 자식이 있는 이혼남과 재혼을 하지만 여전히 불행하다. 정리하자면 "칼 맞아 죽은 아버지와 불에 타 죽은 어머니를 둔 가난뱅이, 종말론에 미친 남편을 둔 불쌍한 누이가 유일한 피붙이"인 사람이 바로 승호인 것이다. 이처럼 특별한 삶을 경험한 승호의 모습을 통해 『여행의 기술』은 단순한 리얼리즘 소설이 아닌 다른 차원의 문제의식을 던져주는 작품으로 그 위상이 변모된다.

　이 작품은 우리 시대에 존재하는 수많은 지옥도 중의 하나를 펼쳐 보이는 동시에, 그 위에 심각한 주름을 접어놓음으로써 오히려 현실보다는 그 지옥 속을 걸어나가는 승호라는 인물에 주목하도록 만든다. 이 주름은 승호와의 거리를 만들고, 그 거리를 통해 새로운 독해의 방법을 제시하는 것이다.

2. 속물과 잉여

1인칭 주인공 시점으로 되어 있는 이 작품은 승호라는 새로운 인간형의 창조로 기억될 만하다. 이 인간을 가득 채우는 것은 자기연민이다. "우리는 서로를 사랑한다 했지만, 사실은 스스로를 연민한 것이었다."에서 알 수 있듯이, 아내와 결혼한 이유도 자기연민 때문이다. 아내와의 사이에서 느끼는 다음과 같은 불평 역시 자기연민에 따른 것이라 할 수 있다.

> 늘 자기 좋은 일만 하고 돌아다닌다고 나를 원망했지만, 그 잘난 강의라도 해야 살 수 있고, 항상 못마땅하게 여기지만 자학적인 글이라도 써야 내 자신을 유지할 수 있으니, 날 좀 이해해줘. 넉넉히 벌어오지는 못해도, 무책임하려고 무책임을 즐기는 건 아니잖아. 명옥아. 응? 기회가 있을 때마다 이런 식으로 내 마음을 전했지만, 아내는 내 상황을 조금도 용납하지 않았다.

승호는 "세상은 단 한 번도 나에게 안식을 주지 않았다. 자꾸 뒤를 돌아본다는 것은 지나온 생이 억울한 거지. 상처가 지워지지 않고 있다는 거지."라고 생각한다. 누나를 오랜만에 만났을 때도 자신의 삶은 "억울한 생"이라고 느낀다. 자기연민은 자기가 상처를 받았다는 의식에서 비롯되고, 그것은 결국 세상에 대한 원망으로까지 이어진다. 승호는 "저세상으로 간 내 부모의 영은, 그 잘난 신에게, 우리 아들 좀 그만 괴롭히라고 왜 간하지 못하나"라고 불만을 토로하는 모습까지 보여주는 것이다.

앞 장에서 살펴본 것처럼, 승호가 처한 입장은 충분히 불행한 것이다. 승호는 원래부터 상처로 점철된 가난한 가정에서 나고 자라, 그만큼이나 불행한 상황의 아내를 만나 결혼했다. 또한 이 사회는 그가 힘들게 한 학업의 가치를 자신이 생각하는 만큼 인정해주지 않는다. 더군다나 그의 아이는 자폐라는 천형과도 같은 고통을 받게 된 것이다. 말할 것도 없이 이러한 상황은 자기연민에 빠지기에 충분하다.

그러나 승호의 자기연민은 지나치다. 이러한 과도한 에토스의 정체는 승호가 이 사회의 잉여라는 점과 분리해서 생각할 수 없다. 잉여는 체제 안으로 포섭되려고 부단히 노력하지만 경쟁에서 밀리고 배제된 수동적 아웃사이더이자 실업자이며 불안정 노동자이다. 잉여의 에토스를 구성하는 대표적인 정서적 행동은 냉소주의로서, 자신을 비하하고 세상을 냉소한다.[1] 자기비하와 자기연민은 정반대되는 삶의 태도인 것 같지만, 자신을 정면으로 대면하기 거부한다는 점에서 두 가지는 동일하다. 무엇보다 승호의 자기연민이 궁극적으로 향하는 것은 자살이라는 점에서, 그의 연민은 자기냉소보다 더욱 파괴적이다.

그러나 이쯤에서 한 가지 짚고 넘어가야 할 것은 그러한 고통의 책임이 전적으로 외부에서만 오는 것인가에 대해서이다. 승호는 자신을 이 사회의 온전한 피해자로만 자처하지만, 과연 그가 받는 고통에 그가 차지하는 몫은 존재하지 않는 것일까? 결코 그럴 수는 없다. 이 작품에서는 그것이 승호의 불륜을 통해 압축적으로 드러난다.

승호 자신의 말처럼, 아내인 명옥이 "아이와 함께 피를 토하는 시간"에 승호는 송희라는 옛추억의 여인을 만나 불륜관계에 빠져든다.

• • • • •

1) 백욱인, 「속물 정치와 잉여 문화 사이에서」, 『속물과 잉여』, 지식공작소, 2013, 3~16쪽.

고등학교 시절 승호는 문학서클 활동을 하며 송희를 만났는데, 당시 승호는 송희를 사이에 두고 석이와 삼각관계를 형성하였다. 그 삼각관계의 승자는 석이였고, 석이와 송희는 결혼을 한다. 박사과정을 수료하고 보따리 장사를 시작하던 무렵 송희에게서 10년 만에 연락이 온다. 송희는 일 중독에 빠진 남편 석이 때문에 외로움을 느끼고 있었던 것이다. 결국 송희와 불륜관계에 들어가고, 승호는 학교에 내려와 있는 주중에는 이틀이 멀다 하고 송희를 만난다.

또한 송희와 만나는 승호의 심리 역시 흥미롭다. 승호는 "나 역시 속물적인 남자였기에, 석이에 대한 복수심과 송희에 대한 원망을 풀어버릴 기회를 놓칠 수 없"었다고 생각한다. 위의 문장에서 '속물'이라는 말에 주목하지 않을 수 없다.[2] 속물이란 자신에 대한 성찰과 반성이 없는 주체로서, 자기의 내면이 텅 비어 있기에 축적과 소비에 집중한다. 자기성찰에 바탕해 현실과 마주하는 진정성의 윤리 대신 성공과 축적이라는 가치를 최우선에 두는 것이다. 결국 승호가 송희를 만나는 것 역시 진정한 사랑에 바탕한 행위라기보다는 타인의 시선에 의해 평가된 하나의 가치를 소유하는 속물적 행위에 불과하다.

그러고 보면, 승호가 지나치게 타인을 의식하는 모습 역시 속물성과 연관된 것으로 이해할 수 있다. 고유한 내면이 존재하지 않는 텅 빈 주체로서의 속물은 타인지향적인 모습을 보여주기 때문이다. 승호는 "식당, 어디를 가든 우린 다정한 부자로 보일 수 있다, 보일 것이다,

⋯⋯

2) 이와 관련해 김정남의 소설집 『숨결』(북인, 2010)에 쓴 정은경의 해설은 주목을 요한다. 정은경은 김정남의 소설에서 많은 인물들이 속물성을 보여주며, 진정성은 오직 동물적 욕망으로 성립한다고 보았다. 이것은 결국 신자유주의적 에토스의 산물이라고 결론내린다.

보여야 한다."고 생각한다. '보일 수 있다, 보일 것이다, 보여야 한다' 라는 반복 속에서는 타인의 시선을 의식하는 강박을 느끼지 않기는 어렵다. "이런저런 생각들이 모두 타인의 눈을 의식하는 것들이어서, 갑자기 자괴감이 든다."고 할 때의 자괴감은 자신의 속물성을 간파한 승호의 보기 드문 자기성찰이라고 할 수 있다.

3. 소통과 이해

이 작품에서 또 한 명의 주인공이라 할 수 있는 겸이는 자폐아이다. 이러한 설정은 이 작품을 자연스럽게 소통과 이해라는 문제에 대해서 생각하게끔 만든다. 앞에서 살펴본 것처럼, 이 작품의 상당 부분은 자폐아가 겪는 이 사회의 차별과 냉대, 그리고 자폐아를 기르는 부모의 고통에 집중되어 있었다. 그러나 승호의 진단대로라면, 이 모든 것은 "아이의 순백의 마음을 이 세상의 윤리와 관습은 받아들이지 못한" 결과이다. 승호는 아이의 말을 찬찬히 생각해보면, 이해를 못할 것이 없음을 알고 있다. 맥락이 없이 엉뚱한 말과 행동을 한다는 판단은 어른들의 생각일 뿐이라는 것이다. 승호는 겸이가 스트레스를 받을수록 "자신에 대한 관심과 사랑을 재확인"하기 위해서 이치에 닿지 않는 말로 사람을 괴롭힌다는 것까지 알고 있다. 더군다나 승호는 "글을 쓴다는 사람이, 말의 심연을 이해하지 못한다면 안 될 일이다."라고까지 다짐한다.

그럼에도 실제 승호의 행동은 이 사회가 승호를 대하는 폭력적인 태도와 별반 다르지 않다. 승호는 겸이의 처지를 뻔히 알면서도 자폐적 특징을 보이는 상황이 되면 윽박지르고, 손이 올라가고, 그렇지 않으면 회초리를 든다. 심지어는 "약 하나도 제대로 못 받아먹어? 에잇!"
이라거나 "지금 네 어미가 죽었단 말이다. 이 병신 새끼야."라며 폭언
을 한다. 겸이를 보며 승호는 "볕 좋은 날 빨랫줄에 널어 탈탈 털어 말
리고 싶다는 아내의 말"을 떠올리는데, 이러한 세탁에의 욕망은 승호
를 완전한 대상으로 인지했을 때에만 가능한 것이라고 말할 수 있다.

이러한 승호의 일방적인 태도는 겸이를 자기 죽음의 길동무로 삼고
자 하는 욕망으로까지 이어진다. 승호는 "산목숨을 끊는 일은 쉽지 않
았다. 다 같이 죽어버리면 몰라도."라며 겸이와 함께 죽고자 마지막
여행을 떠나는 길이다. 승호는 "내가 저 아이의 생명을 뺏는 것은, 살
아서 더 고통스러울 아이의 인생을 이쯤에서 멈추어주겠다는 뜻이다.
어느 누구도 나를 욕할 수 없다."고 확신한다. 이러한 욕망은 다음의
인용에서처럼 이 작품에서 반복해서 나타난다.

더 이상 가진 것도 없이 스스로를 버릴 일 하나만으로 가고 있다. 그
리고 나의 분신, 겸이. 너는 나와 한 몸이니 같이 가야 한다. 이 아비나
너의 생은 애초부터 틀렸어. 그럼 처음으로 다시 돌아가야 하는 거야.

집도 없이 매일 같이 돌아다녀야 하는 네가 불쌍하구나. 미안하다,
겸아. 이제 곧 이 지긋지긋한 시간을 끝내자. 조금만 기다려.

겸이를 "나의 분신"이자 "나와 한 몸"으로 생각할 때, 올바른 이해나
소통은 이루어질 수 없다. 나아가 그것은 상대방의 목숨까지 빼앗을
수 있다는 무시무시한 생각으로 이어지며, 설령 상대방과 대화나 악수
가 이루어진다고 해도 그것은 거울과 나누는 착각에 불과할 것이다.

4. 마지막 윤리

여행이 막바지에 이르렀을 때 승호는 아내인 명옥이 죽었다는 처형의 연락을 받는다. 명옥은 술집 마담으로 일하고 있었고, 부산에 온 명옥은 그곳에서 실장 일을 보았다. 명옥은 살해당하는 날 2차를 나갔다가 변을 당한 것이다. 장례식장에서 처형은 그동안 명옥이가 번 돈이라며 8천만 원이 남아 있는 통장을 승호에게 건넨다.

그 후 승호는 "이명옥 씨 살해사건 용의자"로 경찰에 체포되는 꿈을 꾼다. 형사는 승호에게 집 나간 아내와 통화도 거의 하지 않은 이유가 뭐냐고 묻는다. 이어서 범인을 잡았으며, 그 사건의 배후는 승호가 아니냐고 추궁한다. 그 순간 승호는 잠에서 깨어나는데, 형사의 심문이야말로 승호의 죄의식을 그대로 보여준 것이라고 말할 수도 있다. 아내가 집을 나간 지 2년 만에 처음으로 한 전화를 받고, 승호는 아무 대답도 없는 전화기에 대고 "차마 입에 담지 못할 욕"을 했던 것이다. 전화기 건너편에서는 울음소리가 들려오고, 승호는 "계속 울음소리를 듣자고 수화기를 들고 있을 수는 없을 것 같다"는 생각에 곧 종료 버튼을 누른다. 그 전화는 아내가 죽기 전에 한 마지막 통화였음이 나중에 밝혀진다.

마지막은 이 작품의 압권이다. 문창과 학과장은 전화를 해서 소송에서 승소했기 때문에 승호가 교수 신분을 유지할 수 있게 되었음을 알린다. 송희 또한 남편인 석이가 부도가 났음을, 그리고 외국에 나가 언제 돌아올지도 모르는 상태임을 알려준다. 이에 승호는 "두려운 나날을 보내고 있을 그녀에게 가야겠다."고 생각한다. 그 모든 달라진 상황 속에서 승호는 "충분치는 않지만 생을 조금 더 연장시킬 수도 있겠다는 생각"을 하며 소설은 끝난다. 승호가 생을 연장시키기 위해 필요했던 것은 '8천만 원이 든 통장', '연봉 2400만 원의 교수 자리', '남편과 별거에 들어간 애인' 등이었음이 드러나고 있는 순간이다.

김정남의 『여행의 기술』은 승호라는 '학벌 사회의 잉여 인간'이라는 현시대의 문제적 인간을 그린 것만으로도 한국 현대문학사에 기록될 만하다. 나아가 이 작품은 속물과 잉여 사이를 끊임없이 오르내리는 승호라는 주체의 심리적 에토스를 주밀하게 형상화해내고 있다. 승호는 끊임없이 타자로부터의 인정에 목말라 하는 속물이다. 애당초 그에게는 자신을 판단하는 고유한 성찰적 힘 따위는 존재하지 않는 것이다. 안타깝게도 세상은 그에게 성공과 축적이라는 훈장을 허락하지 않았고, 그 결과 승호는 이 사회의 잉여가 될 수밖에 없었다. 결국 그는 지옥 같은 자기연민에 빠져 허우적거리다 죽음을 선택한다. 마지막 순간 승호에게는 생명을 연장할 조건들이 새롭게 주어지지만, 아무도 승호 앞에 새롭게 주어진 삶을 죽음보다 나은 것이라고 말할 수는 없을 것이다. 그렇다면 승호는 작가가 말하고자 하는 바를 뒤집어서 말하는 하나의 문학적 장치라고 보는 것이 타당할 것이다. 김정남은 『여행의 기술』이라는 장편소설을 통해 '자기 옆에 있는 사람과 소통하기', '자신의 얼굴로 살아가기', '자기 인생에 스스로 책임지기' 등이야말로 속물과 잉여로 모든 주체를 조형해내는 이 무지막지한 시대를 살아가는 초라한 인간들의 마지막 윤리라고 힘주어 말하고 있다.

종말 전야에 끓여먹는 동탯국의 맛

― 천정완의 「동탯국」(『문장 웹진』, 2013년 4월호)

　　　　　　　　　　―――――――――――

　지구가 멸망한다면? 이러한 상황을 한번쯤 생각해보지 않은 사람은 없을 것이다. 그것은 모든 것이 끝나는 절대적인 종말(라캉의 표현대로 하자면 절대적 향락)에 해당하는 일일 것이다. 천정완의 「동탯국」은 십 년 후도 일 년 후도 아닌 바로 내일 지구가 멸망한다는 상황하에, 지구 종말을 그리고 있다. 일반적으로 생각하는 지구 종말이란 평시와는 달리, 할리우드 블록버스터가 우리에게 주입했듯이 "폭동이나 약탈"로 가득한 혼란 그 자체일 것이다. 그러나 백화점과 대형 마켓들은 문을 열었지만, 영화에서처럼 귀중품을 훔치는 일은 벌어지지 않는다.

　'나'의 가족에게도 종말 전야는 그대로 이어진 일상의 연장일 뿐이다. 원래 집에만 있던 아버지는 계속 집에 있고, 사는 것이 끔찍하다는 이유로 PC방에서 게임만 하는 동생 역시 PC방으로 향하고, 가족을 위해 자신의 인생을 송두리째 반납한 형 역시 자신이 다니는 회사로 출근한다. 늘 먹어왔던 동탯국을 전야의 저녁 메뉴로 선정한 것처럼, 가족들은 이전처럼 각자의 삶을 그대로 이어갈 뿐이다.

일상의 사소한 일들도 이전과 다름없이 계속 이어진다. 집에는 두 달치 우유 배달 요금을 받기 위해 먼저 살던 동네의 우유보급소 사장이 찾아오고, 중국집 사장이 배달이 잘못된 음식을 가져다 주기도 한다. 이 중국집 사장은 가게에만 모든 에너지를 기울이느라 아내와 자식을 차사고로 잃어버린 사람이다. 이 사장에게는 세상에 남은 것이 가게밖에 없으며, 죽어도 가게에서 죽자는 마음으로 종말 전날에도 음식점에서 음식을 만든 것이다. 이것은 일에 중독되어 완전히 소외된 현대인의 한 전형적인 모습을 보여주는 것이라고 할 수 있다. 그러나 그가 "인생"을 걸고 만든 중국 음식은 '나'의 가족 모두로부터 외면을 받을 뿐이다.

사회 차원에서도 별다른 변화는 없다. 적어도 100만은 되는 사람들이 광장에 모이지만 그것 역시도 특별한 의미를 지닌 행동과는 무관하며, 단지 본능에 따른 우발적 행동으로 그려진다. 군중들은 다만 모여서 서성거릴 뿐인데, 그것은 마치 방황하던 젊은 시절 당구장에 가서 동년배들의 방황하는 모습을 보며 위안을 받는 것과 다르지 않다. 이러한 태연함은 타이타닉 호의 침몰 당시 끝까지 연주를 계속한 사람들의 "숭고함"과도 거리가 먼 것이다. 그것은 태연함이라기보다는 차라리 무심함에 가까운 모습이라고 말할 수 있다.

이처럼, 내일이면 지구 종말이 닥치는 상황에서도 사람들의 삶에는 아무런 변화가 없다. 개인, 가정, 사회 차원에서 이전과 다름없는 평범한 삶이 지속될 뿐이다. 그렇다면, 깜깜한 우주를 가로질러 오는 빛이 지구의 모든 생명체를 파괴시키기 이전에 종말은 이미 우리의 삶

한복판에 도달했던 것이라고 말할 수도 있지 않을까? 미래가 없으며, 오직 무의미한 현재의 지속만이 존재한다는 측면에서는 말이다. 종말이 두려운 것은 미래가 존재하지 않는다는 점 때문이다. 그렇다면, 의미 없는 현실의 반복일 뿐인 삶만이 지속된다면, 그것 역시도 미래가 없다는 점에서는 또 하나의 종말이라고 표현할 수도 있을 것이다.

그러니까 이 작품은 종말을 맞기 직전 사람들의 모습을 통하여, 사실은 종말과 다름없는 삶을 사는 지금의 사람들을 날카롭게 비판하고 있는 것이다. 그것은 길에서 죽은 큰아버지와의 대조를 통해서도 잘 드러난다. 큰아버지는 세상을 바꾸고 싶어 했으며, 새로운 세상이 오면 모두가 행복해질 수 있다고 굳게 믿었다. 아버지는 "형이 남긴 숙제인 진보와 해방이 가슴속 깊이 박"혀 있다. 그러나 이후 아버지는 형이 그토록 증오하던 대기업에 취직했고, 금융위기 때 직장을 그만두었다. 아버지는 가족들 앞에서 앞으로는 한 번도 잊은 적 없는 꿈을 실현할 것이라고 말했지만, 실제로 아버지가 한 일은 15년간 집에서 무위도식한 것뿐이다. 이러한 아버지는 꿈 혹은 변혁의지 나아가서 미래를 잃어버린 현재 모습을 상징하는 것이라고 할 수 있다.

그리고 보면 천정완의 「동탯국」은 우리 시대 문학의 중요한 문제적 지점 하나를 돌파하고 있는 셈이다. 우리는 언젠가부터 지금 이 세상을 이미 결정된 것으로 전제한 바탕 위에서 사유하고 감각하며 살아오고 있다. 이 세상이란 결코 영원할 수 없다는 당연한 상식에도 불구하고 말이다. 이 작품은 바로 우리에게 변화를 향한 의지가 존재하지 않음을, 그렇기에 우리는 이미 종말을 살아가고 있는 것이 아니냐는 다소 무거운 주제의식을 던져주고 있는 올해의 문제작이라고 말할 수 있다.

나무와 식탁

— 채영신의 「4인용 식탁」(『문학나무』, 2013년 여름호)

　채영신의 「4인용 식탁」은 무척이나 긴 단편소설이다. 이때의 '길다'는 의미는 단순히 분량상의 의미뿐만 아니라 담고 있는 의미에 있어서도 그 폭이 매우 넓다는 것을 의미한다. 이 작품은 우선 현대사회의 상수가 되다시피 한 인간 사이의 단절과 소외의 문제를 그와 아내의 병리적인 부부관계를 통해 전달하고 있다. 「4인용 식탁」에서 4인용 식탁은 1인용 식탁과 대비되는 개념으로서, 1인용 식탁이 단절과 소외의 세계를 의미한다면 4인용 식탁은 사람들 사이의 사랑과 우애에 바탕한 연대를 의미한다.

　어린 시절부터 어머니로부터 "감정을 질질 흘리고 다니지 마."라는 말을 듣고 자란 그는 "사람들이 이해라고 하는 건 백이면 백, 오해였다"라고 생각한다. 사람들과의 교류 자체를 거부하는 그는 교사임에도 불구하고, "아이들에게서 잊혀지길 바"란다. 아내와도 아무런 정서적 유대를 맺지 못하기 때문에, 부부싸움을 하는 옆집 부부가 부럽다고 말할 정도이다. 그에게는 "친구라고 부를 만한 사람"이 하나도 없으며, 이는 고등학교 친구가 자신의 이름을 불러도 모른 척할 정도로 사람들과의 교류를 거부하는 그의 책임이 크다.

그가 이토록 고립된 사람이 된 이유는 어린 시절 부모로부터 충분한 사랑을 받지 못했기 때문이다. 아내를 인사시키러 자신의 집에 갔을 때, 어머니는 아내 앞에 "그동안 그를 먹이고 입히고 가르치는 데 들어간 돈을 조목족목 적어놓은" 장부를 내밀 정도이다. 그는 어머니의 세계로부터 벗어나기 위해 집에서 가장 먼 도시로 이주하여 부모와 상관없는 삶을 살고자 노력한다. 부모로부터 멀어진다는 것은 부모의 삶이 강제한 소외된 삶으로부터 벗어난다는 의미이기도 하다. 사실 그와 아내가 결합될 수 있었던 가장 큰 이유는 둘이 결핍을 공유한 사람들이기 때문이다. 그도 "따뜻한 밥상을 받고 자라지 못"했으며, 아내 역시 "빈한한 식탁에 대한 부끄러움"을 가슴 깊이 간직해온 것이다. 사람을 만나면 본능적으로 상대가 받고 자란 밥상의 온도를 추측하는 그는 아내의 결핍을 첫눈에 간파한 것이다.

그의 부모가 사는 집에 다녀오는 길에 아내는 처음으로 식탁을 만들자고 제안한다. 아내는 그 식탁이 커야 하며 "오순도순" 모여 앉을 수 있는 크기여야 한다고 말한다. "세상에서 가장 행복한 식탁"이야말로 아내의 오랜 꿈이었던 것이다. 그러나 이 커다란 식탁은 그의 가정에서 존재의 큰 자리를 차지하지 못한 채, 끝내 한 개의 사물로 분해되어 버린다. 이것은 결핍과 소외를 극복하고자 했던 그와 아내의 꿈이 깨어지는 것을 의미한다.

단절과 소외의 세계는 그렇게 간단히 극복되는 것이 아니었던 것이다. 따뜻한 정을 찾아 부모의 집을 떠나왔고 선생이 되었고 아내와 결혼했지만, 그는 자신이 그토록 떠나고 싶어 했던 단절과 소외의 세계로 귀환했다는 것을 안다. 단절과 소외의 세계는 "어차피의 세계"로 표현될 정도로, 그 극복이 쉽지 않은 인간의 기본적인 존재조건에 해당했던 것이다. 그러하기에 이 작품의 결말이 내보이는 엽기성은 그 소재의 파격성만으로 소비되는 것이 아니라 여러 가지 의미의 울림을 독자에게 전달해준다.

그는 열심히 식탁을 자르는 일을 하는데, 그가 자르고 있는 식탁은 다름 아닌 아내의 몸이었음이 드러난다. 그것은 아내가 가장 좋아하는 나무로, 아내를 환원시키는 일에 해당한다. 단절과 소외가 결코 벗어날 수 없는 인간의 숙명적 조건이라면, 그로부터 벗어나는 유일한 길은 죽음뿐일 수도 있기 때문이다. 그리고 보면 모든 인간은 바로 그 존귀한 단독자적 생명으로 인하여 고독이라는 불치의 질병을 안고 살 수밖에 없다. 그가 마지막으로 깨달은, "나무가 이제 그만 숲으로 돌아가고 싶어 한다는 것. 그는 이해한다는 듯 고개를 끄덕였다. 평생을, 평생이란 시간을 이 집에서 혼자 견딜 자신이 없겠지, 너도."라는 말은 인간의 숙명적 조건으로부터 벗어나고자 하는 모든 인간의 의지를 담고 있는 것으로 읽히는 이유이다. 그러하기에 이 작품에 드러난 그의 광기는 한 개인의 광기인 동시에 문명의 광기이고, 나아가 모든 인간의 광기이기도 하다.

시스템과 자유

— 최민우의 「이베리아의 전갈」(『문학동네』, 2013년 여름호)

────────

　우리는 자유로운가? 방현석의 『그들이 내 이름을 부를 때』(이야기 공작소, 2012)에서처럼, 차라리 벌레가 되지 못하고 인간이 되었음을 저주해야 하는 고문이 국가권력에 의해 벌어지지는 않는다는 점에서 우리는 자유로울지도 모른다. 혹은 이청준의 「소문의 벽」(『문학과지성』, 1971년 여름호)에서 정체 모를 사나이들이 등장하여 한밤중에 전깃불로 얼굴을 비추며 너는 좌냐 우냐를 묻는 것과 같은 극단적인 이념적 폭력이 일어나지는 않는다는 점에서 우리는 자유롭다고 말할 수 있을지 모른다. 그러나 다시 한 번 묻고 싶다. 갈수록 공고해지는 이 자본주의적 시스템 속에서 우리는 과연 자유로운가?

　최민우의 「이베리아의 전갈」(『문학동네』, 2013년 여름호)은 과연 감시와 통제가 일상화되고 자본주의적 시스템이 쇠우리처럼 정교해진 현대사회에서 진정한 자유란 가능한 것인가를 옐로, 블랙, 브라운이라는 세 명의 국가정보원을 통하여 묻고 있다. 국가정보기관원이야말로 폐쇄된 시공에서 자신들이 통제할 수 없는 원인에 의해 촉발된 행동을 기계적으로 수행할 뿐, 왜 그런 행동을 해야 하는가의 질문에 대해서는 어떠한 자유도 누릴 여지가 없다는 점에서, 근본적인 자유로부터 소외된 현대인의 전형적인 형상인지도 모른다.

옐로는 평생을 정보기관에서 무탈하게 근무하여 해외 지부의 책임자로 평화로운 퇴직만이 남아 있는 상황에서 전임 지부장에게 모욕을 당한 후, 국가정보기관(작품에서는 회사)과 정면으로 맞선다. 회사는 옐로에게 청구를 철회할지 품위유지 규정위반으로 정직 처분을 받아 연금을 날릴지 선택할 것을 제안하지만, 옐로는 언론에 공금 횡령과 지부의 다른 부패까지 모두 폭로하는 제3의 길을 선택한다. 그 후 옐로는 범죄인 인도협정이 체결되지 않은 나라로 몸을 피해, 기밀 해제도 안 된 이전 작전에 대한 것도 책으로 출판할 계획이다.

옐로는 정보원 출신답게 자신의 경호에 철저하지만, 자신의 목을 노리는 암살자는 다름 아닌 옐로 자신이다. 고국에서 쿠데타가 발발하자 모든 상황은 변한다. 회사는 기자 앞에서 지난 정부의 치부를 폭로한다는 조건으로 옐로를 복직시켜주겠다고 제안하고, 옐로는 이를 받아들인다. 옐로는 기자 앞에서 지난 정부 시절 진행된 "역정보, 프락치, 무고, 고문, 증거 조작, 은폐로 점철된 이야기"(221쪽)들을 흥얼거린다. 이것은 블랙의 생각처럼, 자신의 죽음을 불러들이는 일이다. 지난 정권의 사람들은 당연히 옐로를 죽이려 할 것이고, 쿠데타로 정권을 잡은 사람들 역시 옐로의 죽음이 이전 정부의 복수로 비칠 것을 고려하여 옐로의 죽음을 막지 않을 것이기 때문이다. 귀국에 대한 갈망과 손상된 명예에 대한 집착이 "부술 수 있는 조직은 몽땅"(211쪽) 파괴하는 파괴공작의 달인이었던 옐로로 하여금 스스로를 파괴하게 만든 것이다.

옐로에게 정보원으로서의 일이란 먹고 살기 위한 직업에 불과하다. 그에게 사명감이나 충성같은 것은 하나의 장식에 지나지 않는다. 그러하기에 자신의 자존심에 작은 상처를 준 농담 하나 때문에 옐로는 조직 전체를 배신할 수 있는 것이다. 그러나 조직에 해를 끼치기 위해 겨누었던 칼은 결국 자신의 목을 찌르고 만다. 정교하고 거대한 시스템을 향한 한 개인의 도전은 이처럼 무용하다.

자신의 이해에만 매달렸던 옐로와는 정반대편에 놓여 있는 정보원이 바로 브라운이다. 브라운은 해외 주재원으로 블랙이 처음 옐로를 처리하기 위해 공항에 도착했을 때부터 블랙을 돕는다. 브라운은 향수병과 스트레스에 시달리며, 처음 만난 블랙에게 "형님이라 불러도 되죠?"(223쪽)라고 말할 정도로 인간적인 구석이 있다. 브라운은 일을 믿는 블랙과는 달리 "저는 인간을 믿어서 그렇게 냉정하질 못하겠네요."(214쪽)라고 말하는 휴머니스트이다. 이 말을 남기고 사라진 브라운은 쿠데타로 혼란이 계속 되는 고국의 민병대 지도자가 되어 텔레비전에 나타난다. 그는 인간을 믿고, 자유의지를 믿은 결과 혼란의 와중에 가족을 잃고 민병대 지도자가 된 것이다.

마지막 정보기관원은 이 작품의 초점화자인 블랙이다. 옐로를 처리(암살 혹은 납치)하기 위해 파견된 블랙은, 옐로의 일거수 일투족을 감시한다. "뭘 믿느냐가 중요한 게 아냐. 믿는 게 중요한 거지."(211쪽)라고 말하는 블랙이 믿는 것은 바로 자신의 "일"(212쪽)이다. 이처럼 블랙은 성찰이 결여된 도구적 이성의 극단적인 모습을 체화한 인물이다. 오직 그에게는 조직의 명령과 그것의 완벽한 수행만이 중요한 과

제일 뿐이다.

그러나 조국의 쿠데타는 옐로와 브라운의 삶을 뒤집어 놓았듯이, 블랙의 삶 역시 그냥 내버려 두지 않는다. 블랙은 어렵게 국장과 통화를 하지만, 국장은 "분명한 게 없어"(215쪽)라는 말을 남긴다. 그리고는 허둥지둥 "임무는 변동사항이 없어. 목표를 시야에서 놓치지 말고 대기하도록 해."(215쪽)라는 말을 남기고, 전화를 끊는다. 국장에게서는 그날 이후로 아무런 연락이 없고, 블랙은 "세상의 종말이란 모두가 죽어버리는 게 아니라 이런 식으로 홀로 잊히는 게 아닌가 하는 생각"(216쪽)을 한다. 블랙이 귀국을 준비할 무렵 국장이 아닌 사람에게서 전화가 걸려오지만, 블랙은 자신이 이전 정부와 현 정부 사이에 놓인 애매한 존재임을 다시 한 번 확인할 뿐이다. 그토록 조직과 일에만 헌신했던 블랙에게 남겨진 것은 완전한 버려짐이었던 것이다. 애당초 조직과 시스템에 블랙이란 개인의 자리는 없었던 것인지도 모른다.

블랙은 자신의 암살 대상(전 정부)이자 보호 대상(현 정부)이기도 한 옐로의 오피스텔을 찾아간다. 블랙은 사소한 대화를 나누며 입사 초기에 같은 팀에서 함께 일한 적도 있는 옐로와 오붓한 시간을 즐기지만, 민병대를 향한 옐로의 독설에 폭발하고 만다. 민병대의 부대장인 브라운은 자신들이 가족을 잃었다며 절대로 복수를 포기하지 않을 거라는 인터뷰를 한다. 그러한 인터뷰 화면을 보며 옐로는 "살려둬서는 안 되지. 저런 새끼들은 싹 쓸어버려야 돼."(223쪽)라고 말한다. 블랙은 "가족을 잃은 사람들입니다."(224쪽)라고 말하지만, 그런 것은 아무것도 아니라며 "돌아가면 저것들부터 처리할 거"(224쪽)라고 덧붙인다. 그 순간 블랙은 옐로를 죽인다. 이 순간 스스로 자유를 반납한 채 노예 되기를 선택했던, 블랙은 드디어 하나의 주체가 되기를 선택한 것이다. 블랙은 그동안 하나의 온전한 주체가 아니었다. 그에게는 어떤 사건이 현실의 인과관계로부터 전적으로 독립된 자기원인에서 비롯된 것인가를 묻는 형식으로서의 자유가 존재하지 않았기 때문이다. 회사의 명령과는 무관하게 옐로를 살해하는 이 순간, 블랙은 '그럼에도 자유로워라' 라는 칸트 식의 자유를 떠안은 것이다.

작품의 마지막에 블랙이 간부용 직통라인으로 하는 보고는 사실상 담당자가 아닌 자기 자신을 향한 것에 가깝다. 이때의 임무 완수는 모든 조직에서 벗어나 자기의 자유의지를 회복했다는, 그리하여 비로소 자신이 온전한 인간이 되었다는 보고에 다름 아니다. 그러나 이 한 건의 살인 행위로 블랙은 자유를 얻을 수 있을까? 당연히 세상과 시스템은 그처럼 간단하지 않다. 그것은 옐로의 죽음이, 브라운의 고투가 증명하는 바이다. 불꽃도, 연기도, 사이렌 소리도 나지 않는데 뒤를 돌아보는 블랙의 행위는 진정한 자유가 블랙에게도 결코 쉽지만은 않을 것임을 드러낸다.

그릇에 담긴 물 같은 도시

— 최민우의 「머리 검은 토끼」(『세계의 문학』, 2013년 가을호)

　최민우 「머리 검은 토끼」는 얼핏 보기에 선명한 이분법으로 되어 있는 것처럼 보인다. 이분법을 구성하는 두 가지 항은 트로트 가수 덕진과 펑크 록 밴드 베이시스트로 요약해볼 수 있다. 삼류 트로트 가수인 덕진의 삶에 작은 균열이 일어나는데, 그것은 재혼한 아내의 딸인 민경이 미성년자의 몸으로 임신을 한 것이다.

　민경은 그룹 '머리검은토끼'에서 베이스를 담당하는 베이시스트의 아이를 가졌는데, 민경의 애인은 덕진과는 여러모로 구별된다. 덕진이 자신의 주변에 노래 〈마음 먹은 대로 가는 인생〉, 다른 가수들의 히트곡을 짜깁기한 메들리 음반, 중급 규모의 성인 나이트클럽, 〈지나간 청춘의 계절〉의 김창건, 〈밀라노 아가씨〉의 금순향 등과 같은 기호를 거느리고 있다면, 민경의 남자친구는 〈BLACKOUT〉, 펑크 록 밴드, 게릴라 콘서트, 노브레인, 크라잉넛 등의 기호를 거느리고 있다. 민경은 덕진보다는 베이시스트에 훨씬 가까운 존재이다. 민경이 생각하는 음악이 휴대용 시디플레이어와 같은 기계로 들어야 하는 것이라면, 덕진에게 음악이란 "잡담과 술주정과 탁한 공기 사이를 아무렇게 돌아다니는 강아지 같은 것"이다. 덕진과 남자친구의 사이는 덕진이 '머리검은토끼'의 노래를 두 곡도 듣기 전에 잠이 드는 것처럼 매우 거리가 멀다.

그런 덕진이 토요일 J시의 오페라 홀에서 개최되는 가을맞이 시민 노래자랑에 초대 가수로 선발된다. 공교롭게도 그 무대에 전국을 무대로 한 게릴라 콘서트 중인 민경의 남자친구도 서게 되어, 덕진과 민경의 남자친구는 우연히 서로 만나게 된다. 당연히 덕진은 온 신경을 집중하여 펑크 록 밴드 '머리검은토끼'의 베이시스트를 관찰한다. 그러나 베이시스트는 박자를 자주 놓치고, 공연이 끝난 뒤에는 무대 뒤로 끌려가 보컬에게 폭행까지 당한다. 리더로 보이는 보컬의 다음과 같은 말은, 민경의 남자친구인 베이시스트 역시 그토록 달라 보이는 덕진의 세계에 진입하는 것이 시간 문제임을 보여준다.

　　너 이 새끼. 미친 거지? 그렇지? 진짜 모가지 잘리려고 작정한 거지?
　　어? 애 아빠가 되니까 막 세상이 뒤집히고 그러냐? 내가 애 떼랬어, 안
　　떼랬어? 사장님이 이거 알면 어떻게 될 거라는 거 알아 몰라? 모르지.
　　알면 못 이러지. 너가 아는 게 뭐냐 대체? 아 나 빡 돌아서. 야, 이 개쌔
　　끼야. 도대체 몇 번째냐, 이게. 아무데나 좆 방망이 놀릴 거면 연주라도
　　똑바로 하던가. 방송 말아 먹으려고 작정한 거냐? 말로 하면 진짜로 못
　　알아듣겠냐?

나아가 "내가 애 떼랬어, 안 떼랬어? 사장님이 이거 알면 어떻게 될 거라는 거 알아 몰라?"라는 보컬의 말 속에는 민경과의 사랑 역시도,

민경의 생각처럼 결코 장밋빛일 수는 없음이 강하게 암시되고 있다. 덕진이 젊은 시절 민희와의 사랑에 실패하고 지금까지도 그녀를 그리워하듯이, 민경 역시 자신의 사랑을 이루지 못할 가능성이 농후한 것이다. 덕진은 〈사랑만을 위한 사랑〉의 김민희를 오랜 시간 동안 연모하였고, 김민희가 덕진의 아이를 임신한 적도 있지만 끝내 둘의 사랑은 이루어지지 않았다.

덕진은 민경의 남자친구와 처음이자 어쩌면 마지막일지도 모르는 조우를 한 J시에 내렸을 때, "그릇에 담긴 물 같은 도시"라는 인상을 받았다. '그릇에 담긴 물'은 물의 기본적인 속성인 유동성을 상실한 채, 변화 없이 그대로 머물러 있는 모습이라고 할 수 있다. 최민우는 이 J시를 우리가 사는 세상에, 고여 있는 물을 세상의 근본적인 이치로 확장시켜 바라보고 있는 것은 아닐까? '머리검은토끼'는 처음 세대 간의 선명한 이분법을 보여준다. 그러나 결국에는 젊은 세대 역시 이전 세대와 별반 다르지 않은 삶을 살게 될 것이라고 조용히 말하고 있다. 사람들의 삶이란 '그릇에 담긴 물'처럼 변화 없이 한 자리에서 조용히 머물러 있는 것이다. 그러고 보면 〈불나방 사랑〉을 불렀던 김보성도 이미, '머리검은토끼'의 베이시스트가 민경이와 그랬듯이, 팬클럽 회장을 만삭의 신부로 만들기도 했던 것이다.

최민우는 예리한 작가이다. 그것은 한두 단어로 인물이나 상황의 리얼리티를 포착해내는 거의 본능과도 같은 감각에서 비롯되는 날카로움이다. 삼류 사회자가 구사하는 단어 하나, 인물이나 사물의 이름 하나, 소도구 하나를 통하여 최민우는 그 상황의 실감을 포착하여 전달하는 능력을 지니고 있다. 이 능력은 어떤 코드의 소설과도 접속이 가능한데, 그러하기에 최민우를 지켜보는 일은 기대되며 즐거운 일이다.

터널이 있든, 없든

— 황정은의 「양의 미래」(『21세기 문학』, 2013년 가을호)

황정은의 「양의 미래」(『21세기 문학』, 2013년 가을호)는 "나는 이런 이야기를 어디에서고 해본 적이 없다."(147쪽)는 문장으로 끝난다. 도대체 이 진술의 주체인 '나'는 어떤 사람이기에 20페이지가 넘는 이토록 '간절하고 뜨거운 이야기'를 어디에서고 해본 적이 없을까? 이 작품을 끝까지 따라 읽은 독자라면, 마지막 문장에 등장하는 이야기의 발화 여부는 의도가 아닌 능력의 문제와 연관된다는 것을 알게 될 것이다. 이 문장은 가야트리 챠크라보르티 스피박(Gayatri Chakravorty Spivak)이 주장한 "서발턴(subaltern)은 말할 수 있는가?"라는 명제에 연결되어 있다.

「양의 미래」에 등장하는 '나'는 여상을 졸업하고 각종 비정규직을 전전하는 프레카리아트(precariat)이다. 프레카리아트는 '불안정한' (precario)과 '노동자 계급'(proletariat)을 합성한 말로, 파견, 하청, 아르바이트 등의 일에 종사하는 비정규직 노동자층을 가리킨다. 이 시대의 청년들이 처한 고단한 상황에 대해서는 그동안 많은 논의가 이루어졌다. 최근에는 동세대의 논객들도 등장하여 스스로 자신들의 문제를 진단하고 나름의 처방을 제시할 정도이다. 그러나 이때의 청년 문제는 주로 대학생들의 문제로 한정되는 경향이 있다. 약 80% 정도가 대학에 진학하는 상황에서 청년 문제의 중심은 대학생과 대졸자들이 겪는 '등록금 문제'와 '청년 실업 문제'에 집중되고 있는 것이다.[1]

작품 속의 '나'는 등록금 문제나 실업 문제와는 애당초 거리가 멀다.[2] '나'는 "중학교에 다니던 때나 고등학교에 다니던 때를 생각하면 어딘가에서 일하고 있는 순간들"(127쪽)이 떠오를 정도로, 햄버거 체인점, 패밀리 레스토랑, 도서 대여점, 길거리, 마트 등에서 줄기차게 일을 해왔다. 가려져 있는 평범한 것들을 관심과 공감의 대상으로 바라보게 하는 것이야말로 민주주의에 기여하는 소설의 힘

⋯⋯

1) 우리 시대의 대표적인 청년 논객인 한윤형이, 한국 젊은이들이 처한 여러 가지 문제를 논한 『청춘을 위한 나라는 없다』(어크로스, 2013)에서도 논의의 대상이 되고 있는 것은 대학생들이다. 「양의 미래」에 나오는 '나'와 같은 고졸 출신 노동자에 대한 이야기는 책 전체를 통하여 거의 언급되지 않는다. "물론 대학에 진학하지도 못한 20대의 삶에 더욱 주목해야만 한다는 견해도 있다. 가령 고등학교 졸업 후 삼성 반도체 공장에서 몇 년 일하다가 백혈병으로 숨진 스물세 살 박지연 양의 사례는 한국에서 대학을 피하고 산다는 것이 가져올 위험의 총합을 비극적으로 보여준다."(한윤형, 『청춘을 위한 나라는 없다』, 어크로스, 2013, 274쪽)는 부분 정도만 찾아볼 수 있다.

2) 주인공이 다닌 상업계 학교는 졸업반이 되면 한 학급의 절반 정도는 이미 취업으로 자리를 비울 정도이다. '나' 역시 학기 초에 이미 창고형 할인마트의 계산대에 취직된다.

이라면[3], 황정은의 「양의 미래」는 매우 정치적인 소설이다. 이 작품을 통해 황정은은 엄연히 한국 사회에 살고 있는 젊은이지만, 그동안의 무수한 담론 속에서 소외된 '나'에게 말할 기회를 마련해주고 있기 때문이다.[4]

'나'가 자신과 현실을 대하는 태도는 지극히 무심하다. 이 무심한 태도는 황정은식 화법이라고 부를만한데, 그것이 자아내는 문학적 효과가 만만치 않다. 일테면 '나'는 어린 시절부터 늘 일만 하던 자신을 떠올리며, "언제나 일하고 있었네. 나는 얼마 전에야 그걸 알았다. 억울하다거나 아깝다고 생각하지는 않는다. 그랬네, 정도로 잠깐 깨달

· · · · ·

3) 휘트먼은 "특히 시인의 외침이 성적 배제와 대중의 비난에 의해 침묵해야 했던 이들의 목소리로부터 장막을 걷어낼 수 있다고 주장한다. 그는 시적 상상력의 빛이 이 모든 소외된 자들을 위한 민주적 평등의 결정적인 동인이라고 주장하는데, 오직 그러한 상상력만이 그들 삶의 사실들을 바로잡아줄 것이며, 그들에 대한 불평등한 대우 속에서 개인의 존엄에 대한 훼손을 발견할 것이기 때문이다."(마사 누스바움, 『시적 정의』, 박용준 옮김, 궁리, 2013, 250쪽)라고 주장한다.

4) 「양의 미래」에는 '나'와 비슷한 연령의 또 다른 청년들도 존재한다. '나'의 남자 친구였던 호재는 '나'와 함께 서점을 다니다가, 대다수가 적어도 학사인 나라에서 학사도 받지 못한 남자는 곤란하다는 생각에 복학한다. 호재는 복학한 후 정말 열심히 공부하지만, 직장을 구하지는 못한다. 좋은 일자리를 잡기 위해 필요한 "특별한 것"(133쪽)이 호재에게는 하나도 없었던 것이다. 둘은 끝내 헤어지게 되는데, 이러한 헤어짐도 결국에는 가정을 꾸리기에는 너무나 척박한 사회·경제적 현실에서 비롯된 것으로 그려지고 있다. 이 작품에는 단순하게 피해자나 약자라고만 볼 수 없는 재오라는 청년도 등장한다. 재오는 명문대를 졸업한 고시생으로서 국가고시를 준비하기 전에 용돈이나 벌려는 생각으로 서점에서 일한다. 그는 아무것도 주의 깊게 듣지 않으며, 집요함과 둔감함을 동시에 지닌 청년으로 묘사된다. 그는 나중에 서점을 그만두며 주인에게 퇴직금을 요구한다. 재오는 퇴직금을 받기 위해 "탈법적 장부 관리와 4대 보험에 가입되지 않은 고용 형태"(137쪽)를 문제 삼는 전략적인 모습까지 보여준다.

고 마는 것이다."(127쪽)라고 조용히 말한다. 그러나 독자는 다름 아닌 '나'의 이 무심한 태도를 통해, '나'를 끊임없이 일하게 만든 사회에 대하여 마땅히 '나'가 가져야 할 '억울함'을 대신 느끼게 된다. '나'는 5년여를 일했던 마트 계산원 시절도 "별다르게 기억할 일이 없었다."(129쪽)고 태연하게 이야기한다. 그러나 그 시절 '나'는 사소한 시비 끝에 계산대를 넘어온 손님에게 뺨을 맞은 일도 있고, 배차 간격이 너무 길어 출퇴근 시간에는 언제나 뛰어야 했으며, 밤엔 손발이 다 녹아내리는 것처럼 피곤함을 느꼈다. 그 모든 일을 받아들이는 '나'의 무심한 태도로 인해, 독자들은 그 모든 일을 '별다르게 기억할 일'로 받아들일 수밖에 없다.

이 작품의 중심에는 서점 지하의 창고가 위치해 있다. 이 창고야말로 우리 시대 길 잃은 양들의 미래와 관련한 작가의 만만치 않은 통찰이 문학적으로 집약된 공간이다. 어느 날 재오는 '나'에게 서점의 창고가 아파트 단지의 구석구석을 관통하는 지하터널의 일부라고 말한다. 동시에 '나'는 상가 관리인으로부터 "그 벽 뒤엔 아무것도 없다."(143쪽)는 말을 듣는다. 그러고 보면, 이 터널의 존재를 처음 말한 재오는 신뢰할 수 없는 인물이었다. 그는 하지 않은 걸 했다고 대답하거나 한 것을 하지 않았다고 대답하는 일도 많으며, 자기가 모르는 것에 관해서도 안다고 말하는 인물이기 때문이다. 그러하기에 이 터널을 둘러싼 논란과 의문은 더욱 증폭될 수밖에 없다. '나'는 결국 궁금증을 이기지 못하고, 그 창고 벽 너머를 확인하기 위해 망치를 들고 창고에 내려간다. 망치를 몇 번만 휘두르면, 그 너머에 있다는 터널의 존재유무를 확인할 수 있기 때문이다. 그러나 '나'는 끝내 두려움 때문에 망치질을 하지 못한다. 그리고는 "터널이 있는 것과 터널이 없는

것"(144쪽) 중에 "어느 쪽이 더 섬뜩하고 소름 끼치는 일일까."(145쪽)
라고 자문한다.

그 창고는 아버지가 싸준 도시락을 꾸역꾸역 먹는 장소로 사용되는
것에서도 알 수 있듯이, '내'가 현재 살아가는 남루한 현실을 상징하
는 공간이다. 그러나 그 벽 너머의 터널 역시도 '나'에게는 그다지 이
상적인 공간이 아니다. 그 터널 역시 창고의 확장일 뿐이기 때문이다.
실제로 터널에 대한 재오의 말을 들은 후 '나'는 "긴 벌레의 몸통 같
기도 하고 구렁이의 몸속 같기도 한 터널을 언제까지고"(137쪽) 걷는
꿈을 꾸는데, '나'는 그 꿈을 "악몽"(137쪽)으로 받아들인다. "습기와
곰팡이가 덩굴무늬처럼 번진 벽"(144쪽)으로 둘러싸인 창고이든, "긴
벌레의 몸통 같기도 하고 구렁이의 몸속 같기도 한 터널"(137쪽)이든
고통의 영원한 지속이라는 점에서는 아무런 차이가 없는 것이다.

이상의 시 「오감도」 제1호에서 13인의 아이가 질주하는 도로는 '막
다른 골목'이든 '뚫린 골목'이든 상관이 없다. 그 어느 곳에서든 질주
하는 아이들이 느끼는 무서움은 사라질 수 없는 것이기 때문이다. 이
작품에서 '내'가 처한 상황 역시 그에 견주어볼 만하다. 터널이 있든
없든, 지금의 일을 하든 새로운 일을 하든, '나'의 고통스러운 삶은 계
속될 수밖에 없다. '나'에게는 '악몽'으로서의 삶이 주어져 있을 뿐이
다. 실제로 '나'는 어떠한 미래의 가능성도 사고하지 못한다. 호재와
헤어진 이후에 남자와 교제하는 "기회를 더는 상상"(135쪽)할 수조차
없다. '나'는 호재와 사귈 때도 "평생 아이를 만들지 않을 거라고"(132
쪽) 말한다. "마지막에 병신 같은 걸 남기고 죽는 건 싫다. 걱정이 될
테니까 말이다. 세상에 남을 그 병신 같은 것이"(130쪽)라는 말 역시
삶에 대한 비극적인 전망이 낳은 자학적 독설이라고 할 수 있다.

동시에 '나'에게는 미래도 없지만, 그녀를 지탱해줄 과거도 없다. 어머니는 십 년째 간암 투병 중이고, 어머니를 돌보는 아버지는 남성성이 완전히 제거된 채 "아버지라기보다는 할머니 같은 모습"(132쪽)을 하고 있다. 그들이 이 사회에서 차지하는 몫을 드러내주는 것처럼, '나'의 부모는 "왜소하고 말이 없"(129쪽)어 늘 조용하다. 아버지와 어머니는 말 그대로 벌거벗은 생명이라고 불러도 과언이 아니다. 사회로부터 어떠한 보호도 받지 못할 뿐만 아니라, 그들 스스로도 자신을 보호받아야 할 존재로 여기지 않기 때문이다. '내'가 "이제 죽었으면 좋겠어"(133쪽)라고 말하는 아버지와 어머니, 그리고 '나'는 이 사회의 비인(非人)들인 것이다.

「양의 미래」는 한 여자아이의 실종 사건을 통해, 이러한 비인들에게 타인에 대한 윤리나 책임 등을 묻는 것이 가능한 것인지에 대한 질문을 하고 있다. 한 소녀가 실종되기 직전에 마지막으로 본 것이 '나'라는 이유 하나로, '나'는 온갖 비판의 시선과 질문에 맞닥뜨린다. 특히 소녀의 어머니는 매일 '나'를 찾아와 책임을 묻는다. 어느 날 그녀는 마음속으로만 소녀의 어머니에게 항변하는데, 그 항변은 어린 시절부터 온갖 허드렛일만 해온 한 인간에게, 햇빛 한 번 볼 수 없는 지하에서 하루 종일 삶을 견뎌내야 하는 한 인간에게, 그 누구의 관심이나 사랑도 받지 못하는 한 인간에게, 삶이 아닌 생존만이 유일한 과제인 한 인간에게, 타인에 대한 관심을 요구하는 것이 과연 타당한 일인지를 묻고 있다. 인간을 비인으로 만든 사회가, 자신이 만든 바로 그 비인들에게 인간이 될 것을 요구할 수 있을까?

'영원한 현재로서의 고통'에 대한 인식은, 서점을 그만둔 후의 후일담이라고 할 수 있는 마지막 부분에서도 확인할 수 있다. 어머니는 사년 전에 돌아가셨고, 아버지는 병에 걸리면 스스로 목숨을 끊을 것이라고 말한다. '나'는 조지 오웰이 쓴 가난에 대한 에세이 옆에 "아무도 없고 가난하다면 아이 같은 건 만들지 않는 게 좋아. 아무도 없고 가난한 채로 죽어."(146쪽)라고 써놓는다. 그리고는 그 문장들이 "십 년이 지난 뒤에도, 어쩌면 백 년이 지난 뒤에도"(147쪽) 그대로 남을 것이라고 생각한다. 지금 이 시대의 가난은 '백 년이 지나도 변치 않을 가난'으로 형상화되고 있는 것이다. 황정은의 「양의 미래」는 터널이 있든 없든, 십 년이 지나든 백 년이 지나든 가난할 수밖에 없는, 이 사회의 배제된 자들을 특유의 무심함으로 그려낸 작품이다.

진봉의 삶, 혹은 사내의 삶

― 민정아의 「죽은 개의 식사 시간」(『문장 웹진』, 2013년 11월호)

민정아의 「죽은 개의 식사 시간」은 무연고 시신을 처리하는 조선족 진봉의 삶을 다룬 소설이다. 이 작품에는 세 가지 죽음이 존재하는데, 진봉이 처리하고 있는 시체의 죽음과 진봉의 죽음이 그것이다. 사내는 죽은 지 이십 일 만에 욕조에 몸을 담근 모습으로 집주인에 의해 발견된다. 화장실 바닥에는 그가 죽기 전까지 보았던 딸의 결혼식 사진이 놓여 있다. 그토록 그리워하는 딸이지만, 딸은 미국으로 이민 간 이후 아버지에게 아무런 연락도 하지 않는다. 아무도 찾지 않는 그는 물속에서 곤죽이 되어버렸고, 진봉의 체질에 의해 가까스로 걸러져 쓰레기통에 버려지고 있다. 이러한 사내의 모습은 현대인이 겪는 소외의 문제를 보여주고 있다.

그러나 「죽은 개의 식사 시간」의 초점은 사내의 죽음보다는 진봉의 죽음 쪽에 맞추어져 있다. 조선족인 진봉의 삶은 자연스럽게 다문화

사회의 이주노동자가 겪는 여러 곤란한 삶을 떠올리도록 만든다. 진봉은 한국 사회에서 '몫 없는 자'이자 '말할 수 없는 자'이다. 조선족의 말투만 보이면 사람들은 "무례와 멸시"를 보였기에, 진봉은 차라리 중국인처럼 중국어를 사용하는 것이 편했다. 중국에서는 한 번도 포기하지 않았던 조선족이란 정체성을 한국 땅에서는 부인해야 하는 아이러니한 상황에 처한 것이다. 그가 시체 처리업을 맘에 들어하는 이유는 무엇보다 "말하지 않아도 된다는 점"이다. 숯불갈비 집이든 공장이든 한국인이 버리고 간 자리는 모두 그의 자리이기에 진봉이 한국에서 할 일은 차고 넘친다. 그는 불법체류자이기에 제대로 된 치료 한 번 받을 수 없으며, 월급을 떼먹혀도 제대로 신고할 수조차 없다. 한국의 사장들은 진봉을 "값싼 모조품" 정도로만 바라볼 뿐이다. 다음의 인용문에는 진봉이 처한 삶이 요령 있게 압축되어 있다.

> 사장이 월급을 주지 않거나 다른 직원들보다 야근을 많이 시킬 때, 함께 일하는 동료들이 자신의 등에 대고 조선족은 인육을 먹는 식인종이라고 수군거릴 때 그는 열심히 다른 일자리를 알아보았다. 그들의 눈앞에서 조용히 사라져주는 것도 그가 해야 하는 중요한 일 중의 하나였다. 그런 의미에서 그가 특수팀에서 일을 시작하게 된 것은 자연스럽고 당연했다. 더럽고 냄새 나는 그 일을 한국 사람들은 꺼려했다. 파키스탄, 필리핀, 부탄, 베트남, 몽골…… 진봉은 한 번도 가보지 못한 나라에서 온 사람들과 함께 일을 했다. 모두 고향을 떠나온 사람들이었다.

진봉은 유하 출신인데, 그곳의 사람들이 중국의 큰 도시나 한국으로 떠나버리는 바람에 유하는 버려진 곳이 된다. 서른두 집이 살던 마을에서 스물한 집이 폐가로 변했으며, 마을에 남은 사람들은 거동이 불편한 노인과 아이들뿐이다. 그처럼 버려진 유하에서 진봉의 아버지는 홀로 죽는다. 이제 진봉은 나아갈 곳도 돌아갈 곳도 없는 살아 있는 중음신이 된 것이다. 그가 의지할 이십 평 남짓한 작은 고향 집은 사라졌으며, 그렇다고 한국에 계속 머무를 수도 없기 때문이다. 그렇기에 진봉이 욕실에서 미끄러져 몸이 마비 상태에 빠진 것은 그가 처한 현재 조건을 있는 그대로 보여주는 것이기도 하다. 작품의 마지막에는 부탄과 몽골인 동료들이 빈 아파트에 홀로 남겨진 진봉을 발견한 것인지 발견하지 못한 것인지가 애매하게 처리되어 있다. 이러한 애매함은 사실 별다른 의미가 없는데, 진봉이 발견되더라도 그는 이미 "죽은 개"일 뿐이기 때문이다.

「죽은 개의 식사 시간」은 이주노동자들이 겪는 현실의 문제를 치밀한 묘사와 에두르지 않는 정공법으로 충실하게 다루고 있다. 동시에 이 작품은 이주노동자가 겪는 고통이 곧 우리의 문제이기도 하다는 점을 충분히 사유하는 모습을 보여준다. 그것은 진봉의 고향 유하가 사라져가듯이, 사내가 죽어 있는 길음 아파트도 하룻밤 사이에 "두세 개의 계절이 빠르게 지나가버린 것"처럼 변해가고 있기 때문이다. 또한 진봉의 아버지가 폐허가 된 동네에서 혼자 죽어갔듯이, 사내 역시 딸을 미국으로 이민 보내고 혼자 폐허가 된 아파트에서 죽어갔던 것이다. 유하와 진봉의 아버지가 그러했듯이, 길음 아파트는 완전히 철거가 될 것이며 그 안에서 죽어간 남자 역시도 깨끗이 지워질 운명인 것이다. 민정아는 이주민에 대한 (비)동일시의 윤리적 상상력을 바탕으로 치밀한 묘사와 묵직한 주제의식이 빛나는 작품을 만들어내었다.

탈북자를 바라보는 또 하나의 눈

— 김금희의 「옥화」(『창작과 비평』, 2014년 봄호)

김금희의 「옥화」(『창작과 비평』, 2014년 봄호)는 조선족 사회의 탈북자라는 매우 독특한 소재를 다루고 있다. 이것은 작가인 김금희가 1979년 중국 지린성 주타이시에서 출생한 조선족이라는 사실과 밀접하게 연관된 것으로 보인다.

1945년부터 1999년까지의 조선족 문학은 크게 정치공명시기(1945년–1978년)와 다원화시기(1979년–1999년)로 나뉘어진다. 개혁 개방을 기점으로 하여 극단적인 정치화와 공리주의 가치관을 획일적으로 드러내던 모습(정치공명시기의 문학)에서 벗어나 다양한 주제와 다원적인 가치관을 추구하는 방향(다원화시기의 문학)으로 변한 것이다. 이러한 변화는 "국가언어에서 개인언어에로의 변화"[1]라고 정리해볼

- - - - -
1) 김동훈 · 최삼룡 · 오상순 · 장춘식, 『중국조선족문학사』, 민족출판사, 2007, 339쪽.

수 있다. 김금희의 「옥화」 역시도 조선족 문학이 거쳐온 큰 변화의 연장선상에 놓인 작품으로서, 탈북자라는 사회적 문제를 이념과 같은 거대담론이 아닌 한 개인의 내면 심리를 통해 섬세하게 추적하고 있다.

이 작품의 초점화자는 조선족인 홍이다. 조선족의 눈에 비친 탈북자는 배은망덕한 존재들이다. 조선족들의 눈에 탈북한 여자는 꾀병을 부리고 일자리를 구해주어봤자 갖가지 핑계를 대며 일을 하지 않는 사람이다. 나아가 그 여자는 "인간으로서 기본적인 도덕이나 정직한 양심 따위마저 있는지 여부가 의심스러운 사람"(223쪽)으로까지 되어 간다. 여자는 한때 홍의 올케였던 옥화와 뒷태는 물론이고 분위기까지 비슷하다. 옥화의 경우에는 동생과 가족을 버리고 도망가버려, 홍의 가족을 거의 파탄에 이르게 만들었다.

탈북자인 옥화와 여자는 조선족 사람들이 베푼 호의에 고까워하며 은혜를 갚기는커녕 도망치듯 다른 곳으로 떠나간다. 여자가 돈을 꿔달라는 말을 한 이후 홍이 꾸는 꿈속에서, 여자는 홍의 도움에 감사하기는커녕 "그 잘난 돈, 개도 안 먹는 돈, 그딴 거 쪼끔 던재준 거 내 하나도 안 고맙다요."(225쪽)라며 비난한다. 그리고 "한국 가서 돈 많이 벌어바라, 내는 너들처럼 안 기래"(225쪽)라며 더욱 홍을 불편하게 한다. 김치 쪼가리와 밥덩어리도 주었지만, 탈북자들은 감사해 하지도 않으며 고까워하기나 하는 것이다. 이러한 탈북자들의 모습이야말로 바로 홍(조선족)이 겪는 심리적 불편함의 핵심이다.

그러나 홍과 여자가 나누는 대화를 통해 조선족들이 지닌 탈북자들에 대한 인식은 조선족들의 선입견에 불과하다는 사실이 드러난다. "한 사람이 어떻다는 거이는 하느님만 아시디, 딴 사람들으는 다 모른다는 거이요."(235쪽)라는 말처럼, 조선족들은 탈북자 일반에 대한 선입견으로 여자를 대했을 뿐, 고유한 개인으로서의 탈북자에는 아무런 관심도 없었던 것이다. 조선족들은 여자가 북한을 탈출하여 사람 장사꾼한테 잡혀서 하북성 산골 오지에 팔렸다가, 애까지 낳은 후에 혼자 도망쳐 나온 과거 따위는 전혀 모르는 것이다. 그런데도 교회 사람들은 여자를 중간에 앉혀놓고 죄인 심판하듯이 질책의 말을 쏟아놓는다. 여자의 말을 들으며 홍은 "부유하고, 학식 있고, 덕망 있고…… 또 '믿음' 있는 사람들에게 둘러싸여 죄인이 된 그날의 여자"(236쪽)를 눈앞에 떠올린다. 그제야 비로소 조선족들로부터 여자가 받은 것들이 "'그 잘란 것, 그딴 거' 따위"(236쪽)가 된 이유를 어렴풋하게 이해한다. 그러고 보면 엄마가 옥화를 처음 데려왔을 때 엄마가 냈던 "백화점 쎄일을 만나 명품을 헐값으로 사온 듯한 흥분된 목소리"(225쪽) 속에도 사물화된 옥화의 모습이 분명하게 아로새겨져 있다.

조선족들은 탈북자들을 단독성을 지닌 고유한 인간이 아니라, 김치 쪼가리나 밥덩어리에 감지덕지할 불쌍한 자라는 특수한 위치에 자리매김하고서는 그 틀만으로 그들을 바라보았던 것이다. 그 결과 여자는 "사람들은 여기서 일도 하고 맘에 맞는 사람 만나 살라디만, 긴데 기실 여기서는 하고 싶은 거 아무거이두 못해요. 거기 가므는 합법적으루 뭐이나 할 수 있대니, 가야디요."(233쪽)라고 말한다.

홍이 여자를 이해하는 데에는 한국에서 삼사 년간 일하고 돌아온 시형의 존재도 큰 역할을 한다. 시형의 겉모습은 거짓말처럼 땟물을 쑥 벗고 허여멀쑥하니 변해 있었지만, "힘든 노동, 사람들의 배척과 편견, 보장받지 못하는 인권"(231쪽)으로 인하여 "그곳에서의 정착은 아직 미래가 명랑하지 못하"(231쪽)다고 말한다. 시형은 술에 취해서는 "에이, 못사는 게 죄지. 잘사는 나라에 살지 않는다고 대우가 이렇게 다르니"(231쪽)라고까지 말하는 것이다. 옥화는 시형네도 "여자처럼? 옥화처럼?"(231쪽) 생활한 것인가라는 질문을 갖게 된다. 시형네는 아무도 알지 못하고 아무도 믿을 수 없는 상황에서 누구에게도 진실한 이야기를 할 수 없었다고 말한다. "자기편이 아닌 땅에서 살아가는 이들의 불안함"(232쪽)은 그들을 더욱 폐쇄적이고 불투명한 존재로 만들었던 것이다. 그러고 보면 옥화를 비롯한 북녘 여자들 누구도 "가야 하는 이유를 아무한테도 말"(232쪽)하지 않은 채 떠나갔다. 홍의 시형네를 통해 알 수 있듯이, 조선족과 탈북자 사이에서 벌어지는 비윤리적 인간관계는 한국인과 조선족 사이에서 그대로 벌어지고 있었던 것이다. 그렇다면 한국행을 선택한 옥화나 여자의 미래도 결코 밝지만은 않을 것임이 분명하다.

「옥화」는 탈북자와 관련해 한국 소설에 빈칸으로 남아 있던 많은 부분을 채워주고 있다. 한국 소설에서 탈북자와 조선족은 이주노동자나 결혼이민자로서 한국 사회의 타자라는 같은 범주로 묶여서 이해되고는 하였다. 특히 이들은 한민족이라는 한 덩어리로서 이해되었고 그들 사이의 차이는 거의 고려되지 않았다. 그러나 조선족 작가 김금희를 통하여 이들 사이의 공통점과 차이점에 섬세하게 구분되고 있다. 고유성이 전혀 고려되지 않는 것이야말로 타자화의 가장 큰 문제라는 사실에 비춰볼 때, 조선족과 탈북자가 지닌 고유성에 대한 인식은 올바른 인식을 위한 중요한 계기가 될 수 있다. 나아가 이 작품은 진정으로 남을 돕는다는 것이 무엇인지를, 인간을 떠돌이로 만드는 '불안'이 무엇인지를 고민하게끔 만드는 작품이기도 하다.

ㄱ

이경재(李京在)

　서울대학교 국어국문학과 및 같은 대학원을 졸업하고, 2006년『문화일보』신춘문예로 평론 활동을 시작했다. 지금까지 쓴 평론집으로는『단독성의 박물관』『끝에서 바라본 문학의 미래』『현장에서 바라본 문학의 의미』가 있다. 현재 숭실대학교 국어국문학과 교수이다.

푸른사상 평론선 19

여시아독(如是我讀)

인쇄 2014년 8월 13일 | 발행 2014년 8월 16일

지은이 · 이경재
펴낸이 · 한봉숙
펴낸곳 · 푸른사상사
주간 · 맹문재 | 편집, 교정 · 지순이 · 김소영

등록   제2-2876호
주소   서울시 중구 충무로 29(초동) 아시아미디어타워 502호
대표전화   02) 2268-8706~7 | 팩시밀리 02) 2268-8708
이메일   prun21c@hanmail.net
홈페이지   www.prun21c.com

ⓒ 이경재, 2014

ISBN 979-11-308-0247-3 93810
   값 25,000원

푸른사상 평론선 19

여시아독(如是我讀)